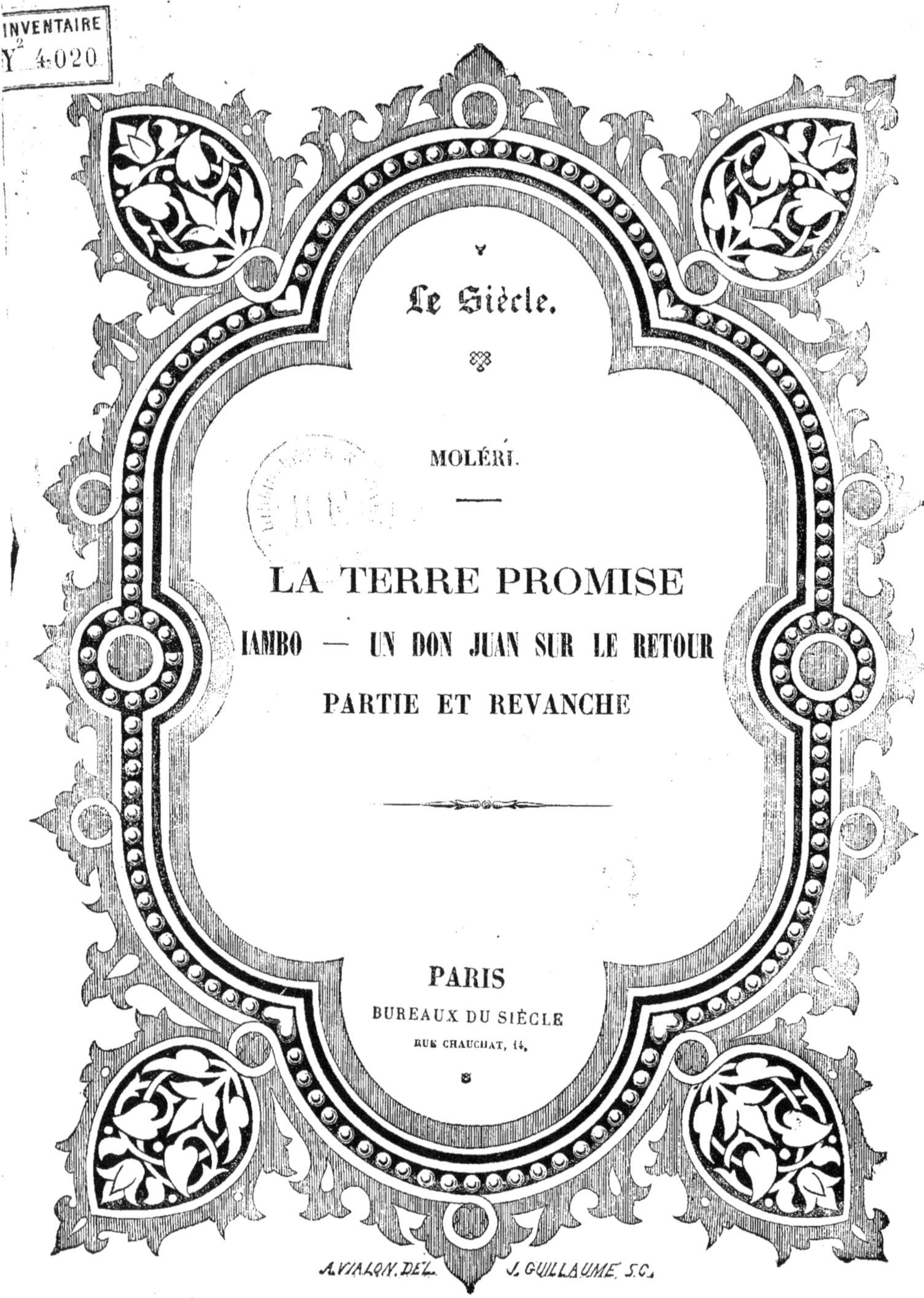

Le Siècle.

MOLÉRI.

LA TERRE PROMISE

IAMBO — UN DON JUAN SUR LE RETOUR

PARTIE ET REVANCHE

PARIS
BUREAUX DU SIÈCLE
RUE CHAUCHAT, 14.

Moléri

LA TERRE PROMISE

PREMIERE PARTIE

I

Au fond d'un de ces vallons verdoyants qui sillonnent le sol de la Normandie, non loin de la Manche et longeant un filet d'eau qui va en serpentant se perdre dans la mer, est assis un village d'une centaine feux, qu'on appelle Saint-Remy. Ce village, où n'aboutissent d'autres voies de communication que deux ou trois chemins vicinaux, se ferait remarquer des touristes, — si jamais les touristes avaient la fantaisie de s'égarer de ce côté, — par la propreté de son unique rue, l'aspect riant de ses maisonnettes, le double rideau de peupliers qui encadre la place carrée où se font face la mairie et l'église, et surtout par l'air de bonheur et de contentement de ses quatre à cinq cents habitants. Le poteau qui interdit la mendicité n'y figure que pour mémoire.

Un seul jour, chaque semaine, le bruit et l'agitation remplacent dans Saint-Remy le calme et le silence des six autres. On se réunit sur la place, on y cause, on y rit, on y chante; ajoutez à cela une contredanse sur la pelouse, et un jeu de boules à l'ombre des grands arbres, tels sont les plaisirs du dimanche et des fêtes.

Ce fut un de ces jours qu'on vit, à la sortie de la messe, déboucher de la rue sur la place de l'Eglise un équipage tel qu'il n'en avait encore jamais paru à Saint-Remy. Deux chevaux blancs faisaient rouler une lourde voiture à quatre roues, ayant par devant la forme d'un cabriolet et se continuant par derrière en une longue caisse bariolée de toutes sortes d'écussons. Ces écussons représentaient tant bien que mal les armes des principales puissances des deux mondes. Deux bancs transversaux occupaient la partie supérieure de la caisse; on y voyait assis quatre hommes vêtus en Turcs de carnaval et coiffés de turbans blancs. Une grosse caisse surmontée d'une paire de cymbales, un trombone, une clarinette et un cornet à piston, indiquaient la profession de ces musulmans à figure alsacienne. Dans le cabriolet se carraît un homme d'une trentaine d'années, aussi remarquable par l'étrangeté de sa physionomie que par la bizarrerie de son costume.

Une telle apparition ne pouvait manquer de produire une sensation profonde dans Saint-Remy. Les portes et les fenêtres s'ouvrirent sur le passage du char; une foule tumultueuse d'enfants l'accompagna jusque sur la place, où bientôt il fut entouré de tous les habitants, hommes et femmes, qui venaient d'assister à l'office.

Les quatre musiciens exécutèrent une bruyante fanfare; puis, jugeant qu'il avait affaire à une assemblée suffisamment nombreuse, l'homme du cabriolet se leva, et d'une voix de fausset débita le discours suivant :

— Nobles habitants de cette belle cité, vous vous demandez sans doute quel est l'homme qui a l'honneur de se présenter dans vos murs. Je vais vous l'apprendre : Cet homme n'est point un charlatan comme tant d'autres qui ont pu apparaître en ces lieux; cet homme est un savant, breveté, approuvé, autorisé par l'Académie et une foule d'autres sociétés philarmoniques, anacréontiques, pharmaceutiques, géologiques, etc., qui ornent la surface du globe; cet homme est un voyageur qui a parcouru les déserts les plus retirés à la recherche des simples de toutes les classes, y compris les trois règnes de la nature; cet homme enfin est un ami de l'humanité. Mais, direz-vous peut-être, que nous veut-il, ce savant, ce voyageur, cet ami de l'humanité? Ce que je veux, messieurs et mesdames, ce que je veux, c'est votre bien. Je vous apporte le bien-être, le bonheur, pas davantage; et ce bienfait, il est là dans cette petite fiole. Je pourrais vous réciter dans toutes sortes de langues de très-belles choses que vous ne comprendriez pas plus que moi; je m'en abstiens. C'est à l'épreuve que vous connaîtrez mon spécifique... Attention!... Serai-je assez heureux pour rencontrer parmi vous quelque amateur affligé d'une carie? qu'il approche... Vous, jeune homme, vonez, asseyez-vous. Bien! ouvrez la bouche; tenez, avalez quelques gouttes de cet élixir. En avant, la musique! — Bref, l'éloquence du charlatan était entraînante, la musique faisait tapage, et le prix de l'élixir était à la portée de toutes les bourses. Le débit en fut considérable. La recette achevée, le charlatan reprit d'un ton pénétré : — Habitants! mon cœur est profondément ému; la cordialité de votre accueil m'engage à déchirer le voile de l'incognito : je ne suis point un étranger pour vous; vous voyez en moi un enfant du pays. — Et comme personne ne le reconnaissait : — Il est vrai, — poursuivit-il, — que dix ans d'absence ont apporté quelque changement dans ma physionomie, que la culture des sciences a semé de quelques fleurs mon rustique langage, et que, dans le velours de ce cafetan, on aurait peine à reconnaître la colonnade bleue du sarrau qui décora les beaux jours de mon enfance. Mais j'ai parmi vous d'anciens amis, des parents, dont un peu d'attention devrait rafraîchir la mémoire; vous, par exemple, mon brave jeune homme, — ajouta-t-il en s'adressant à son client, — me reconnaissez-vous?

— Non.

— Cherchez bien... Vous ne remarquez pas cette cicatrice à la joue?... Une pierre maladroitement lancée par un camarade, un parent, et qui faillit me tuer.

— Ah! mon Dieu!

— Vous y êtes?

— Ce n'est pas possible... mais si fait! Dieu me pardonne, c'est le cousin Pichenot!

— C'est lui-même, cousin Buchard.

— Ça va bien?

— Pas mal, et toi?

— La voix du sang a parlé; allez, la musique! — s'écrie Pichenot en sautant à bas de la voiture.

On l'entoure, on l'embrasse, on se le dispute, on crie : C'est Pichenot! c'est Pichenot! et les aboiements d'une vingtaine de chiens se mêlent aux cris des assistants et au vacarme de l'orchestre, qui exécute cet air de circonstance :

Où peut-on être mieux qu'au sein de sa famille?

II

Dans une vaste pièce, au rez-de-chaussée, qui constituait à elle seule toute la mairie de Saint-Remy, salle du conseil, salle de mariage, secrétariat et archives, étaient assis, dans l'après-midi de ce même dimanche, trois personnages qui causaient avec animation.

Le plus âgé, Chavaroche, pouvait avoir vingt-huit ans. Quoiqu'il n'occupât que le poste subalterne de secrétaire, on ne se fût point trompé en le considérant comme la première autorité de la commune, car le maire et les membres du conseil municipal s'inclinaient devant sa faconde et la supériorité de ses lumières, et le curé lui-même trouvait son compte à saisir l'occasion de lui marquer quelque déférence.

Les traits de Chavaroche formaient un ensemble qui n'eût pas été désagréable sans une certaine contraction des lèvres, indice de mauvaise humeur. Toutefois, lorsqu'il s'observait, le secrétaire de la mairie de Saint-Remy avait d'engageants sourires, des gestes affables et une parole flatteuse qui provoquaient la sympathie et la confiance. C'était du reste un esprit assez ordinaire, plus cauteleux que fin, et fertile en ressources qui n'étaient pas toujours marquées au coin d'une scrupuleuse délicatesse.

L'un des interlocuteurs de Chavaroche avait vingt-deux ans; l'autre venait d'entrer dans sa vingtième année; celui-ci se nommait Daniel Gontier, celui-là Marcelin Raimond. Ils avaient tous deux un visage régulier, une physionomie expressive, une taille élégante, bien que robuste; mais les cheveux noirs et l'œil vif de Daniel contrastaient avec la chevelure blonde et le calme regard de Marcelin. C'étaient deux enfants de paysans : leur costume suffisait pour l'indiquer; mais on s'en fût douté difficilement à la pureté de leur langage, qu'aurait envié plus d'un citadin bien élevé.

Marcelin et Daniel étaient à peine sortis de la première enfance lorsque vint s'établir à Saint-Remy une sorte de philosophe, Monsieur Auberlin, qui, fatigué du bruit et du monde des cités, avait résolu d'employer ses quinze cents francs de rente à vivre paisiblement au soleil de la campagne, entre la lecture de quelques auteurs favoris et les douces caresses d'un petit ange au berceau, ayant nom Etiennette. Monsieur Auberlin était veuf; il confia pour quelques années sa fille aux soins d'une brave paysanne, Jeanne Raimond, mère de Marcelin. Cette circonstance lui fournit de fréquentes occasions d'admirer la gentillesse du petit Marcelin et la précocité de son intelligence. Celui-ci avait pour camarade inséparable un enfant encore un peu plus jeune, Daniel Gontier, dont l'esprit et la vivacité ne furent pas pour notre philosophe un moindre sujet d'étonnement. Monsieur Auberlin se prit d'affection pour les deux bambins, et, à la vive reconnaissance de leurs parents, il se chargea de leur donner lui-même une éducation qu'ils n'auraient pu recevoir aussi complète du maître d'école de l'endroit. Daniel et Marcelin avaient également profité des leçons de monsieur Auberlin, mais avec des résultats différents. Tandis que l'imagination du premier s'était développée, ardente mais creuse, en se nourrissant de la lecture des poëtes, le second avait surtout appliqué son esprit à l'étude des sciences positives et des choses pratiques.

— Est-il une plus triste destinée, — disait Chavaroche, — que de se voir condamner à végéter dans un si petit village, lorsqu'on se sent capable de figurer sur de plus vastes scènes?

— A qui le dites-vous? — répondit Daniel avec un soupir.

— Si notre village est petit, — répliqua Marcelin, — il n'en est pas moins fort agréable. Où trouver un sol plus fécond, des bois d'une plus belle venue, un bétail plus gras, des habitants...

— Je vous arrête, — interrompit Chavaroche; — que les habitants de Saint-Remy soient gras comme leur bétail, et d'une belle venue comme leur bois, je n'en disconviens pas; je les tiens même pour de bonnes gens, si vous voulez; mais ce ne sont au bout du compte que des crétins et des patauds; leur ignorance égale l'étroitesse de leur esprit.

— Tout cela n'est pas vice et pourrait se réformer, — dit Marcelin.

— Moi! — se récria Chavaroche, — que je perde mon temps à pareille besogne? non pas! Qu'il se présente une bonne occasion, et l'on verra si je continue d'user mon intelligence au service de brutes dont toute la reconnaissance se traduit au bout de l'année par quelques centaines de francs. C'est par une erreur du sort que je suis né dans cette atmosphère où j'étouffe. Mes poumons demandent à respirer au grand air de la civilisation. Ce qu'il me faut, c'est le vaste champ des affaires; j'ai le cerveau plein d'idées; je rêve de ces gigantesques entreprises qui donnent des palais et des millions; la spéculation, voilà mon idéal!...

— Je ne saurais préciser quel est le mien, — dit Daniel; — mais je me sens travaillé d'un violent désir de voir autre chose que notre ennuyeuse bourgade. Tout m'y semble insipide. J'ai honte de nos champs de luzerne, de nos toits de chaume, de notre église de briques et de nos sordides et ridicules vêtements.

— Rien de tout cela ne me fait honte, à moi, — dit Marcelin, — bien qu'il m'arrive de songer parfois qu'on y pourrait souhaiter des améliorations; mais je n'en serais pas moins curieux de voir aussi de plus belles choses, et, s'il ne s'agissait que d'un voyage...

Un bruit de pas et de voix venant du dehors interrompit l'entretien. Tout à coup la porte s'ouvrit, et Pichenot entra dans la salle, avec une douzaine de paysans et de paysannes qui se pressaient à sa suite.

III

Pichenot s'était dit chargé d'une commission pour le secrétaire de la mairie; les paysans s'étaient empressés de le conduire près de Chavaroche. Il remit à ce dernier une lettre qu'un ami commun lui avait confié avant son départ de Paris.

Pendant que Chavaroche prenait connaissance de la lettre, les conducteurs de Pichenot le firent asseoir sur un banc, dans un coin de la salle, et se groupèrent autour de lui, en l'accablant de questions.

Daniel et Marcelin, dont le costume du charlatan avait excité la curiosité, se tenaient à quelque distance et écoutaient.

Entre les questionneurs se faisaient remarquer le cousin Buchard, sorte d'athlète aux larges mains, aux cheveux roux, au regard plus avide qu'intelligent, et sa sœur Micheline, une belle brune de dix-huit ans, dont on disait qu'elle eût été la perle du canton sans trois défauts qui balançaient aux yeux des épouseurs le pouvoir de son joli minois : la paresse, la gourmandise et la passion des rubans.

L'histoire personnelle de Pichenot fit d'abord les frais de la conversation; puis on aborda un sujet toujours intéressant pour l'habitant de la province, et qui exerce particulièrement une sorte de fascination sur l'esprit simple du villageois qui n'a jamais perdu de vue le clocher de l'église de son village.

— Comme ça, cousin, tu reviens tout flambant de Paris, où tu as fait ta pelote? Il paraît que c'est un pays de ressources?

— Oh! Paris! — s'écrie Micheline avant que Pichenot eût eu le temps de répondre à son frère; — parlez-nous un peu de Paris, mon cousin; on assure que c'est si beau! Ça doit être bien grand; au moins comme trois fois Saint-Remy?

— Ma cousine, — répond Pichenot, — toutes les maisons de Saint-Remy, en y comprenant l'église et son clocher, danseraient à l'aise dans la seule cour du Louvre, et, s'il fallait dire combien de cours du Louvre danseraient à leur tour dans Paris, ce ne serait pas par centaines mais par milliers qu'il faudrait compter.

— Seigneur, mon Dieu! qu'est-ce que vous dites-là? C'est donc plus grand que le monde! — s'écrie un gros garçon de ferme, qui regarde Pichenot bouche béante et les yeux démesurément ouverts.

— Le Louvre! — reprend Micheline, — qu'est-ce que c'est que ça?

— C'est, — reprend Pichenot, — un palais pavé en marbre, où il y a des dorures, des peintures, des sculptures du haut en bas et sur toutes les coutures. Paris en est plein de ces palais dont la vue suffirait pour vous donner le vertige.

— A ce compte-là, — dit Micheline, — j'irais à Paris avec mes affutiaux des jours de fêtes que je ne serais pas seulement regardée de personne?

— Et vous êtes si jolie, cousine, qu'en vérité ce serait dommage, — répondit galamment Pichenot; — mais rassurez-vous, on est connaisseur dans ce pays-là, et les femmes qui vous ressemblent n'y vivent que dans la soie, les dentelles et les rubans.

— Oh! les rubans! j'en suis folle! Sans doute qu'on mange aussi de bons morceaux dans Paris? — reprend la jeune fille.

— On n'a que l'embarras du choix.

— Pour ce qui est de moi, — dit Buchard, — je ne serais point embarrassé, je mangerais tous les jours du petit salé au choux; mais faudrait être diantrement riche pour en soutenir la dépense.

— A Paris, — dit Pichenot, — il n'y a de pauvre que la laideur et la bêtise.

Cet échantillon suffit pour donner l'idée des vingt autres entretiens où s'exerça, à la vive admiration de ses auditeurs, la verve hyperbolique de Pichenot.

IV

Le charlatan et son auditoire ayant quitté la salle de la mairie, Daniel et Marcelin se trouvèrent de nouveau seuls avec Chavaroche. Celui-ci leur donna connaissance de la lettre que Pichenot lui avait remise.

L'auteur de cette épître était un jeune homme du pays, fils d'un cultivateur aisé; il avait été condisciple de Chavaroche au collége d'une petite ville voisine; la mort de son père étant survenue, son premier soin avait été de faire argent des quelques pièces de terre qui constituaient son héritage, et de se rendre à Paris; il y occupait depuis quelque temps une place de premier clerc dans une étude d'huissier.

« ..... Que je te plains, cher ami, de végéter encore à » Saint-Remy! » écrivait-il à Chavaroche. « Tu vantes la » campagne; une bien belle chose, en effet! Des che- » mins défoncés, des rues où l'on patauge, des mares » d'eau croupie, d'ignobles cahutes, des femmes qui res- » semblent à des hommes, des hommes qui ne ressem- » blent à rien, un horrible patois, voilà, cher ami, le » berceau de notre enfance! voilà les limbes d'où mon » âme a eu le bonheur de s'envoler, où la tienne attend » encore le jour de sa délivrance. Il n'y a qu'un Eden au » monde, c'est Paris. Paris est l'assemblage de tout ce » qu'il y a de beau, de grand, de joli, de suave, de gra- » cieux. Le génie et le talent, où vont-ils, de quelque » pays qu'ils soient? à Paris. Où les œuvres de l'art sont- » elles admirées et consacrées? à Paris. Où les femmes » sont-elles vraiment belles? à Paris. Quel temple la » fortune a-t-elle choisi pour y convier ses adorateurs? » Paris, toujours Paris!...

» Je gage que, en lisant ma lettre, tu me gratifies des » noms les plus odieux : je suis un cruel de te faire ainsi » remarquer ton supplice. Eh bien! non, le but final de » ma rhétorique est de le faire cesser. Il y a en ce mo- « ment une place de troisième clerc vacante dans l'é- » tude où je travaille; dis un mot, elle est à toi. C'est » peu, mais c'est un échelon, et, avec une bonne dose » de volonté, Paris est un pays où l'on grimpe vite à » l'échelle. »

Cette épître était signée Pocheveux.

Exaltées, les unes par la lettre du premier clerc, les autres par les discours de Pichenot, toutes les têtes fermentèrent dans Saint-Remy. Paris était pour toutes la terre promise.

V

Dans un petit salon décoré modestement mais avec goût, monsieur Auberlin, Etiennette et Marcelin étaient assis devant la cheminée, autour d'une table de travail. C'était le soir; une lampe les éclairait.

Monsieur Auberlin avait une de ces physionomies qui inspirent à la fois le respect et la confiance. Ses cheveux grisonnants et couchés sur le côté dessinaient le contour d'un front large où les mauvaises passions et les chagrins n'avaient point creusé leur sillon; la douceur et la bonté de son âme se reflétaient dans son regard.

Imaginez une Vierge de Raphaël, avec une expression de physionomie si mobile qu'elle puisse en un instant passer de la langueur à la vivacité, de la simplicité à l'exaltation, de la mollesse à la résolution, vous aurez le portrait d'Etiennette.

Elle brodait, monsieur Auberlin faisait à haute voix la lecture d'un journal d'agriculture, où étaient traitées diverses questions d'économie rurale.

Marcelin, assis en face d'Etiennette, prêtait à la lecture du père une oreille attentive, ce qui n'empêchait point ses yeux de suivre chacun des mouvements de la fille.

Celle-ci ne paraissait pas plus voir l'auditeur que le lecteur; sa pensée était hors de la maison, et l'on eût pu juger, au sourire qui par instants épanouissait ses lèvres, que le sujet de sa rêverie n'avait rien de désagréable.

Une exclamation de Marcelin interrompit le lecteur :

— Qu'un homme doit être heureux de faire tourner au profit de l'humanité la part d'intelligence dont le ciel l'a doué! Hélas! —ajouta-t-il avec tristesse, — je ne serai jamais cet homme-là.

— Qui sait? — répliqua monsieur Auberlin.

— Si j'étais né à Paris, ou du moins dans quelque grande ville, j'aurais de l'espoir; ici, que puis-je faire?

— Puiser des idées saines dans la pratique. C'est plus sûr que de demander des théories au travail du cabinet

— Je crois comme vous que, dans certains cas, la pratique est le maître par excellence.

— En agriculture surtout. Et n'est-ce pas d'agriculture que nous parlons? Ne penses-tu pas qu'on pratique mieux l'agriculture à défoncer le sol des campagnes qu'à fouler le pavé des villes?

— Et quel bonheur de ne la point quitter, cette campagne où tout vous plaît, vous émeut, vous enchante! N'est-il pas vrai, mademoiselle? — ajouta Marcelin en s'adressant directement à Etiennette, dans l'espoir sans doute qu'elle voudrait bien détourner un moment de son ouvrage les beaux yeux qu'elle y tenait fixés.

— Oh! — répondit-elle avec un léger mouvement d'impatience, — ne me demandez point mon avis dans ces graves questions; vous oubliez que je ne suis pas une savante.

— La science est pour l'instant hors de cause, mon enfant, — dit monsieur Auberlin; — il s'agit tout simplement du bonheur de vivre à la campagne, et je ne crois pas qu'à cet égard ton opinion s'éloigne beaucoup de celle de Marcelin.

— Mon opinion, — répliqua vivement Etiennette, — c'est que le bonheur qui consisterait à entendre éternellement parler défrichement, irrigation et drainage, ne serait pas un bonheur des plus gais.

— Quelle mouche te pique? — dit en riant monsieur Auberlin; — tu parlais tout autrement dans notre promenade de ce matin...

— Moi?... et que disais-je donc, cher père?

— Nous parlions, je crois, des conditions que tu imposerais à ton mari... lorsqu'il s'en présenterait un.

Etiennette rougit.

— Eh bien! je disais, — répliqua-t-elle avec un peu d'humeur, — que je voudrais trouver dans mon mari des goûts simples, des aspirations modestes; je voudrais qu'il préférât le calme des champs aux agitations de la ville, que sa plus chère aspiration fût de m'aimer, et que rien ne pût l'en distraire.

— Pas même l'ambition de devenir une célébrité? — interrompit monsieur Auberlin en décochant un regard furtif sur Marcelin; — et pourtant il me semble que la gloire d'un mari devrait être la plus belle parure de sa femme.

Marcelin attendait avec anxiété la réponse d'Etiennette, et, comme elle gardait le silence, il se hâta d'intervenir pour ne point laisser tomber un entretien qui peut-être ne se reproduirait jamais avec un tour si favorable à ses vues.

— Ah! mademoiselle, — dit-il avec une chaleur croissante, — que je ferais avec joie le serment de ne m'éloigner jamais des lieux où nous sommes, de fermer pour toujours l'accès de mon âme à toute pensée ambitieuse, et de consacrer chaque instant de ma vie au bonheur d'une femme adorée, si...

Effrayé de son audace, il s'arrêta tout court.

Etiennette avait les yeux fixés sur lui; elle semblait avoir une réponse toute prête pour le moment où il aurait fini; on pouvait prévoir, à l'expression de sa physionomie, que cette réponse ne serait point dictée par le dédain ou par la colère; mais on ne remarquait pas non plus en elle ce trouble charmant avec lequel une jeune fille reçoit le premier aveu d'un amour partagé.

Cependant il devenait aussi embarrassant pour Marcelin de garder le silence que de terminer sa phrase. Monsieur Auberlin eut pitié de lui, et, avec un sourire d'encouragement :

— Tu disais donc, Marcelin?

Mais il était écrit que Marcelin n'achèverait point de s'expliquer. L'arrivée de Daniel arrêta la parole sur ses lèvres.

VI

Daniel, après une rude journée de travail employée à planter de jeunes pommiers dans un herbage, venait de souper avec son père, Antoine Gontier, un homme de cinquante ans, qui paraissait en avoir soixante, à ne regarder que les rides profondes de son visage hâlé, mais qui avait encore toute la verdeur musculaire d'un homme de quarante.

Le repas s'était achevé dans un profond silence, et Daniel, contre l'ordinaire, après avoir mangé du bout des dents, demeurait immobile, le menton appuyé sur ses mains, l'œil fixe et morne.

Gontier le regardait avec inquiétude.

— Nom de nom! — s'écria-t-il enfin en frappant du poing sur la table; — qu'est-ce que ça veut dire! Tu es muet comme le coq du clocher et tu ne bouges non plus qu'une souche! Daniel, as-tu un chagrin?

— Pas précisément, père; mais voilà deux ou trois jours que je réfléchis beaucoup.

— Bah!... Et sur quoi donc?

— Sur ce que je suis, père, et sur ce que je pourrais être.

— Tu es un brave ouvrier, mon garçon; tu retournes un champ, tu plantes un arbre, tu fauches un pré et tu manies le fléau ni plus ni moins que moi-même. Je ne dis point ça pour te gonfler d'orgueil, mais parce que c'est une vérité. Tu es aussi un savant, le ciel en soit béni, et monsieur Auberlin aussi! Chacun dit que monsieur le curé, tout curé qu'il est, n'en sait pas plus que toi; par ainsi, m'est avis que tu pourrais être tout ce que tu voudrais.

— S'il m'était permis de travailler à faire mon chemin, je suis sûr que j'y parviendrais, tant j'y mettrais d'ardeur.

— Travaille, mon garçon, travaille; je te verrai profiter avec plaisir et gloire.

— Hélas! — fit Daniel tristement.

— Il y a des difficultés, des obstacles.

— C'est que pour cela, père, il faudrait nous séparer.

Cette réponse abasourdit Gontier.

—Nous séparer? En voilà une de fantaisie! Comme ça, tu me planterais là? Travaille, pioche tout seul, et ennuie-toi, mon vieux!... Mais sais-tu bien que ça serait de l'ingratitude! toi me quitter, quand, pour te garder, je me suis saigné à te faire éduquer et ensuite à t'acheter un remplaçant! ça ne se peut!... Après ça, tu es libre, tu es majeur.

— Si vous pouviez lire au fond de ma pensée, cher père, vous ne m'affligeriez pas ainsi, et peut-être finiriez-vous par m'encourager vous-même à partir.

— Voilà qui serait drôle! Et qu'est-ce que j'y lirais au fond de ta pensée?

— Que ma seule ambition est de vous faire honneur.

— En me quittant?

— Eh! si je reste ici à bêcher, à planter, à faucher, à battre le grain, que puis-je devenir, répondez?

— Dame!...

— Rien de plus que ce que suis: un brave ouvrier, comme vous avez dit.

— Il est sûr et certain que tu ne deviendrais ni juge de paix ni sous-préfet.

— Et pourtant ceux qui le sont que savent-ils de plus que moi?

— Rien, puisqu'on prétend que tu sais tout.

— Pourquoi ne puis-je devenir ce que sont devenus tant d'autres?

— Ah! voilà!

— Est-ce dans les champs qu'ils ont gagné leurs emplois?

— Bien vrai tout de même que ce n'est point à semer de la luzerne.

— C'est à Paris que se donnent les places; celui qui en veut doit aller les y chercher.

— Ça, c'est une raison; je n'y vois rien à répondre.

Gontier n'était pas de force à soutenir la lutte; la logique de son fils l'étourdissait.

Daniel, le voyant faiblir, ne songea plus qu'à lui porter les derniers coups en l'éblouissant. Nous avons tous notre corde sensible: celle du bon Gontier était la vanité.

— Me voyez-vous, père, avec un habit brodé? — dit Daniel.

— M'est avis, garçon, que ça ne t'irait pas plus mal qu'à un autre. Un habit brodé! — répéta-t-il avec complaisance.

— Et une épée!

— Une épée!... comme notre sous-préfet les jours de tournée.

— Je ne voudrais pas être deux ans à Paris sans avoir le droit de les porter.

— Deux ans! Au fait, si tu te le chaussais bien dans la cervelle...

— Je travaillerais jour et nuit.

— On sait que tu es un luron et un piocheur.

— Vouloir c'est pouvoir; je veux arriver, j'arriverai.

— Un habit brodé! une épée!

— Mieux que cela.

— Quoi donc?

— Un ruban rouge à la boutonnière.

— Nom dè nom! la croix!... Daniel, tu viendras me voir avec?... ça ferait enrager le maire.

Si dans ce moment Daniel avait voulu revenir sur ses pas, les rôles auraient certainement été intervertis, et, pour le décider à partir, Gontier n'eût pas hésité à mettre en avant son autorité paternelle.

Mais Daniel ne songeait à rien moins qu'à provoquer un pareil acte de vigueur. Le père et le fils s'entendirent à merveille, et celui-ci se leva de table rayonnant, pour aller passer chez monsieur Auberlin le reste de la soirée, comme il avait coutume de le faire tous les jours.

VII

Etiennette fut la première que frappa l'air triomphant de Daniel.

— Comme vous voilà joyeux ce soir!... Vous nous apportez donc une bonne nouvelle? — lui dit-elle avec empressement.

— Si bonne qu'elle passe toutes mes espérances, — répondit Daniel, dont le cœur trop plein ne demandait qu'à s'épancher.

— Reçois mes félicitations, — dit monsieur Auberlin avec sa bienveillance habituelle.

Marcelin pressa cordialement la main de son ami.

— Quel que soit le bonheur qui t'arrive, je m'en réjouis autant que s'il m'était personnel.

— Pour moi, — reprit Etiennette avec un rire lutin, — je ne jette pas ainsi mes félicitations au hasard, et je suis bien décidée à ne me réjouir que dans le cas où la nouvelle en vaudrait la peine.

— Réjouissez-vous donc, — répliqua gaiement Daniel; — il ne s'agit de rien moins que d'un bel avenir pour moi.

Etiennette devint tout à coup sérieuse.

— Tu nous fais languir, — dit Marcelin.

— On peut deviner à peu près ce que Daniel vient nous apprendre, — dit monsieur Auberlin; — un événement qui décide de l'avenir d'un jeune homme, c'est évidemment le choix d'une profession... à moins que ce ne soit celui d'une femme?

Etiennette rougit.

La même teinte colora les joues de Daniel.

Mais à la clarté douteuse d'une lampe surmontée d'un abat-jour, ce sont de ces circonstances qui échappent.

— Il est en effet question pour moi du choix d'une profession, — répondit Daniel à monsieur Auberlin, — ou plutôt des moyens de m'en faire une selon mes goûts, honorable, prompte et, je l'espère, brillante.

Alors il raconta l'explication qu'il venait d'avoir avec son père, et à la suite de laquelle avait été résolu son prochain départ pour Paris.

Pendant son récit, l'attention de monsieur Auberlin et de Marcelin s'était porté exclusivement sur le narrateur; mais Daniel eut à peine achevé que Marcelin, tournant ses regards du côté d'Etiennette, poussa un cri d'effroi, et que monsieur Auberlin s'élança éperdu vers sa fille.

Etiennette, la tête renversée en arrière, était sans mouvement et blanche comme une morte.

— Mon Dieu! — fit Daniel pâle de terreur.

Etiennette reprit bientôt ses sens; mais à peine eut-elle rouvert les yeux qu'elle jeta ses bras autour du cou de monsieur Auberlin, en s'écriant tout en larmes:

— Il nous quitte, mon père! Il nous oubliera!

Daniel, entraîné par ce cri de douleur, se précipita aux genoux de la jeune fille:

— Jamais! jamais!

Monsieur Auberlin était stupéfait; Marcelin, dont cette scène avait brisé les illusions, restait anéanti sur son siége.

— Laissez-moi! laissez-moi! — dit Etiennette d'une voix languissante.

Et, de la main, elle repoussait doucement Daniel.

Celui-ci, sans se relever, se retourna vers monsieur Auberlin:

— Pardon, monsieur, pardon! Vous ignoriez mes sentiments, et ce n'était pas ainsi que je devais vous en faire l'aveu; je n'ai pas été maître de mon émotion.

— Je ne te ferai point de reproches, Daniel, — répondit monsieur Auberlin d'un air plus affligé qu'irrité; — cependant, avant tout, il est indispensable que nous ayons un entretien sérieux.

Marcelin se leva, non sans effort :

— Adieu, monsieur !... adieu, mademoiselle !... — Et rassemblant tout son courage : — Sois heureux Daniel ! — ajouta-t-il.

Mais le pauvre Marcelin avait la voix altérée, et, sous ses paupières, roulaient de grosses larmes.

Monsieur Auberlin seul remarqua la douleur de son élève.

— Ah ! s'il n'avait tenu qu'à moi ! — dit-il au malheureux jeune homme en le reconduisant.

Marcelin s'enfuit sans répondre : il suffoquait.

VIII

Monsieur Auberlin fit asseoir Daniel, et s'assit lui-même entre le jeune homme et sa fille.

— Je ne suis point, — leur dit-il, — de ces pères qui prétendent faire preuve de tendresse en heurtant les inclinations de leurs enfants...—Etiennette saisit la main de son père et la baisa. — Mais,—poursuivit-il,— j'ai le droit, ou plutôt le devoir, de leur opposer, sinon ma volonté, du moins mon expérience. Je commencerai donc par te demander, Daniel, si, en aimant ma fille et en te faisant aimer d'elle, tu t'es bien pénétré de l'obligation où tu te mettais de lui assurer un bonheur égal, supérieur même à celui dont elle jouit auprès de son père? Quelle position comptes-tu faire à ta femme? Tu n'as pas une fortune suffisante à lui offrir : par quel moyen as-tu résolu d'y suppléer?

Les questions les plus naturelles sont presque toujours celles qui vous prennent le plus au dépourvu.

— Par quel moyen? — balbutia Daniel ; — j'avoue que je n'ai pas encore d'idées bien arrêtées.

— Si j'avais quelque pouvoir sur l'esprit de Daniel, — dit Etiennette, — il ne partirait pas et se bornerait à devenir un bon cultivateur.

— Je comprendrais cela,—appuya monsieur Auberlin.

— Cultivateur ! — se récria Daniel ; — que dites-vous, Etiennette? Serait-il possible à un cultivateur de vous faire le sort auquel vous avez droit?

— Quel sort avez-vous donc rêvé pour moi, Daniel?

— Je veux vous voir la reine d'un autre monde que ce pauvre village.

— Pourquoi, si cette royauté me plaît et me suffit?

— C'est mentir à votre beauté, à vos grâces, à vos talents, qui vous appellent à figurer sur une scène plus brillante.

— En est-il une plus belle que nos prairies en fleur sous un ciel pur?

— Mais où sont ici les esprits capables de vous apprécier, de vous admirer?

— J'y trouve des cœurs qui m'aiment et j'en suis heureuse.

— Vous me désespérez avec ces paroles qui ne sauraient rendre votre pensée ; c'est un jeu cruel, Etiennette.

— Mes paroles sont d'accord avec mes sentiments, qui n'ont jamais varié, vous le savez bien.

— Et vous savez bien aussi, Etiennette, que j'ai toujours combattu comme autant d'illusions toutes ces idées de félicité champêtre. Un esprit cultivé n'est à sa place qu'au milieu d'esprits en état de le comprendre. Je veux sortir de l'étroite sphère où j'étouffe; je veux conquérir une position qui vous rende fière de votre mari. Les occasions viendront-elles me chercher dans ce désert? Il faut un théâtre à l'homme qui prétend jouer un rôle ; Paris sera le mien; j'ai la conviction que j'y réussirai. Pour renoncer à cette conviction, je vous aime trop, Etiennette, et je vous supplie de m'aimer assez pour la partager.

Etiennette ne répondit point.

Monsieur Auberlin reprit ses questions.

— Supposons, Daniel, que tes projets ne soient pas à renvoyer au pays des chimères, voudrais-tu m'expliquer comment tu t'y prendras pour parvenir à les réaliser?

— Je travaillerai, et vous pouvez croire que j'y mettrai de l'ardeur.

— Fort bien. A quoi travailleras-tu?

Daniel regarda monsieur Auberlin d'un air presque déconcerté; mais il ne tarda pas à se remettre.

— Oh ! — répondit-il, — je ne serai pas embarrassé ; toutes les voies s'ouvriront pour moi.

— Qui te les ouvrira?

— Qui?

Décidément Daniel n'était pas en veine de réponses à toutes ces questions qu'il n'avait jamais songé à s'adresser.

— Vous craignez, je le vois, monsieur Auberlin, que je me lance à l'étourdie dans une entreprise où je n'aurai ni appui ni guide; rassurez-vous : je ne serai pas tout à fait abandonné dans Paris. J'aurai, pour me seconder, un ami qui vous est connu, le secrétaire de notre mairie, monsieur Chavaroche.

—En effet, je me suis laissé dire que ce jeune homme, dont je crois l'esprit inquiet et l'humeur aventureuse, renonçait à son poste pour aller à Paris occuper un emploi plus que modeste.

— Où il ne s'arrêtera pas longtemps, soyez-en sûr ; monsieur Chavaroche a des visées plus hautes, et il n'est pas homme à rester en route.

— Je ne conteste pas, à la rigueur, la possibilité de ses succès : il a sa pierre d'attente. As-tu la tienne?

— J'ai, à défaut de place, quelque argent : le produit d'un pré que mon père a promis de vendre à mon profit.

— Voilà tout?

— C'est plus que suffisant.

— Je le souhaite.

Monsieur Auberlin comprit qu'il perdait son temps à combattre les idées de Daniel ; il se contenta de hausser les épaules.

Etiennette ne voulut pas quitter la partie sans faire encore une tentative.

— Daniel, — lui dit-elle d'un ton presque solennel, — si vous m'aimez d'un amour vrai, vous n'hésiterez point à me sacrifier un projet insensé.

— Ah ! demandez-moi ma vie, mais n'exigez point cela ! — s'écria-t-il dans le plus grand trouble.

Mais monsieur Auberlin, dont la physionomie prit tout à coup un air de sévérité qui ne lui était pas ordinaire, coupa court à la lutte qui allait s'engager.

— Tu consentirais à l'abandon de tes rêves, que moi je ne l'accepterais plus, Daniel. Je veux avant tout le bonheur de ma fille, et tu es si entiché de ton idée que, si tu y renonçais en ce moment sur les instances d'Etiennette, tu lui ferais avant peu payer chèrement ce triomphe. Cependant, quoique votre mutuelle inclination, je te le dis franchement, n'ait pas toutes mes sympathies, je consens à laisser une porte ouverte à vos espérances. Que ma fille t'attende, je ne m'y oppose pas ; mais je lui défends de tenter aucun effort pour te détourner de ta résolution. Poursuis donc ton dessein ; sors de l'épreuve que tu t'es préparée toi-même, je ne dirai pas victorieux, mais le cœur pur et digne encore de l'affection d'une honnête femme; alors seulement Etiennette retrouvera en moi le père qui n'a jamais su résister à ses désirs; alors seulement, revenu de mes préventions, je pourrai te tendre cordialement la main, Daniel, en te disant : Sois mon fils.

Ce n'était qu'en de rares circonstances que monsieur Auberlin se décidait à déployer cette fermeté de caractère ; sa volonté ainsi exprimée ne fléchissait plus ; Etiennette le savait ; elle cessa d'insister auprès de Daniel.

Celui-ci sortit aussi triomphant que s'il venait de remporter une victoire décisive.

IX

L'heure était passée depuis longtemps où l'on se couchait d'ordinaire dans la maisonnette que Jeanne Raymond occupait avec son fils.

La pauvre mère, fort inquiète, était assise sur la pierre du foyer, qu'échauffaient à peine quelques tisons à demi-éteints.

Par moments elle se levait, allait ouvrir la porte et penchait la tête en dehors; mais son œil, habitué à percer les ténèbres, ne distinguait aucun mouvement dans toute l'étendue de la rue.

Puis elle retournait découragée s'asseoir à la place qu'elle venait de quitter.

Une heure sonnait à l'horloge de l'église lorsqu'elle entendit un pas précipité qui la fit tressaillir.

Bientôt après entra Marcelin.

Jeanne poussa un cri de joie.

— Te voici!... cruel enfant, d'où viens-tu? — Et remarquant, à la lueur de la lampe qui rayonnait alors sur le visage de son fils, que le jeune homme avait les traits décomposés : — Eh, mon Dieu! que t'est-il arrivé? — fit-elle avec anxiété.

Marcelin se précipita dans les bras de sa mère et fondit en larmes.

— Mais réponds-moi donc! — insista Jeanne, — tu me feras mourir.

— C'est moi, mère, c'est moi que le chagrin tuera! — dit Marcelin avec désespoir.

— Le chagrin?

Jeanne regarda son fils avec un profond étonnement : elle l'avait vu si heureux jusqu'à ce jour.

— Oui, mère, le chagrin : Etiennette ne m'aime pas.

— Tu aimes Etiennette?

— De toutes les forces de mon âme, et jamais elle ne m'aimera.

— Pourquoi?

— C'est à Daniel qu'elle a donné son amour. Oh! tenez, d'en parler seulement je sens que je deviens fou.

— Pauvre et cher enfant!

— Ce soir même elle m'a signifié ce terrible arrêt... et je me suis sauvé comme un égaré... Et depuis ce moment j'ai marché à travers champs, sans savoir où j'allais, brûlé par la fièvre, la tête assaillie de tentations sinistres... Ah! mère, mère, je suis bien à plaindre! — Il y eut alors entre Jeanne et son fils une de ces effusions de tendresse qui ne se décrivent point; il faut, pour les comprendre, avoir le cœur d'une mère ou être malheureux comme l'était Marcelin. — Mère, — reprit enfin le jeune homme d'un ton plus calme, — il n'est plus possible que je respire le même air qu'Etiennette; demain, je m'éloignerai du pays.

— T'éloigner! — dit Jeanne avec stupeur; — y songes-tu?

— Je trouverai bien quelque ferme où l'on m'occupera, et, si je n'en trouve point, je me ferai soldat.

— Que dis-tu là, mon Dieu? Qu'est-ce que c'est que de pareilles idées? Servir chez des étrangers, toi qui es le maître ici! Partir pour la guerre volontairement, toi fils de veuve exempté par la loi!... Comme ça, tu aurais le cœur d'abandonner ta pauvre mère sans consolation, sans soutien, en ne lui laissant que les deux yeux pour pleurer? Oh! tu ne feras point cela, Marcelin, tu ne le feras point, ou tu ne serais qu'un mauvais fils.

— Je veux vous épargner le chagrin de me voir mourir.

— Je veux, moi, que tu vives et que tu restes.

— C'est impossible.

— Et crois-tu qu'il me sera possible de cultiver sans toi notre jardin et de labourer nos champs? Est-ce que j'en ai la force? Est-ce que j'en aurai le courage?

— Vous êtes cruelle, ma mère!

— Qu'es-tu donc, toi qui me condamnes à vivre misérable, et peut-être un jour à tendre la main comme une mendiante?

— Vous dans la misère! — s'écria Marcelin effrayé; — vous tendre la main! Ah! croyez-le bien, ma mère, cette pensée ne m'était pas venue.

Il s'assit sur un banc devant l'âtre, les coudes sur les genoux, la tête dans les mains, les yeux fixés sur un tison mourant qu'à coup sûr il ne regardait point.

Alors Jeanne se mit à lui dire tout ce que son cœur de mère put lui suggérer de paroles encourageantes; elle lui reprocha sa promptitude à perdre tout espoir; elle lui présenta le départ de Daniel comme une grande faute ou une preuve de la tiédeur de son amour; elle lui montra Etiennette subissant l'effet de l'absence ou s'offensant d'un injurieux oubli; elle lui affirma que tôt ou tard il vibre quelque corde dans le cœur d'une jeune fille en faveur de celui dont ses rebuts n'ont pu altérer les sentiments ni lasser la constance; elle lui fit enfin entrevoir tout le lointain des espérances dont il n'eût jamais soupçonné la possibilité.

Charmé par cette douce musique dont chaque son lui allait à l'âme, Marcelin se retourna vers Jeanne, le front rasséréné, et lui dit :

— Mère, je resterai.

X

— Voyons, Micheline, soyons juste : suis-je un bon ouvrier, oui ou non?

— Notre oncle Jérôme dit que tu es la perle des compagnons charpentiers, et que pas un ne te dégote pour ce qui est de l'habileté et du courage. Je dois croire notre oncle Jérôme, qui s'y connaît, — répondit Micheline à son frère.

— Donc, — reprit Buchard, — il ne m'est point défendu de supposer que je ne resterais point dans les traînards là où tout un chacun fait son chemin.

— Possible; mais trouveras-tu à Paris un oncle Jérôme pour te loger, te nourrir, t'habiller en échange de ton travail, et encore te garnir le gousset de gros sous les dimanches et fêtes?

— Voilà justement ce qui me tracasse; je ne veux plus qu'on me traite comme un bambin.

— Trouveras-tu aussi une promise comme notre cousine Madeleine pour t'apporter en dot l'établissement et la clientèle de son père?

— Quelque chose de huppé que la clientèle à l'oncle Jérôme! une grange à droite, un hangar à gauche, par-ci par-là une carrure de puits à monter, et, tous les deux ou trois ans, quelques réparations à la toiture de l'église! Parlez-moi de travailler dans le beau et dans le grand, à la bonne heure! Je me vois déjà équarrissant, à Paris, une charpente de palais. Dieu de Dieu! voilà qui est distingué! voilà de la besogne qui vous pose un peu bien dans le métier! Crois-moi, Micheline, il y a de quoi s'estimer plus fier d'être un bon ouvrier dans la capitale que d'être, comme l'oncle Jérôme, un entrepreneur de raccommodages dans un village de rien du tout.

— Je ne prétends pas dire non.

— Pour ce qui est de Madeleine, je l'engagerai, pas plus tard que tout à l'heure, à faire choix pour me remplacer d'un amoureux parmi les garçons du pays, vu que je ne suis pas gêné de trouver partout des filles qui la vaillent.

— C'est ton dernier mot?

— Absolument comme si le notaire y avait passé.

— Après ça, ce que j'en ai dit, ce n'est pas pour te donner tort, à preuve que si ça te va, je partirai avec toi.

— Par exemple !

— Dame ! j'aime mieux ça que de voyager seule.

— Sournoise ! Par ainsi, pendant que tu me prêchais le contraire, c'était ton idée de t'en aller ?

— Oh ! moi, qu'est-ce que j'y risque ?

— Prends garde tout de même de faire une sottise, Micheline ; tu es ici dans une condition sortable.

— Ah ! bien, voilà-t-il point ? Cent sous par mois chez cette vieille pingre de mère Bahut ; point de profits, point de cadeaux : la belle condition !

— Auras-tu mieux dans Paris ?

— Je n'aurai toujours pas pire.

— Et ton amoureux François ?

— Le beau museau ! son deuil est tout porté.

— Tu as peut-être raison. L'oncle Jérôme a dit qu'on a vu des rois épouser des bergères.

— Tout juste. Est-ce que je n'ai pas, dans le temps, gardé les dindons au père Michaud ?

— C'est dit ; nous partirons ensemble.

— Tope !

— Ça y est !

XI

Et voilà comment il arriva que, grâce au passage de Pichenot dans Saint-Remy, ce petit village vit sa mince population diminuée d'un même coup de quatre habitants.

Un beau matin, Chavaroche, Daniel, Buchard et Micheline se mirent en route pédestrement dans la direction de Dieppe, où ils se proposaient de prendre le chemin de fer pour se rendre à Paris.

XII

Daniel et Chavaroche, arrivés le soir, s'installèrent provisoirement dans le premier hôtel venu où ils passèrent la nuit, bercés par les songes les plus riants.

Le lendemain ils étaient levés avant le jour. Comme ils n'osaient descendre, de peur de réveiller leurs voisins, ils ouvrirent une fenêtre et se mirent à saluer avec enthousiasme cette *terre promise*, ce Paris dont les toits, les cheminées et les tuyaux de poêle leur semblaient déjà autant de merveilles, entrevus à travers le brouillard du matin.

Le premier soin de nos deux voyageurs, aussitôt qu'ils virent la rue se peupler de passants, fut d'aller se faire habiller de la tête aux pieds dans un magasin de confection. Avec quelle joie Daniel dépouilla, pour n'y plus revenir, son costume villageois, également grossier de façon et d'étoffe ! Vêtu d'un habit soyeux et de coupe élégante, il se regardait et s'admirait ; il se croyait déjà un autre homme ; il eût voulu avoir Etiennette pour témoin de sa métamorphose. La vérité, c'est que Daniel n'était pas reconnaissable. Qu'importait, du reste, une brèche plus ou moins grande à ses modestes finances ? Est-ce qu'un jeune homme ayant le pied sur le chemin de la fortune pouvait y regarder de si près ?

Nos deux amis, complétement équipés de neuf, le maintien un peu roide, les yeux en l'air, émerveillés des maisons, des trottoirs, des magasins, des toilettes, et arrêtant les passants tous les cent pas pour se faire indiquer leur chemin, ne mirent pas moins de deux heures à se rendre chez Pocheveux qui demeurait à dix minutes de leur hôtel.

Ce qui toutefois troublait un peu leur plaisir, c'était que, marchant avec la sécurité des gens habitués à jouir de toute la largeur des rues de village, ils étaient heurtés incessamment par les piétons ou menacés par les voitures.

C'était un dimanche, Pocheveux, libre d'occupations, les promena toute la journée dans les musées, les églises et les jardins publics. Nos campagnards, éblouis, fascinés, ne pouvaient faire un pas sans tomber en extase ; une telle accumulation de beautés et de richesses allait bien au delà de leurs rêves.

Le soir, ils rentrèrent harassés, souffrant d'une forte migraine et se promettant bien de ne plus visiter en un jour ce qui demandait des années pour être vu.

— C'est beau, Paris ! — fit Chavaroche en se jetan sur une chaise.

— C'est grand ! — dit Daniel en l'imitant. — Et que de jolies femmes !

— Et que d'élégantes voitures ! Je n'aurais pas été fâché d'en avoir une.

— Ça viendra.

— Et bientôt.

— Parbleu !

XIII

Interrogé par Daniel, Pocheveux lui répondit :

— Les fonctions et les emplois ne manquent point à Paris, et il faudrait, pour n'en pas obtenir, être absolument dépourvu d'argent, de savoir et d'adresse.

— J'ai quelque numéraire et quelque instruction ; j'espère en outre que je ne me montrerai pas plus maladroit qu'un autre.

— Il ne s'agit donc plus que de fixer votre choix ; la magistrature vous conviendrait-elle ?

— Il ne me déplairait point d'être magistrat.

— Prenez vos inscriptions à l'école de droit, faites-vous recevoir avocat et postulez. Il ne vous en coûtera guère que cinq ou six années de votre temps et une douzaine de mille francs, en y mettant beaucoup d'économie... Vous pourriez y joindre de bonnes protections que cela n'en irait pas plus mal...

— Passons à autre chose, — interrompit Daniel, qui avait les meilleures raisons du monde pour n'admettre aucune de ces conditions.

— Le génie civil est en grande faveur aujourd'hui.

— C'est une carrière qui ne m'inspire aucune répugnance.

— Il ne s'agit que de vous faire admettre à l'école polytechnique, ensuite de quoi quelques milliers de francs de votre réserve, quelques années d'une étude opiniâtre vous mèneront à bon port... à moins que vous ne sortiez *fruit sec.*

— Cherchons ailleurs, si vous voulez bien.

— Il vous reste la bureaucratie.

— Faut-il passer par les mêmes chemins pour y arriver ?

— Pas tout à fait.

— Voyons donc la bureaucratie.

— L'époque des examens approche ; présentez-vous.

— Ah !... encore des examens ?

— Une misère, point d'inquiétude ; si peu que vous sachiez, vous en sortirez à votre honneur.

— Alors me voilà casé.

Oui, s'il y a des vacances.

— Et s'il n'y en a pas ?

— Vous attendrez.

— Longtemps ?

— Six mois, un an, deux ans ; j'ai un ami qui a sub l'épreuve depuis six ans, et qui attend encore.

— Diable !

— Des protections pourraient rapprocher le but.

Mais Daniel eût été aussi embarrassé de trouver un protecteur que de vivre des années à Paris, de ses propres ressources, même en faisant des prodiges d'économie domestique. Sa figure s'allongeait tristement à chaque réponse de Pocheveux.

— Je vois bien, — dit-il, — qu'il me faut renoncer aux emplois publics.

— Nous rentrons alors dans la catégorie des emplois privés.

— Ici les difficultés disparaissent sans doute?

— Deux choses suffisent : une occasion et des amis qui vous poussent.

— Comme vous avez poussé Chavaroche.

— Je vous fais mes offres de service.

— Je les accepte,— dit Daniel en serrant avec effusion la main du premier clerc d'huissier.

La joie brillait dans ses yeux; il se voyait déjà tiré d'affaire.

XIV

Deux jours après leur arrivée, Chavaroche et Daniel quittèrent l'hôtel où ils étaient descendus.

Le premier alla prendre possession d'un petit cabinet que son ami Pocheveux lui céda dans son logement.

Daniel, comprenant que l'incertitude de sa position ne lui permettait guère d'habiter un palais, se résigna prudemment à établir son domicile dans une *maison* assez peu *garnie* du quartier latin, qui n'avait pas encore subi sa brillante métamorphose.

Ce ne fut pas sans un serrement de cœur que, le soir, après avoir procédé au rangement de ses effets, il se mit à passer en revue la vieille commode de noyer, la table boiteuse, les quatre chaises dépareillées et le lit plus gonflé de paille que de laine, dont se composait le mobilier de son froid réduit.

Mais cette impression pénible dura peu. La misère même prend un aspect supportable regardée à travers le prisme de l'espérance.

— Il est très-bien, ce Pocheveux, — pensa Daniel en se couchant; — quel goût exquis dans sa toilette! Ce que j'admire surtout, c'est la richesse et l'élégance de son mobilier... Il y a chez lui un comfort qui suppose de gros émoluments... et pourtant ce n'est pas un aigle que ce clerc d'huissier... il a plus de dehors que de mérite réel... Qu'il tienne seulement sa promesse et je n'aurai bientôt plus rien à lui envier.

Pocheveux, avant de se résigner à gratter du papier timbré dans une étude, avait tâté de la vie fashionnable, telle que la mènent à Paris la plupart des jeunes gens qui ont quelques milliers de francs en poche, la bride sur le cou et la cervelle vide. Son petit capital s'y était engouffré en moins de deux ans. De cette joyeuse période de son existence il lui était resté deux choses, le goût des plaisirs et son appartement de garçon, décoré et meublé comme au temps de ce qu'il appelait sa splendeur.

Or, la vue de cet appartement avait excité l'imagination de Daniel, au point que, lorsqu'il se fut endormi, il se vit en rêve dans un appartement plus somptueux encore, et quand il s'éveilla ce fut sous cette impression qu'il écrivit deux lettres pleines d'un enthousiasme anticipé, l'une à son père, l'autre à Marcelin. C'eût été à leur donner le vertige si tout cela eût été une réalité au lieu de n'être qu'un mirage.

XV

Les grandes eaux jouaient à Versailles. Une foule immense de Parisiens, de provinciaux et d'étrangers entourait le magnifique bassin de Neptune, que Girardon, Lemoine, Bouchardon et Adam aîné ont décoré de chefs-d'œuvre.

Il était cinq heures du soir. Le soleil, après avoir embrasé l'atmosphère une partie de la journée, s'était voilé d'épais nuages. Un calme pesant régnait sous les bosquets peuplés de statues, et dans les allées ombreuses où pas une branche ne fléchissait, où pas une feuille ne s'agitait.

Pendant ce temps, à la vue de cinquante mille spectateurs, jaillissaient de la bouche des tritons, des naïades, des phoques et des chevaux marins, d'innombrables jets d'eau, et ces jets d'eau bouillonnaient, s'entrecroisaient, redescendaient en courbes majestueuses et formaient une petite tempête dans cette petite mer où Neptune, armé de son trident, rappelle le *quos ego* de l'Enéide.

Tout à coup un éclair sillonne l'espace; à l'éclair succède un coup de tonnerre que les échos se renvoient, de larges gouttes d'eau commencent à tomber çà et là, bientôt suivies d'un véritable déluge.

Ce fut un sauve-qui-peut général. En un clin-d'œil la peur dispersa la foule. Les fuyards se heurtaient, se poussaient, se renversaient. On se disputait les grottes et l'abri, les arbres les plus touffus; on se précipitait vers les portes du parc dans l'espoir d'atteindre un restaurant ou un café. Les allées et les gazons étaient jonchés de chapeaux, d'ombrelles, de mantelets et de chaussures de toutes les couleurs.

Un jeune homme, échappé de ce pêle-mêle, se réfugia sous une porte d'allée de la rue des Réservoirs, fort contrarié d'avoir été séparé de sa société par un remous de la foule. C'était Daniel.

Sous cette même porte se trouvait déjà une dame d'une cinquantaine d'années, grosse, courte, dont le visage bouffi rapetissait singulièrement le nez, la bouche et les yeux. Elle avait l'air très-effrayée.

De moment en moment elle penchait la tête vers la rue, promenait son regard inquiet de droite à gauche et de gauche à droite, et, troublée dans sa recherche par la pluie qui lui fouettait le visage, se renfonçait dans sa retraite en donnant tous les signes d'un vif désappointement.

— Ah! mon Dieu! ah! mon Dieu! — s'écriait-elle.

Daniel regarda comme un devoir de lui adresser quelques paroles de consolation.

— Rassurez-vous, madame, — lui dit-il du ton le plus poli, — cette averse me semble toucher à sa fin.

— Ce n'est pas pour moi, monsieur, que je suis inquiète, — répondit la dame.

Et dans un même instant, éblouie par un éclair, elle renouvela ses lamentables exclamations :

— Ah! mon Dieu! ah! mon Dieu!

— Remarquez, madame, que cette fois le coup se fait attendre; c'est un indice que l'orage s'éloigne.

Mais la dame, sans écouter Daniel, continua de gémir :

— Où es-tu, ma chère enfant, où es-tu?

— Je devine et je comprends votre affliction, madame; les mouvements tumultueux de la foule vous ont séparée de votre fille?

— Hélas! oui... Ma pauvre Armande, que vas-tu devenir?

— Elle rencontrera certainement des personnes qui s'empresseront de vous la ramener... A moins pourtant que mademoiselle Armande ne sache pas encore assez parler pour donner les indications nécessaires.

— Ma fille est dans sa vingtième année, monsieur, — dit la dame, qui parut flattée qu'on pût encore la supposer mère d'une toute jeune fille.

— Mille pardons, madame,— reprit Daniel,—je l'ignorais, et la vivacité de votre inquiétude me portait à croire... Mais puisque mademoiselle votre fille a l'âge que vous dites, soyez persuadée qu'elle saura bien vous retrouver chez vous sans avoir besoin d'aucun secours.

— Ah ! monsieur, une enfant qui ne m'a jamais quittée, et qui vient aujourd'hui pour la première fois, à Versailles. Je garderai rancune toute ma vie aux amis qui nous ont amenées à cette fête.

— Vous étiez avec des amis? nouveau motif pour vous tranquilliser; mademoiselle Armande n'a peut-être pas été, comme vous, séparée des personnes qui vous accompagnaient.

— Ah! que je voudrais le croire! — dit la dame avec un gros soupir; — mais, hélas! qui peut rassurer le cœur d'une mère?

— Moi peut-être, madame, — se hâta de répondre Daniel, qui, pressentant une attaque directe, voulut se donner au moins le mérite de la prévenance. — La pluie diminue, — reprit-il, après avoir tenu quelques instants sa main tendue hors de l'allée; — voulez-vous me permettre de vous conduire à ce café que j'aperçois à l'extrémité de la rue, et d'aller ensuite à la recherche de mademoiselle votre fille?

— Eh ! monsieur, comment reconnaîtrez-vous une personne que vous n'avez jamais vue?

— Vous me direz votre nom, madame; je parcourrai les rues qui avoisinent le parc; j'interrogerai les personnes que je verrai inquiètes et occupées à chercher, et comme il est à croire que telle est en ce moment l'occupation de mademoiselle votre fille et de vos amis, j'ai quelque raison de penser que mes démarches ne seront pas tout à fait sans résultat.

— S'il en était ainsi, monsieur, vous me rendriez la vie! — s'écria la dame, qui sembla se cramponner à cet expédient comme à une planche de salut.

Après avoir conduit au café la dame, qui se fit connaître sous le nom de Burdel, Daniel commença ses recherches. Il y employa plus d'une heure en pure perte.

Désespérant enfin du succès, il retourna au café, où l'attendait madame Burdel.

— Je vous ferai observer, madame, — dit Daniel, — que l'inutilité de ma démarche devrait moins vous désoler que vous rassurer. Je suis porté à croire que mademoiselle votre fille et vos amis n'ont pas été séparés, et qu'après une recherche aussi peu fructueuse que la nôtre, ils se sont décidés à retourner à Paris dans la certitude de vous y retrouver. Si j'osais vous donner un conseil, je vous engagerais à prendre également ce parti qui me semble le plus sage.

— M'en retourner seule! — s'écria madame Burdel avec effroi.

Daniel, qui croyait s'être mis suffisamment en frais de complaisance, fit une légère grimace, un peu provoquée, nous le disons à sa honte, par les cinquante ans et l'auguste rotondité de la dame.

Cependant il prit son parti en brave.

— Si vous y consentez, madame, nous allons prendre ensemble le chemin de fer; je vous accompagnerai jusqu'à la demeure de vos amis, où vous retrouverez très-probablement mademoiselle Armande.

Madame Burdel ne se fit pas répéter l'offre.

Quelques heures plus tard, la voiture où elle avait pris place à côté de Daniel en descendant de vagon s'arrêtait devant une maison du Faubourg-Montmartre; madame Burdel franchissait le marchepied assez lestement pour son âge et sa taille, courait à la loge du concierge et revenait presque aussitôt, essoufflée, mais joyeuse, annoncer au jeune homme que ses amis, ramenant sa fille, les avaient précédés seulement de quelques minutes.

Après avoir écouté les chaleureux remercîments de madame Burdel, Daniel se fit conduire à son domicile.

Au moment où il sonnait à la porte de son hôtel, après avoir réglé le compte du cocher, celui-ci le rappela :

— Eh! not' bourgeois, voici un objet qui n'était point dans ma voiture lorsque vous m'avez arrêté; ça doit appartenir à vous ou à la dame que nous avons déposée en route.

Cet objet était une miniature montée en broche que Daniel se souvint en effet d'avoir remarqué au col de madame Burdel.

Mû par le désir d'examiner de plus près une peinture qui lui avait paru reproduire les traits d'une jeune fille, Daniel se chargea de rendre le bijou à celle qui l'avait perdu.

XVI.

— Est-ce le portrait de la fille?... Pourquoi non? Est-ce tout simplement un portrait de fantaisie?... Quel dommage!

Telles étaient les questions que Daniel se faisait au sujet de la miniature qu'il avait trouvée dans le coupé, en s'occupant de sa toilette avec un soin tout particulier.

Les traits reproduits étaient ceux d'une jeune fille remarquablement belle. Deux arcs de jais d'une régularité parfaite s'arrondissaient au-dessus de deux yeux noirs, bien fendus, ombragés de longs cils qui en veloutaient l'éclat. Sur les tempes, et dessinant un front d'une grande pureté de forme et de couleur, ondulaient en gracieux bandeaux des cheveux souples et luisants comme de la soie. La bouche, sans être grande, n'avait pas non plus cette petitesse exagérée que le beau sexe envie, que les poëtes chantent, et dont tout le mérite est de faire grimacer une femme lorsqu'elle parle. Les lèvres vermeilles s'épanouissaient dans un sourire d'une expression ravissante; le nez était droit et avait les narines légèrement gonflées; de riantes fossettes creusaient les joues et le menton; enfin, les moelleux contours du visage, qui donnaient à ce portrait une physionomie d'ange, complétaient un ensemble harmonieux et d'un tel attrait que le regard s'en détachait difficilement.

Daniel ne put s'empêcher de comparer la beauté de cette jeune fille à celle d'Etiennette; comparaison qui laissait la victoire indécise.

Quoi qu'il en soit, il se disposait à reporter chez madame Burdel ce petit chef-d'œuvre; mais, au moment où il se préparait à sortir, il reçut la visite de Pocheveux et de Chavaroche.

— Un lundi! — s'écria-t-il fort étonné, — je ne comptais vous voir que dans la soirée.

— C'était aussi notre opinion ce matin à huit heures, — dit Pocheveux.

— Mais à huit heures et quart, congédiés et libres de disposer de notre temps, nous avons changé d'avis, — ajouta Chavaroche.

— Le patron vous a fait une galanterie?

— La galanterie de nous fermer la porte au nez.

— Est-ce bien possible?

— Toutes les monstruosités en ce genre sont possibles de la part d'un huissier.

— Exemple : Pocheveux est renvoyé pour avoir été sensible, et l'on me chasse parce que je suis l'ami et le protégé de Pocheveux.

— Ce sont d'étranges motifs en effet, — dit Daniel.

— Je vous fais juge de la cause, — reprit Pocheveux. — Figurez-vous une procédure menée à toute vapeur;

les défendeurs sont menacés d'une ruine complète, dont le premier signe visible, la saisie, apparaîtra dans la huitaine; alors s'évanouit pour eux l'espoir d'un mariage qui doit faire entrer dans la famille une fortune considérable... Voyez-vous d'ici la double désolation des perdants, le désespoir des jeunes fiancés?... Ce sont de ces tableaux auxquels on ne résiste point... Cependant il était possible encore de conjurer ce malheur... Comment? En gagnant le temps nécessaire à l'accomplissement du mariage. Pour cela, que fallait-il? Une toute petite cause de nullité, la plus légère inobservation de délais ou de formalités, une distraction enfin... Ma foi! je suis né avec un cœur qui n'est pas de pierre; j'ai eu la distraction. Eh bien! le croiriez-vous? sous prétexte qu'on va le condamner à payer une amende, des dommages-intérêts, et les frais de la procédure annulée, une bagatelle, le patron m'a grossièrement exilé...

— Quel butor! — dit Chavaroche; — le cœur de cet homme est assurément cuirassé de papier timbré.

— Bah! — reprit Pocheveux,—nous aurons pour nous consoler la satisfaction d'avoir fait des heureux et de savourer l'expression de leur reconnaissance.

Nous devons ajouter que Pocheveux avait souvent, dans le cercle de ses attributions, l'occasion d'exercer sa sensibilité, et qu'on soupçonnait fort la reconnaissance des heureux qu'il faisait de s'exprimer en beaux deniers comptants.

Si le coup avait été rude pour Chavaroche, il ne l'était guère moins pour Daniel, qui voyait crouler en un instant l'édifice qu'il avait construit sur le crédit et le pouvoir de Pocheveux.

Daniel, resté seul, tomba dans une rêverie bien différente de celles qui lui présentaient naguère de si riantes images.

L'inquiétude commençait à lui serrer le cœur.

— Qu'est-ce à dire? — s'écria-t-il enfin; — je m'arrêterais au premier faux pas? Ai-je la prétention de ne jamais rencontrer de pierres sur mon chemin? Non, dût-il se hérisser de montagnes, je les franchirai toutes.

Et, pour distraire son esprit des pensées importunes qui l'assaillaient, il se hâta de sortir et se dirigea vers la demeure de madame Burdel.

XVII

Madame Burdel était d'un naturel très-expansif et d'une loquacité intarissable. Sa reconnaissance redoublant de vivacité à la vue du bijou qu'elle avait regardé comme perdu, elle accabla Daniel de remercîments. Rien de plus frais, de plus élégant, selon Daniel, que l'espèce de boudoir où régnait un demi-jour mystérieux. C'était beaucoup mieux encore que chez Pocheveux. Un appartement ainsi décoré suffisait pour donner une idée favorable de la fortune, du goût et de la distinction des personnes qui l'habitaient. Tel fut l'effet produit sur notre novice provincial.

En moins d'une demi-heure, madame Burdel avait mis Daniel au courant d'une foule de détails sur sa position. Il apprit qu'elle était veuve d'un employé, qu'elle vivait seule avec sa fille, qu'elle avait en Amérique un parent millionnaire d'un âge très-avancé et dont l'héritage, hélas! ne pouvait se faire attendre bien longtemps; enfin qu'elle aspirait impatiemment au jour où le mariage d'Armande la délivrerait des soucis d'une tutelle, fardeau si pénible pour une pauvre femme sans conseil et sans appui.

Lorsqu'elle eut achevé cet historique, madame Burdel se leva pour entrouvrir une porte, et s'adressant à une personne qui se tenait dans la pièce voisine :

— Venez, ma chère, — dit-elle, — venez remercier monsieur de la peine qu'il s'est donnée hier pour calmer mes inquiétudes à votre sujet.

Armande parut.

Daniel fut comme ébloui : le portrait qu'il avait tant admiré n'était point une fantaisie d'artiste, le peintre était même resté bien au-dessous du modèle.

Ajoutons qu'il n'est point du domaine de la peinture de rendre cette magie de tournure, de démarche, de langage et de geste, privilége des Parisiennes de naissance ou de séjour, et qui fait d'elles les premières enchanteresses du monde.

Une belle femme, de quelque contrée qu'elle vienne, lorsqu'elle arrive à Paris, n'est que belle. Mais à mesure qu'elle séjourne et s'acclimate sous ce ciel favorisé, il s'opère dans son habitude extérieure une merveilleuse métamorphose. Elle ne savait que se vêtir, elle sait s'habiller. Ses mouvements s'assouplissent, sa taille se dégage, son langage s'épure; elle a d'autres regards, d'autres sourires, d'autres inflexions de voix. Enfin ce diamant n'était que brut, il s'est taillé, il s'est poli au contact du goût, de l'élégance, de la grâce, et de ses facettes jaillissent des feux étincelants.

Cela s'applique à la masure comme au palais, à la fille du peuple comme à la grande dame. Donnez vingt francs à une grisette parisienne, elle trouvera le secret de se composer une toilette ravissante. Puis vous la verrez, leste et pimpante, s'élancer vers la guinguette où le plaisir l'appelle, avec un charme de désinvolture inconnu partout ailleurs.

Aussi que de passions de provinces sont venues échouer aux pieds des sirènes de Paris!

Nous le confesserons à la honte de Daniel, s'il avait hésité entre Etiennette et le portrait, il n'eut pas plus tôt vu l'original que cette hésitation cessa.

Les manières unies, le regard franc, la voix naturelle, la robe de toile et la pantoufle de laine de la campagnarde ne purent soutenir la comparaison avec la molle langueur, l'œil caressant, la voix mignarde, la robe de soie et la bottine vernie de la Parisienne.

XVIII

Daniel rentra chez lui vraiment ivre d'admiration. Il passa la nuit assis à cheval sur une chaise, les bras appuyés sur le dossier, l'œil obstinément fixé sur l'image d'Armande.

— Je suis fou! — s'écria-t-il enfin en se réveillant le lendemain; — je suis fou! — Le retour de la lumière exerce généralement sur nos idées une influence salutaire; il les rend plus nettes, plus raisonnables. — Mademoiselle Armande, — continua-t-il, — avec son angélique figure, la fortune qu'elle paraît posséder et celle qui lui viendra des colonies, est faite pour être adorée; c'est incontestable. Mais où me conduira cette adoration, moi pauvre diable sans position et sans fortune? Suis-je libre d'ailleurs de disposer de moi? Etiennette n'a-t-elle pas ma parole comme j'ai la sienne? Et n'est-elle pas aussi un ange, Etiennette, un ange de candeur et de bonté? Il est vrai qu'elle n'a ni l'éclat, ni la grâce, ni l'élégance, ni la toilette exquise de mademoiselle Armande... Qu'importe?... cela peut lui venir après tout... Ce serait un acte insensé de repousser le bonheur que j'ai sous la main pour convoiter une félicité à laquelle il m'est défendu d'atteindre. Allons, point d'hésitation, suivons la voie que me tracent la raison et l'honneur. Je ne retournerai point chez madame Burdel, et je commencerai aujourd'hui même à faire d'actives démarches pour me procurer un emploi.

Daniel avait consulté les petites affiches et les divers placards apposés au coin des rues; son carnet, gros de renseignements, contenait une longue liste d'emplois vacants.

Il se présenta d'abord chez un banquier.

— Qu'y a-t-il pour votre service, monsieur?

— Monsieur, — répondit-il, — j'ai appris que vous aviez besoin d'un comptable.

— C'est vrai.

— Comme je me sens une vocation décidée pour la finance, je viens m'offrir.

— Avez-vous des recommandations?

— Non, monsieur.

— Quels sont vos répondants?

— Ma bonne volonté, mon zèle, mon dévouement.

Le banquier sourit, en homme habitué à entendre des phrases de ce genre.

— Dans quelle maison étiez-vous employé?

— Ce sera dans la vôtre que je ferai mon début, si vous daignez m'y accueillir.

— Ah! ah! — Nouveau sourire du banquier, qui examina Daniel de la tête aux pieds comme on fait d'une curiosité. Cet examen achevé, l'homme de finance reprit : — Que savez-vous?

— Un peu de grec... suffisamment de latin...

— Oh! oh!

— Je sais aussi l'histoire..., la géographie...

— Eh! eh!

— Vous voudriez m'interroger sur la géométrie, l'algèbre et même la trigonométrie, que je me crois en état de vous répondre sans trop d'hésitation.

— Je m'en garderai bien! — fit le banquier, — et pour plusieurs raisons... Mon cher monsieur, vous avez, je le vois, des connaissances très-étendues et qui vous font le plus grand honneur, mais que vous auriez difficilement l'occasion d'appliquer dans mes bureaux... Savez-vous la comptabilité?

— Monsieur...

Daniel paraissait chercher une réponse.

— Je vous demande si vous savez la comptabilité.

— Ce serait vous tromper que de répondre oui; mais j'ai du courage, et, sous votre habile direction...

— Je ne suis point professeur, — dit le banquier comprimant une forte envie de rire. Et comme Daniel essayait d'insister : — Vous vous êtes trompé d'adresse, — ajouta le banquier en se levant pour le congédier; — ma maison n'est pas l'Institut; j'ai besoin d'un comptable et non pas d'un savant.

Un jour, Daniel crut toucher au port; c'était chez un négociant.

— Monsieur, j'ai appris que vous aviez besoin d'un commis pour la correspondance...

— En effet.

— Comme je me sens une vocation décidée pour le commerce...

— Vous venez solliciter la place vacante? — dit le négociant du ton le plus affable.

— Oui, monsieur.

— Il n'est pas impossible que nous nous entendions. Vous avez reçu une bonne éducation, je suppose? Je tiens essentiellement à une bonne éducation!

— S'il plaisait à monsieur de me questionner... répondit Daniel.

— Eh bien! voyons, que savez-vous?... le français?... oui, cela va sans dire... et ensuite?

— Le grec, un peu...

— Je ne commerce point avec la Grèce; j'aurais préféré l'allemand... Après?

— Le latin, pas mal...

— Superfluité : passons.

— La géographie...

— A la bonne heure; voilà qui est essentiel.

— L'histoire...

— Pour votre agrément, je ne dis pas; mais c'est inutile en fait de sucre, de café, de cannelle et de trois-six.

— Enfin je possède assez bien la géométrie, l'algèbre, la trigonométrie...

— A merveille! il ne me déplaît point d'avoir un jeune homme instruit dans mes bureaux... Où avez-vous travaillé?

— Nulle part encore.

— Eh bien! ce n'est pas un mal; j'aime assez à former un commis moi-même. Ma foi! vous me convenez, et je crois que nous ferons affaire ensemble. — Daniel était radieux. — A propos, voyons votre écriture, — reprit le négociant.

— Mon écriture? — répliqua Daniel avec assurance : on m'a toujours dit qu'elle était correcte et lisible.

— Parfait!... mettez-moi sur ce papier un échantillon de votre plus belle cursive. — Daniel obéit avec l'empressement d'un homme sûr de son fait. Mais, à la vue des caractères que traçait avec complaisance la main du jeune homme, le négociant poussa comme un cri d'indignation. — Qu'est-ce que c'est que ça? De la coulée, de la batarde, l'écriture de nos pères avant 89! Faites-moi, s'il vous plaît, une ligne de cursive américaine. — Daniel, dont la main resta tout à coup immobile sur le papier, regarda le négociant d'un air ébahi. — Eh bien! ne m'avez-vous pas compris!

— Pardon, monsieur : mais, je dois en convenir, j'ignore ce que c'est que la cursive américaine.

— Et vous avez la prétention d'entrer dans le commerce?

— Je croyais...

Le négociant l'interrompit d'un ton sec :

— Le temps étant de l'argent, je regrette considérablement le quart d'heure que vous venez de me faire perdre. Que diable! mon cher, avant de demander une place on apprend à écrire.

Une autre fois Daniel entra dans un magasin de nouveauté.

— Monsieur, — dit-il au patron, — je me sens une vocation décidée pour la vente des étoffes.

Le pauvre garçon avait une vocation décidée pour tout ce qui se présentait.

— Vous désirez entrer chez moi? — dit le patron; — rien de plus facile.

— Ah! monsieur, croyez que je saurai reconnaître par mon zèle...

— J'y compte. Voici mes conditions...

— Je m'y soumets les yeux fermés.

— D'autant plus que vous visiteriez tous les grands magasins de Paris avant d'en trouver de meilleure. Vous serez pensionnaire durant les deux premières années...

— Pensionnaire!

— A raison de mille francs par an, que vous payerez d'avance et par trimestre...

— Monsieur...

— La troisième année, je vous garderai au pair; et nous verrons la quatrième ce que vous serez en état de gagner.

— Monsieur...

— Point d'inquiétude : je suis juste et je vous traiterai convenablement... Ah! je vous préviens qu'une frisure élégante est journellement de rigueur. Il est bien entendu que les frais de coiffeur ne me regardent point

— Mais, monsieur...

— Cela ne vous convient pas? voyez ailleurs.

— Vous vous êtes mépris sur mes intentions; ce n'est point en qualité d'élèves que je désire entrer dans votre établissement.

— C'est-à-dire que votre éducation est faite. Vous savez diriger un rayon? Vous entendez la vente, l'étalage? Oh! c'est une autre question... Le nom de votre ancien patron, s'il vous plaît? J'irai aux renseignements, et, s'ils sont bons, comme je me plais à le penser...

— Je dois vous prévenir, monsieur, que je n'ai encore appartenu à aucune maison, et que je me suis présenté devant vous avec l'espoir de faire mes premières armes dans la vôtre.

Le patron partit d'un éclat de rire homérique. Daniel se rebiffa.

— Je ne crois pas avoir rien dit, monsieur, qui soit de nature à justifier cette moquerie.

— Eh! c'est vous, monsieur, qui vous moquez de moi, en prétendant que je vous paye pour avoir le plaisir de vous apprendre votre métier!... Serviteur de tout mon cœur!

Nous ne suivrons point Daniel dans toutes les démarches qu'il lui plut de tenter; elles étaient en général aussi peu raisonnables que celles dont nous venons de faire le récit, et naturellement elles furent couronnées du même succès.

Cependant les jours, les mois s'écoulaient; Daniel voyait avec effroi se rompre l'une après l'autre toutes les cordes sur lesquelles il avait compté. L'illusion se déchira complétement, et la réalité lui apparut enfin. Ne sachant plus que tenter, saisi d'un regret poignant, nous dirions presque d'un remords, il n'entrevit plus qu'une voie de salut : le retour au pays.

Mais comment annoncer lui-même à son père la ruine de ses espérances? Comment subir les témoignages d'ironique pitié qui l'accueilleront au village lorsqu'on le verra revenir la tête basse, lui qui la portait si haute au départ? Comment reparaître devant monsieur Auberlin, dont les sages conseils ne lui avaient pas manqué? Enfin, comment dire à Etiennette : « J'ai fait, malgré vous, une folie, et, pour prix de cette folie, je viens réclamer votre main? »

Ce fut donc l'orgueil encore qui l'emporta sur la raison.

— Dussé-je mourir de faim à Paris, — s'écria-t-il, — j'y resterai!

XIX

Daniel, à mesure que diminuaient ses modiques finances, était entré dans une voie de procédés économiques dont Harpagon lui-même se serait fait un titre de gloire.

Puis, à bout d'expédients, il avait eu recours au mont-de-piété et aux marchands d'habits, ces suprêmes ressources du pauvre diable qui lutte contre la misère.

Tout cela n'avait abouti qu'à un sursis de quelques semaines.

Daniel devait un mois de loyer; le propriétaire de l'hôtel, avant de disposer de sa chambre, lui avait accordé un dernier répit de deux jours.

Nul crédit chez les restaurateurs; depuis longtemps il vivait chez lui de pain sec.

Il n'avait plus même la ressource de pouvoir retourner dans son pays.

Quel parti lui restait-il à prendre?

Question terrible, agitée dans un accès de fièvre, au milieu du silence de la nuit, à la lueur d'un dernier bout de chandelle, en présence d'une dernière pièce de vingt sous.

Daniel se leva droit et ferme, sortit de sa chambre, descendit l'escalier, demanda le cordon d'une voix rude, franchit le seuil de l'hôtel et se dirigea d'un pas précipité vers le quai où débouchait la rue dans laquelle il demeurait.

Il n'y avait point de lune; d'épais nuages interceptaient la faible lueur des étoiles; mais la nuit eût-elle été claire et sereine, Daniel n'aurait rien vu sur son passage : il était comme en état de somnambulisme.

Le corps aussi roide que la statue du commandeur, il gagna le trottoir, longea le parapet, tourna au premier pont et s'avança jusqu'au point culminant des deux pentes.

Là, par un brusque mouvement de conversion, il fit face au parapet qu'il se disposa à escalader.

— Butor! —cria une voix rauque.— Au même instant se brisait avec fracas sur le pavé une bouteille dont les éclats et le contenu rejaillirent sur les vêtements, sur les mains et jusque sur le visage de Daniel; il s'arrêta comme réveillé en sursaut. — Butor! — répéta la voix sur un ton plus élevé.

Et Daniel sentit une main qui le saisissait et le secouait rudement par le collet.

— Que me voulez-vous? Laissez-moi!

— Tiens, je connais cette voix là! — L'homme qui avait arrêté Daniel l'entraîna jusqu'au premier bec de gaz. Ils se regardèrent et s'écrièrent en même temps.— Daniel.

— Buchard!

— Que diable venez-vous faire ici à pareille heure?

— Et vous même, qu'y faites-vous?

— Je n'ai pas de comptes à vous rendre, — dit Buchard d'une voix sombre.

— Ni moi, je suppose.

— C'est juste. Vous auriez pourtant pu vous dispenser de me heurter et de briser ma bouteille.

— Il fait si noir que je ne vous avais pas aperçu.

— Mon Dieu! ce n'est pas que je vous en veuille... Mais vous m'avez fait grand tort.

— Que renfermait donc de si précieux cette bouteille?

— Le courage.

— Je ne sais pas deviner les énigmes.

— De l'eau-de-vie, si vous comprenez mieux; j'avais dépensé le reste de mon argent. — Et cherchant à s'exciter lui-même par un accent et des gestes de mélodrame : — Au fait, qu'est-il besoin d'eau-de-vie pour se donner du cœur? De quoi s'agit-il? D'un élan à prendre, d'une minute à souffrir; il n'y a pas là de quoi faire tant de simagrées.

Buchard, en parlant ainsi, mettait un pied sur le parapet.

Daniel, à son tour, saisit Buchard par le bras, le força de descendre et le ramena, non sans peine, de l'autre côté du trottoir.

— Malheureux! quel motif vous a poussé à cet acte de désespoir?

— La vie n'est qu'un tas d'ennuis; j'n'en voulons plus.

— Vous êtes fou! Avec un bon métier dans les mains, de quoi vous plaignez-vous?

— De quoi?... de quoi?...

Buchard, comme tous les gens qui souffrent et qui trouvent une occasion de s'épancher, se lança dans un récit dont le lecteur nous sera gré de lui donner seulement la substance.

Bouffi d'orgueil, dévoré d'ambition, persuadé qu'il était sans pareil en sa qualité de charpentier, Buchard s'était vu contraint d'en rabatre dès son arrivée à Paris. Loin qu'il fût en état de commander aux autres, il se trouva qu'il lui restait beaucoup à apprendre pour se maintenir même dans les derniers rangs. Ses camarades lui payèrent en moqueries la suffisance dont il avait fait preuve à son début; il se fâcha, des querelles survinrent; on le regarda comme un bargneux compagnon. Voyant qu'on évitait toute relation avec lui, il se laissa aller au chagrin, au découragement : il était ouvrier médiocre, il devint ouvrier inexact. On le vit bientôt au cabaret plus souvent qu'au chantier. Ce qu'il gagnait était loin de suffire à sa dépense; il se fit ouvrir des comptes, paya mal, puis ne paya plus. Lorsqu'il eut ainsi épuisé la ressource du crédit, il se retourna du côté de sa sœur, qui était entrée au service d'un vieux ménage de bourgeois aisés. Micheline accueillit favorablement les premières demandes de son frère; mais trouvant qu'il revenait à la charge un peu plus que de raison, elle lui répondit par un refus, accompagné d'une remontrance où n'étaient pas épargnées les épithètes d'ivrogne et de paresseux.

Là-dessus, Buchard se retira sans mot dire; son cerveau, naturellement faible, battit la campagne; il se persuada que ce qu'il avait de mieux à faire c'était d'en finir avec la vie. Dans la crainte de manquer de résolution au moment décisif, il convertit ses derniers sous en eau-de-vie. Nous savons le reste.

— Je vous répète, Buchard, que vous êtes fou, — dit Daniel; — le dérangement de votre conduite et votre découragement viennent d'un amour-propre mal entendu et qui n'a point d'excuse. Ah! que n'ai-je, comme vous une profession qui me donne le pain de chaque jour! Avec quelle ardeur je travaillerais!... Si seulement je n'avais pas rendu impossible mon retour au pays, comme je m'empresserais d'aller y reprendre la charrue et la bêche!

— Vous! — dit Buchard avec stupéfaction.

— Oui, moi, que mon ignorance du monde et une ambition non moins folle que la vôtre ont aussi poussé vers cet abîme où vous alliez vous précipiter.

— C'est impossible. Un jeune homme qui a du latin plein la tête et qui en sait plus long dans son petit doigt que le curé de Saint-Remy dans toute sa personne!... Ah! si j'avais eu la chance d'être à votre place.

— Vous seriez comme moi, Buchard, réduit à l'alternative de mourir volontairement cette nuit ou demain forcément par la faim.

— Oh! je ne vous laisserai pas faire. C'est à moi seul d'en finir, car je suis un ignorant, un fainéant, un incapable de gagner ma vie; tandis que avec votre science, vous pouvez toujours vous tirer d'affaire. Allez-vous-en, monsieur Daniel. Adieu, adieu.

Et Buchard fit de nouveau quelques pas dans la direction du parapet.

— Encore une fois, Buchard, vous perdez la tête, — dit Daniel en le retenant vigoureusement. — Je ne vous laisserai point accomplir ce coupable projet.

On était au cœur de l'été; le jour commençait à poindre; Daniel s'aperçut que deux sergents de ville les observaient en se promenant sur le trottoir opposé.

— Au surplus, Buchard, — reprit-il, — nous sommes surveillés; éloignons-nous.

— Oui, mais je trouverai bien un autre endroit, — grommela Buchard.

— Du tout! je ne vous quitte pas, — répliqua Daniel, à qui la résolution du charpentier paraissait dénuée de tout motif plausible et regardait comme un devoir de le sauver malgré lui.

— Retournez à votre domicile, — continua-t-il, — et laissez-moi accomplir seul ma destinée dans quelque coin écarté.

— Du tout! — riposta Buchard à son tour, regardant pareillement comme un devoir de sauver un homme aussi bon latiniste que le curé de Saint-Remy: — c'est à vous de vous en aller; retourner chez vous. Quant à moi, où voulez-vous que je perche aujourd'hui? Je n'ai plus d'autre gîte que le fond de la Seine.

— En ce cas, suivez-moi. J'ai droit au mien jusqu'à ce soir. Venez. S'il ne s'est pas opéré jusque-là de changement dans vos idées, eh bien, à la tombée de la nuit, rien n'empêchera que nous fassions le voyage ensemble.

— Bien sûr?

— Je vous en donne ma parole.

Calmé par cette assurance, Buchard se laissa conduire chez Daniel.

S'il y eût lieu de décerner une médaille de sauvetage en cette circonstance, on peut se demander quel est celui des deux qui l'eût le mieux méritée.

XX

Daniel s'était jeté tout habillé sur son lit; mais il ne dormait pas, il réfléchissait.

Buchard, assis sur une chaise, avait les bras croisés sur la table et la tête enfoncée entre les bras. Le bruit régulier et sonore de sa respiration indiquait qu'il dormait profondément.

A quoi songeait Daniel.

A sa propre situation? La mort, qu'il l'attendit ou qu'il la provoquât, n'était qu'une question de quelques jours de plus ou de moins; il ne s'en inquiétait plus.

Mais cet homme qui avait un métier, qui pouvant gagner sa vie, n'avait pas selon lui, le droit de recourir à la mort, et que, par un hasard providentiel, il avait empêché d'exécuter son funeste projet, voilà qu'il était le sujet de ses réflexions. Il lui semblait qu'en accomplissant cette bonne œuvre, il sortirait de ce monde avec moins de regret.

Parmi tous les moyens que lui suggérèrent ses méditations, il n'en vit point de plus sûr que de réconcilier Buchard avec sa sœur.

Il se leva sans faire de bruit, afin de ne pas réveiller le dormeur, et descendit chez le portier, qu'il députa vers Micheline, d'après les indications que Buchard lui avait fournies la veille dans son récit.

Daniel était à peine remonté qu'il entendit retentir dans l'escalier de bruyants éclats de rire.

Presque au même instant des coups redoublés faillirent enfoncer la porte.

Buchard, réveillé en sursaut, se redressa d'un bond; on eût dit, à voir son air effaré, d'un mort revenant à la vie et sortant du cercueil.

C'étaient Pocheveux et Chavaroche qui annonçaient si bruyamment leur arrivée.

Ils entrèrent avec des visages épanouis.

— Bonne nouvelle, mon cher! — s'écria Chavaroche; — notre ciel s'éclaircit, et parmi les rayons que le soleil daigne enfin répandre sur nous, il ne tiendra qu'à vous qu'il y en ait un à votre adresse.

Daniel, ouvrant de grands yeux, pressa Chavaroche de s'expliquer.

Chavroche raconta que Pocheveux l'associait à une magnifique entreprise qui devait les mettre tous deux dans le chemin de la fortune.

Quant au rayon de soleil qu'il était loisible à Daniel de s'attribuer, suivant l'expression métaphorique de l'ex-secrétaire de la mairie de Saint-Remy, voici en quoi il consistait:

Chavaroche, en jouant au billard dans un estaminet où le conduisait Pocheveux, avait fait la connaissance d'un employé des contributions directes. Celui-ci avait offert à son nouvel ami, qui se plaignait d'être sans emploi, une part dans le travail que son administration distribuait à des expéditionnaires du dehors. Appelé par Pocheveux à courir d'autres chances, Chavaroche, à son tour, s'empressait de transporter à Daniel l'offre qui lui avait été faite.

Ce n'était pas une bien brillante ressource. Le gain d'une centaine de francs au plus, telle pouvait être, au bout de chaque mois, la rémunération d'un travail assidu, monotone, où les chiffres jouaient le principal rôle. Mais, enfin, c'était une planche où s'accrocher dans le naufrage; Daniel se sentit revenir des forces pour la lutte; il sauta en pleurant de joie au cou de Chavaroche.

— Vous me sauvez la vie! — s'écria-t-il.

Puis il raconta ses démarches sans résultat, son découragement, sa détresse, son désespoir, son projet de suicide et sa rencontre avec Buchard, qui seule en avait retardé l'exécution.

— Pardieu ! — dit Pocheveux, — nous ferons coup double. Buchard, savez-vous lire ?

— Passablement dans les livres ; mais, dans l'écriture, en y mettant le temps.

— Savez-vous écrire ?

— Un peu ; mais je ne réponds pas de l'orthographe.

— Un garçon de bureau s'en passe à la rigueur.

— Garçon de bureau ?

— Dans mon administration. Cela vous va-t-il ?

— Si ça me va !... mais comme un bas de soie !

Buchard se mit à sauter et à battre des entrechats.

— Certainement, monsieur Pocheveux, — reprit-il.— Par ainsi, je ne serai plus ouvrier, je n'aurai plus un salaire à tant le jour, je toucherai des appointements tous les mois : me voilà libre ! me voilà indépendant !

Pauvre fou !

— Ce jour, — reprit Pocheveux, — étant pour tous un jour de bonheur, il est indispensable que nous le fêtions ensemble. — Tirant de sa poche un carnet, il en arracha un feuillet et sur lequel il écrivit quelques lignes. — Voici, — dit-il à Chavaroche, — un croquis de menu que tu vas porter chez le restaurateur le plus proche ; tu lui recommanderas de ne pas se faire attendre.

Une heure ne s'était pas écoulée que la chambre de Daniel retentissait de propos joyeux, se mêlant au choc des verres et au cliquetis des fourchettes.

Tout à coup la porte s'entr'ouvrit, se referma, s'ouvrit de nouveau, et une voix féminine prononça ces paroles :

— Et non, pourtant, je ne me trompe pas... c'est bien ici.

— Ma sœur ! — s'écria Buchard.

— Micheline ! — fit Chavaroche.

— Peste ! la jolie fille, — pensa Pocheveux.

Nous savons que les deux passions prédominantes de Micheline étaient la gourmandise et l'amour des rubans. Pour ce qui est des rubans, elle en avait à profusion, dont la couleur cerise rehaussait encore l'éclat de son teint ; quand à sa gourmandise, elle se manifesta par le prompt coup d'œil de convoitise qu'elle lança sur la table couverte en ce moment des friandises du dessert.

Pocheveux, l'ayant invitée galamment à prendre place auprès de lui, elle ne se fit pas répéter l'invitation, et se mit à manger du meilleur appétit, oubliant de s'enquérir du motif pour lequel Daniel l'avait envoyé chercher, ou plutôt trouvant tout naturel que ce motif fût le repas même auquel on la conviait.

— A ce que je vois, mademoiselle Micheline, — dit Pocheveux, — l'air de Paris n'est pas plus contraire à votre belle humeur qu'à votre charmant visage.

— Ah ! dame, — répondit-elle, — je ne me fais point de bile, je prends le temps comme il vient, et si ce n'était monsieur qui me tracasse... Faites excuse, vous me marchez sur les pieds.

Pocheveux se confondit en expressions de regret.

— Vous disiez donc, — poursuivit-il d'un ton patelin, que monsieur...

— Un vrai original !... Tenez, ne me parlez pas des vieilles gens ! c'est cousu de manies !... Celui-là ne s'est-il pas chaussé dans la tête de m'apprendre l'orthographe et le beau langage, sous prétexte que j'ai des dispositions, et que c'est utile pour étudier la cuisinière bourgeoise.

— Le fait est Micheline, — dit Daniel, — que vous avez fait de sensibles progrès.

— C'est égal, sans les attentions délicates et les rubans que monsieur me prodigue à chaque progrès que je fais dans la grammaire, comme je vous l'enverrais chercher des écolières ailleurs !

— Et que dit madame ?

— Madame est une bégueule qui se plaint toujours que mes rôtis ont des coups de feu. Prenez donc garde ! vous mettez votre chaise sur ma robe. — Pocheveux fit mine d'éloigner sa chaise. — Ah ! — reprit Micheline, — c'est un pain furieusement dur que celui qu'on mange au service des autres !

— Surtout — dit Pocheveux, — lorsque, comme vous, on est faite soi-même pour être servie.

— Ah ! si je voulais écouter monsieur !...

— Vraiment !

— Mais il faut voir comme je le remets à sa place !

— Et tu fais bien, — dit Buchard.

— Un homme marié ! — dit Chavaroche.

— Un vieillard ! — fit Pocheveux avec un air d'indignation.

Le repas se prolongea jusqu'au soir.

Micheline et Buchard s'embrassèrent en signe de réconciliation.

Pocheveux obtint la faveur de reconduire Micheline.

—Une journée d'absence,—dit-elle à son cavalier,—et sans permission ! Ils sont capables de me mettre à la porte !

Pocheveux prit une carte dans son porte-visites.

— Je ne serai pas embarrassé de vous trouver une condition meilleure, — lui répondit-il ; — voici mon adresse.

XXI

C'était une situation assez précaire que celle de Daniel. Le travail que lui avait procuré Chavaroche n'était point régulier, et s'il y avait des mois où il pouvait gagner une centaine de francs, il y en avait d'autres dont le résultat était presque insignifiant.

Cependant, comme il était laborieux et d'une exactitude scrupuleuse, il était parvenu à se faire remarquer du chef de l'administration. On l'encourageait par des éloges ; la première place vacante lui était promise. Aussi redoublait-il de zèle, et supportait-il avec patience les privations présentes, dans l'espoir d'un avenir meilleur et qui ne pouvait être éloigné.

Tout fier de pouvoir annoncer l'heureux changement survenu dans sa position, il avait écrit à Saint-Remy deux lettres d'un style emphatique et triomphant : l'une, adressée à son père ; l'autre, au père d'Etiennette.

La réponse d'Antoine Gontier ne se fit pas attendre. Elle n'avait qu'une seule phrase, mais elle était d'une belle longueur :

« Mon cher fils, » écrivait-il, « je n'ai jamais douté de » ton succès, vu que c'était ton devoir de me récompen- » ser des sacrifices auxquels je me suis résigné pour » t'aider à faire ton chemin, ce que je ne regrette point, » attendu que le moment est venu pour toi de m'en dé- » dommager et que j'ai une trop parfaite connaissance » de ton cœur pour croire que tu hésiteras, à cette heure » que tu es en passe de faire fortune, et par ainsi voilà » la chose : c'est à savoir que Nicolas Bougran, le pro- » priétaire actuel du champ que j'ai vendu pour te gar- » nir l'escarcelle au départ, s'est avisé, le scélérat qu'il » est, de me faire un procès au sujet des arbres qui bor- » dent ses confins, et qui m'appartiennent aussi vrai que » le bon Dieu nous jugera tous au jour du jugement » dernier, ainsi que les gens de justice avec qui il faut » toujours avoir l'argent à la main, ce qui fait que j'ai » été forcé de vendre mes récoltes sur pied à Jérôme » Bâchu pour moitié de leur valeur, d'où tu peux penser, » que, si ça dure, je n'aurai pas tant seulement une » pauvre pièce de cent sous à la saison des semailles, ce » qui me fera un grand préjudice, si bien que je compte » sur toi au reçu de la présente pour me tirer définitive- » ment d'embarras, moyennant une petite somme de » deux cent cinquante francs soixante-cinq centimes, » montant des frais d'expertise et de jugement que j'ai » perdu avec lesquels je suis ton père pour la vie.

» ANTOINE GONTIER,

» Qui te prie en outre d'affranchir le tout, vu que la

» port me gênerait à payer, et tu pourrais profiter de » l'occasion pour m'envoyer une redingote, la mienne é tant percée au coude, que ça ne me désobligerait » nullement. »

La réponse de monsieur Auberlin arriva le même jour que celle du père Gontier. Elle était d'un homme peu enclin à sacrifier le raisonnement aux fleurs de rhétorique.

« ..... Je souhaite, mon cher Daniel, » disait il, « que » ton esprit enthousiaste ne te porte pas à considérer » des illusions comme des réalités. Avec plus de simpli- » cité dans les expressions, peut-être m'inspirerais-tu » plus de confiance. Je crains que ta vue, comme ton » langage, aient le défaut de l'hyperbole... »

Une phrase assez froide au sujet d'Etiennette terminait la lettre de monsieur Auberlin.

Daniel irrité froissa le papier dans ses mains.

— Voilà, — s'écria-t-il, — le prix de tant d'efforts, de soucis et de travail! On se défie de moi, on m'accuse presque de mensonge! Et, de la part d'Etiennette, pas une parole d'encouragement! Devait-elle souffrir que son père m'écrivit sur ce ton? Quelle glace dans le cœur de ces gens-là!... Et moi, pauvre dupe, que fais-je cependant? Je lutte contre mon propre cœur pour rester fidèle à une jeune fille qui m'oublie peut-être!

Ces deux lettres affligèrent diversement Daniel.

A peine commençait-il à ne pas mourir de faim, que déjà l'on tirait à vue sur lui.

Le désappointement, la colère, l'orgueil blessé, le jetèrent dans un état de morosité d'où le fit seule sortir une rencontre qui devait influer définitivement sur sa destinée.

XXII

Pocheveux et Chavaroche, dans le dessein d'égayer leur ami, le conduisirent un soir au théâtre des Variétés.

On jouait une des plus désopilantes farces de notre époque, les *Saltimbanques*.

Mais tandis que la salle entière accueillait par de francs éclats de rire l'éloquence transcendante et la puissante logique de Bilboquet, Daniel écoutait distraitement et bâillait.

— Vos lèvres n'ont pas fait un pli, — dit Pocheveux pendant un entr'acte; — je déclare votre guérison impossible.

— Tout cela sent le tréteau, — fit Daniel avec un haussement d'épaules.

— Tréteau tant que vous voudrez, — dit Chavaroche; — c'est plus amusant que les pièces de vos grands théâtres, qui n'affichent souvent la bégueulerie qu'à défaut d'autre mérite.

— Pour moi, — reprit Pocheveux, — ce que j'estime le plus dans un spectacle, ce sont les jolies femmes.

— A propos de jolies femmes, — dit Chavaroche, — regardez donc aux premières loges cette charmante brune dont les yeux, depuis un quart d'heure, n'ont pas changé de direction... Ce doit être une de tes connaissances, Pocheveux, car tu parais être le point de mire de son regard?

— Pas mal, en effet, — dit Pocheveux; — mais je te jure que je la vois ce soir pour la première fois.

— Ce n'est pourtant pas à moi qu'elle en a, — reprit Chavaroche; — elle m'est parfaitement inconnue, à mon grand regret, je l'avoue.

— On sait que tu es d'une nature inflammable.

— Eh! mais en y regardant de plus près, je serais tenté de croire que toute l'artillerie de ces grands yeux noirs est pointée contre notre beau ténébreux, qui n'a pas seulement l'air de s'en douter. Que diable! mon cher Daniel, — poursuivit Chavaroche en poussant du coude le jeune homme, — vous avez l'œil à terre comme si vous cherchiez des curiosités sous les banquettes. Faites-moi l'amitié d'honorer d'un de vos regards la quatrième loge à droite du premier rang.

Daniel leva les yeux machinalement et les tourna du côté que lui avait indiqué Chavaroche. Ses joues, pâlies par le chagrin, se colorèrent aussitôt du plus vif incarnat.

Il avait reconnu Armande.

Celle-ci baissa ses longues paupières en faisant une légère inclinaison de tête.

La grosse madame Burdel remplissait, à côté de sa fille, le devant de la loge; elle envoya sans façon à Daniel son salut le plus amical.

— Mon compliment sincère, monsieur Daniel, — dit Pocheveux; — ce n'est pas à vous qu'on fera le reproche de mal placer vos affections.

— Vous êtes dans l'erreur, — répondit Daniel, dont le visage s'empourpra davantage encore.

— Modestie et discrétion! — fit Chavaroche, — deux grandes vertus, cher ami! Vous devriez toutefois y joindre celle de ne point rougir.

Daniel jugea que ce qu'il avait de mieux à faire était de garder le silence.

Mais ses deux amis continuant à l'importuner de leurs remarques et de leurs félicitations, il se leva pour sortir de la salle pendant l'entr'acte, sous prétexte qu'il avait besoin de prendre l'air.

Parvenu près d'une des portes latérales de l'orchestre, il entendit une voix qu'il crut reconnaître s'écrier:

— Ah!... mon bouquet!

Au même instant, un énorme bouquet de boutons de roses entouré de violettes et d'œillets tomba devant lui.

Il le ramassa et regarda dans la direction qu'il avait dû suivre en tombant.

Son oreille ne l'avait point trompé; le bouquet appartenait à la mère d'Armande.

Daniel ne pouvait se dispenser de reporter le bouquet.

Madame Burdel commença naturellement par le remercier, puis il eut à essuyer les plus aimables reproches sur sa disparition.

La fille avait trop de tact pour ajouter un seul mot aux instances de sa mère, mais semblait les confirmer; et, lorsque ce premier sujet d'entretien fut épuisé, elle en aborda d'autres avec esprit et grâce.

Lorsque Daniel sortit de la loge pour aller rejoindre ses amis, il était dans le ravissement.

— Jamais, — pensait-il en traversant d'un pied leste le couloir de l'orchestre, — je n'aurais osé reparaître chez madame Burdel sans le hasard qui m'a fait tomber ce bouquet sur la tête.

Le hasard!

On est si naïf à vingt ans!

XXIII

Le lendemain de cette soirée, une lettre sous grande enveloppe vint mettre le comble à sa joie en lui prouvant que la capricieuse fortune consentait enfin à lui sourire.

Cette lettre lui était adressée par le chef des bureaux de l'administration pour laquelle il travaillait à l'extraordinaire. Elle portait que, un emploi étant devenu vacant, le directeur, satisfait du zèle et de l'exactitude de Daniel, en avait disposé en sa faveur.

L'emploi était à la vérité subalterne. Ce n'était pas encore ce qu'avait rêvé Daniel en quittant son village, mais il avait appris la modération et la patience à l'école de la déception. Était-il interdit d'ailleurs à celui dont le mérite avait emporté d'assaut cette première position d'en escalader une supérieure en persévérant dans la même voie?

Quant au traitement, il était modique ; mais il suffisait, en attendant mieux, pour mettre à l'abri du besoin.

Avant le jour où il avait reçu la lettre de monsieur Auberlin, la première pensée de Daniel, à la nouvelle de ce changement dans sa destinée, se fût reportée sur Etiennette; il eût mesuré avec bonheur de combien se raccourcissait la distance qui le séparait d'elle. Mais le ressentiment avait déjà obscurci dans son cœur l'image de sa compagne d'enfance, et la vue d'Armande avait achevé, la veille, d'en effacer jusqu'au dernier trait.

Daniel prit possession de son emploi sans même en avertir monsieur Auberlin. Il garda vis-à-vis de son père la même réserve, dans la crainte de s'attirer de nouvelles demandes d'argent, et pour s'épargner l'humiliation de répondre, comme la première fois, par des refus motivés sur son impuissance.

Mais, le dimanche qui suivit son installation, il alla rendre visite aux dames Burdel, ainsi qu'il le leur avait promis.

La mère et la fille lui firent le plus bienveillant accueil.

Sa visite ne pouvait venir plus à propos : on avait projeté une promenade au bois de Boulogne, et ces dames n'avaient point de cavalier.

Madame Burdel n'avait pas le défaut de ménager la louange ; elle y gardait même si peu de mesure qu'elle causa plus d'une fois de l'embarras à notre jeune provincial.

Armande avait des séductions autrement puissantes : la vivacité de son regard, l'aménité de son sourire, le charme de toutes ses grâces naturelles ou étudiées. A tant de moyens de séduction venaient encore en aide le bon goût et l'élégance de sa toilette : elle portait avec tant d'aisance la soie, la dentelle, les broderies, il y avait dans sa coiffure, dans la coupe de sa robe, dans la manière dont elle était gantée et chaussée, un tel cachet de distinction qu'elle semblait être née dans le château d'un duc ou dans l'hôtel d'un roi de la finance.

Il y avait des moments où Daniel était tenté de se prosterner devant elle.

La promenade fut charmante. Madame Burdel et sa fille occupaient le fond d'une calèche de remise. Daniel, assis vis-à-vis d'elles, s'enivrait à la fois de la vue de l'une et des compliments hyperboliques de l'autre.

Avec quel regret il vit la calèche reprendre la route des Champs-Elysées, et comme il trouva que les heures s'étaient vite écoulées !

Elles s'étaient vite écoulées, en effet : Daniel s'en aperçut au compte du cocher, avec qui madame Burdel jugea naturellement convenable de lui laisser régler cette bagatelle.

XXIV

Le soir, madame Burdel aidait sa fille à se déshabiller :

— Ne trouves-tu pas, Armande, que ce jeune homme est tout à fait bien?

— Assurément, ma mère, s'il faut placer au premier rang des perfections la gaucherie et la naïveté.

— Deux qualités qui ne sont pas dépourvues de mérite dans un mari.

— Vous êtes donc bien résolue à jouer encore cette partie?

— J'ai dans l'idée que je la gagnerai.

— Vous n'avez pas eu la main heureuse jusqu'à présent.

— Cette fois, j'ai pour moi les cartes. As-tu remarqué comme ce matin le valet et la dame de trèfle se poursuivaient l'un l'autre, sans qu'aucune combinaison du jeu pût parvenir à les séparer?

— Vos cartes disent la même chose à chaque nouveau mariage que vous mettez sur le tapis; seulement le valet de trèfle devient un valet de cœur quand le jeune homme est blond.

— Tu l'aurais peut-être mieux aimé de cette couleur?

— Blond ou brun, que m'importe, pourvu que cela finisse?

— Charmante réponse!... Pauvres dupes de mères, remuez donc terre et ciel pour marier vos filles, voilà toute la reconnaissance qu'elles en ont!

— Eh! mon Dieu! cela fait, de bon compte, six mariages de manqués; celui-ci sera le septième. Pensez-vous que ce soit encourageant?

— Dame! je fais ce que je peux. Mais, sois tranquille : ce que je veux pour toi, c'est un mari, et tu l'auras, je t'en donne ma parole.

— Qui s'y oppose? ne suis-je pas docile à toutes vos recommandations?

— Je conviens que tu sais parfaitement, lorsque tu es dans tes belles humeurs, payer de ton esprit et de ton amabilité. Aujourd'hui, par exemple, tu étais d'une gaieté ravissante, et ta toilette était adorable. A la bonne heure. Aussi monsieur Daniel en a-t-il été profondément impressionné. Tu l'as subjugué, mon enfant; c'est un esclave qui se mettra à tes pieds quand tu voudras, et tu n'auras qu'à lui tendre la main.

— Le ciel vous entende!

— Il nous reste cependant, pour ne point agir à l'étourdie,— reprit madame Burdel,— il nous reste à prendre certains renseignements qui ne sont pas sans importance.

— Ecueil fatal, contre lequel tous vos projets ont échoué jusqu'ici.

— Encore est-il bon de savoir d'où sort ce jeune homme?

— D'une famille qui lui a fait donner une bonne éducation, voilà qui est certain.

— D'accord... Mais sur quel pied vit-il dans le monde?

— C'est un point difficile à éclaircir.

— Dans notre position surtout. Questionner un prétendant, ce n'est point commettre une indiscrétion; c'est user d'un droit légitime.

— Qui autorise la représaille.

— Hélas!

— Ne serait-il pas plus sage de substituer aux questions quelques épreuves adroitement combinées? Je vous dirai que je ne suis pas trop mécontente de l'air vraiment gentilhomme avec lequel monsieur Daniel a payé le cocher.

— Faible indice.

— Qu'il faut fortifier de plusieurs autres.

— Tu as raison; multiplions les épreuves; cela ne peut pas nuire.

— Soyez tranquille.

— Au bout du compte, qu'est-ce que je veux? Pour toi le bonheur, et pour moi un asile dans mes vieux jours auprès de ma fille et de mon gendre. Bonsoir, Armande.

— Bonsoir, ma mère.

— Embrasse-moi, mon trésor, et tâche de rêver cette nuit que tu embrasses un mort. Cela signifie mariage.

XXV

Les premières épreuves que Daniel eut à subir n'étaient pas de nature à le trop décourager.

C'était une romance nouvelle qu'on désirait avoir.

Ou bien il s'agissait d'emporter d'assaut le premier exemplaire d'un roman en vogue.

Bagatelles : on sondait le terrain.

Armande aimait les fleurs; Daniel n'eût pas osé se présenter devant elle sans avoir à lui offrir un bouquet.

On ne se figure pas quelle brèche peut faire aux finances d'un pauvre diable ce simple goût des fleurs! de celles surtout que les jardiniers façonnent à devancer la saison.

Et mademoiselle Armande était une personne de trop de distinction pour estimer les choses qui viennent en leur temps.

Un jour, on parlait de la première représentation d'un opéra pour lequel les journaux embouchaient depuis trois mois toutes les trompettes de la réclame; Armande s'écria :

— Que les pauvres femmes qui vivent seules sont à plaindre! On se dispute, on s'arrache pour de telles solennités les loges et les stalles, et, comme elles n'ont personne qui affronte pour elles les fatigues et les hasards de la lutte, elles se voient privées de la primeur d'un chef-d'œuvre.

Une loge à l'Opéra, avec toutes les circonstances aggravantes, cela représentait pour Daniel la moitié d'un mois d'appointements.

Mais le moyen de faire la sourde oreille?

Et quel cœur n'eut pas saigné à la pensée qu'Armande allait être, dans son isolement, privée de la primeur d'un chef-d'œuvre!

Daniel s'esquiva et ne reparut que la loge à la main.

— C'est de la fine fleur de galanterie! — s'écria la mère enthousiasmée.

La fille s'humanisa jusqu'à gratifier Daniel d'un regard presque tendre.

Pour ce regard il se fût résigné à vivre six mois de pain sec et d'eau.

Jusque-là tout allait à merveille.

Cependant les dames Burdel observaient chez Daniel une particularité qui, en choquant leurs idées, ne laissait pas de les inquiéter quelque peu : il était dans sa mise d'une simplicité et d'une constance qui laissaient le champ libre aux conjectures les plus fâcheuses.

Armande avait surtout remarqué que Daniel, depuis qu'elle le connaissait, portait invariablement le même chapeau, parfaitement brossé, il est vrai, mais d'une forme tant soit peu arriérée.

Elle saisit la première occasion de lancer une petite diatribe féminine contre ces esprits forts qui se mettent au-dessus des convenances, baptisées par eux du nom de préjugés, et se font particulièrement gloire d'être en continuelle insurrection contre les respectables arrêts de la mode.

Dans son discours, hérissé d'exemples comme une grammaire de Lhomond, elle insista notamment sur l'article chapeau, si bien que, en l'écoutant, le malheureux Daniel, rouge de confusion, faisait faire à sa coiffure toutes les évolutions imaginables, afin d'en dérober aux yeux les côtés défectueux.

Rentré chez lui, Daniel prit à deux mains l'innocent chapeau qui lui avait valu cette mercuriale indirecte, et, avec un mouvement de rage, l'aplatit sur sa table, ce qui n'en rendit la forme ni plus moderne ni plus élégante.

Après avoir donné le premier moment à la colère, il accorda le second à la réflexion. C'est l'inverse qu'il faudrait toujours faire.

— Suis-je un idiot ou un être raisonnable? — se demanda-t-il en arpentant à grands pas les neuf mètres carrés de son appartement. — Voilà mon épargne épuisée; j'ai même anticipé sur mes appointements. Encore deux mois de pareilles folies, et j'aurai dévoré mon traitement d'une année!... Dans quel but? pour quel résultat?... Pauvre insensé! comptes-tu te faire aimer d'une femme qui raille impitoyablement la date de ton chapeau? Et quand tu y parviendrais, quelle figure feras-tu lorsque sa mère te demandera l'état de tes revenus et de tes propriétés? Allons, Daniel, repens-toi de ta présomption et de ton étourderie; les plus courtes sottises sont les meilleures; mets fin à celle-ci avant que le mal soit irrémédiable.

— Mais j'aime Armande, — lui objecta son cœur.

— Mais aimer sans espoir, c'est une duperie, — répliqua sa raison; — les enfants seuls s'acharnent à l'impossible; sois homme et oublie!

Daniel se coucha le cerveau calme et plein d'excellentes résolutions.

Le lendemain il se rendit allègrement à son travail, tant il était heureux de se croire radicalement guéri.

La nuit porte conseil, dit-on; le jour aussi. Seulement les conseils du jour ne valent peut-être pas les conseils de la nuit.

Ce que fit Daniel nous porterait à le croire.

Il sortit de son bureau avant l'heure accoutumée, courut acheter un chapeau chez le marchand le plus renommé, se passa de dîner par mesure de compensation, et se rendit chez madame Burdel.

Quel coup de vent avait, du matin au soir, fait tourner ainsi la girouette?

Une idée ingénieuse était venue à Daniel, l'idée d'un entretien selon lui décisif, et il était impatient de la mettre à exécution.

Cette idée consistait à traiter, en présence d'Armande et de sa mère, un sujet aussi neuf que le monde : le désintéressement en amour.

C'était, pensait-il, un moyen adroit de sonder, en sauvegardant son orgueil, les dispositions des deux dames.

Épreuve pour épreuve.

Avec quel feu Daniel exalta le triomphe du sentimen sur ces passions égoïstes, l'ambition ou la cupidité, qui font d'un lien charmant l'objet d'un ignoble trafic!

« Une chaumière et son cœur! » tel fut le thème sur lequel il broda, toute la soirée, les plus étourdissantes variations.

Madame Burdel prêtait à cette éloquence une attention qui n'était pas exempte d'anxiété.

Armande, sérieuse au commencement, finit par applaudir sans réserve aux opinions hasardées de son paradoxal adorateur.

— Hum! hum! — fit madame Burdel quand Daniel fut parti.

— Pourquoi donc, ma mère? — demanda Armande.

— Parce que je crains, mon enfant, que nous n'ayons encore fait fausse route.

Armande se mit à rire.

— Vous n'avez pas compris monsieur Daniel.

— J'ai surabondamment compris qu'il t'offrait son cœur, et pas même une chaumière avec. Où est-elle, sa chaumière?

— Hé bien! moi, j'ai deviné qu'il se faisait pauvre parce qu'il a la prétention d'être aimé pour lui-même.

— Hé! mais, bonté divine! tu m'ouvres les yeux... Oui, ma fille, tu dois avoir raison, et la preuve, c'est que, pour venir chanter misère, il avait fait emplette d'un chapeau neuf, le maladroit!

XXVI

L'attention qu'Armande avait donnée au discours de Daniel était évidemment pour celui-ci un encouragement qui eût dû l'enhardir à se prononcer. Il en eut plusieurs fois la tentation. Un jour même il arriva la tête montée, résolu à risquer le mot décisif; mais Armande, qui attendait sa visite, s'était faite si belle qu'il resta interdit et que le mot lui resta sur les lèvres.

Il n'est rien qui impose le respect à un jeune homme pauvre comme une femme élégamment parée et qui change souvent de toilette. Celui-là même s'y laisse prendre qui connaît Paris et ses mystères.

Madame Burdel commençait à se sentir les nerfs agacés.

— On ne prend pas un chemin, — disait-elle, — sans avoir l'intention d'arriver quelque part; que prétend donc ce monsieur, qui semble s'être fait une loi de rester toujours en route?

— Calmez-vous, ma mère, — répondit Armande avec un sourire plein de confiance, — j'ai quelque raison de croire que la journée ne se passera point sans que monsieur Daniel ait fait un pas en avant.

— Soit! Si tu as un plan, exécute-le; mais finis-en; les mois s'écoulent, les années viennent et les occasions s'en vont.

Ces dames avaient invité pour ce jour-là Daniel à dîner.

Il trouva, en arrivant, Armande occupée à compulser un album dont plusieurs feuillets étaient encore dans la pureté de leur blancheur primitive.

— Voici une belle page, — lui dit-elle, — voyons, monsieur, asseyez-vous là, et payez-moi votre tribut. — Armande se leva et fit signe à Daniel de s'asseoir sur le siége qu'elle venait de quitter. — Ce sont des vers qu'il me faut, — poursuivit-elle.

— Des vers, — se récria Daniel; — je n'en ai fait de ma vie.

— Tant mieux! j'aurai les premières inspirations de votre muse.

— Mais, je vous jure...

— Toute résistance est inutile; je ne vous tiendrai pas quitte à moins d'un quatrain.

— Vous m'accorderiez huit jours que je n'en viendrais pas à bout.

— Je vous accorde jusqu'à l'heure du dîner.

— Cela n'aura ni rime ni raison.

— Je vous dispense de celle-ci à la rigueur.

— Demandez-moi tout autre chose.

— Non, monsieur; je me suis mis en tête que j'aurais des vers de vous, et j'en aurai.

— Mademoiselle Armande! — fit Daniel d'un ton suppliant.

— Mademoiselle Armande est inexorable.

— Cependant...

— Encore!

— Mais...

— Prenez garde, nous aurons recours aux grands moyens.

Daniel regarda Armande d'un air étonné, puis il se mit à rire.

— Vous me défiez, je crois? — reprit Armande; — alors, va pour les grands moyens!... Poëte rebelle, je vous fais prisonnier.

— Prisonnier!

Daniel se retourna tout juste pour voir se fermer la porte du salon.

Dans le même instant parvint à son oreille le grincement d'une clef qui tournait dans la serrure.

— Des vers ou point de dîner!

Et après cet ultimatum lancé à travers la porte, il entendit Armande s'éloigner en riant aux éclats.

Comment sortir de ce pas difficile?

Quelle belle occasion pourtant! Et que n'eût-il point donné pour être poëte pendant quelques minutes! La poésie a de si précieux priviléges! Ce qu'on ose exprimer en prose, les vers ont licence de le dire, et il est de règle qu'une femme aurait mauvaise grâce à s'en fâcher.

— Si j'essayais? — pensa Daniel. Et le voilà, le menton sur une main, tenant de l'autre main une plume dont il mordille les barbes, interrogeant des yeux toutes les moulures du plafond, comme s'il avait l'espoir d'y découvrir des idées et des rimes, — Bon! je tiens mon début. — Mais au moment d'écrire : — Non; c'est plat, c'est ridicule, c'est bête.

Il frappe du pied le parquet, il envoie sa plume à l'autre extrémité de la table, il se gratte le front, se mord les ongles et ne trouve pas mieux.

Rouge d'impatience, il se lève, marche à grands pas, se démène comme un possédé, et finit par accoucher d'un hémistiche qu'il déclame sur tous les tons, afin d'en apprécier l'effet.

Le pas est franchi : un second hémistiche succède au premier, un troisième au second.

Daniel est en nage, mais la joie éclate dans son regard : il a fait des vers! Des vers qui ont la rhythme voulu, et des rimes telles quelles. Il se nommerait volontiers lui-même académicien.

— La rançon de mon prisonnier est-elle prête? On va servir le dîner, — dit une petite voix rieuse à travers la serrure.

A cette question, Daniel répondit par un *oui* faiblement articulé.

La porte s'ouvrit, et Armande parut, suivie de sa mère, qui se plongea dans un fauteuil pour donner un libre cours à l'hilarité que lui inspirait la situation.

— Oh! oh! — dit Armande après avoir jeté un coup d'œil sur l'album, — j'ai eu affaire à un captif généreux; sept vers et je n'en avais imposé que quatre!

— Voyons, voyons, lis-nous cela, ma fille, — dit madame Burdel; — je raffole de poésie.

— La mienne est détestable; épargnez-moi, madame, je vous en conjure!

— Eh bien! ma fille, qu'est ce qui t'arrête?

— Maman, c'est que...

Armande baissait les yeux, et son embarras paraissait si grand que peut-être l'album lui eût échappé des mains si madame Burdel ne se fût hâtée de s'en emparer.

— C'est donc moi qui lirai, — dit la bonne dame.

Ce qu'elle fit en effet avec un accent emphatique moins propre à atténuer qu'à mettre en relief la pauvreté des sept lignes de prose rimée que voici :

Belle Armande, pour vous instruire
Du secret que garde mon cœur,
Trois mots ici pourraient suffire;
Mais ces trois mots pleins de douceur,
Ma bouche n'ose vous les dire,
Ma main hésite à les écrire;
La sotte chose que la peur!

Daniel ne savait où cacher sa confusion; il lui semblait, à cette heure, avoir usé si impertinemment des licences de la poésie, que le moins à quoi il dût s'attendre était d'être immédiatement mis à la porte.

— Allons dîner, — dit madame Burdel avec son air majestueux des grandes occasions; — monsieur Gontier voudra bien, après le café, m'accorder quelques minutes d'entretien.

Quoi qu'il ne fût pas sans inquiétude sur l'objet de cette conférence, Daniel cependant se sentit la respiration plus libre et se regarda comme à demi-sauvé.

. . . .

Le repas fini, madame Burdel se leva, et, d'un geste de reine, invita Daniel à la suivre.

Elle le conduisit au salon, dont elle referma soigneusement la porte, s'assit sur le divan, indiqua au jeune homme un siége vis-à-vis d'elle, et entama l'entretien avec toute la gravité de regard, de maintien et d'organe que comportait la circonstance.

— J'attends, monsieur, vos explications au sujet des vers que vous êtes permis d'adresser à ma fille.

— Madame, — balbutia Daniel, — croyez... soyez persuadée...

Madame Burdel pensa qu'il était de sa dignité d'élever la voix.

— Apprenez, monsieur, que je ne suis point de ces mères aveugles qui se laissent abuser. J'ai, Dieu merci ! de bons yeux toujours ouverts et des principes qui n'admettent pas de faiblesses.

— Je n'en ai pas un seul instant douté, madame, et mes sentiments pour mademoiselle votre fille sont de nature à être avoués hautement.

— S'il en est ainsi, monsieur Daniel, excusez mes soupçons et expliquons-nous. Je ne puis m'empêcher de vous faire observer que votre aveu s'est fait attendre un peu.

— Ce n'est point la loyauté de mon amour qu'il en faut accuser, mais un malheureux obstacle qui a vingt fois retenu sur mes lèvres cet aveu prêt à m'échapper.

— Un obstacle, monsieur !

— Hélas ! je crains que vous ne me jugiez pas digne d'aspirer à la main de mademoiselle Armande.

— La modestie est une vertu sans doute, — dit madame Burdel de sa voix la plus flûtée, — mais on ne doit pas en aire abus; cela vous est moins permis qu'à tout autre, monsieur.

— Tant d'indulgence me pénètre, madame ; je veux la payer d'une entière franchise.

— C'est mon droit d'y compter.

— Vous avez peut-être supposé que je possédais... une certaine opulence?

— Nous y voilà, — pensa madame Burdel ; — une chaumière et mon cœur !

— Mon devoir est de vous détromper, madame, — poursuivit Daniel avec un sublime élan de courage ; — j'ai un emploi des plus modestes, et ma fortune...

— Ressemble à votre emploi, — interrompit madame Burdel en riant de tout son cœur ; — comment ignorerai-je ce que vous avez employé dernièrement une soirée entière à nous faire comprendre !

— Et cela ne m'a pas nui dans votre esprit?

— Ai-je donc l'air d'une femme intéressée et cupide?

Daniel, effrayé, se persuada qu'il avait profondément blessé un cœur tout plein de désintéressement et de générosité.

— Pardonnez-moi, — dit-il avec confusion.

— Je vous pardonne.

— Ah ! madame, que de bonté !... Le bonheur en effet n'est pas dans les chiffres, c'est l'opinion du pauvre; il est permis au riche de penser autrement. Comment eussé-je été sans crainte en comparant ma triste médiocrité avec la brillante position où je vous voyais?

Madame Burdel commença de s'agiter sur le divan.

— Chez vous, — poursuivit Daniel, — chaque chose était pour moi un motif de frayeur : ces meubles élégants que j'admirais, ces toilettes si fraîches et si variées qui m'éblouissaient, votre état de maison, les espérances dont je vous entendais parler, tout cela m'imposait, me décourageait. Elles sont riches... très-riches... me di sais-je.

— Ah ! mon Dieu ! il va me demander l'état de ma fortune ! — pensa madame Burdel avec terreur. Et, tâchant de détourner le coup par une adroite interruption : — Monsieur, — dit-elle, — nous n'avons pris garde qu'à votre mérite, comme, de votre côté, vous n'avez vu dans ma fille, j'aime à le croire...

— Que son esprit et sa beauté, — acheva Daniel en posant une main sur son cœur.

Madame Burdel eut également un sublime élan de courage :

— Au reste, je suis prête, — dit-elle, — à vous donner tous les renseignements que vous êtes en droit d'exiger.

Daniel se récria :

— Madame, je me tiendrais pour le dernier des hommes, s'il me venait seulement la pensée de demander...

— Monsieur, — dit madame Burdel, convaincue qu'elle pouvait désormais insister sans péril, — vous ne vous engagerez, s'il vous plaît, qu'en parfaite connaissance de cause.

— Je n'écouterai pas un mot, je vous le jure, — interrompit Daniel, piqué d'honneur.

— Cependant...

— Une seule question m'intéresse; je vous conjure d'y répondre avec franchise : suis-je aimé ?

— L'ingratitude n'est pas le défaut de ma fille.

— Ah ! madame, c'est le ciel que vous m'ouvrez !

— Embrassez-moi, mon gendre !

Au même instant, la porte s'ouvre, Armande paraît et pousse un cri de surprise.

— C'est une lettre à ton adresse que je reçois, ma chère enfant. — Daniel s'élance des bras de madame Burdel au devant d'Armande ; il s'exprime avec feu, elle balbutie ; il s'empare d'une de ses mains, elle ne la retire pas. — Soyez heureux, mes enfants ! — s'écria madame Burdel en étendant une main sur la tête des deux jeunes gens, tandis que de l'autre elle applique son mouchoir sur ses glandes lacrymales, pour y étancher, dit-elle, les plus douces larmes qu'elle ait répandues de sa vie.

XXVII

Quelque engagement d'être sincère qu'on ait pris envers les autres et envers soi-même, il y a certains points réservés par l'amour-propre sur lesquels il est difficile de ne pas composer avec la vérité.

Vingt fois Daniel fut sur le point d'accoler au nom de son père la qualité de paysan, et vingt fois une mauvaise honte lui ferma la bouche. Le titre même de cultivateur lui parut trop humble. Il trouva que celui d'agronome sonnait mieux à l'oreille.

Mû par le même sentiment de vanité, après avoir déclaré qu'il n'était pas riche, il s'efforçait de démentir cet aveu par ses actes.

Ainsi, quand le jour de son union avec Armande eut été fixé, sa grande préoccupation fut d'offrir une corbeille de mariage à sa fiancée.

Comment? c'était là un problème difficile à résoudre dans sa situation.

Il résolut de consulter Pocheveux à ce sujet.

Malheureusement, absorbé qu'il était par les devoirs de sa place et par mille autres qu'il s'imposait dans l'intérêt de son amour, il apportait depuis quelque temps une négligence voisine de l'oubli dans ses relations d'amitié ; de sorte qu'il ignorait absolument ce qu'étaient devenus ses deux amis.

Un dimanche matin, il se présenta à tout hasard chez Pocheveux.

Celui-ci venait de se mettre à table avec deux convives. L'un était Chavaroche, l'autre une jeune femme éblouissante de fraîcheur, de bijoux et de rubans.

— Mademoiselle Micheline ! — s'écria Daniel, tout prêt à s'incliner respectueusement devant cette éclatante parure.

— Mademoiselle ! — répéta Micheline en riant, — il est ravissant ce petit Daniel ! Oh ! vous pouvez m'appeler Micheline tout court, comme autrefois, je ne m'en formaliserai point, Pocheveux non plus. N'est-ce pas, Pocheveux, que tu le permets?

Pour toute réponse, celui-ci appuya le doigt sur le ressort d'un timbre :

— Un couvert! — dit-il à un domestique en livrée qui s'empressa d'accourir.

Daniel restait ébahi.

Il promenait son regard de Micheline au domestique, du domestique à la table, sur laquelle brillaient le cristal, la porcelaine et l'argenterie; puis il le reportait avec admiration sur le maître du logis, qu'il était tenté de saluer avec un profond respect.

— Je venais, —dit-il d'une voix presque timide,—vous prier de m'accorder un moment pour me conseiller.

— Je vous en donnerai dix, si cela peut vous être utile, — répondit Pocheveux du ton protecteur d'un homme qui prend acte de sa supériorité reconnue;—mais je vous demande la permission de renvoyer après le café tout sujet sérieux de conversation.

— Bien parlé! — s'écria Chavaroche. —Asseyez-vous, Daniel, et battons vigoureusement en brèche cette citadelle de foie gras.

Ce fut Micheline qui fit les honneurs de la table, avec une grâce qui sentait encore un peu l'écolière, mais avec des mains dont la blancheur ne sentait plus du tout la villageoise.

C'était à se croire transporté dans le pays des fées.

Le pâté et les autres mets furent arrosés d'excellents vins. La conversation devint vive et bruyante; on parla beaucoup des opérations de la semaine précédente, des bénéfices qu'on avait faits, et de ceux qu'on devait faire.

Daniel était tout oreilles. Ce qui excitait par-dessus tout sa surprise, c'était d'entendre ses hôtes accoupler, en faisant l'énumération de leur clientèle, des noms dont le rapprochement lui semblait une absurdité. A côté d'un comte on citait un marchand des quatre saisons, et il se trouvait parfois qu'une revendeuse de la halle avait le pas sur une marquise, en raison du lucre qu'on en avait tiré.

Cet entretien était en outre diapré de vocables dont n'avait jamais entendu parler Daniel dans les leçons de monsieur Auberlin, telles que *réméré*, *commission*, *intérêts composés*, *dégagements*, *etc.*

Daniel s'était informé de Buchard, on lui répondit qu'il se faisait une très-jolie position, tout en occupant dans l'entreprise un emploi subalterne.

Enfin l'on prononça le nom de Pichenot.

Pichenot avait abdiqué l'orviétan pour s'associer, lui et sa bourse assez bien garnie, à l'entreprise fondée par Pocheveux.

Daniel ne put s'empêcher de remarquer, *in petto*, que ses amis n'étaient pas d'une sévérité bien exigeante en fait de moralité; mais ils riaient si brusquement, avaient une si bonne table et buvaient de si bons vins, qu'il en vint à se dire que c'était lui qui peut-être avait la conscience un peu bégueule.

— Trêve à la gaieté! —dit enfin Pocheveux après avoir siroté son café; — soyons à présent tout entiers aux affaires. Voyons, Daniel, à vous d'entrer en matière : nous écoutons.

Daniel ne se fit pas presser; il entama, sous l'influence des fumées du vin, du café et du cognac, la poétique narration de ses amours, fréquemment interrompue par d'enthousiastes applaudissements.

Les bravos éclatèrent surtout au dénoûment.

— Superbe affaire!—s'écria Chavaroche.

— Opération habilement conduite! — ajouta Pocheveux.

— Monsieur Daniel, — dit Micheline, — est assez joli garçon pour se passer d'habileté.—Cette observation valut à Micheline, de la part de Pocheveux, un regard de travers.—Est-il jaloux, cet être-là! — s'écria t-elle.

— Jusqu'ici,—reprit Pocheveux sans juger à propos de relever l'exclamation de Micheline,—je ne vois pas d'avis à vous donner, mon cher Daniel, si ce n'est de persister.

— C'est aussi mon opinion, — dit Chavaroche.

— C'est ce que je ferais de grand cœur, si le défaut de subsides ne mettait quelques obstacles à mon bon vouloir.

Là-dessus Daniel exposa sans détour les embarras de sa situation, et manifesta l'espoir que les conseils de ses amis lui fourniraient les moyens de s'en tirer honorablement.

— Rendez grâce à votre étoile, — dit Pocheveux. — Vous vouliez des conseils?... Allons donc! ce sont des actes qu'il vous faut, et nous sommes là!

— En vérité! Croyez que ma reconnaissance...

— Nous la réglerons plus tard... Voyons, il s'agit d'abord de la corbeille de noce, dites-vous?

— Pas trop riche, pas trop mesquine. Entre les deux.

— Jeune homme, —dit Pocheveux d'un ton magistral, — quand il s'agit d'une spéculation de ce calibre, c'est une faute que lésiner sur les frais. J'entends que vous fassiez les choses grandement.

— Mais...

— Cachemire de l'Inde, soieries de Lyon, velours, batistes, dentelles, bijoux, rien n'y sera épargné.

— Mais...

— Je suppose que demain tout pourra être prêt. Répondez, Micheline. L'affaire est de votre département.

— Parlez, faites-vous servir, — dit Micheline, — et, en considération de notre qualité de compatriotes, nous ne vous donnerons point de marchandises avariées, foi d'honnête fille!

— Il se peut,—reprit Daniel,—que vous ayez le moyen de me procurer toutes ces belles choses, mais moi je n'ai pas celui de les payer.

— Vous a-t-on demandé des espèces? — répliqua Pocheveux avec l'indignation d'un parfait désintéressement.

— On a vu des êtres naïfs, mais pas de cette force-là, — dit Micheline.

— Jeune homme, — reprit Pocheveux, — ce n'est pas pour des amis comme vous que crédit est mort; nous ne voulons rien avant que monsieur le maire ait passé par là. Bien plus, notre intention est de respecter les douceurs de votre lune de miel, qu'on prétend si courte, et à laquelle nous donnerons une durée de six mois. Est-ce dit?

Les libations du déjeuner n'avaient sans doute pas laissé à l'esprit de Daniel toute sa lucidité. Il s'écria :

— C'est dit :

L'affaire conclue, Chavaroche posa amicalement une main sur le bras de Daniel.

— A nous deux, maintenant. Si Micheline a le département des étoffes, moi j'ai celui des finances. Que vous faut-il? mille francs?... deux mille francs?... trois mille francs?...

— Merci, Chavaroche. Le problème de la corbeille étant résolu, je n'ai besoin de rien.

— Allons donc? vous oubliez que, le jour de la cérémonie, il y a une foule de menus frais imprévus...

— Non, certes, mais une centaine de francs suffira.

— Mettons deux cents francs; vous me ferez un billet de deux cent vingt-cinq francs à quatre-vingt-dix jours... je vous traite en frère.

— Soit, — répondit Daniel.

— De plus, je vous confie pour le temps qu'il vous sera nécessaire, ce chiffon de papier.

— Un billet de cinq cents francs?

— Dont vous ne dépenserez pas une obole, mais que vous ferez de temps en temps sortir de votre porte-monnaie en y cherchant de la monnaie; c'est bon genre, ça donne un air cossu, et, pour vous, ce ne sera que cinq francs de location par quinzaine.

XXVIII

Retournons sur nos pas et quittons un moment Paris pour le paisible village de Saint-Remy.

Quelque temps après le départ de Daniel, monsieur Auberlin s'occupa de mettre à exécution un projet conçu depuis plusieurs années, et qu'avaient mûri de sérieuses méditations.

— Marcelin, —dit-il un jour à son fidèle élève,—si l'on t'offrait la direction d'une ferme, et qu'on t'imposât pour unique condition de t'appuyer également sur la science qui fait les conquêtes et sur l'expérience qui les sanctionne, que répondrais-tu ?

— Je crois que j'hésiterais à m'engager.

— Ta modestie ne me surprend pas ; c'est une vertu qui n'est étrangère qu'à l'ignorance. Ne parlons donc point de ta capacité, mais de ton penchant.

— Ah ! — dit Marcelin, — s'il s'agissait seulement de consulter mon goût, j'accepterais avec reconnaissance.

— C'est bien ; prenons que ta réponse soit un engagement ; il se peut que tu sois bientôt sommé de le tenir.

. . . .

Monsieur Auberlin alla le même jour trouver Jeanne Raimond, la mère de Marcelin, et lui dit :

— Seriez-vous heureuse, la mère, de vivre toujours auprès de votre fils ?

— Si je serais heureuse ? Il n'y a pas de jour que je n'adresse pour ça une prière au bon Dieu. Mais je sais, dans le fond, que c'est demander l'impossible. Il faudra bien que l'enfant prenne femme un moment ou l'autre, et alors...

— Alors, si l'enfant se trouvait avoir encore besoin des services de sa mère ?...

— Ça irait tout seul, car je ne suis point d'une pâte à rester dans une maison où je serais une bouche inutile.

— Ma bonne Jeanne, il y a dans une ferme de l'occupation pour tout le monde.

— C'est la vérité des vérités, et je regarderais comme le plus beau jour de ma vie celui où la sainte Providence m'enverrait une si bonne aubaine.

— Vous connaissez l'axiome : « Aide-toi, le ciel t'aidera ? »

— Moi, doux Jésus ! Mais je donnerais pour l'enfant mon pré, mon clos, ma maison, et mon sang par-dessus le marché.

— Ne parlons pas de votre sang, que personne ne songe à vous demander ; on ne saurait qu'en faire. Combien estimez-vous que vaillent votre pré, votre clos et votre maison ?

— Dame, j'ai trouvé acquéreur à huit mille francs, et pas plus tard que la semaine dernière, le père Leroux m'a offert de me payer la somme comptant.

— Je vous engage, ma bonne Jeanne, à ne point refuser le père Leroux. Avec huit mille francs on n'achète pas une ferme, mais on peut en compléter le prix.

En moins de trois semaines, monsieur Auberlin avait capitalisé ses rentes, et Jeanne avait vendu son petit domaine au père Leroux. Avec ces deux produits on fit l'acquisition d'une propriété rurale ; puis un acte d'association fut passé entre monsieur Auberlin et Marcelin Raimond pour l'exploitation d'une ferme modèle. La direction de l'entreprise fut confiée à Marcelin. Monsieur Auberlin se réserva la comptabilité. Jeanne eut dans ses attributions la vacherie, la basse-cour et la laiterie. Enfin Etiennette eut la haute main dans l'intérieur du ménage ; mais ce ne fut pas en qualité d'épouse du fermier ; ce point seul fit lacune dans le programme de monsieur Auberlin.

Dieu sait que ce ne fut pas la faute du digne homme ! Il n'épargna ni raisonnements ni prières même pour faire passer dans le cœur de sa fille ses propres sentiments. Tout resta inutile. Etiennette souffrait du déplaisir qu'elle causait à son père, mais elle ne cédait point.

A la suite d'une de ces tentatives, Etiennette alla trouver Marcelin.

Ses yeux étaient rouges encore des larmes qu'elle avait versées.

— Est-ce vous, monsieur Marcelin, qui poussez mon père à me tourmenter ?

— Moi ! mademoiselle.

— Je vous préviens que si votre intention est de m'inspirer de la haine, vous ne pouvez choisir un moyen plus sûr.

— Mais je vous proteste...

— Ayez du moins le courage de vos actes, et ne joignez pas le mensonge à la trahison. Vous vous taisez...

— J'attends, mademoiselle, — répondit Marcelin avec dignité,—que vous m'appreniez qui j'ai trahi ?

— Qui ?... Daniel, votre ami ! Vous connaissez son amour, le mien ; vous savez quel motif l'a conduit à Paris, et pendant qu'il lutte noblement, en brave cœur qu'il est, afin de se rendre digne de ma main, vous captez à son détriment la bienveillance de mon père, que vous excitez à le desservir dans mon esprit. Mais, sachez-le bien, tout ce que vous pourrez dire ou faire contre Daniel, loin de tourner à votre profit, n'aura d'autre résultat que de me le faire aimer davantage.

Marcelin avait un air de surprise trop naturel pour être joué.

— En vérité, mademoiselle, de tout ce qui pouvait m'arriver de fâcheux, les reproches que vous me faites sont le dernier chagrin auquel je me serais attendu. Moi, trahir Daniel ! Abuser, pour sa perte et pour votre tourment, de l'amitié que me porte monsieur Auberlin ! Ah ! j'étais assez à plaindre, sans que vous vinssiez ajouter à ma peine une accusation de lâcheté.

Etiennette avait les yeux fixés sur ceux de Marcelin ; elle y vit un tel air de candeur que ses soupçons s'évanouirent aussitôt.

— Marcelin ; — dit-elle en lui tendant la main,—je me suis trompée : pardonnez-moi !

C'était la première fois que cette main se plaçait d'elle-même dans celle de Marcelin ; il la serra en silence, mais sa physionomie resta triste. Sa douleur était trop vive et de grosses larmes roulèrent sur ses joues.

Etiennette en fut attendrie.

— Mademoiselle, — reprit-il enfin après avoir recouvré un peu de fermeté, — j'atteste le ciel que, si j'avais le pouvoir de hâter votre union avec Daniel, j'en ferais usage sans hésiter, tant je mets votre bonheur au-dessus de toute autre considération. Je puis du moins contribuer à votre repos, et je le ferai sans y apporter un instant de retard. Dussé-je aller jusqu'à dire à votre père qu'il s'est mépris, et... que je ne vous aime pas, les persécutions dont vous vous plaignez cesseront dès ce jour, je vous en donne ma parole.

— Marcelin, — s'écria Etiennette dans l'élan de sa gratitude,—je n'ai à vous offrir que la seconde place dans mon cœur ; la voulez-vous ?... Voulez-vous être mon ami, mon frère ?

— Si je le veux !... J'accepte, Etiennette, avec la ferme volonté d'en remplir tous les devoirs.

XXIX

« *Daniel Gontier à Antoine Gontier.*

» Paris, le. . . .

» Cher père,

» Grande et bonne nouvelle ! Je me marie.

» Avec votre consentement, cela va sans dire ; mais le

» parti est si beau, si fort au-dessus de ce que notre » ambition eût pu jamais rêver, que vous vous empresserez sans doute de remplir cette formalité indispen» sable.

» Du reste, ma dernière lettre avait dû vous faire pres» sentir cet heureux événement. Je vous y parlais de » madame et de mademoiselle Burdel, du hasard singu» lier qui m'avait procuré leur connaissance, et vous avez » compris, à mon enthousiasme, que la fille avait pro» duit sur mon cœur une de ces impressions profondes » qui ne doivent plus s'effacer.

» J'avais eu tort de prendre pour de l'amour ce froid » sentiment que m'inspirait Etiennette. Elle n'avait » point de rivale à Saint-Remy ; elle était la seule de» moiselle au milieu de tant de paysannes ; le moyen de » ne pas la remarquer ! De son côté, elle m'avait distin» gué, et j'en étais heureux. Affaire d'amour-propre, » mon cœur n'y était pour rien. Je sais bon gré à Etien» nette de ne m'avoir pas même donné un souvenir de» puis que j'ai quitté le pays; je remercie également » monsieur Auberlin de sa dédaigneuse incrédulité; » leurs procédés à tous deux ont mis ma conscience à » l'aise.

» Je sais néanmoins ce que je dois de reconnaissance » à l'homme qui m'a donné longtemps le pain de l'es» prit, mais ce n'est pas lui, je suppose, qui m'accusera » d'ingratitude pour avoir renoncé à un projet d'union » qui lui était antipathique.

» Mon bonheur ne sera pourtant pas sans mélange. La » présence de mon père l'eût complété. Je comprends » que vous ne puissiez vous absenter à l'époque de la » moisson, et je mets trop vos propres intérêts au-des» sus des miens pour me permettre d'insister.

» Une chose me console au surplus : c'est la connais» sance que j'ai de votre caractère, de votre invincible » répugnance pour tout ce qui sort de vos habitudes. Le » monde ici ne ressemble nullement à l'idée qu'on peut » s'en faire à Saint-Remy.

» Au milieu de tous ces usages, dont la plupart me » semblent souverainement absurdes, votre franchise, » votre rondeur que j'apprécie tant, n'auraient plus » leurs coudées franches, et votre présence, qui aurait » pour nous un si grand charme, deviendrait pour vous » peut-être une source d'embarras et d'ennuis.

» Mais aussi, avec quelle joie nous nous proposons, » Armande et moi, d'aller plus tard nous dédommager » de la privation qui nous est imposée aujourd'hui ! En » attendant cet heureux moment, cher père, je vous em» brasse tendrement, et je remplis une commission bien » douce à mon cœur en vous disant, sur l'expresse re» commandation d'Armande, qu'elle vous embrasse éga» lement avec toute la tendresse d'une fille.

» Votre fils affectionné et dévoué,

» DANIEL GONTIER.

» P. S. A la veille d'un mariage, il y a tant de dé» penses à faire que je ne puis disposer que de deux » cents francs pour vous aider à faire la moisson. Vous » les trouverez ci-inclus en une traite sur Dieppe. J'es» père être, dans quelques mois, en position de faire da» vantage. »

Le père Gontier n'employa pas moins d'une heure à déchiffrer cette lettre écrite d'un style recherché, évidemment embarrassé ; son gros bon sens suffit à lui en faire saisir le point capital.

Daniel, peu soucieux de voir figurer à son mariage un père dont le costume, le langage et les manières le feraient rougir, demandait un consentement écrit par devant notaire, afin d'éviter le consentement verbal par-devant monsieur le maire.

L'orgueil du père Gontier se cabra d'abord.

— Oh ! le vaniteux ! — s'écria-t-il en obéissant à un premier mouvement de dépit ; — qu'il se tranquillise; il n'aura point à rougir, devant ses mijaurées dont il fait tant de bruit, ni de moi ni de mon consentement, car il n'aura ni l'un ni l'autre. — Mais la réflexion succéda bientôt à l'emportement. — Faut reconnaître tout de même que parmi ce monde-là je ferais triste figure, et que j'y trouverais plus d'ennui que d'agrément; mais enfin, j'ai assez d'bon sens pour comprendre ces choses par moi-même, et ce n'est point à un fils qu'il convient de les dire à son père. — Puis il examina la traite renfermée dans la lettre, dont il relut ensuite deux ou trois fois le *post scriptum*. — Deux cents francs !... Et il espère qu'il pourra faire mieux dans quelques mois !...

Autre calmant, plus efficace que toutes les réflexions possibles.

Le père Gontier avait été mis à sec par le procès que lui avait intenté Nicolas Bougran. Cette traite de deux cents francs ne pouvait arriver mieux à point.

Tout bien pesé, le vieux Gontier se résigna.

Seulement, pour cacher dans le pays la mortification qui lui survenait, il résolut de garder le silence sur le mariage de son fils, et comme le notaire qui devait dresser l'acte de consentement demeurait au chef-lieu, à une assez grande distance de Saint-Remy, il lui fut aisé de s'arranger de manière que rien ne vînt troubler sa quiétude.

XXX

Il y avait à Paris une exposition des produits de l'industrie agricole qui attirait une foule innombrable de visiteurs, non-seulement de toutes les parties de la France, mais encore des pays étrangers.

Cette exposition était riche surtout en machines, ces bras nouveaux créés par l'homme pour suppléer à l'insuffisance de ceux que la nature lui a donnés. On citait des semeuses, des faucheuses, des moissonneuses, des machines à battre, et vingt autres créations du génie humain.

On voyait poindre le jour où cette agriculture, si dédaignée, si abandonnée, allait enfin, secouant sa torpeur, sortir des langes et prendre à la tête des sciences le rang qui aurait dû lui appartenir.

Monsieur Auberlin et son élève n'étaient pas gens à rester indifférents en pareille circonstance. Après une supputation minutieuse des besoins de la ferme, il fut décidé qu'on ferait le voyage de Paris pour examiner les nouvelles machines et acheter celles qui paraîtraient le mieux répondre à leur but d'utilité.

Marcelin fut chargé de remplir cette mission.

Quelques jours après son départ, une lettre de lui étant arrivée à la ferme, monsieur Auberlin en commença la lecture à haute voix, pendant le déjeuner, en présence de Jeanne qui dévorait chaque phrase sans trop comprendre, et d'Etiennette qui écoutait à peine. Mais le nom de Daniel frappa tout à coup l'oreille de la jeune fille.

« ... J'ai vu Daniel,—écrivait Marcelin,—et j'ai à vous » annoncer à son sujet des nouvelles... »

Ici monsieur Auberlin baissa subitement la voix ; sa prononciation devint inintelligible ; bientôt même, s'arrêtant tout à fait, il replia brusquement la lettre et la serra dans sa poche.

— Pourquoi n'achèves-tu pas la lecture, cher père ?— demanda l'impatiente Etiennette.

— Elle est achevée, mon enfant.

— Je te demande bien pardon ; tu as commencé une phrase que tu n'as pas finie.

— Laquelle ?

— Celle-ci : « J'ai vu Daniel, et... »

— Daniel ?... Il se porte à merveille.

Se levant de table, et sans laisser à sa fille le temps de

poursuivre ses questions, il alla s'enfermer dans son cabinet.

— Qu'a donc mon père? — demanda Etiennette.

— Bien sûr, — dit Jeanne, — qu'il y a dans cette lettre des choses qui auront donné de la contrariété au cher homme.

Au dîner, monsieur Auberlin parla de la lettre de Marcelin.

— Les jeunes gens se ressemblent tous, — dit-il; — avec eux point de juste milieu: enthousiasme ou dédain. Notre cher directeur serait capable d'acheter toute l'exposition. Il y a néanmoins des choses qui nous seraient fort utiles si nous étions plus riches... Eh pardieu! — reprit-il après un instant de réflexion, — la maison Cornillet, de Rouen, me doit encore une certaine somme; si je savais que ma présence pût en hâter le recouvrement?... j'y songerai. — Etiennette saisit cette occasion de revenir sur un sujet qui l'intéressait bien autrement que toutes les machines du monde; mais à peine eut-elle prononcé le nom de Daniel que monsieur Auberlin, prenant un air soucieux, l'interrompit pour lui répondre avec la même brusquerie que la matin: — Je croyais t'avoir dit que Daniel se portait à merveille.

— C'est vrai, cher père, mais tu me l'as dit et tu me le répètes d'un ton qui est loin de me rassurer.

— Tu perds la tête; si tu avais assez de raison pour suivre un bon conseil, j'ajouterais... mais non: ce serait peine perdue.

— Tu te défies de mon courage?

— Précisément.

— Je te jure que j'ai suffisamment de force pour tout entendre.

— Eh bien! mon enfant, je te conseille de faire comme moi, et de ne pas plus songer à Daniel que s'il n'existait pas.

Etiennette eut beau presser son père, elle ne put obtenir d'explication plus claire.

. . . .

Deux jours se passèrent sans nouvel incident. Etiennette restait persuadée que son père lui cachait la connaissance de quelque malheur; elle se torturait l'esprit pour en deviner la nature et l'étendue. Toutes les suppositions, elle les faisait, à l'exception d'une seule: jamais il ne lui serait venu à l'esprit que Daniel pût être infidèle.

Une seconde lettre arriva; on était à table comme la première fois.

Etiennette reconnut sur l'enveloppe l'écriture de Marcelin et le timbre de Paris.

Mais ce fut tout ce qu'elle put savoir, car, cette fois, monsieur Auberlin, contre son habitude, se contenta de parcourir la lettre des yeux, sans donner communication du moindre passage.

Seulement, il y eut un instant où ses yeux quittèrent le papier pour jeter sur sa fille un regard de tendre compassion qui n'échappa point à celle-ci.

Etiennette allait recommencer ses questions; son père ne lui en laissa pas le temps.

— Marcelin me presse, — dit-il, — de lui envoyer des fonds; je partirai pour Rouen aujourd'hui même; va, mon enfant, préparer ma valise. Il est possible que mon absence dure cinq ou six jours.

Etiennette obéit.

Monsieur Auberlin parti, ce fut Jeanne qu'elle interrogea.

— Bonne nourrice, tu es restée seule à table avec mon père, ce matin, que t'a-t-il dit?

— Rien.

— Mon père t'a ordonné le silence?

— Nenni dà! aussi vrai que je m'appelle Jeanne. Le cher homme n'a pas desserré les dents.

— C'est étrange!

— Ça me fait le même effet. Il y a gros à parier qu'on nous cache quelque chose de pas trop bon... j'en ai des indices.

— Quels indices? Parle vite!

— Dame! quand j'ai été dans le cabinet de monsieur pour le prévenir que le cheval était attelé, je l'ai vu qui était accoudé sur son bureau et qui se tenait la tête à deux mains, si bien qu'il ne m'avait pas seulement entendue entrer; et il se disait: « Lui apprendre cette nouvelle au moment de la laisser seule! non, j'attendrai mon retour... »

— Mon père a dit cela! — s'écria Etiennette en pâlissant.

— Et quand j'ai ouvert la bouche pour l'avertir de se préparer, il a fait un soubresaut ni plus ni moins que si la trompette du jugement dernier lui avait sonné aux oreilles.

Etiennette avait peine à se soutenir.

— Ah! bon Dieu! — s'écria Jeanne en la serrant dans ses bras, — voilà que tu es aussi pâle que l'était ton père en me répondant...

La bonne Jeanne était si effrayée de l'effet produit sur Etiennette par son récit, qu'elle s'efforça d'en atténuer la portée.

Mais l'inquiétude veut du positif; les suppositions et les raisonnements ne font que la surexciter.

Etiennette courut se renfermer dans sa chambre, et pleura d'avance sur ce malheur qui lui était inconnu, mais qui lui semblait certain.

A force de passer d'une idée à une autre, d'accueillir ou de rejeter les explications les plus contradictoires, elle en vint, après une nuit d'insomnie, à se persuader que Daniel était gravement malade. Tant de circonstances avaient pu causer sa maladie: son éloignement de celle qu'il aimait, la réponse glaciale de monsieur Auberlin à une lettre pleine d'espoir, le silence qui lui avait été imposé à elle-même et que Daniel avait pu interpréter comme une preuve d'oubli; les ennuis, les difficultés inséparables d'un début dans quelque carrière que ce soit.

Oui, telle devait être la nouvelle contenue dans la première lettre de Marcelin. La seconde, selon toute apparence, annonçait que le mal avait empiré. Monsieur Auberlin s'était alors reproché sa dureté; il s'était ému à la pensée que le pauvre malade se trouvait à cinquante lieues de son pays, de ses parents, de ses amis, perdu dans une ville immense où pas une âme ne lui portait intérêt. Pour détourner les soupçons de sa fille, il l'avait trompée sur le but de son voyage, et, au lieu d'aller à Rouen pour s'occuper d'un recouvrement de fonds, c'était à Paris qu'il se rendait, à Paris où il rejoindrait Marcelin et s'entendrait avec lui pour secourir le malheureux Daniel.

Tout cela était possible, vraisemblable même, et les angoisses d'Etiennette n'en devinrent que plus vives et plus intolérables. Elle avait par moment la tête en feu, puis elle frissonnait et il lui semblait qu'elle allait mourir.

Elle voulut sortir, dans l'espoir que l'air lui ferait du bien.

A quelques pas de la ferme, elle rencontra le père Gontier. Celui-ci, depuis la dernière lettre de son fils, marchait la tête basse, les yeux à terre: il feignait de ne voir personne, et doublait le pas aussitôt qu'il entendait approcher quelqu'un, afin de n'être ni abordé ni questionné. Cette précaution ne lui réussit point vis-à-vis d'Etiennette, car à peine l'eut-elle aperçu qu'elle alla droit à lui.

— Monsieur Gontier, — lui dit-elle résolûment, — quelles nouvelles avez-vous de votre fils?

Le vieillard leva la tête et regarda Etiennette d'un air effaré. Il pensa qu'Etienne savait la vérité, et qu'elle venait provoquer des explications. Il ne se sentit pas le courage de lui en donner.

— Quelles nouvelles? Très-bonnes, mademoiselle...

c'est-à-dire, non... c'est-à-dire, oui... c'est-à-dire... elles ne sont ni bonnes ni mauvaises, les nouvelles.

Et convaincu qu'à chaque question il ne ferait que s'embrouiller davantage :

— Faites excuse, mademoiselle, j'ai des pommes de terre à butter, et je suis pressé.

Ce disant, il porta la main à son bonnet, fit un demi-tour, et s'engagea dans un petit chemin bordé de saules, derrière lesquels il ne tarda pas à disparaître.

— Ah! — s'écria Etiennette, restée immobile à la même place, et suivant des yeux le père Gontier jusqu'à ce qu'elle l'eût perdu de vue, — j'aurais eu des doutes que l'embarras et la tristesse de ce pauvre homme les eussent dissipés. — La malheureuse enfant revint à la ferme la tête perdue. — Quelle horrible chose que l'attente, — se dit-elle. — Et qu'est-ce que j'attends? Des nouvelles? Marcelin ne m'écrira pas, mon père encore moins... Et quand ils écriraient?... Les jours, les heures sont des siècles!... Cependant Daniel souffre; il se meurt, peut-être... Je le vois qui me cherche de ses yeux éteints, je l'entends qui m'appelle de sa voix expirante... Me voici, Daniel, me voici! Ah! rester loin de lui en pareille circonstance, ce seraient mille morts à subir. Jeanne, dis à Thomas qu'il se prépare à me conduire à la gare de Dieppe.

— Tu pars, chère petite?

— Oui... un ordre de mon père... je dois me mettre en route sur-le-champ.

Jeanne obéit.

Le lendemain, après une nuit sans sommeil passée en vagon, Etiennette arriva à Paris, pâle, défaite, abattue. Elle monta dans une voiture de place et se fit conduire à l'hôtel où elle savait que Marcelin était descendu. C'est là qu'elle devait trouver son père, — pensait-elle, — et Daniel peut-être.

— Monsieur Raimond est sorti, — lui répondit le concierge.

— Et monsieur Auberlin?

— Nous n'avons point de voyageur de ce nom.

Etiennette fut frappée d'étonnement.

— Et monsieur... Daniel Gontier?

— Il n'habite point l'hôtel.

La pensée vint à Etiennette que son père était descendu directement chez Daniel, et que Marcelin ne pouvait être en ce moment qu'au chevet du malade.

— Auriez-vous la bonté de me dire où je pourrais rencontrer monsieur Raimond? — demanda-t-elle.

— Rien de plus facile, mademoiselle. Il est dix heures; la cérémonie n'est pas encore terminée...

— La cérémonie?

— Oui, un mariage qui se fait à l'église Saint-Vincent-de-Paul; le mariage d'un de ses amis, je crois.

A ces paroles une affreuse lumière se fit dans l'esprit d'Etiennette; elle s'élança dans la voiture qui l'avait amenée.

— A Saint-Vincent-de-Paul! — dit-elle au cocher d'une voix tremblante.

La voiture arriva. Au moment où Etiennette en descendait, le portail s'ouvrit, Daniel parut, donnant la main à celle qui venait de recevoir son nom.

Etiennette recula, agita ses mains en avant comme pour écarter une funeste vision, poussa un cri étouffé et tomba évanouie.

Une seule personne, dans le cortége des mariés, avait entendu ce cri : c'était Marcelin. Il courut à Etiennette, la saisit dans ses bras, la transporta dans la voiture, et donna ordre au cocher de les conduire à l'hôtel où il demeurait.

DEUXIÈME PARTIE.

I

Il s'était écoulé quelques semaines depuis le mariage de Daniel jusqu'au moment où nous reprenons le fil de cette histoire. Peu de lignes suffiront pour résumer les rares incidents que le lecteur peut être intéressé à connaître.

Daniel, entièrement absorbé dans la contemplation de son bonheur, n'avait point pris garde à la scène qui s'était passée devant la porte de l'église. L'intervention de Marcelin avait été si rapide qu'un très-petit nombre de personnes avaient remarqué l'évanouissement d'Etiennette; et ces personnes ne faisaient point partie du cortége des mariés, qui défilait encore dans la nef. Les importunités d'une vingtaine de pauvres attendant la rosée de menue monnaie que répandent généreusement d'ordinaire les heureux de ces jours-là, avaient aussi contribué à détourner l'attention d'Armande et de son mari; de sorte que rien n'avait troublé la quiétude des nouveaux époux. Daniel s'aperçut bien un peu plus tard de l'absence de Marcelin; mais, outre qu'il avait l'esprit trop agréablement préoccupé pour donner une grande attention à un fait de si mince importance, un billet de son ami vint lui expliquer que, s'étant trouvé indisposé par suite de la chaleur, il était rentré à son hôtel, où on lui avait remis une lettre qui le forçait à partir immédiatement.

Epris comme il l'était de la beauté d'Armande, glorieux d'avoir, lui fils de paysans, conquis le cœur et la main d'une de ces femmes adorables qui établissent la suprématie de Paris sur le monde entier, Daniel en voyant la douleur d'Etiennette n'eût sans doute pas éprouvé de bien cuisants remords; cependant nous aimons à croire qu'il n'avait pas le cœur assez endurci pour que sa joie n'en eût pas été quelque peu troublée.

Un bonheur n'arrive jamais seul, dit-on. Daniel en eut une preuve dès le lendemain de son mariage. Son directeur le fit venir dans son cabinet, le complimenta dans les termes les plus gracieux sur l'union qu'il venait de contracter, et lui annonça une augmentation de traitement, en guise de cadeau de noce. Il avait désormais trois mille francs à dépenser par an.

Trois mille francs! Il dansa de joie, l'insensé, en homme qui n'a jamais eu l'occasion de solder le mémoire d'une de ces toilettes qui font les femmes si séduisantes et les maris si vains.

Daniel passa donc sa lune de miel dans un ravissement perpétuel entre Armande et madame Burdel; car il avait été stipulé que cette tendre mère ne serait pas séparée de sa fille.

Daniel avait quitté son humble hôtel garni pour s'installer dans le coquet appartement qui avait tant de fois éveillé sa convoitise. Il y oubliait les heures dans une douce réciprocité d'affectueuses appellations : *mon trésor*, *mon amour*, *mon ange;* il disait *belle maman* à madame Burdel, et celle-ci lui répondait : *mon bon.* Pas une contradiction, pas une exigence, pas une question indiscrète n'altérait ce charmant accord. Cela dura jusqu'au moment où vint se jeter à la traverse une malencontreuse difficulté de budget.

II

Daniel reçut un jour trois visites.

La première lui valut l'avantage de faire connaissance avec le propriétaire de la maison.

Celui-ci commença par lui adresser au sujet de son mariage les plus vives félicitations, continua par une longue et flatteuse énumération des grâces, des talents et des vertus de madame, et tira d'un petit portefeuille, en manière de péroraison, les quittances de trois termes échus, sans préjudice du terme courant, et sous la réserve de tous autres droits.

— J'aurai l'honneur de passer demain chez vous, — répondit Daniel, déconcerté par l'imprévu de la péroraison.

La seconde visite fut celle d'un gros monsieur, aussi peu élégant de manières que de costume, lequel présenta, sans préambule, à Daniel, une longue facture, inventaire complet du mobilier garnissant le logis.

— Voilà dix-huit mois que j'attends, — dit le rustre sans se livrer à aucune apologie de la fille ou de la mère; —j'ai des billets en souffrance, et ce ne sont point des paroles, ce sont des écus qui dégageront ma signature.

— Vous permettrez que je soumette ce mémoire à madame Burdel,—répondit Daniel fort déconcerté.

La troisième personne était une femme.

Celle-ci avait, comme le précédent, une facture à la main. Sur cette facture figurait une douzaine de chapeaux pour toutes les saisons, sans compter les bonnets, les tours de tête et les résilles.

— Cela regarde madame Gontier,—dit Daniel.

— Madame Gontier me renvoie à vous, — répliqua la marchande modes.

— Ah!... très-bien, — répliqua Daniel tournant et retournant la facture entre ses doigts d'un air de plus en plus embarrassé; — cependant... je ne serais pas fâché de m'entendre avec ma femme et ma belle-mère... Veuillez repasser demain.—Daniel demeura quelques instants comme abasourdi.—Que signifie tout cela? — pensait-il; — je veux avoir au plus tôt une explication avec ces dames.

. . . .

C'était l'heure du déjeuner. Daniel passa dans la salle à manger.

Il oublia, en se mettant à table, d'embrasser sa femme, qui le regardait avec une curiosité inquiète; il oublia de serrer affectueusement la main à madame Burdel, qui remplit bravement son assiette sans paraître remarquer cette inconvenante omission; il oublia même de manger.

Ce qui le préoccupait surtout, c'était la difficulté de trouver un exorde.

— Six cents francs de chapeaux! — s'écria-t-il tout à coup par distraction.

— Vous dites, mon gendre? — fit madame Burdel en se redressant sur son siége.

— Ai-je parlé? — demanda Daniel confus.

— J'ai cru entendre que vous disiez : chapeaux.

— Chapeaux!... Ah! oui... mais non... mais si fait; ô mon Dieu! une simple question que j'avais l'intention d'adresser à ma femme. — Et se tournant du côté d'Armande : — Je serais curieux de savoir, chère amie, ce que peut durer un de ces frais chapeaux qui encadrent si agréablement le visage d'une jolie femme?

Armande répondit, les yeux fixés sur ceux de son mari et sans la moindre hésitation :

— Vingt-quatre heures, huit jours, plus ou moins; cela dépend de celle qui le porte; une femme économe et soigneuse le fait durer un mois, mon ami.

— Et vous rendrez justice à ma fille, mon bon, — crut devoir ajouter madame Burdel, — en la comptant au nombre des femmes économes et soigneuses.

— A qui suffisent par conséquent douze chapeaux par an, — dit Daniel, — ce qui fait, à raison de cinquante francs l'un...

— Six cents francs de chapeaux; juste votre exclamation de tout à l'heure.

— Mon cher Daniel,—reprit Armande,—à quel propos tous ces calculs?

La voie était ouverte; Daniel s'y jeta résolûment.

— Mais à propos d'un mémoire que tu m'as envoyé remettre par ta marchande de modes.

— Comme au chef de la communauté, — dit madame Burdel; — une femme qui respecte son mari doit avoir pour lui ces sortes de déférences.

Daniel commença de respirer plus à l'aise.

— Ah! — dit-il, — du moment que c'est une simple marque de déférence... Je profiterai toutefois de l'occasion pour vous faire une observation... oh! une toute petite observation... Vous me promettez, mesdames, de ne vous en point formaliser?

— Comment donc! vous êtes dans votre droit, mon bon.

— Tu ne peux rien vouloir qui ne soit juste et convenable,—dit Armande de sa voix la plus câline.

Daniel sourit à sa belle-mère et baisa la main de sa femme.

— Ne pensez-vous pas d'ailleurs, comme moi, que l'ordre est dans une maison la base de toute prospérité?

— L'ordre! — s'écria madame Burdel; — défunt monsieur Burdel avait coutume de dire que c'est le palladium des ménages.

— N'est-ce pas aussi ton opinion, chère amie?

— J'attends ta conclusion, — répondit Armande, peu soucieuse de se compromettre par une approbation prématurée.

— Ma conclusion?... revenons aux chapeaux. Si, par exemple, tu prenais l'habitude de payer les tiens comptant, tu ne serais point exposée à voir tomber à l'improviste, comme une tuile sur ta tête, une grosse note de douze coiffures... Sans compter que probablement elles te coûteraient moins cher.

— Admirablement raisonné, mon bon.

— Remarquez, —continua Daniel, — que ce raisonnement, si juste lorsqu'il s'applique à la marchande de modes, ne l'est pas moins à l'égard du propriétaire, et qu'il y aurait avantage à ne le point mettre dans le cas de présenter trois quittances à la fois, comme le nôtre l'a fait ce matin.

— Est-il possible que nous soyons en arrière de trois termes? —s'écria madame Burdel d'un air profondément étonné.

— Enfin, vous conviendrez qu'il est tout au moins désagréable d'avoir à supporter les manières brutales et le langage grossier d'un marchand de meubles qui attend depuis dix-huit mois qu'on solde son mémoire.

— Dix-huit mois! comme le temps passe!

— Chapeaux, six cents francs; propriétaire, neuf cents francs; marchand de meubles, quatre mille... total, cinq mille cinq cents francs.

— Vous additionnez comme un ange, mon bon.

— N'avez-vous point, mesdames, d'autres comptes en souffrance?

— Je ne vous dissimulerai point, — répondit madame Burdel,—qu'au milieu des ennuis et des tracas de toutes sortes dont est assaillie une pauvre veuve qui a une fille à marier, j'ai bien pu oublier encore deux ou trois fournisseurs : le boulanger .. le boucher... l'épicier... le fruitier... le marchand de vins... le marchand de bois... ah! et la couturière... et le coiffeur qui me reviennent à l'esprit.

— Cela fait huit.

— Mais j'adopte complétement votre manière de voir, et c'est avec bonheur que je remets entre vos mains les rênes du gouvernement : soyez maître absolu, mon bon.

— Maître absolu? — fit Daniel en interrogeant Armande du regard.

— Notre mariage, — répondit la jeune femme avec un sourire, — ne date pas de si loin que je puisse avoir oublié l'article du code : « La femme doit obéissance à son mari. »

Daniel, en ce moment, se fût volontiers prosterné devant sa femme et sa belle-mère.

— Loin de moi la pensée de me prévaloir d'un droit! Ce que je sollicite, c'est simplement une mission de confiance.

— Accordée à l'unanimité, n'est-ce pas, maman?

— Certes, ma fille, à l'unanimité.

— Eh bien! donc, pour rentrer dans des conditions normales, nous en finirons dès aujourd'hui avec nos comptes arriérés... Point d'opposition?

— A ce que vous payiez? Jamais, mon bon, jamais.

— Or, la clef de la caisse étant, pour cette opération, un instrument de première nécessité, je vous demanderai, belle maman...

— Quoi donc? — fit madame Burdel en regardant d'un air ébahi dans la main ouverte que lui tendait son gendre.

— Eh bien! mais... la clef de la caisse.

— Hein?

— Plaît-il?

— Vous dites?

Madame Burdel se renversa sur son siége en riant à gorge déployée.

— Vous avez l'humeur très-gaie, ce matin, belle maman, mais j'avoue que ne saisis pas bien...

— Ma foi! ni moi non plus. De quelle caisse vous faut-il la clef, si ce n'est de la vôtre, puisque c'est vous qui payez?

— Eh! — s'écria Daniel, qui commençait à perdre patience, — donnez-moi donc le secret d'avoir, avec deux cent cinquante francs par mois, des épargnes suffisantes pour éteindre plusieurs mille francs de dettes!

— Qu'est-ce à dire? — fit madame Burdel, — voudriez-vous nous laisser à penser que vos appointements composent la totalité de votre revenu!

— Je ne vous laisse rien à penser, madame, que je n'aie franchement et loyalement fait connaître le jour où je sollicitai la main de votre fille.

— Tu entends, Armande! tu entends!... Je me souviens en effet : une chaumière et son cœur!... Et nous avons eu la simplicité de donner dans le panneau!

— Ménagez vos expressions, madame!

— Ma mère!..

— Désolée de blesser vos oreilles, monsieur; mais j'ai l'habitude d'appeler les choses par leur nom.

— Hé! madame, — répliqua Daniel rouge de dépit; — s'il y a eu un panneau, c'a été de votre côté, non du mien, à ce que je puis comprendre.

— Daniel! — fit d'un ton conciliant Armande, qui, désappointée d'abord, ne savait plus, au milieu de ces révélations réciproques, si elle devait se fâcher ou rire.

Madame Burdel se redressa avec un geste de reine :

— Vous m'insultez, je crois, monsieur! — La réflexion lui vint sans doute que cet échange de récriminations ne la mènerait à rien. Elle changea de ton. — Armande, — dit-elle à sa fille d'une voix étouffée, en se laissant choir tout à coup dans son fauteuil, — je suis une mère bien malheureuse! — Ses bras se roidirent, ses jambes s'allongèrent, sa tête se renversa et ses pieds battirent un roulement sur le parquet. — Ah! je suffoque!... qu'on me délace!... De l'air!... j'étouffe!... je me meurs!

Madame Burdel eut une de ses plus *belles* attaques de nerfs.

C'était sa manière de trancher les situations difficiles.

III

Daniel se réfugia dans son cabinet, où le poursuivirent quelque temps encore les cris perçants de sa belle-mère.

La réflexion apaisa peu à peu son ressentiment.

Il était clair que, des deux côtés, il y avait eu erreur; mais fallait-il imputer cette erreur à une intention mutuelle de se tromper?

Daniel se souvint qu'il avait fermé l'oreille aux explications de madame Burdel, comme madame Burdel s'était refusée à donner créance aux explications de Daniel.

Les conséquences de ce malentendu étaient fâcheuses, déplorables; on avait le droit de s'en affliger, on n'avait pas celui d'en accuser personne.

Ce sage raisonnement toutefois n'atténuait en rien la gravité de la situation, et il était urgent d'aviser.

Daniel se prit la tête à deux mains et fouilla des yeux le tapis, comme s'il avait l'espoir d'en arracher quelque expédient.

Le bruit que fit Armande en ouvrant la porte du cabinet vint l'interrompre au milieu de cette pénible et infructueuse recherche.

La jeune femme se présentait avec un petit air pincé qui n'annonçait rien de bon.

— Daniel... — Ce n'était déjà plus *mon trésor*, ni même mon cher Daniel; c'était un acheminement vers *monsieur*.

— Daniel, votre humeur, en de certains moments, est d'une vivacité très-regrettable.

— Je le reconnais, mais...

— Je suis fâchée d'avoir à vous dire que vous n'avez pas eu pour ma mère tous les égards auxquels elle a droit.

— J'ai eu tort, mais...

— Taxer d'indélicatesse une femme qui est la loyauté même!

— Je pourrais te répliquer, chère amie, que l'attaque n'est point venue de mon côté; je préfère en finir tout de suite en m'avouant coupable.

Armande élevait le ton à mesure qu'elle croyait voir dans les réponses de son mari un signe de faiblesse.

— Ma mère exige des excuses; c'est une satisfaction que vous auriez mauvaise grâce à lui refuser.

— Aussi lui en ferai-je... ce soir... demain... après-demain; pour l'instant, songeons au plus pressé.

— Vos réponses, monsieur, sont d'une légèreté peu convenable.

Le *monsieur* était venu; mais Daniel, pour y prendre garde, avait trop d'autres affaires en tête.

— Ce qui convient, chère amie, c'est de ne point perdre un temps précieux en vaines discussions... La crise est terrible, il s'agit d'en sortir... Ah! j'ai une idée!... Si nous écrivions, Armande, à ton vieux parent d'Amérique? Cette démarche nous servirait en même temps de prétexte pour solliciter un délai. — Armande ne répondit que par un haussement d'épaules. — Oui, je comprends! — fit Daniel; — le vieux parent d'Amérique, chimère comme le reste... Je conseille à madame Burdel d'exiger des excuses! Enfin, le parent d'Amérique n'est pas de ton fait; revenons. — Le ton de Daniel exaspérait Armande, qui eût trouvé mieux son compte à une explosion de colère. La colère est le côté faible des hommes dans leurs luttes avec les femmes. — Ma foi! — reprit Daniel poursuivant le même thème, — je suis à bout de moyens, et si tu ne me viens pas en aide...

— Moi!

— Les femmes ont parfois des inspirations lumineuses.

— Ne comptez point sur les miennes en matière de finances.

— Cependant, chère amie...

Armande pressentit quelque observation malsonnante; elle se cabra.

— Cependant quoi, monsieur?—interrompit-elle d'une voix aigre.

Daniel comprit enfin qu'il avait devant lui un ennemi armé de toutes pièces plutôt qu'un messager de paix.

Mais comme une bataille, quel qu'en fût le résultat, devenait dans sa position un embarras de plus, il rebroussa chemin.

Cela ne faisait pas le compte d'Armande.

. . . .

Il n'y a que deux routes ouvertes à la femme qui a fait du mariage une affaire de calcul et qui s'est trompée :

Dominer son mari dont elle se fera un complaisant, un laquais, un esclave, qu'elle réduira à l'ignoble condition de n'avoir ni yeux, ni oreilles, ni cœur.

Ou devenir sa victime. Alors la persécution autorise la vengeance.

Si les routes sont différentes, le but est le même.

La question pour Armande était de savoir lequel allait lui échoir de ces deux rôles.

Et l'impatience naturelle aux femmes ne leur permettant guère de laisser une question en suspens, Armande était accourue au-devant de l'ennemi, d'autant plus résolue qu'elle devait également atteindre le but par la victoire ou par la défaite.

Voyant donc que Daniel battait en retraite, elle marcha en avant et ouvrit le feu.

— C'est une querelle que vous cherchez?

— Je cherche le moyen de réunir cinq mille cinq cents francs en vingt-quatre heures.

— Oh! grâce! je vous en prie, j'ai les oreilles fatiguées de cette misérable question d'argent.

— Les questions d'argent sont en effet le côté misérable de notre ménage.

— Encore!... Eh! monsieur, si je ne vous ai rien apporté, est-ce un crime après tout?

— C'est du moins un grand tort, madame, lorsqu'on ne possédait rien, de n'avoir pas su régler sa toilette sur son revenu.

La bataille était engagée.

La réplique étudiée d'Armande prouva que cette nouvelle phase du débat ne la prenait pas au dépourvu.

— Ma toilette, monsieur, a toujours été d'accord avec la simplicité qui convient à une jeune personne. Si j'avais été d'un caractère à me laisser emporter, comme tant d'autres, au torrent du luxe, je ne me serais pas contentée de la robe de modeste étoffe et du chapeau orné de simples rubans qui faisaient toute ma parure. Il est vrai que tout cela était frais et de bon goût; mais c'était bien le moins que je pusse faire pour ne pas être confondue avec ma blanchisseuse.

— D'où je dois conclure que vous entendez n'apporter aucune réforme dans cette toilette si modeste?...

— Vous vous trompez.

— C'est heureux.

— Où avez-vous vu qu'il soit permis à une femme mariée de se fagoter comme une jeune fille? — Daniel leva sur Armande un regard stupéfait. — Soyez tranquille, — poursuivit-elle, — je sais ce que je dois à votre position, et n'ai point envie de faire pitié à la femme de votre garçon de bureau.

— Quoi! madame, — s'écria Daniel poussé à bout, — voilà, en présence de notre situation, quels sont vos projets de reforme!

— Mon Dieu! — fit Armande sans broncher, — je suis bien bonne de descendre à ces détails! Est-ce que la toilette d'une femme est de la compétence de son mari?

— Il paraît en effet que vous ne lui reconnaissez d'autre compétence que celle d'en payer les frais.

— Si je me reporte à la lecture que nous a faite monsieur le maire, je vous dirai plus : c'est son devoir.

— Oui, madame, c'est le devoir d'un mari de subvenir à l'entretien de sa femme, mais non de pourvoir à ses extravagances.

— Monsieur!

— Et à propos de devoir, souffrez qu'à mon tour, la loi à la main, je vous fasse connaître mon droit.

— Faites, — répliqua sèchement Armande.

— Sachez donc que je ne suis point responsable des dettes contractées par votre mère et par vous avant notre mariage, qu'il m'est loisible d'envoyer promener vos créanciers, et que je n'y manquerai point.

— Les créanciers qu'on envoie promener ont une réplique toute prête.

— Je l'attends.

— Le propriétaire nous donnera congé.

— Nous chercherons un appartement de quatre cents francs... huit cents francs de gagné.

— Plus de crédit chez les fournisseurs.

— Nous payerons comptant et nous n'achèterons que le nécessaire.

— Le marchand de meubles fera enlever son mobilier.

— Bah! qu'est-ce qu'il faut pour garnir un appartement de quatre cents francs?

— Ma mère et moi dans un galetas... jamais!

— On se fait à tout.

— Vous-même, avec les goûts que vous avez...

— Quand l'honneur y est intéressé, les goûts changent.

— Votre programme est bien arrêté?

— Immuablement.

— Et si nous vous laissions seul à l'exécuter?

— La femme doit suivre son mari... Je vous aime trop pour oublier mon droit; quant à votre mère, je ne courrai pas après elle.

— Vous êtes un tyran!

Daniel ne jugeant plus à propos de répondre, la discussion fut close.

Armande savait désormais à quoi s'en tenir: c'était le rôle de victime qui lui était échu.

IV

Il fut fait ainsi que Daniel avait dit.

Ce ne fut pas sans éprouver un serrement de cœur douloureux qu'il abandonna un quartier élégant, une maison convenablement habitée, un logement commode et coquet, pour s'ensevelir dans un tombeau à quatre compartiments sombres, froids, à demi-nus, au troisième étage d'un vieux bâtiment où fourmillaient et bourdonnaient les locataires comme des abeilles dans une ruche, au milieu d'une rue étroite où un rayon de soleil n'avait jamais pénétré.

— Avec le prix de ce taudis, — pensait-il en soupirant, — j'aurais dans mon village toute une maison, un jardin, des champs, un pré et du soleil à discrétion.

Le désenchantement commençait.

Et pourtant pouvait-il se plaindre?

Une position de trois mille francs! Combien peu y arrivent de ces pauvres abusés qui sacrifient tout, famille, amis, pays, aux perfides mirages de la *terre promise?*

Il ne se passait pas de jour que madame Burdel, au déjeuner, ne menaçât son gendre d'une désertion. Comme elle avait d'excellentes raisons pour ne pas effectuer sa menace, Daniel la retrouvait immanquablement au dîner, où elle se dédommageait en le régalant de regards furibonds, de sarcasmes, d'invectives, et de temps en temps d'une petite crise nerveuse, pour n'en pas perdre l'habitude.

Armande ne faisait pas entendre un reproche, ne proférait pas une plainte; elle écoutait en esclave soumise la parole du maître; c'était une résignation à faire trembler le mari le plus intrépide.

Daniel, au commencement du mois, divisa ses appointements en trois parts inégales.

La première, la plus forte, fut destinée à couvrir les frais quotidiens du ménage; il en confia la direction à sa femme.

La seconde, dont il se réservait l'emploi, devait subvenir aux grosses dépenses et aux éventualités.

La troisième fut mise de côté pour faire face aux engagements contractés envers Pocheveux.

Ces dispositions prises, Daniel crut pouvoir dormir, non satisfait, mais tranquille.

C'était un homme de tête que Daniel. Il avait l'œil continuellement au guet, et ne se gênait point pour demander des explications.

— Tiens! je ne te connaissais pas ce châle que tu viens de quitter en rentrant.

— Cela prouve que vous avez la mémoire courte : il était dans ma corbeille de mariage.

La réponse d'Armande est faite d'un ton si naturel, avec un aplomb si imperturbable, que Daniel se dit en lui-même :

— Du diable si je me souviens de ce châle! Mais d'où lui viendrait-il? Je pousse la défiance si loin que j'en suis stupide.

Une autre fois, ce sont des pendants d'oreille qui lui offusquent la vue.

— Est-ce que ces bijoux viennent aussi de ta corbeille de mariage?

— Non, monsieur.

— C'est la première fois que je te les vois.

— Par la raison que c'est la première fois que je les porte.

— Ah!

— Mais vous eussiez pu les voir autrefois aux oreilles de ma mère, qui a eu la bonté de m'en faire cadeau. Vous ne trouverez pas mauvais, je suppose, que, ne pouvant plus acheter de bijoux, j'obtienne de ma mère la permission d'user les siens.

C'était à dégoûter de faire des remarques, d'avoir des soupçons et de chercher à les éclaircir.

Cependant les remarques allaient leur train, les soupçons aussi, et l'éclaircissement vint un jour sous la forme d'un boucher impatient, qui, blasé sur les belles paroles de madame, voulut avoir affaire directement à monsieur.

Suivirent une demi-douzaine de fournisseurs non moins blasés que le boucher.

La réserve des éventualités et des dettes y passa tout entière.

Daniel pesta, cria, tempêta, exercice passablement inutile, et changea ses batteries, ce qui était beaucoup plus opportun.

Il continua de faire trois parts de ses appointements, mais il ne confia le maniement d'aucune à sa femme.

Armande eut seulement l'autorisation d'ouvrir un compte chez les marchands, sous la condition expresse que chacun d'eux présenterait à la fin du mois son mémoire à Daniel, qui payerait immédiatement de ses propres mains.

Pour le coup il ne doutait point d'avoir mis la main sur la solution du problème.

Il attendit le dernier jour du mois dans une sécurité complète.

Les marchands apportèrent leur note avec une ponctualité irréprochable.

Quand Daniel eut payé le dernier, il était au comble de la stupéfaction.

L'argent des trois parts était absorbé.

Jamais il ne s'était consommé en un mois, dans un ménage de trois personnes, tant de pain, tant de viande, tant de sucre et tant de moutarde.

— Que signifie ce chiffre énorme de dépense?

— Tout est si cher! — répondit Armande sans s'émouvoir.

— Eh! — fit Daniel en frappant du pied, — je ne parle pas du prix, mais de la quantité des denrées! Je n'ai pas souvenance que nous en ayons jamais tant dévoré.

— C'est que probablement vous n'avez jamais eu un appétit aussi dévorant.

Armande s'entendait-elle avec les fournisseurs, qui après avoir compté avec le mari, comptaient avec la femme?

Ou prenait-elle en effet chez eux tous les articles détaillés sur les factures, sauf à en revendre ensuite au rabais la moitié ou les trois quarts?

Daniel ne savait à quelle supposition s'arrêter.

La cuisinière du premier étage eût pu faire cesser son hésitation. Mais on ne sacrifie point une source abondante et commode de profits au plaisir d'éclairer un mari sur les moyens que sa femme emploie pour le voler.

— Pardieu! — pensa Daniel, — il ne sera pas dit que j'en aurai le démenti.

Il fit une nouvelle division de ses appointements; puis, ayant supputé ce que la part destinée aux dépenses journalières pouvait représenter de vivres, il se rendit chez chacun des marchands pour leur signifier qu'il n'autorisait l'ouverture d'un crédit que jusqu'à concurrence de tant de décalitres ou tant de kilogrammes.

Avait-il enfin trouvé le joint?

Oui, sous un point de vue; mais pour son estomac, quel décompte!

Les rations passèrent bientôt à l'état d'atomes. Le potage même devint une illusion.

Sancho, dans son gouvernement, était moins à plaindre; s'il ne touchait pas à plus de mets que Daniel, il avait la consolation d'en sentir le fumet.

Daniel fut exaspéré.

Armande baissait la tête en victime, et n'opposait que le silence aux emportements de son mari. Madame Burdel y répondait naturellement par des attaques de nerfs.

Une fois Daniel leva involontairement la canne qu'il avait à la main.

Mais il ne compléta pas le mouvement; il se sauva dans la rue, la tête en feu, le front rouge à la fois de colère et de honte.

Battre des femmes! Quelle lâcheté!

Ce n'est pas seulement une lâcheté, c'est une duperie.

Article 231 du code civil : « Les époux pourront réciproquement demander la séparation de corps pour excès, sévices ou injures graves de l'un d'eux envers l'autre. »

Une femme battue y gagne donc de se débarrasser avec honneur du tyran abominable qui a voulu l'ordre et la régularité dans sa maison, et encore de se faire payer une pension par-dessus le marché.

Les femmes disent néanmoins : « On voit bien que ce sont les hommes qui font les lois. »

Que seraient donc les lois si elles étaient faites par les femmes?

V

Les réformes opérées par Daniel ne tardèrent pas à mettre en fuite quelques connaissances qui faisaient de la maison Burdel leur point habituel de réunion.

Ce n'est pas pour mourir de faim qu'on va demander à dîner chez un ami, et l'écarté à cinq centimes la partie est un divertissement aussi triste que suranné.

Daniel regretta peu l'aspect périodique de ces visages hostiles dont les yeux, en se détournant des siens, semblaient fuir avec horreur le regard d'un bourreau, tandis qu'ils se reportaient avec intérêt sur Armande, comme pour payer à la pauvre victime le tribut de leur commisération.

Les distractions ne venant plus trouver madame Burdel et sa fille dans leur intérieur, ces dames allaient tout naturellement les chercher au dehors.

C'était surtout lorsqu'elles dînaient en ville que l'époux délaissé pouvait s'asseoir à sa table sans avoir à redouter les indigestions.

Il était rare qu'elles passassent la soirée à la maison; on a si facilement, à Paris, des billets de concerts et des invitations au bal!... Et les toilettes continuaient d'être de la première fraîcheur.

Deux fidèles cependant, admis chez Daniel depuis son mariage, n'avaient point pris part au sauve-qui-peut général : c'étaient Pocheveux et Chavaroche.

Armande faisait un accueil assez froid à ces amis de son mari, ce qui ne les empêchait pas d'avoir pour elle toute sorte de prévenances.

Daniel, qui voyait dans la conduite de sa femme un parti pris de lui être désagréable, ne se fit point faute d'en témoigner son mécontentement, un jour entre autres qu'elle recevait de mauvaise grâce un bouquet dont Chavaroche lui envoyait l'hommage. Armande, pour toute justification, lança le bouquet par la fenêtre.

Pocheveux accourut un soir, porteur d'un coupon de loge pénible conquis pour la représentation d'ouverture du Théâtre-Italien.

— Je vous remercie, monsieur; mais j'ai d'autres engagements, — dit Armande, dont le costume annonçait les intentions les plus sédentaires.

L'affront était palpable; Daniel en souffrit doublement pour son ami et pour lui-même.

— Une femme peut être réservée sans être impertinente, — pensa-t-il ; — évidemment tout cela est à mon adresse. — Chavaroche, soit par susceptibilité, soit pour tout autre motif, se décida enfin à comprendre qu'il était importun; ses visites devinrent plus rares, puis cessèrent tout à fait. Pocheveux tint bon; ses assiduités continuèrent, quoique toujours couronnées du même succès. Daniel en était dans l'admiration. — Ah! — se disait-il, — qu'on me trouve beaucoup d'amis dont l'affection pour le mari résiste aux mauvais procédés de la femme! — Cependant une circonstance vint diminuer un peu l'admiration de Daniel. On n'a pas oublié l'incident de la corbeille de mariage; Daniel avait souscrit dans la forme ordinaire un billet à l'ordre de Pocheveux. L'échéance de ce billet était arrivée. — Je n'ai pu mettre de côté toute la somme, — dit Daniel un peu confus à son créancier. — Il s'en faut de mille francs.

— Diable! cela me contrarie... mais ne me surprend pas, — dit Pocheveux, que dans le fond une seule chose surprenait : c'était que le déficit ne fût pas complet.

— J'ai mon excuse dans les déceptions qui ont suivi mon mariage.

— Pauvre ami! Je vous ai plaint sincèrement.

— Croyez que j'ai fait l'impossible...

— Qui le sait mieux que moi? — Ses derniers dîners chez Daniel lui revenaient sans doute à la mémoire. — Oui, il vous est permis de dire que vous avez fait l'impossible, cher ami. Aussi me garderais-je de vous tourmenter si je n'étais moi-même, pour le moment, dans une position embarrassée; j'ai besoin de toutes mes ressources pour faire face à mes échéances.

— En vérité?... Je suis au désespoir...

— Calmez-vous... nous verrons à arranger cela.

— Voilà un trait que je n'oublierai de ma vie.

— Vous me remettrez d'abord ce que vous avez d'espèces.

— A l'instant.

— Et nous ferons pour le surplus un effet que je négocierai. — Daniel pressa avec effusion la main de Pocheveux dans les siennes. — Seulement, — reprit ce dernier, — comme vous n'êtes pas commerçant et que votre signature ne serait reçue chez aucun banquier, au lieu d'un billet à ordre vous me ferez une lettre de change.

— Une lettre de change! — s'écria Daniel avec effroi. Mais il n'était pas en position d'élever des difficultés. Son rôle était même d'accepter avec de grands témoignages de reconnaissance. A la réflexion, il se dit : — Je ne m'étonne plus si Pocheveux n'a pas, comme Chavaroche, déserté ma maison; il avait peur de ne point rentrer dans ses avances; il reconnaissait qu'une saisie de mon mobilier produirait un résultat insuffisant, qu'un arrêt sur mon traitement serait suivi de délais interminables; il a joué la générosité pour m'attirer dans la nasse d'une lettre de change. Voilà le motif de cette constance que j'admirais avec tant de naïveté!

C'était ce motif-là... et peut-être un autre encore.

VI

Retournons à Etiennette.

Le mouvement de la voiture l'avait fait sortir de son évanouissement. Marcelin la confia aux soins de la maîtresse de l'hôtel, courut terminer quelques affaires, revint au bout d'une heure, et se fit conduire immédiatement à la gare du chemin de fer de Dieppe avec Etiennette, qui, gardant un silence morne, semblait n'avoir plus de volonté.

Le lendemain au matin, ils arrivaient à la ferme.

Monsieur Auberlin venait d'y rentrer. Il reçut sa fille dans ses bras.

Elle se soutenait à peine, elle était pâle comme une morte; elle tremblait la fièvre.

Monsieur Auberlin ne demanda point d'explication à Marcelin; en le voyant revenir avec Etiennette, il avait tout compris.

La malheureuse enfant était dans un état si pitoyable qu'il ne se sentit pas la force de lui adresser un mot de blâme.

Quant à Jeanne, elle ne pouvait contenir sa douleur. Elle s'accusait, l'excellente femme, d'avoir été, faute de clairvoyance, la cause de tout le mal; elle s'imputait à crime de ne point s'être opposée à un départ dont elle aurait dû deviner le vrai motif.

Mais, tout en s'accusant, en pleurant, en s'accablant de reproches, elle ne perdait pas de vue l'état d'Etiennette, et la soignait avec une sollicitude toute maternelle.

Etiennette ne fut pas plutôt couchée que son visage s'empourpra, son regard devint fixe, ses bras s'agitèrent. Elle se mit à parler d'une voix brève; elle entrecoupa ses paroles de pleurs et de rires : c'était le délire qui la prenait.

Le médecin, mandé en toute hâte, reconnut les symptômes d'une fièvre cérébrale.

Monsieur Auberlin, Marcelin et Jeanne se disputèrent le droit de s'établir au chevet d'Etiennette; ils se mirent d'accord en s'y établissant tous les trois.

Les prescriptions du médecin devaient être suivies avec une exactitude rigoureuse; la moindre infraction pouvait avoir de graves conséquences. Marcelin ne voulut s'en remettre à personne du soin de mesurer les potions et de compter les minutes. Il avait une telle frayeur de se trouver en défaut que, dans les moments où il sentait la fatigue le gagner, il allait et venait dans la chambre, afin de ne pas être surpris par le sommeil.

Mais il semblait que le ciel ne voulût pas récompenser tant de dévouement. Le mal résistait aux efforts de la science, et l'état d'Etiennette, loin de s'améliorer, empirait.

Un jour, le délire la quitta, et, pour la première fois depuis qu'elle était tombée malade, elle s'endormit, mais d'un sommeil effrayant.

— Est-ce une crise? — pensa le médecin ; — est-ce l'agonie qui commence.

Il partit en annonçant qu'il reviendrait le soir. C'est qu'il prévoyait une catastrophe pour la nuit et qu'il voulait être là, présumant que ses secours seraient nécessaires aux survivants.

— Vous avez entendu le médecin, — dit monsieur Auberlin à Marcelin et à Jeanne; — c'est cette nuit seulement que la crise se décidera. Allez prendre jusque-là quelque repos, je le veux, et réparez vos forces : nous en aurons peut-être grand besoin.

Monsieur Auberlin ne se faisait plus d'illusion.

Il fallut obéir.

Jeanne mit sa mante.

— Où allez-vous, ma mère?

— A l'église, — répondit-elle ; — j'y ferai brûler un cierge en l'honneur de saint Etienne, le patron de la chère enfant.

— Pourquoi? ma mère.

— Si le cierge brûle jusqu'au bout, ça prouvera que le saint a accepté mon vœu, et ce sera un bon signe.

Marcelin ne chercha point à détourner Jeanne de sa pieuse intention; seulement, lorsqu'elle partit, il la suivit du regard avec un triste sourire. Les pratiques superstitieuses lui inspiraient peu de confiance.

Tout le reste de la journée, il ne sut que faire de sa personne; il ne pouvait rester ni debout ni assis; par moment sa poitrine se gonflait, et il se sentait suffoquer. Il sortit afin de respirer un peu d'air.

Il rencontra, chemin faisant, un vieux pauvre égrenant son chapelet :

— Ayez pitié de ma misère, mon bon monsieur! je prierai pour vous.

— Non, pas pour moi, mais pour Etiennette, — dit-il. Et il vida dans le chapeau du pauvre tout ce que sa bourse contenait de monnaie.

Le soir, à l'heure où Jeanne devait sortir de l'église, il s'empressa d'aller à sa rencontre :

— Mère, le cierge a-t-il brûlé jusqu'au bout? — demanda-t-il avec anxiété.

— Il a brûlé jusqu'au bout, mon fils.

Et Marcelin, qui avait haussé les épaules quelques heures auparavant, accueillit cette nouvelle avec un véritable mouvement de joie. Ils allèrent tous deux reprendre leur poste auprès d'Etiennette.

Le médecin ne tarda pas à venir les rejoindre.

— Rien de changé! — dit-il en hochant la tête, après avoir examiné la malade.

La chambre, éclairée par une seule bougie dont un abat-jour tempérait encore la lumière, avait un aspect vraiment lugubre.

Monsieur Auberlin, étendu dans un fauteuil, à l'un des côtés de la cheminée, était dans un accablement si profond qu'il semblait ne rien voir, ne rien entendre.

Assis vis-à-vis de lui, le médecin tournait et retournait d'un air sombre sa tabatière entre ses doigts.

Jeanne, à genoux et les mains jointes, au pied du lit, récitait tout ce qu'elle savait de prières.

Marcelin se tenait debout au chevet, épiant d'un œil attentif jusqu'au plus léger changement dans la physionomie d'Etiennette.

— Docteur, on dirait qu'elle a le sommeil moins agité.

— Elle est si faible!

Et chacun redevint immobile et silencieux.

Au bout de quelques heures, Marcelin éveilla le médecin qui s'était assoupi.

— Docteur, je vois perler sur son front de grosses gouttes de sueur.

— A la grâce de Dieu!

— Voyez donc comme elle respire avec calme.

Le médecin se leva et s'approcha du lit.

En ce moment la malade ouvrit les yeux, promena quelques instants autour d'elle son regard incertain, rencontra celui du jeune homme, et fit un imperceptible sourire en disant :

— Marcelin!

— Elle me reconnaît! — s'écria-t-il avec une indicible expression de joie.

— Elle est sauvée, — dit le médecin.

VII

Il y avait une quinzaine de jours qu'Etiennette était entrée en convalescence; les forces commençaient à lui revenir; la pâleur de ses joues faisait place à l'incarnat de la santé, et ses lèvres réapprenaient à sourire aux personnes qui l'entouraient.

Ce qui paraissait étrange, c'était que pas une seule fois, depuis le jour où avait cessé le délire, elle n'avait prononcé le nom de Daniel, ni aucune parole indiquant qu'il fût encore pour elle l'objet d'un souvenir.

Monsieur Auberlin s'inquiétait de ce silence.

Un jour qu'Etiennette s'était assoupie dans un fauteuil près de la fenêtre, le vieillard disait à demi-voix à Marcelin :

— Nous avons vaincu la maladie du corps; Dieu veuille que la maladie de l'âme ne persiste pas! J'ai déjà vu de ces chagrins muets qui allaient jusqu'à se couvrir d'un masque de gaieté... Ils rongeaient le cœur sourdement; ils finissaient par la consomption et la mort.

Etiennette, au moment où monsieur Auberlin s'exprimait ainsi, était dans cet état qui n'est plus le sommeil et n'est pas encore le réveil, mais qui permet de tout entendre. Elle rouvrit les yeux, regarda son père et Marcelin avec un sourire calme, leur prit la main qu'elle serra avec effusion et leur dit :

— Vous allez voir.

Elle se leva et alla prendre dans son armoire une jolie boîte d'ébène qu'elle ouvrit. Elle en fit sortir un bouquet dont les fleurs devaient être depuis longtemps fanées.

— J'avais porté ce bouquet, — dit-elle, — le jour de la fête de Saint-Remy! en rentrant, je l'avais oublié sur un meuble de la salle à manger. Le lendemain, je surpris Daniel qui s'en était emparé et le portait à ses lèvres. J'eus l'air de me fâcher, afin d'avoir un prétexte de le lui reprendre. Il sortit mécontent, presque furieux, tandis que moi j'emportais précieusement ce bouquet pour ne plus m'en séparer. — En parlant ainsi, elle frappait de son doigt le bouquet à petits coups; les fleurs desséchées s'éparpillèrent dans la chambre. — Amours et fleurs, — continua-t-elle, — tout cela, un peu plus tôt, un peu plus tard, finit par tomber en poussière. — Il y avait sur la fenêtre une cage dans laquelle allait et venait un sansonnet. — Voici, — dit Etiennette en montrant l'oiseau, — le dernier présent de Daniel. C'était pour fêter l'anniversaire de ma naissance. Il avait élevé ce sansonnet et lui avait appris à dire : « J'aime Etiennette. » J'eus un bien grand plaisir le jour où il me l'apporta. — Etiennette ouvrit la porte de la cage. L'oiseau descendit du bâton où il était perché, s'avança en sautillant jusqu'à cette porte, qu'il voyait pour la première fois rester ouverte, rentra, remonta sur son bâton, redescendit, revint à la porte, hésita un moment et prit son vol. Il s'arrêta sur un arbre voisin et voleta quelques instants de branche en branche, en disant : « J'aime Etiennette; » puis il repartit et disparut. — C'est ainsi qu'a fait Daniel, — dit Etiennette. Et comme elle s'aperçut, à l'air dont la regardaient son père et Marcelin, qu'ils attendaient une explication : — C'étaient-là, — reprit-elle, — des souvenirs de Daniel que je n'aurais pas donnés pour une fortune. Boîte et cage sont vides; mon cœur est de même. Vous voyez bien que je suis guérie.

VIII

Une idée ingénieuse passa un jour par le cerveau de Daniel.

—Ah !—se dit-il, — vous vous êtes figuré, mesdames, que vous alliez me prendre par famine! Eh bien, la place, en dépit de vous, sera ravitaillée, et c'est moi qui vais vous couper les vivres.

Daniel s'entendit avec un traiteur du voisinage qui, chaque jour, envoya le déjeuner et le dîner tout préparés.

Cette fois Daniel avait visé juste.

Il s'en aperçut à la stupéfaction de sa femme et à l'attaque de nerfs la plus frétillante dont sa belle-mère lui eût encore donné le spectacle.

Et qu'on ne s'imagine pas que, dans le récit de cette lutte domestique, nous ayons rien exagéré... Il est peu de ménages, se composant d'un homme d'ordre et d'une femme qui veut briller, où il ne se fasse un continuel assaut de génie, dans lequel le mari finit presque toujours par succomber.

Armande, un moment déconcertée, ne se tint pas pour battue. Elle pensa qu'avec de la jeunesse et de la beauté on était inexcusable de se laisser ravir le sceptre du logis et plus encore de ne pas savoir le ressaisir.

La force des femmes est dans l'art de dissimuler, précisément parce que la faiblesse des hommes est la crédulité. Les maris se laisseront toujours prendre au charme d'une attention, d'une avance, d'une cajolerie.

Il se fit dans l'existence du ménage Gontier une révolution soudaine.

Daniel se vit choyé comme il ne l'avait jamais été. On recommença à lui dire : *mon amour;* son goût fut consulté en tout et fit loi. On ne sortit plus sans lui, on se montra fière d'être à son bras à la promenade; on lui broda des pantoufles et on les lui fit chauffer. C'était encore mieux que la lune de miel.

Quel triomphe pour Daniel! il avait fait la chose difficile, la chose où presque tous les maris échouent : il avait mis sa femme à la raison.

Et, ce qui est plus rare encore, sa belle-mère!

On eût dit, à voir le calme parfait de madame Burdel, qu'elle s'était administré tous les anti-spasmodiques du Formulaire.

Mais si le cœur de Daniel s'épanouissait de joie, si Armande s'applaudissait d'une conduite qui la faisait graduellement remonter au pouvoir, il était un troisième personnage qui ne trouvait point son compte à ces transformations. Ce personnage mécontent, c'était Pocheveux.

On pense bien que les assiduités de Pocheveux chez Daniel n'étaient ni celles d'un ami, prodigue de son temps comme de son affection, ni celles d'un créancier qui surveille son débiteur. Elles avaient un motif moins avouable, et des trois personnes composant la maison Gontier, Armande était la seule qui pût s'en attribuer le mérite.

Pocheveux, quoique ses projets fussent contrariés par le rapprochement des deux époux, ne se rebuta point; il se montra même plus que jamais empressé.

Malheureusement pour ses projets, les heures dont ses occupations lui permettaient de disposer étaient justement celles que Daniel n'était pas obligé de consacrer à son bureau. Ses visites n'avaient donc lieu que le soir, et, gêné par la présence du plus incommode des tiers, il n'en obtenait aucun résultat, pas même un de ces regards courroucés qui ne découragent que les timides.

Porcheveux se désespérait et se tourmentait la cervelle pour en faire jaillir une heureuse inspiration.

Il crut enfin l'avoir trouvée.

Daniel se rendait un matin à son bureau, lorsque le père Jacquillard, son portier, l'arrêta au passage.

— Une lettre, monsieur.

Daniel jeta les yeux sur l'enveloppe.

— Elle est pour ma femme; il faut la lui monter.

— Oui, monsieur. C'est aussi ce que m'avait recommandé le jeune homme qui me l'a remise.

— Comment! un jeune homme?

— Oui, monsieur, un beau jeune homme très-bien mis.

— Réflexion faite, il est inutile que vous preniez la peine de monter trois étages; je remettrai moi-même cette lettre à madame Gontier.

Daniel avait à peine le pied dans la rue qu'il décachetait l'enveloppe avec précaution. Sous l'enveloppe était un papier illustré d'une douzaine de lignes d'une écriture inconnue et sans signature :

« Madame,

» L'incertitude me tue, et quoique j'aie cru lire dans » vos yeux que vous n'êtes pas sans pitié pour mes souf» frances, je ne saurais être rassuré tant que je n'obtien» drai pas de votre bouche même le plus charmant des » aveux. Si le dévouement le plus pur et l'amour le » plus sincère ont quelque pouvoir sur le cœur d'une » femme, vous excuserez mon audace, et vous dirigerez » ce soir votre promenade vers les Champs-Elysées, où » je vous attendrai, allée des Veuves, depuis huit heures » jusqu'à dix. »

Daniel n'avait pas encore payé son tribut à la jalousie; cette maladie, la plus cruelle de toutes, et que personne ne plaint. Sous l'influence d'un accès qui, pour être le premier, n'en était que plus violent, il fut sur le point de remonter chez lui, le billet à la main, pour confondre la coupable et l'écraser de son indignation.

Mais était-elle coupable?

Cette réflexion l'arrêta.

Une seconde lecture lui démontra que jusqu'à ce moment l'honneur était sauf. Partant, point de forfait à punir.

Restait seulement un péril à conjurer, et, dans ce cas, la colère était un mauvais moyen.

Où trouver d'ailleurs la base d'une accusation de complicité morale dans une lettre dont l'auteur était peut-être un de ces fats, pour qui la femme est une créature écervelée et curieuse, toujours prête à se laisser prendre aux piéges les plus grossiers?

— Pardieu ! — fit Daniel après quelques instants de méditation, — rien de plus facile que de sortir de cette incertitude; laissons l'épreuve suivre son cours. — L'expédient était si simple en effet qu'un enfant l'eût trouvé. Il est vrai qu'un homme expérimenté s'en fût défié peut-être. Daniel retourna sur ses pas, fit rentrer le billet dans son enveloppe, qu'il recacheta dextrement, et dit au vieux concierge, en lui glissant dans la main une pièce blanche : — Toutes réflexions faites, portez-vous même cette missive à madame; je la lui remettrais trop tard... Ne dites pas du reste que je m'en étais chargé... j'aurais l'air d'y avoir attaché de l'importance.

— Très-bien, monsieur, — répondit le père Jacquillard avec un sourire qu'il croyait malin et qui n'était que laid. — Et, faisant entrer la pièce blanche qu'il venait de recevoir dans son porte-monnaie, où elle se trouva en compagnie d'une autre. — A vrai dire, — pensa-t-il, après que Daniel se fût éloigné, — je n'y comprends pas grand'chose. Monsieur Pocheveux me confie une lettre pour madame Gontier, avec recommandation expresse de la remettre à monsieur, sans lui faire connaître de quelle part elle vient... c'est déjà passablement cocasse; de son côté, monsieur Gontier prend la lettre et la lit; très-bien encore, ça va tout seul... Mais là où je m'embrouille tout à fait, c'est que, après avoir lu la lettre, monsieur la recachète et m'ordonne de la porter à madame... Ah! bah! il y a toujours là dedans quelque chose de clair; c'est que monsieur Gontier et monsieur Pocheveux m'ont payé tous les deux.

Daniel, afin de laisser toute liberté d'action à sa femme, l'envoya prévenir par un garçon de bureau qu'il venait d'être invité à dîner chez un de ses collègues, et que probablement il ne rentrerait pas avant onze heures.

Lorsque le garçon de bureau se fut acquitté de sa commission, Armande relut pour la vingtième fois la lettre dont nous connaissons le contenu et qui lui avait mis l'esprit à la torture.

Qui avait écrit cette lettre?

Dans quel but la lui avait-on écrite?

Devait-elle voir une mystification ou un mystère dans une proposition dont l'impertinence n'avait d'égal que le style dans lequel elle était faite.

Surcroît d'aliment à sa curiosité : son mari, qui ne s'absentait presque jamais, dînait justement en ville ce soir-là.

Cette coïncidence lui parut suspecte, mais ne lui expliqua rien.

Elle courait encore après le mot de l'énigme, lorsqu'une jeune fille, qui composait tout le domestique du ménage, vint lui annoncer la visite de Pocheveux.

Cette visite quasi journalière n'était pas un incident de nature à mettre Armande sur la voie. Cependant elle remarqua que Pocheveux avait donné à sa toilette une élégance exagérée.

Mais la lettre n'était pas de la main de Pocheveux, et la place de Pocheveux eût été dans tous les cas au lieu du rendez-vous.

Le mystère se compliquait de plus en plus.

— Où donc est ce cher Daniel? — demanda Pocheveux, comme par manière d'acquit, après les compliments d'usage.

— Je ne sais, — répondit Armande, — il m'a fait prévenir tantôt qu'il dînait dehors.

La figure de Pocheveux s'illumina de joie.

Il entama une conversation dont il fit à peu près tous les frais, car Armande était préoccupée.

Après d'habiles transitions et une foule de madrigaux plus ou moins fleuris, Pocheveux arriva enfin à formuler une déclaration positive accompagnée d'un geste pathétique, d'un éclat de voix passionné, et d'un roulement d'yeux presque convulsif.

Dans sa distraction, Armande avait attaché peu d'importance à la rhétorique de Pocheveux, mais elle crut devoir mettre un frein à sa pantomime.

— Relevez-vous, monsieur! Que dirait mon mari, si, en rentrant, il trouvait son ami aux genoux de sa femme?

— Votre mari ne rentrera point, madame.

— Comment! — dit Armande étonnée.

— Je veux dire que nous n'avons pas à craindre sa présence... du moins jusqu'à onze heures, et la pendule en marque dix à peine.

Armande se frappa le front.

— Monsieur, — dit-elle à Pocheveux, en le forçant à se relever et à se rasseoir, — vous allez me dire, s'il vous plaît, pourquoi mon mari ne rentrera pas avant onze heures?

— Eh madame!... parce que... parce que, de l'allée des Veuves à votre domicile, je ne crois pas qu'il y ait moins d'une heure de chemin.

— Ainsi, monsieur, c'est vous avez écrit une certaine lettre que j'ai reçue ce matin?

— C'est-à-dire, je l'ai fait écrire, madame.

— Cette lettre, avant de m'arriver, était tombée entre les mains de mon mari?

— Je m'étais arrangé pour cela, madame.

— Et si mon mari l'eût gardée, déchirée, que sais-je, au lieu de me la renvoyer?

— On n'a pas une femme comme vous, madame, sans en être jaloux, et la jalousie devait souffler à Daniel justement la conduite qu'il a tenue.

— Ainsi, tandis que vous êtes ici à me dire une foule de choses insensées, mon mari...

— Se promène dans l'allée des Veuves...

— Où il ne rencontre pas ce qu'il y cherche.

— Solitude précieuse pour ceux qui aiment à rêver.

— Où il fait un froid excessif...

Et sur ces mots, Armande fut prise d'un fou rire dont Pocheveux se fit le bruyant écho.

— Femme qui rit, — pensa-t-il, — est à moitié désarmée.

Et, pour la seconde fois, il se précipita aux pieds d'Armande.

Celle-ci se leva, lui montrant du doigt la pendule, puis la porte.

— De l'allée des Veuves jusqu'ici, dites-vous, il y a une heure de chemin... Regardez, monsieur, il est onze heures. Vous plaît-il d'attendre mon mari?

Pocheveux se releva assez penaud.

— Femme bizarre! — se dit-il; — voilà près d'une heure qu'elle me fait perdre à rire! — Il était du reste trop infatué de sa personne pour croire à un échec. — Partie remise, voilà tout, — songeait-il en se retirant.

Lorsqu'il fut sorti, Armande se reprit à rire de plus belle, peut-être encore plus de lui que de son mari.

IX

Daniel arrivait à huit heures précises à l'entrée de l'allée des Veuves.

Il faisait un brouillard trop léger pour intercepter complétement la vue des objets d'un côté à l'autre de l'allée, mais qui pourtant n'eût pas permis à deux personnes de se reconnaître à cette distance.

Daniel eut bientôt parcouru le terrain dans tous les sens, et, convaincu qu'il était absolument seul, il ralentit le pas, allant, venant et revenant toujours du même côté, tandis que son regard ne cessait d'épier ce qui se passait sur l'autre.

Il n'y apercevait personne.

— C'est étrange! — se dit-il après un quart d'heure de promenade. — Un second quart d'heure s'écoula. — Pas même l'auteur de la lettre! Voilà qui est incroyable! — Nouveau quart d'heure d'attente. — Si elle doit venir, ce ne sera du moins pas sans avoir combattu, j'en vois la preuve dans ce retard... Mais lui, que fait-il? où est-il? — Et, remontant sur ses oreilles le collet de son paletot : — Ce brouillard est glacial... Au diable ce maudit portier, et la sotte idée qu'il a eue de me remettre ce billet! — Il était sur le point de perdre patience, lorsqu'un léger bruit de pas, arrivant à son oreille, lui fit dresser tout à coup la tête. A force d'écarquiller les yeux, il vit une ombre se mouvoir dans l'éloignement. L'ombre, qui se rapprochait peu à peu, suivait la contre-allée opposée à celle où Daniel se trouvait. — Est-ce lui?... Est-ce elle? — Bientôt arrivée à la même hauteur que Daniel, l'ombre devint plus distincte. — Ce n'est pas elle,... c'est lui sans doute! Pas moyen de le reconnaître distinctement!... — Le nouveau venu s'arrêta un moment, se retourna, fit deux ou trois pas encore, et suspendit de nouveau sa marche, comme s'il entrait en délibération avec lui-même. — Il s'inquiète probablement de ne pas la voir et s'interroge sur ce qu'il va faire, — pensa Daniel; — pour moi, j'ai bien envie de m'en aller... — Une réflexion l'arrêta : — Si, après une longue lutte, elle allait succomber au dernier moment?... Attendons jusqu'à dix heures. — Le froid était si vif qu'il lui prenait des tentations de battre la semelle contre les arbres. L'inconnu s'était décidé à poursuivre sa route; mais, arrivé au bout de l'allée, il revint sur ses pas, sans se presser, comme une personne qui en attend une autre. — Le doute n'est plus possible, — se dit Daniel, en remarquant cette manœuvre; — j'ai bien là vis-à-vis de moi, l'auteur anonyme de la lettre... Ah! si j'en étais parfaitement sûr, que j'éprouverais de délices à exterminer ce coureur d'aventures!... Mais soyons prudent, et commandons pour le moment à notre indignation. — Chacun des deux continua donc silencieusement sa promenade, l'un et l'autre paraissant se surveiller réciproquement. — Il m'a vu, — fit Daniel; — ma présence l'inquiète; je jurerais qu'il ne se sent pas trop à son aise. — L'obscurité devenait de plus en plus profonde; l'allée des Veuves était déserte; on n'y entendait d'autre bruit que celui des pas des deux promeneurs. Enfin dix heures sonnèrent à l'église Saint-Pierre de Chaillot. Daniel sentit sa poitrine se dilater. — Dieu soit loué! Elle n'est pas venue... Et maintenant, à nous deux, mon gaillard!

Il se disposait à traverser la chaussée et à marcher, la canne levée sur l'inconnu, lorsque celui-ci le prévenant, s'approcha avec plus de précipitation que d'assurance, et lui fit cette demande d'une voix presque tremblante :

— Quelle heure est-il, monsieur, s'il vous plaît?

Daniel tout entier à son idée, n'entendit même pas la question qui lui était adressée.

Et puis l'impulsion était déjà donnée à sa canne, dont les coups pleuvaient comme grêle sur les épaules du questionneur.

— Ah! — s'écria Daniel, — c'est vous qui venez m'attaquer, me provoquer? — La canne allait toujours. — Ah! n'ayant pu séduire la femme, vous cherchez querelle au mari!

Le pauvre diable qui venait d'être si rudement traité était tombé à genoux et criait merci.

— Monsieur... monsieur... je vous en conjure, tapez ferme, tapez toujours!... mais pas de bruit, pas de cris; j'aimerais mieux être assommé que d'être arrêté!... Ayez pitié d'un malheureux qui se mourait de faim... c'était mon coup d'essai... vous avez bien dû voir que je tremblais de tous mes membres... Je n'ai pas l'air d'un homme à me laisser battre si je n'étais pas dans mon tort. Grâce! mon bon monsieur, grâce! J'en fais le serment, je ne recommencerai plus la chose!

Daniel écoutait avec stupéfaction, et il lui semblait reconnaître son compatriote Buchard.

— Allons, ne tremblez plus, — lui dit-il, — je suis Daniel.

— Monsieur Daniel!... C'est ma foi vrai!... Oh! je voudrais être au fin fond de la terre!...

— Relevez-vous, et dites-moi ce que vous êtes venu faire ici?

— Un vilain métier, — répondit Buchard d'une voix pleurnichante.

— Malheureux! je crains de vous comprendre.

— Mais je vous jure que c'était bien à contre cœur.

— Et quel était votre but?

— Hélas! J'avais l'intention de saisir votre montre et de me sauver avec, si vous aviez eu l'obligeance de la tirer de votre poche pour me dire l'heure... Sans mon bon ange qui vous a inspiré l'idée de me rosser d'importance, j'entrais dans le mal jusqu'au cou, et je ne serais plus qu'un gibier de cour d'assises... Par bonheur, — ajouta-t-il en se frottant le dos, — la leçon a été bonne, et j'en profiterai.

— Je le souhaite. Mais je vous croyais placé dans la maison de Pocheveux.

— Monsieur Pocheveux m'a donné mon compte.

— Pour quelque infidélité sans doute?

— Pour une petite bouteille de vin que j'avais bue par distraction... Monsieur Pocheveux est parti de là pour prétendre que je mettais sa cave à sec.

— Il fallait chercher une autre place. Vous deviez avoir quelque argent en quittant celle-là.

— Oh! si peu, si peu que, au bout de trois jours de réflexions chez le marchand de vins qui me loge, j'étais encore plus à sec que la cave de monsieur Pocheveux. Alors, ne sachant plus à quel saint me vouer pour avoir une idée...

— Vous avez eu recours au diable, qui vous a envoyé celle de détrousser les passants. — Buchard poussa un gros soupir. Daniel tira de sa poche quelques pièces de monnaie et les lui mit dans la main. — Prenez, — lui dit-il, avec une compassion mêlée de dégoût, — et tâchez de rentrer dans la bonne voie.

Daniel, sans perdre de temps à écouter les remercîments que lui adressait Buchard, se dirigea à grands pas du côté de sa demeure.

Onze heures étaient sonnées depuis quelque temps lorsqu'il arriva chez lui.

Armande l'attendait.

Elle prit, en le voyant, un de ces airs tout à la fois majestueux et ironiques que les femmes savent si bien se donner lorsqu'elles ont été l'objet d'un faux soupçon.

— Avez-vous fait un bon dîner, mon ami? — lui dit-elle.

— Excellent!

Le malheureux avait dîné à vingt-cinq sous!

— Il y avait soirée, sans doute, après le dîner, chez votre collègue?

— Oui... c'est-à-dire... pas précisément... Ce n'était qu'une petite réunion d'intimes.

— Où l'on a dansé, joué, causé?

— Causé, chère amie, causé.

— Il y avait des dames?

— Deux ou trois.

— Jolies?

— Pas trop.

— Jeunes? vieilles?

— Entre deux âges.

— C'est un homme fort poli que monsieur votre collègue? Il reçoit des dames chez lui et vous invite sans la vôtre.

— Comment t'aurait-il invitée, chère amie?... une partie improvisée!... A trois heures, je vais réclamer un dossier dans le bureau qui avoisine le mien... «Ah! voilà Gontier! » s'écrie mon collègue, « je débauche deux camarades aujourd'hui, Gontier sera le troisième. » Voilà la pure vérité.

— Monsieur, — dit Armande en appuyant sur chaque mot, — la première condition, lorsqu'on veut tromper sa femme, est de savoir mentir.

— Je t'assure, — balbutia Daniel, — que tu me soupçonnes à tort, et que...

Armande l'interrompit en lui présentant la fameuse lettre du rendez-vous.

— Tenez, monsieur.

— Qu'est-ce que cette lettre!

— Faites l'ignorant! niez que vous en ayez pris connaissance avant de la laisser arriver entre mes mains!

Daniel, confondu, ne savait que répondre.

— Ah! — continua sa femme en élevant naturellement la voix, — monsieur est jaloux! monsieur m'honore de ses soupçons! monsieur invente une partie d'amis pour se ménager la gloire de me surprendre!... C'est bien; je sais quelle sera désormais mon existence: un espionnage constant, un interrogatoire continuel, des querelles, des persécutions, des verrous peut-être. A votre aise, monsieur!

Le calcul d'Armande était celui-ci :

Daniel, honteux d'avoir soupçonné injustement sa femme, heureux d'avoir acquis une preuve de son attachement, ne pouvait faire moins que de s'agenouiller devant elle en toute humilité. C'était le moment, pour prix de son pardon, de se faire réintégrer dans le complet exercice de la souveraineté.

Mais les choses ne se passèrent point de la sorte.

Pendant qu'Armande s'évertuait à foudroyer le coupable avec ses airs de reine outragée, Daniel se disait :

— Ne serait-ce pas elle qui aurait inventé cette lettre?... Dans quel but?... Parbleu! dans le but de m'arracher des concessions en me mettant dans mon tort... Je ne me laisserai point prendre à un tel piége.

Au lieu de s'agenouiller devant Armande, il se redressa et lui dit de son ton le plus sec :

— A d'autres, madame! Ne vous mettez pas en frais d'indignation; je ne suis point, Dieu merci! du bois dont on fait les maris crédules.

Ce résultat était si différent de celui qu'Armande attendait, qu'elle perdit son sang-froid, et qu'elle dépassa toute mesure dans sa riposte.

Daniel répliqua sur le même diapason.

Ce fut alors un crescendo d'emportements, de cris et même de paroles blessantes.

Madame Burdel, qui était couchée, se releva et accourut au bruit.

C'était, il faut en convenir, le cas où jamais pour les nerfs de la bonne dame d'avoir une rechute.

X

La guerre avait donc envahi de nouveau le ménage Gontier; non plus cette guerre sourde qui consiste à observer l'ennemi, à l'enlacer dans les rets de la dissimulation, de la ruse et de la diplomatie, mais une guerre ouverte, où les deux partis marchent au combat avec des visages franchement hostiles, et font résolûment usage de leurs armes.

Chaque jour amenait son escarmouche.

L'heure du repas avancée ou reculée, une promenade contrariée, tout était prétexte pour engager la lutte.

Daniel finit par prendre en dégoût sa maison.

Né avec un cœur honnête, formé à l'école de monsieur Auberlin, dont les précieux enseignements n'avaient développé dans ses deux élèves que des sentiments d'honneur et de loyauté, Daniel, à qui Paris n'avait point ménagé les déceptions, y était du moins resté pur de toute souillure. La contagion des principes commodes et des mœurs faciles l'avait jusque alors épargné. Il eût regardé comme un crime de manquer à la foi jurée, et, sous ce rapport, il ne mettait aucune différence entre l'engagement conjugal et tout autre.

Mais au point de discorde intérieure où il était arrivé, commence une pente sur laquelle on se trouve peu à peu entraîné. Après avoir bravement soutenu le combat, on s'en lasse et on l'évite.

Quels refuges se présentent au mari ainsi chassé de son domicile? Les boulevards, les jardins publics? Mais le soleil ne luit pas tous les jours, les arbres ne sont pas toujours verts, et il n'est jambes si alertes qui ne se fatiguent. Restent les spectacles et les cafés.

C'est ici que la pente devient de plus en plus rapide. On y glisse en compagnie d'amis équivoques qui vous encouragent, de fripons qui vous dépouillent, de femmes légères qui vous gâtent le cœur.

Daniel n'en était pas encore là, mais le premier pas était fait.

Un jour que, au début d'une scène conjugale, il avait déserté la table, il rencontra Chavaroche dans le bazar Bonne-Nouvelle, où il s'était aussi réfugié contre le mauvais temps.

— Je suis enchanté de vous voir, mon cher Gontier, — s'écria Chavaroche avec de grandes démonstrations de joie, — vous êtes d'une rareté à désespérer vos amis.

— C'est un reproche que je suis en droit de vous renvoyer, — répliqua Daniel.

— Que voulez-vous? Il m'a semblé que mes visites n'étaient pas précisément agréables à madame Gontier, et... ma foi! je suis trop galant pour me faire un plaisir de contrarier les dames.

— J'avoue que ma femme n'a pas toujours pour mes amis les égards que je voudrais; qu'y faire, lorsque pour moi-même elle n'en montre pas davantage?

— Pauvre ami! vous n'êtes pas heureux en ménage... je m'en étais douté.

Le chagrin produit sur certains caractères le même effet que la joie; il les rend communicatifs. Daniel usa largement de la bonne fortune qui lui envoyait un confident de ses peines.

Lorsqu'il eut achevé le récit de ses tourmentes conjugales, Chavaroche prit un air de commisération et lui secoua la main à plusieurs reprises.

— Je vous plains, Daniel, je vous plains!

Mais tempérant aussitôt la sombre expression de cette physionomie par un sourire approbatif, il ajouta :

— Et je vous félicite sincèrement du parti que vous paraissez avoir pris. Courber la tête sous le joug d'une épouse acariâtre... fi donc! cela vous conduirait tout bonnement à l'entière négation de vous-même. On ferait de vous un être sans dignité, un jouet. Redressez-vous, morbleu! non pas pour faire assaut de cris et d'injures, ce serait un ennui et une fatigue, mais pour accabler l'ennemi de votre dédain. Laissez madame crier et tempêter seule à la maison; elle s'en lassera bien vite. A chaque scène qu'elle vous fera, ripostez par une distraction que vous irez chercher dehors. Ne craignez point d'exciter sa jalousie; c'est un stimulant souverain. Surtout ne faiblissez pas, soyez persévérant, et je vous garantis qu'avant peu le tyran d'aujourd'hui aura fait place à l'esclave soumise. Et tenez, moi qui vous parle, je suis une preuve de l'excellence de ce système.

— Vous, Chavaroche!

— Moi-même... Cela vous étonne?

— J'ignorais que vous fussiez marié.

Chavaroche sourit.

— Marié! Je suis, mon cher Daniel, capable de faire toutes les folies, celle-là exceptée. Cependant, — poursuivit-il d'un ton plus sérieux, — la chaîne que je porte, précisément parce qu'elle est de roses, est hérissée d'épines. Ah! c'est un caractère peu commode que celui de Micheline!

— Micheline? — répéta Daniel croyant avoir mal entendu.

— Sans doute.

— Je croyais que Pocheveux...

— Ah çà! d'où sortez-vous?... A moins que Pocheveux n'ait, comme moi, battu en retraite devant les amabilités de madame Gontier?

— Il ne se passe guère de jour sans qu'il ne nous fasse visite.

— En vérité?

Chavaroche réprima, en se mordant les lèvres, un nouvel accès de gaieté.

— Ainsi, — reprit Daniel, — Micheline?...

— A trouvé, comme moi, que Pocheveux, enflé d'une prospérité qu'il attribuait à ses seuls mérites, prenait des airs d'outrecuidance qui devenaient de jour en jour plus intolérables. Il s'oubliait, le fat! jusqu'à me donner des ordres, ainsi qu'il eût fait à un simple commis, et je dois ajouter que parfois il traitait Micheline sans plus d'égards que si elle eût été sa servante. Peut-être avait-il en tête d'autres projets et d'autres espérances; je suis à présent tenté de le croire... Peut-être aussi n'était-il pas fâché de se débarrasser de deux associés qu'il lui était facile de remplacer par des aides à gages. Quoi qu'il en soit, il s'est conduit de telle façon que, après avoir réglé nos comptes avec lui, nous avons, Micheline et moi, confondu dans une même caisse notre part de gain, ce qui m'a mis en mesure d'entreprendre un genre d'affaires aussi agréable que lucratif.

— Je vous en félicite.

— Eh parbleu! puisque nous sommes sur ce chapitre,

je ne vois pas pourquoi je ne vous ferais point mes offres de service.

— A moi?

— Par exception, eu égard à notre vieille amitié, car je n'admets que des dames dans ma clientèle.

— Des dames!... Quelles sont donc les affaires que vous faites, Chavaroche?

— Voici. Les femmes, vous le savez, ne vont point à la Bourse, et elles se soucient peu de se faire voir chez les agents de change. Cela n'empêche pas que beaucoup d'entre elles prennent un vif intérêt aux opérations qui se pratiquent dans le temple de la finance... Le besoin se faisait donc généralement sentir, dans le monde féminin, d'un intermédiaire dévoué et discret.

— Je comprends : cet intermédiaire d'une nécessité incontestable, c'était vous.

— Justement. J'ai meublé, avec mes économies et celles de Micheline, un joli entresol de la rue de Provence. Vous ne sauriez imaginer, lorsqu'il s'agit d'inspirer de la confiance, combien il importe de ne lésiner ni sur le prix de l'appartement, ni sur l'élégance du mobilier. Bref, la clientèle ne s'est pas fait attendre. J'ai le flair excellent et la main heureuse; tout marche à merveille. Malheureusement, il y a une ombre au tableau...

— Tous les tableaux en ont au moins une. Et cette ombre?

— C'est la jalousie de Micheline.

— Ah! ah! Micheline est jalouse?

— Comme une tigresse, mon cher; car il paraît que les tigresses ont ce défaut, à en croire monsieur de Buffon. C'est flatteur, mais fatiguant; je suis en train de l'en corriger.

— Par un redoublement de prévenances?

— Daniel, vous êtes d'une naïveté primordiale; et, de plus, vous manquez de mémoire. Ne vous ai-je pas fait tout à l'heure l'apologie du système opposé?... Ce système est le mien... A propos, que faites-vous ce soir? Avez-vous des projets?

— Pas d'autres que de rentrer chez moi.

— Très-bien. Je m'empare de votre personne.

— Et qu'en voulez-vous faire?

— Je gagerais que vous n'avez pas encore été au bal de l'Opéra?

— Vous le pourriez en toute assurance.

— C'est un spectacle unique, aussi original que divertissant, et qu'il faut voir au moins une fois dans sa vie.

— Je m'en donnerai la satisfaction un jour ou l'autre.

— Pourquoi pas aujourd'hui? J'ai deux entrées; profitez de l'occasion. — Daniel ne se fit pas prier; c'était une distraction qui lui arrivait à point. — Prendrez-vous un travestissement? — demanda Chavaroche.

— A quoi bon? Je n'ai personne à intriguer.

— Je ferai comme vous... Cependant j'avais promis de me déguiser en troubadour... un costume que Rosine affectionne... et qui, à force d'être vieux, est redevenu tout nouveau.

— Pardon, vous avez dit... Rosine?

— Un charmant lutin... dont j'ai fait la connaissance au Prado.

— Il paraît que vous fréquentez les bals...

— J'y fais autant d'affaires que dans mon cabinet.

— Quelle plaisanterie!

— La cigale de la Fontaine n'existe plus, mon cher. Les cigales de notre époque sont de vraies fourmis pour la prévoyance, ce qui ne les empêche pas de chanter l'été et de danser l'hiver... J'ai beaucoup de cigales dans ma clientèle.

— Entre autres mademoiselle Rosine?

— Vous la verrez cette nuit en bouquetière de Florence... Je lui recommanderai de ne pas se démasquer, dans l'intérêt de votre repos.

— La jalousie de Micheline ne m'étonne plus.

— Eh! pourquoi les femmes sont-elles si exigeantes? Est-ce qu'il y a rien de sempiternel dans la nature?... L'homme ne saurait être une exception.

XI

A minuit, les portes de l'Opéra s'ouvraient; une foule confuse, bariolée, bruyante, se précipitait dans le vestibule, s'entassait aux portes du vestiaire, s'engouffrait dans les couloirs et faisait invasion dans la salle.

Daniel et Chavaroche, en attendant que les premiers flots fussent écoulés, s'amusèrent à regarder les personnes qui entraient dans un grand magasin de costumes faisant face aux portes de l'Opéra.

Chavaroche eut tout à coup un tressaillement.

— On vous a marché sur les pieds? — demanda Daniel, qui lui donnait le bras.

— Non... c'est qu'il m'avait semblé... Approchons donc un peu du magasin.

Des rideaux garnissaient à l'intérieur le vitrage de la devanture; mais ils n'étaient pas joints avec une telle précision qu'un regard indiscret ne pût se glisser à travers.

Nouveau tressaillement de Chavaroche, qui avait mis à profit un de ces joints incomplets.

— Vous avez les nerfs bien agités! — dit Daniel.

— Qui peut m'avoir trahi? — pensait Chavaroche. — Après tout, je me suis peut-être trompé.

Il appliqua son œil contre un tout petit coin de vitre que le rideau laissait découvert.

— Non, pardieu! — s'écria-t-il; — c'est bien elle?

— Qui ça? Rosine?

— Eh non! Micheline.

— Ah! diable!

— Elle choisit un domino blanc, tout orné de rubans roses.

— Pauvre Micheline!

> Le ruban sera ses amours,
> Toujours!

fredonna Daniel.

— Je regrette de ne pas avoir pris mon costume de troubadour.

— Mais si elle vient vous épier au bal, c'est apparemment qu'elle sait que vous y êtes; il est probable dès lors qu'elle sait aussi sous quel costume.

— Réflexion parfaitement juste.

— J'en fais une autre qui ne l'est pas moins; c'est que Micheline ne tardera pas à sortir, et que le moyen d'échapper à ses regards n'est pas de rester plantés comme nous le sommes devant cette porte.

— Encore plus juste... Mon esprit, voyez-vous, n'était pas à ce que nous faisions; il courait après une idée sans pouvoir l'attraper... Entrons au bal.

Ils entrèrent.

— Si vous alliez au vestiaire vous déguiser en pierrot ou en polichinelle? — dit Daniel en pénétrant dans le couloir.

— Objection : qui me garantira que Micheline ne connaît pas aussi le travestissement de Rosine!... Et puis, à vous parler franchement, la fuite ne me va point. J'aime à affronter le danger.

Troisième tressaillement de Chavaroche.

Cette fois, une petite et sémillante bouquetière venait d'accrocher à son bras les deux mains les plus mignonnes qu'on puisse imaginer.

— Ah! que c'est bête de surprendre ainsi les gens!...

Daniel regardait curieusement le gentil masque. En apercevant à son bras un élégant panier plein de bouquets, il n'eut pas de peine à deviner la bouquetière florentine en question.

— Eh bien! monsieur, — dit Rosine à Chavaroche après quelques instants de silence, — voilà une étrange réception! Vos yeux sont hagards, vous ne dites mot, et vous avez des soubresauts dans le bras... Est-ce que vous auriez la fièvre?

Chavaroche se redressa fièrement.

— Non, mais il entre dans mes vues de la donner à quelqu'un.

— Je ne comprends rien à vos paroles ni à votre costume, — dit la bouquetière, — Chavaroche, pourquoi n'êtes-vous pas en troubadour? C'était convenu.

— Parce que l'horizon se rembrunit et que nous dansons sur un volcan, chère amie... Sur ce, faites-moi le plaisir d'aller porter autre part le parfum de vos bouquets...

— Par exemple!

— Je ne vous demande que le temps d'éteindre le volcan.

— Parlez-moi français, s'il vous plaît; je n'entends pas les langues étrangères.

— Je vous dirai donc, pour vous traduire la chose, chère enfant, que je vous laisse libre, pendant la durée d'un quadrille, de porter vos pas où bon vous semblera, et que, le quadrille expiré, je vous donne rendez-vous au buffet, où il vous sera loisible de jeter votre dévolu sur le plus monstrueux sucre de pomme que vous ayez jamais entrevu dans vos rêves.

— Vous méditez quelque scélératesse?

— Je médite de ne pas me détacher une seconde du bras de monsieur... Quoi de plus innocent? — dit Chavaroche en passant son bras sous celui de Daniel.

— Au buffet donc, et je ne vous accorde qu'un quart d'heure, — répliqua la bouquetière, qui s'éloigna en menaçant du doigt Chavaroche.

— Il était temps! — dit celui-ci; — je vois flotter à l'entrée du couloir tout un ballot de rubans roses.

— Quel est votre projet? — demanda Daniel, que la conduite et l'assurance de Chavaroche commençaient à intriguer.

— Mon projet?... J'ai d'abord eu soin de tourner deux ou trois fois la tête en arrière, afin de donner à notre domino blanc toute facilité de me reconnaître...

— Après?

— Nous allons, si cela ne vous désoblige pas trop, nous diriger du côté du foyer... Faites-moi le plaisir de regarder sans affectation ce que fait le domino blanc.

— Il nous suit.

— Très-bien; il m'a reconnu.

— Et maintenant?

— Allons toujours.

Chavaroche entraîna Daniel dans le foyer, où ils s'assirent sur un divan.

— Où est le domino blanc, Daniel?

— Le voici qui entre... Son regard se promène à droite et à gauche... Ah! il nous a vus.

— A merveille! Ne jetez les yeux sur lui qu'à la dérobée, autrement il pourrait avoir des soupçons.

— Bon! il se rapproche... tout doucement... sans avoir l'air d'y songer... Est-ce qu'il aurait l'intention de s'asseoir auprès de moi?

— Soyez sûr qu'il n'y manquera point.

Le domino vint en effet s'asseoir sur le même divan, laissant à peine la place d'une personne entre lui et Daniel.

Chavaroche se pencha à l'oreille de celui-ci :

— Ecoutez, voyez, et profitez.

Alors, élevant la voix de manière que le domino blanc ne pût perdre une syllabe :

— C'est comme je vous le dis, cher ami, — poursuivit-il en ayant l'air de continuer une conversation ; — je vis dans un état continuel d'inquiétude ; plus d'appétit, plus de gaieté, plus de sommeil... Ah! Daniel, je souhaite que la jalousie ne vous morde jamais au cœur, c'est un affreux serpent.—Chavaroche se tut un moment pour laisser à Daniel le temps de lui donner une réplique, mais celui-ci s'en dispensa. L'immobilité du domino blanc témoignait de l'attention avide qu'il prêtait aux paroles du prétendu jaloux. Chavaroche reprit donc : — Vous êtes étonné, n'est-ce pas, de m'avoir rencontré ici, moi l'homme du foyer domestique?... Eh bien! c'est Micheline qui m'y amène.—A cette assertion qui lui parut sans doute un peu hasardée, le domino blanc fit un mouvement. — Oui, cher ami, c'est Micheline. Figurez-vous que, depuis quelque temps, les oreilles me tintaient de certains propos qui couraient le voisinage... Je résolus d'approfondir la chose. « Micheline, » lui dis-je après le déjeuner, « je vais à Etampes pour affaires; si vous ne me revoyez pas à l'heure du dîner, vous pouvez compter que je ne reviendrai pas avant demain matin... » Vous comprenez que je n'avais pas plus affaire que vous à Etampes. Je me suis tenu toute la soirée aux aguets; j'ai vu la perfide sortir; je l'ai suivie... Oui, mon cher,—continua Chavaroche d'une voix de plus en plus animée,—je l'ai suivie. Or, savez-vous où elle allait? savez-vous où elle est entrée? savez-vous où elle est en ce moment? Ici même. —Le domino blanc tressaillit. Chavaroche n'eut pas l'air de s'en apercevoir. Il poursuivit sans tourner les yeux de son côté : — Micheline!... une femme pour laquelle j'aurais donné tout mon sang! Oh! je la confondrai!... Par malheur, j'ai perdu ses traces à la porte du costumier qui est en face de l'Opéra... Tout ce dont j'ai pu m'assurer, c'est qu'elle y avait loué un travestissement. — Le domino blanc sembla respirer plus à l'aise. — Mais je la retrouverai, — reprit Chavaroche; — ou plutôt, non; il me vient une meilleure idée... Bonsoir, cher ami.

— Vous me quittez? — dit Daniel.

— Parbleu!... Je sors du bal; je cours à la maison : « Où est Micheline? » Pas la moindre Micheline! Je l'attends... Elle rentre... « Où avez-vous passé la nuit, madame? » Vous voyez d'ici la scène : trouble et confusion de la coupable; je la foudroie de ma colère, et je lui signifie une séparation éternelle. — Daniel remarqua que le domino blanc, qui s'était levé sans bruit, venait de se glisser insensiblement du côté de la porte et avait complétement disparu. — Et voilà comme cela se joue, — dit en riant Chavaroche.

— Où donc est-elle allée? — demanda Daniel.

— A la maison, parbleu! et de toute la vitesse d'un coupé, dans la crainte que je l'y devance.

— Mais que pensera-t-elle en voyant que vous ne rentrez pas?

— Eh! mon Dieu, elle pensera... que j'ai changé d'idée, et que j'ai voulu la surprendre au bal même; elle pensera tout ce qu'elle voudra. L'essentiel est qu'elle m'ait laissé le champ libre, et j'en vais profiter... Allons chercher Rosine.

— Je reste ici, — dit Daniel.

— Vous ne m'accompagnez pas?

— Je serais désolé de me rendre importun, et je me trouve d'ailleurs admirablement placé pour jouir en observateur de la partie curieuse du spectacle. Ainsi, ne vous gênez pas; allez à la recherche de la jolie bouquetière; dansez, galopez, jusqu'à ce que la fatigue vous rappelle qu'un ami vous attend, et vous viendrez alors me rejoindre.

— Vous êtes un homme charmant. Etudiez, observez, amusez-vous; nous tâcherons de ne pas vous laisser trop languir. A bientôt, cher ami.

Chavaroche, oubliant qu'il n'était ni travesti ni masqué, s'éloigna en sautillant d'un pied sur l'autre, comme un écolier un jour de congé. Mais ce fut en vain qu'arrivé au buffet il traversa la foule dans tous les sens et passa en revue tous les masques féminins : point de bouquetière florentine.

— Est-elle venue? Est-elle partie? — se demanda Chavaroche inquiet. — Dois-je l'attendre ou faut-il que je cours après elle?

Il opta pour l'attente.

Cependant Daniel prenait plaisir à examiner cette bizarre procession émaillée de dominos de toutes les couleurs, de costumes gracieux, de travestissements excentriques et de fracs noirs, qui défilait sous ses yeux en traversant le foyer.

Tout à coup il se fit dans cette foule un mouvement plus marqué d'ondulation. Une femme masquée s'y frayait précipitamment un passage; elle était poursuivie par un *malin*, qui, heureusement pour elle, paraissait avoir quelques verres de punch de trop dans les jambes. Au moment où il allait atteindre la fugitive, celle-ci aperçut Daniel, courut à lui et le saisit par le bras.

— Protégez-moi, de grâce! — lui dit-elle; — voilà une heure que cet homme me poursuit de ses insultes.

Daniel avait reconnu la bouquetière florentine. Il ne pouvait se dispenser de lui accorder, par égard pour Chavaroche, la protection qu'elle sollicitait.

Acceptant donc franchement la situation, il offrit son bras à Rosine et repoussa le *malin* avec rudesse.

Celui-ci fit en trébuchant deux ou trois pas en arrière, et se trouva involontairement assis sur le parquet, aux applaudissements des spectateurs.

Après quelques instants d'hésitation, le *malin* se releva tant bien que mal, regarda d'un air hébété Daniel, qui l'attendait de pied ferme, et, tournant le dos subitement, se hâta d'opérer sa retraite, saluée de nouveaux applaudissements.

— Où voulez-vous que je vous conduise? — demanda Daniel à Rosine.

— Au buffet, — répondit-elle; — c'est là que monsieur Chavaroche m'attend sans doute. — Ils y arrivèrent au moment où Chavaroche, ennuyé d'attendre, venait de s'éloigner. — Ne m'ayant pas trouvée ici, c'est sans doute dans le bal qu'il me cherche, — dit Rosine. — Mais Chavaroche, après avoir constaté que le bal ne renfermait point l'objet de ses recherches, avait pris le parti de retourner au foyer. — Où donc peut-il être? — s'écria Rosine; — comme c'est contrariant!... Voilà le signal d'un nouveau quadrille, et je n'ai pas encore dansé!

A force de passer et de repasser du foyer au buffet, du buffet dans les couloirs et des couloirs dans la salle, Chavaroche réussit enfin à rejoindre les deux promeneurs.

On alla souper. Le repas fut très-gai, et Daniel, charmé de sa soirée, se promit de ne pas négliger un plaisir qui avait fait diversion à ses ennuis domestiques.

XII

Lorsque Daniel reparut chez lui à sept heures du matin, il trouva sa femme indignée et sa belle-mère en proie à un spasme nerveux qui l'avait saisie au moment même où le pas de son gendre s'était fait entendre dans l'escalier.

Il laissa crier Armande, et fit mine de répandre un verre d'eau sur le visage de madame Burdel, qui n'attendit point l'aspersion pour ressusciter et lui dire qu'il était un monstre. Puis il alla s'enfermer dans son cabinet, pour y prendre connaissance d'une lettre que le portier lui avait remise et sur laquelle étaient écrits ces mots : *Très-pressé*, recommandation dont l'administration des postes ne tient jamais compte.

Les nouvelles qu'il y trouva l'émurent plus vivement que ne l'auraient pu faire les criailleries de sa femme et les pâmoisons de sa belle-mère.

La lettre était du vieux Gontier.

Nous résumerons en quelques lignes le récit diffus et les longues doléances du père de Daniel.

Le malheureux vieillard, privé du travail de son fils, miné par le souci continuel de remboursements qu'il ne pouvait effectuer, avait fait une maladie grave dont il était à peine relevé. Pour comble d'infortune il avait affaire à un créancier qui convoitait la maison et les champs de son débiteur; si bien que toutes les propositions d'arrangement présentées par le père Gontier avaient été rejetées. Un jugement définitif était rendu contre lui. Tout ce qu'il possédait devait être vendu à l'expiration de la quinzaine; les affiches étaient posées. Il n'y avait aucun espoir de salut si, dans ce court intervalle, il ne satisfaisait aux exigences de son persécuteur, non par un à-compte, mais en lui payant la totalité de la dette et des frais. Bref, c'était une somme de cinq mille francs qu'il fallait pour dégager sa propriété qui valait le double. A qui pouvait-il s'adresser plus justement qu'à son fils, qui occupait un bon emploi à Paris et qui avait fait un si beau mariage? Ce fils, pour qui il s'était saigné, ne voudrait pas sans doute le laisser dans la passe cruelle d'aller chez les autres mendier du travail tant qu'il lui resterait un peu de force, et du pain lorsque ses bras lui refuseraient le service.

Daniel fut anéanti à la lecture de cette lettre.

Cinq mille francs! C'était à grand'peine qu'il en avait pu mettre cinq cents de côté, et l'on se souvient que Pocheveux lui avait fait souscrire une lettre de change de mille francs dont l'échéance n'était pas éloignée.

Comment sauver son père lorsqu'il n'était pas en mesure de se sauver lui-même?

Et pourtant, dût-il remuer terre et ciel, il ne pouvait hésiter à venir au secours de son père.

Sa conscience lui criait assez haut que c'était à lui de réparer le mal dont il avait été la cause.

Mais cette somme, où la trouver?

On s'adresse à ses amis, — dira-t-on; — c'est bien le diable si, par le temps qui court, on n'a pas quelqu'un de ses amis plus ou moins millionnaire.

Ayez dans votre poche une concession, un privilége quelconque, vingt caisses, non-seulement d'amis, mais d'indifférents, vont s'ouvrir à votre appel, et les billets de banque en sortiront par centaines, sauf à n'y jamais rentrer.

Ayez faim, soyez sous le coup d'une arrestation, votre ami ferme sa caisse et hausse les épaules en vous tournant le dos : qu'est-ce que la liberté d'un pauvre hère?

Il y a d'admirables exceptions; mais elles sont rares et ne les a pas sous la main qui veut.

Daniel croyait encore aux amis. Il se rappela que Chavaroche lui avait fait des offres de service; il se rendit chez lui sur-le-champ et lui exposa son embarras.

— Désolé, mon cher Daniel, de ne pouvoir vous être utile comme je le souhaiterais; mes fonds sont engagés.

Mais, inspiré sans doute par une réflexion qui lui vint :

— Attendez donc, — reprit Chavaroche; — ai-je mal compris ou m'avez-vous dit en effet que vous aviez une réserve de cinq cents francs?

— Vous ne vous êtes pas trompé, — répondit Daniel.

— Eh que diable parlez-vous alors de situation désespérée?

— Il me semble...

— Avec cinq cents francs bien dirigés, on va loin.

— Bien dirigés!

— Je connais des gens qui sont arrivés à la fortune et qui n'en avaient pas autant au départ.

— Je n'entends rien aux affaires.

— D'autres s'y entendraient pour vous.

— J'ignore à qui m'adresser.

— Ne cherchez pas bien loin : je suis votre homme.

— Vous!

— Moi-même, j'inscris votre nom sur la liste de mes clients... à moins que la confiance vous manque... je n'ai point pour principe de m'imposer à mes amis.

— Ce n'est pas en vous, Chavaroche, que je n'ai pas confiance.

— En quoi donc?

— Franchement, je crois peu aux spéculations capables de transformer en une fortune un misérable billet de cinq cents francs.

— Apportez-moi le misérable billet, je ne serai peut-être pas quinze jours à confondre votre incrédulité.

— Pas quinze jours !... mon Dieu ! Il serait encore temps !

Daniel se sentait ébranlé.

Que ferait-il de ses cinq cents francs s'il les gardait ? Ils ne pouvaient parer aux événements, et il se reprocherai plus d'une fois de n'avoir pas su les risquer.

— Voyons, Chavaroche, parlons sérieusement.

— Je suis toujours sérieux en affaires.

— Vous croyez qu'avec cinq cents francs... en moins de quinze jours... Mais ce serait un miracle !

— Il s'en fait tous les jours à la Bourse.

Daniel s'en alla chercher les cinq cents francs.

Puis il écrivit à son père une lettre dans laquelle il lui donnait des espérances.

Et les distractions lui devenant de plus en plus nécessaires, il se mit à fuir plus que jamais les aigres lamentations d'Armande et la figure convulsionnée de madame Burdel.

XIII

Deux pièces surmontées d'un grenier composaient la chaumière du père Gontier.

L'une de ces pièces, vaste et aérée, avaient portes et fenêtres d'un côté sur la rue, de l'autre sur le jardin ; elle servait à la fois de chambre à coucher, de salle à manger et de cuisine. Deux lits enfoncés dans une alcôve que fermaient des rideaux de serge verte, une table, un buffet au-dessus duquel brillaient dans une étagère quelques assiettes de faïence diaprées de fleurs jaunes, rouges et vertes, un chaudron accroché à la crémaillère, tel était le mobilier qui la décorait.

L'autre pièce, plus petite, renfermait le four et le pétrin. On y emmagasinait les légumes, le lin et le chanvre.

A la suite de la maison étaient une étable, une grange, un toit à porcs, un appentis sous lequel on remisait un tombereau et divers instruments aratoires.

Le jardin était petit, mais au bout se trouvaient un herbage et des champs d'une certaine étendue.

Tout cela avait été propre, bien entretenu et d'un aspect riant. Il n'en était plus ainsi. L'herbe poussait dans les allées du jardin et les trois quarts du terrain étaient en friche. A l'intérieur, les meubles étaient couverts de poussière, les légumes pourrissaient sur le pavé, on voyait le lin et le chanvre jetés pêle-mêle sur le pétrin. On eût dit d'une maison abandonnée, si, pour donner une preuve du contraire, il n'y avait eu dans le coin de l'âtre un homme silencieusement assis sur un escabeau, et qu'on aurait pu prendre pour une statue plutôt que pour une créature vivante.

C'était le père Gontier.

Il avait le visage maigri et terreux, le dos voûté, les jambes grêles ; ses mains décharnées s'appuyaient sur ses genoux ; son œil était fixe comme celui d'un mort ; le seul symptôme d'existence qui se manifestât en lui était, à de longs intervalles, tantôt un soupir, tantôt un geste d'impatience.

Enfin il se leva, et, tournant son regard vers le ciel, il s'écria avec un accent de profond désespoir :

— Quel crime ai-je donc commis, mon Dieu ! pour être si cruellement châtié ? Quoi ! cette maison, ces champs, ces meubles que mon père m'avait légués, après les avoir payés de la sueur de son front, tout cela va devenir, moi vivant, le bien d'un autre ! Je vais être chassé d'ici comme un chien, et, ce soir, je n'aurai pas un lit pour reposer, pas un toit pour m'abriter... trop heureux de trouver, dans le coin de quelque cour de ferme, la botte de paille qu'on ne refuse pas au dernier des vagabonds ! — Le père Gontier se mit à faire lentement le tour de la chambre. Il s'arrêta devant un vieux fauteuil de bois peint dont le jonc était à demi-usé. — Voilà où il était assis, mon pauvre cher homme de père, lorsque, sur le point de mourir, il m'appela : « Antoine, — me dit-il, — approche-moi de cette fenêtre, que je me réchauffe une dernière fois aux rayons du soleil... » J'obéis, et ça le fit sourire de contentement, et il me prit les deux mains en me disant : « Tu es un bon fils... Dieu aime les bons fils, et il les récompense. » Hélas ! il ne me restera pas même ce fauteuil que je conservais comme une relique... et celui à qui il appartiendra ce soir jugera peut-être qu'il ne vaut pas la peine qu'on le garde, et il le brisera pour en allumer son feu !... — Comme il continuait de marcher, son pied heurta un de ces petits meubles roulants qu'on nomme chariots et dans lesquels on enferme les enfants pour leur apprendre à marcher. — Encore un souvenir... un souvenir de bonheur, celui-là ! C'était au renouveau : Daniel entrait dans son treizième mois... Quel beau garçon ça faisait !... Madeleine le mit dans ce chariot, que je venais d'acheter à la foire... Il me semble voir encore se trémousser les petites jambes de l'enfant... Madeleine et moi, nous nous éloignions en lui tendant les bras, et, après bien des efforts, il arrivait jusqu'à nous, et je regardais en riant Madeleine, qui pleurait de joie... L'enfant est aujourd'hui un homme ; il sait que son père l'appelle et il ne vient pas à lui !... — Le père Gontier tourna vivement la tête du côté de la porte de la rue. — Rien !... j'avais cru entendre... Mon Dieu ! que le facteur tarde donc à passer ! — Et, après un moment d'attente, il reprit d'une voix découragée : — Quelle folie d'espérer encore ! Le facteur passera, et il n'aura point de lettre pour moi, comme hier... comme avant-hier... comme tous les jours. — Alors il frappa du pied et se tordit les mains. — Non, il ne viendra rien ; il faudra que mon sort s'accomplisse !... Dieu du ciel ! est-ce possible ? Mais cette maison, c'est mon berceau !... mais les souvenirs qu'elle renferme, c'est mon bien !... mais je devrais mourir là où mon père et ma mère sont morts, là où Madeleine a rendu le dernier soupir !... O mon Dieu ! mon Dieu ! venez donc à mon aide, envoyez-moi une bonne inspiration !... Si j'allais trouver Jean Maillard ? — Jean Maillard était le créancier qui avait obtenu jugement contre le père Gontier ; c'était à sa requête que le bien du vieillard allait être vendu par autorité de justice, à Dieppe, ce jour même, heure de midi. — Peut-être bien qu'en faisant une démarche auprès de Jean Maillard je parviendrais à arranger les choses amiablement... peut-être que j'obtiendrais un renouvellement... ou au moins un délai... J'ai dans l'idée qu'il a toujours attendu une soumission de ma part, qu'il l'attend encore, qu'il est tout prêt à me faire de bonnes conditions à ce prix-là... Dame ! ça le flatterait, lui qui était valet de charrue chez moi avant son héritage... Comme il se rengorgerait en voyant à ses genoux celui-là qui a été son maître ! — Le père Gontier, après un moment de sombre silence, s'écria : — Moi, aux genoux de Jean Maillard ! Ca serait une lâcheté... Jamais... jamais !

Dans ce même instant, la porte de la rue s'entr'ouvrit, et une voix cria :

— Facteur !

Le père Gontier se précipita vers la porte ; un éclair de joie avait illuminé son visage.

— Donnez ! donnez ! c'est de mon fils.

— Ça se peut ; il y a le timbre de Paris... Il se porte bien, le jeune Daniel !

— Oui... oui, — fit le vieillard impatient.

— Allons, tant mieux, ça me fait plaisir... A revoir, père Gontier !

Celui-ci, dans son premier mouvement, s'était abandonné à l'espoir et à la joie. Maintenant qu'il avait cette lettre si ardemment souhaitée, il la tournait et retournait en tous sens, il en examinait la suscription et le timbre.

— Mon arrêt est là-dedans, — pensait-il.

Et il hésitait à rompre le cachet.

Enfin il déchira l'enveloppe.

Le père Gontier, qui savait à peine écrire, ne lisait guère mieux qu'il écrivait. Il employa plus d'une heure à déchiffrer la longue lettre de son fils : un siècle de torture.

Et pour conclusion, un coup de foudre.

Daniel n'avait pas épargné les phrases.

Il protestait de son affection et de son dévouement. Nul ne sentait avec plus de force que lui le bonheur de pouvoir payer la dette de l'amour filial. Sa position à Paris n'était pas mauvaise, quoique Paris fût un gouffre : les loyers et les vivres y étaient hors de prix, et à cela venaient s'ajouter mille nécessités journalières de dépense dont on n'a pas même le soupçon dans les campagnes. Il avait toutefois de grandes espérances et la confiance qu'elles se réaliseraient.

Ici, un tableau chaudement coloré des magnifiques faveurs que la fortune lui réservait dans l'avenir.

Puis venait, après toutes sortes de circonlocutions, une peinture non moins vive de ses embarras et de ses ennuis présents.

Enfin les dernières lignes de cette épître, que la poste distribue chaque jour à des milliers d'exemplaires, contenaient des exhortations à la patience, une invitation de recourir à tous les moyens possibles pour gagner du temps, et une douloureuse déclaration qu'il était impossible à Daniel de rien faire pour le moment.

Le père Gontier se laissa tomber sur son escabeau, tellement pâle et abattu qu'on eût dit qu'il allait mourir.

Plusieurs heures s'écoulèrent sans qu'il changeât d'attitude, sans qu'il prononçât une parole, sans qu'il s'échappât même un soupir de sa poitrine.

L'horloge de Saint-Rémy sonna midi.

C'était l'heure de la vente.

Le vieillard tressaillit sur son siége comme s'il eût été frappé d'un coup de poignard au cœur.

Puis il retomba dans l'anéantissement.

Il n'en sortit que vers le soir. Ce fut un bruit de voix qui le réveilla.

Deux personnes s'étaient arrêtées dans la rue, devant la porte de la maison, et causaient.

— C'est donc fini? — demandait l'une.

— Et on peut dire : Aussi bien que si le notaire y avait passé, — répondait l'autre avec un gros rire. — La maison, le mobilier, le jardin, les champs, tout est à moi. Dame ! j'ai poussé ferme : ça me convenait.

— Le fait est que ça vous arrondit joliment ! Et quand est-ce que vous entrez en jouissance ?

— Je le pourrais tout de suite ; mais il fera jour demain.

— L'attente ne vous semblera pas longue si vous dormez bien.

— Longue ou non, Jean Maillard n'est point d'une pâte à mettre comme ça ce pauvre Gontier à la porte, à l'entrée de la nuit, et je suis même tout disposé à lui faire quelque aumône demain matin avant qu'il parte.

Le père Gontier se leva brusquement.

— Une aumône ! — s'écria-t-il ; — une aumône de mon ancien serviteur ! Jarni ! tu ne me connais point... Ah ! tu t'es promis la satisfaction de m'humilier ?... Eh dien ! tu n'auras pas cette satisfaction-là, Jean Maillard ! — Le feu de la colère empourprait ses joues ; il semblait avoir puisé des forces dans la révolte de son orgueil. — Demain, Jean Maillard, je ne serai plus à la portée de tes insultes, demain je me moquerai de ceux du village qui s'attendent à ricaner en me voyant demander de porte en porte du travail ou un morceau de pain.

Il enveloppa quelques effets dans une serviette dont il noua les bouts ; il passa dans le nœud l'extrémité d'un bâton, se coiffa fièrement de son grand feutre, mit le bâton sur son épaule, ouvrit la porte de la rue, et marcha à pas précipités.

Lorsqu'il fut dans la campagne, il s'assit sur un tertre de gazon, et, à la lueur de la lune qui se levait, il contempla un instant le village qui avait été soixante ans son univers.

Cessant alors de réprimer une douleur qui n'avait plus à craindre de témoins, il inclina son front sur ses deux mains et sanglota.

XIV

Daniel avait pris le goût du bal, et il s'y livrait avec une ardeur qui croissait en raison de ses ennuis.

L'idée de rester seul avec sa pensée lui eût donné le frisson. Quels tableaux pouvaient en effet se presenter alors à son esprit ? La désunion, le désordre, la misère dans son intérieur ; la ruine et le désespoir de son vieux père qui devait le maudire ; et, dans un avenir très-prochain, la perte de sa propre liberté.

Chaque matin, en se rendant à son bureau, il faisait une visite à Chavaroche.

— Eh bien ! — lui demandait-il avec une anxiété qu'il avait toujours très-vive à cette heure-là.

Les tristes réflexions de la nuit lui donnaient la fièvre.

Quelquefois Chavaroche répondait :

— Petit gain, cher ami, petit gain ; mais je crois que c'est une bonne veine qui commence. — Ce petit gain et ce commencement de bonne veine remettaient Daniel en belle humeur. Le plus souvent Chavaroche disait : — Je m'y perds : les événements poussent-ils à la baisse, il y a hausse ; poussent-ils à la hausse, il y a baisse. On ne sait plus sur quel pied danser. Si cela ne change pas avant la fin du mois, je serai exécuté.

— Et moi emprisonné, — disait piteusement Daniel.

— Mais cela changera, que diable ! Les contresens ne se perpétuent pas indéfiniment à la Bourse. A propos, que faites-vous de votre soirée?

— Je n'ai aucun projet.

— Très bien ! je vous emmène au bal.

— Ma foi, j'accepte ; j'ai besoin de distractions.

— Vous en aurez mille à choisir, depuis le classique domino jusqu'au ridicule bébé.

— La petite marquise du bal de l'Ambigu était assez amusante.

— Vous commencez vingt intrigues, et vous n'en dénouez aucune.

— Baste ! toutes ces femmes valent peut-être encore moins que la mienne, et elles ne sont pas aussi jolies.

— Mon pauvre Daniel, vous ne guérirez jamais.

— Qu'importe, si j'endors la souffrance ? C'est pour y parvenir que je vais m'étourdir au bal.

Cette conversation se reproduisait tous les jours, à quelques variantes près.

Cependant les jours et les bals se succédaient avec rapidité.

Les contresens continuaient à la Bourse.

La lettre de change de Daniel était échue.

Il y eut protêt, assignation, jugement et commandement.

Daniel, conseillé par Chavaroche, ne jugea pas à propos d'attendre les gardes du commerce.

Avant de songer à pourvoir à sa sûreté, il avait écrit au directeur de son administration une lettre fort pathétique.

Le directeur avait répondu qu'il prenait une vive part à sa peine, mais que, dévoué avant tout aux intérêts du service, il se voyait, à son grand regret, contraint de le remplacer.

Daniel n'eut donc plus d'autre souci que celui de se cacher. Chavaroche lui prêta une mansarde qui dépendait de son appartement.

Ce qui ne fut pas une médiocre consolation pour Daniel, c'est qu'il se trouva pour quelque temps délivré des airs maussades de sa femme et des agitations nerveuses de sa belle-mère.

Le soir, fidèle à son système de distractions, il allait au bal avec Chavaroche, employant toutes les mesures possibles de prudence pour n'être reconnu et suivi ni au départ ni au retour.

Que peut la prudence contre la destinée?

Une nuit, c'était celle du mardi-gras, vers la fin du bal des Variétés, un magicien prit à part une vivandière et lui dit :

— Regarde ce monsieur qui a un habit noir...

— Et un faux nez surmonté de besicles?

— Précisément.

— Je le regarde; eh bien?

— C'est notre homme.

— Il suffit. — Au quadrille suivant, la vivandière avait pour cavalier le monsieur à l'habit noir et au faux nez surmonté de besicles. Elle fut ravissante d'entrain et de gaieté. — C'est singulier, — pensait-elle ; — il me semble que j'ai vu quelque part les chassé-croisé de cet habit noir.

— Charmante vivandière, — dit le monsieur, — vous avez une manière de balancer qui ne m'est pas inconnue.

— Vos chassé-croisé m'inspiraient justement la même réflexion.

— Où donc avons-nous pu danser ensemble?

— Prenez garde, vous allez brouiller la figure.

— C'est qu'en vérité cela m'intrigue.

— Vous êtes trop bon.

— Il y a des danseuses qu'on oublie, mais vos grâces et votre tournure ne permettent point qu'on vous mette au nombre de celles-là.

— On peut joindre à une jolie tournure un fort laid visage.

— Supposition que vous ne feriez point si cela était.

— Mettons que je sois jolie.

— Je serais heureux de m'en assurer.

— Je ne me démasque jamais au bal.

— Plus je vous regarde, plus je vous écoute, et plus je suis persuadé que nous ne nous rencontrons pas aujourd'hui pour la première fois.

— Tenez-vous beaucoup à éclaircir ce mystère? Eh bien! trouvez-vous demain, à huit heures du matin, aux *Vendanges de Bourgogne*, cabinet n° 6, où vous m'offrez à déjeuner.

— J'y serai. — L'homme au faux nez et à l'habit noir n'était autre que Daniel. — Je me suis engagé un peu témérairement,—pensait-il en regagnant sa mansarde.— J'avais complétement oublié que, le soleil et moi, nous ne pouvions briller ensemble dans les rues... Cependant cette petite vivandière m'intrigue... Ah! bah! avec mon manteau et un cache-nez, je défierai le regard des indiscrets.

XV

Daniel arrivait à sept heures et demie, sans encombre, aux *Vendanges de Bourgogne*, et s'y installait dans le cabinet n° 6, lequel avait une fenêtre ouvrant sur la rue.

— Qu'est-ce que monsieur désire qu'on lui serve? — demanda le garçon qui l'avait conduit. Daniel arracha un feuillet de son carnet, sur lequel il écrivit le menu d'un déjeuner, et le remit au garçon en lui disant :

— J'attends quelqu'un.

Au bout d'une demi-heure, le garçon remonta, introduisant une petite dame dont la figure égrillarde était en harmonie avec la désinvolture.

— Monsieur sonnera quand il voudra être servi, — dit le garçon en se retirant.

A la vue de Daniel, la physionomie de la dame exprima une surprise désagréable.

— Eh! vraiment oui, je le reconnais! — dit-elle, — c'est mon sauveur du bal de l'Opéra.

— La bouquetière florentine! — s'écria Daniel.

— Vous n'aviez point à l'Opéra cet horrible faux nez qui vous défigurait hier, et pourtant j'ai vingt fois été sur le point de vous appeler de votre nom : Monsieur... monsieur Daniel, si je ne me trompe.

— Vous ne vous trompez pas. Hier, vous portiez, comme à l'Opéra, ce vilain masque qui me dérobait la vue de votre joli visage; mais votre costume de vivandière déroutait mes souvenirs. Vous avez dû pourtant remarquer que j'étais sur la voie, mademoiselle... Rosine, si j'ai bonne mémoire.

— Vous avez une mémoire excellente. Est-ce que monsieur Chavaroche était avec vous?

— Il nous faisait vis-à-vis.

— Quoi! ce grand Jocrisse avec cet énorme bébé?... Ah! que je me serais amusée, si je l'avais su!

— Seriez-vous en délicatesse avec Chavaroche?

— Depuis quinze jours; c'est un vrai papillon que ce monsieur. Mais ne perdons pas un temps précieux à babiller.

— C'est juste; je vais sonner pour qu'on nous serve.

— Il s'agit bien de cela! Vous m'avez bravement défendue à l'Opéra : service pour service.

— Que voulez-vous dire?

— Que monsieur Daniel va se sauver lestement et sans déjeuner.

— Par exemple! Et pourquoi?

— Parce que... ce déjeuner...

Rosine hésita.

— Eh bien! ce déjeuner?

— Était un guet-apens.

Daniel jeta sur Rosine un regard plus étonné qu'inquiet.

— Quelle que soit l'opinion que vous allez avoir de moi, — reprit-elle, — je ne veux pas du moins que vous ayez à me reprocher une ingratitude. Vous avez souscrit une lettre de change au profit d'un monsieur Pocheveux, et les gardes du commerce sont à votre poursuite.

— C'est vrai.

— Depuis un mois vous les dépistez avec une adresse merveilleuse. Or, hier, au bal des Variétés, un mien cousin, qui est garde du commerce et qui vous en veut à mort de ce que vous ne vous laissez pas prendre, me dit en vous désignant : « Il faut, Rosine, que je sache où vous déjeunerez demain matin avec ce monsieur. » Je n'avais aucun motif pour désobliger un parent. Aussi doit-il être à son poste. La consigne était pour huit heures. Elles sont sonnées à la pendule... hâtez-vous. — Daniel se précipita vers la porte. Rosine jeta un regard dans la rue. — Revenez! — cria-t-elle, — il est trop tard. —Daniel obéit machinalement, en homme qui ne jouit pas de toute sa présence d'esprit. — Voyez, — dit Rosine ;—cet homme qui cause avec un monsieur que je ne connais pas, c'est mon cousin.

— Le monsieur que vous ne connaissez pas, c'est Pocheveux.

— Celui qui vous poursuit?

— Et qui me trompait par conséquent lorsque, pour me refuser un renouvellement, il m'écrivait que la lettre de change était en circulation.

— C'est une défaite très-usitée depuis que les usuriers vivent de pair à compagnon avec leurs clients.

— Comment sortir de ce mauvais pas?

— La fuite est impossible.

— Il me vient une idée : restons ici jusqu'au coucher du soleil.

— Bien imaginé ! Ils iront chercher le juge de paix.

— Mais alors je suis perdu.

— Non, vous êtes sauvé.

Rosine avait aperçu une petite clef qui se perdait au milieu des bouquets de feuillage sur le papier dont la muraille était tapissée. Elle tourna la clef et ouvrit la porte d'un petit cabinet garni de porte-manteaux.

— Eh ! vite, entrez là.

Daniel entra ; Rosine ferma sur lui la porte et mit la clef dans sa poche.

Puis, ayant ouvert la fenêtre, elle fit signe à son cousin de monter.

Celui-ci parut bientôt, accompagné de Pocheveux et suivi du garçon.

— Alors c'est quatre couverts au lieu de deux, — dit ce dernier. — Ces messieurs sonneront lorsqu'ils désireront qu'on les serve, — ajouta-t-il en se retirant.

— Pourquoi nous as-tu fait monter ici ? — demanda le garde du commerce à Rosine.

— Pour ne pas te laisser deux heures à te morfondre dans la rue.

— Tu crois qu'il ne viendra pas ?

— Regarde la pendule : huit heures et demie. Est-ce qu'un homme à qui Rosine fait l'honneur d'accepter à déjeuner se fait jamais attendre ? Si ton individu ne s'était pas douté de la ruse, il serait ici depuis une heure.

— Allons, — fit le garde du commerce avec humeur, — c'est à recommencer ; il faudra imaginer autre chose.

Mais celui qui avait l'air le plus consterné était Pocheveux.

— C'est moi qui suis pris, — se disait-il intérieurement ; — comment me tirer de là ?

— Puisque je n'ai plus rien à faire ici, je m'en vais, — dit le garde du commerce.

Pocheveux se pencha à l'oreille de ce dernier :

— Emmenez votre cousine, il le faut à tout prix.

— Rosine, — reprit le garde du commerce, — je t'offre mon bras ; j'ai à te parler.

Rosine, à son tour, se trouva très-embarrassée.

Et la clef du cabinet qu'elle avait dans sa poche !

Mais insister pour rester, quelle imprudence !... Et puis sous quel prétexte ?

En définitive, ce qui importait le plus était de ne pas éveiller les soupçons. Elle saurait bien trouver quelque moyen de venir un peu plus tard délivrer le prisonnier.

Pocheveux demeura seul.

Le garçon, qui avait vu sortir Rosine et son cousin, accourut essoufflé.

— Monsieur a sonné ?

— Non.

— Monsieur est seul ?

— Vous le voyez bien.

— Monsieur veut qu'on le serve ?

— Monsieur veut qu'on le laisse tranquille ! — cria Pocheveux d'une voix à mettre vingt garçons en déroute.

Celui-ci s'empressa de tourner les talons ; mais, avant de refermer la porte, il avança la tête et répéta son refrain :

— Monsieur sonnera quand il voudra qu'on le serve.

Pocheveux se mit à marcher à grands pas, l'air soucieux, se parlant tout haut à lui-même.

— Quelle idée saugrenue j'ai eue là !... Pas si saugrenue pourtant : quel meilleur spécifique contre les scrupules d'une femme que l'infidélité patente de son mari ? Quelle recette plus sûre en amour que d'intéresser à son succès la vengeance de la personne qu'on aime !... Armande ne cesse de m'opposer la voix du devoir ; cette voix est d'autant plus forte, dit-elle, que, sous le rapport de la fidélité, elle n'a rien à reprocher à Daniel. C'était un coup de maître de la faire venir ici pour y surprendre Daniel en bonne fortune : je prenais ainsi dans le même filet le mari et la femme ; je levais les scrupules de l'une et j'envoyais l'autre à Clichy... En vérité, je n'ai pas de chance... Armande va venir ; que lui répondrai-je, lorsqu'elle me dira : « Eh bien ! me voici ; où sont-ils ?... » Je donnerais à présent l'impossible pour qu'elle ne vînt pas... Mais j'ai stimulé sa jalousie, elle viendra... Si je m'esquivais ? Autre sottise : elle s'imaginerait que je me suis moqué d'elle, et sa porte me serait fermée à tout jamais... Du diable si je vois jour à me tirer de ce pas à mon honneur !

Pendant ce monologue, Daniel, l'oreille collée à la porte de sa prison, entendait bien marcher et parler, mais les mots ne lui arrivaient pas distincts, et il se sentait pris d'une curiosité d'autant plus vive qu'il commençait à trouver qu'on ne se pressait guère de lui rendre la liberté.

Le cabinet où il était enfermé n'était pas tout à fait ce qu'on appelle un *cabinet noir*. Il y pénétrait, par un œil-de-bœuf placé au-dessus de la porte, assez de jour pour que Daniel ne fût point dans une complète obscurité.

Une vieille chaise s'y trouvait dans un coin ; on l'avait sans doute jetée là comme devant être réformée. Notre prisonnier, l'ayant aperçue, l'appuya doucement contre la porte et monta dessus ; ses yeux arrivaient juste à la hauteur de l'œil-de-bœuf ; en se haussant sur la pointe des pieds, il pouvait voir ce qui se passait dans la pièce où était Pocheveux.

La position était assez incommode. Daniel, que la vue de Pocheveux ne réjouissait ni n'intéressait, se préparait à descendre, lorsqu'il vit tout à coup entrer une personne dont il était loin d'attendre la présence en un tel endroit. Sa stupéfaction fut telle qu'il faillit se laisser tomber à la renverse.

Mais à coup sûr Pocheveux n'en eût rien entendu, tant il était préoccupé de l'assaut qu'il allait avoir à soutenir.

Armande avait été introduite par l'inévitable garçon.

— Monsieur attend-il encore quelqu'un ? — demanda celui-ci à Pocheveux. — Non ? Alors, c'est décidément deux couverts au lieu de quatre. Monsieur sonnera quand il voudra qu'on le serve.

En reconnaissant que Pocheveux était seul, Armande lança sur Pocheveux un regard étincelant de colère.

— Que signifie ceci, monsieur ?

— Veuillez, madame, prendre la peine de vous asseoir, — répondit humblement Pocheveux.

— Eh quoi ! monsieur, — reprit Armande en repoussant le siége qui lui était offert, — vous m'invitez par un billet pressant à venir surprendre ici mon mari avec une femme, et c'est vous seul que j'y trouve ?

— Il n'est que trop vrai.

— Ainsi, vous m'avez trompée ? C'était un piége tendu à ma bonne foi ?

— Les apparences ne me sont pas favorables, je l'avoue ; et pourtant, s'il y a ici quelqu'un de trompé, c'est surtout moi. Je vous jure que Daniel avait accepté un rendez-vous dans ce cabinet avec une jeune femme nommée Rosine. Elle a été exacte, je l'ai vue ; elle sortait d'ici quelques minutes avant votre arrivée.

— Mais lui, il n'est pas venu.

— Voilà ce que je cherche vainement à comprendre, et j'ajouterai, ce que je déplore.

— Vous déplorez que je n'aie point trouvé mon mari en faute ?

— Oui, madame ; car, en attirant sur lui toute votre colère, peut-être ne vous eût-il laissé pour moi que de l'indulgence.

— Monsieur !...

— Je sais que vous m'avez interdit de vous parler de mon amour... que ne m'ordonnez-vous aussi de cesser de vous aimer !... Ah ! si vous voulez qu'on vous obéisse, belle Armande, n'exigez que des choses possibles... Moi ne plus vous aimer !... moi, ne plus vous parler de mon amour !... moi...

Ici un grand bruit interrompit brusquement la tirade de Pocheveux.

C'était la porte du petit cabinet qui s'ouvrait, enfoncée par Daniel.

Pocheveux resta pétrifié; c'était la tête de Méduse qui lui apparaissait.

Armande, confondue de surprise, ne trouvant à ce qu'elle voyait aucune explication raisonnable, croyait être le jouet d'une hallucination.

Daniel, sans prononcer une parole, alla tirer le cordon de la sonnette.

Le garçon parut.

— Monsieur a sonné? — dit-il en ouvrant de grands yeux et tout ébahi d'apercevoir trois personnes là où il n'en avait laissé que deux. — Alors, c'est décidément trois couverts?

— Du papier, une plume et de l'encre! — répondit Daniel.

— Je me fais un devoir de prévenir ces messieurs que le déjeuner se dessèche et ne sera plus présentable. — Le garçon apporta les objets demandés, et cédant à la force de l'habitude, il répéta son invariable formule : — Ces messieurs sonneront lorsqu'ils voudront qu'on les serve. — Daniel se posa en face de Pocheveux.

— Monsieur, — lui dit Daniel, — je ne suis pas homme à supporter patiemment une pareille offense... — Armande essaya d'intervenir; Daniel l'interrompit : — Ce n'est pas ici le lieu d'une explication entre nous, madame; ayez la bonté de me laisser achever. — Armande se tut, dominée par le ton ferme de son mari. — Vous me devez, monsieur, une réparation, — reprit-il en s'adressant à Pocheveux; — et, pour qu'elle soit possible, asseyez-vous à cette table et écrivez.

Pocheveux s'assit.

— Que voulez-vous que j'écrive?

— Un engagement qui me servira de sauf-conduit pour aller demain vous rejoindre au bois de Vincennes, où je suis curieux d'éprouver si vous êtes aussi fort en escrime qu'en séduction.

— Un duel! — se récria Pocheveux impuissant à maîtriser son émotion.

— Oui, un duel, — reprit Daniel avec le plus grand flegme. — Ecrivez donc à vos alguazils de ne point m'inquiéter jusqu'à demain soir.

— Mais...

— Je pourrai, muni de cette pièce, me présenter en toute sécurité au rendez-vous que nous allons prendre pour demain.

— Je vous ferai observer...

— Voulez-vous écrire, oui ou non?

— Je ne puis, votre effet a été mis en circulation, vous le savez, et ce n'est pas à ma requête que les poursuites ont lieu.

— Défaite que vous m'avez donnée une première fois, mais dont je vous déclare que je ne me payerai pas une seconde.

— Je vous jure...

— Assez d'hésitation; écrivez, ou je me verrai forcé avec regret de vous infliger sur l'heure le châtiment qui vous est dû.

Pocheveux réfléchit quelques instants, puis un léger sourire de triomphe se dessina sur ses lèvres.

— Vous voulez absolument cette lettre? — dit-il à Daniel.

— Je la veux.

— Soyez donc satisfait; mais souvenez-vous que vous n'aurez rien à me reprocher. — La lettre écrite et signée, Pocheveux, qui avait recouvré subitement les apparences d'une parfaite tranquillité, remit le papier à Daniel et lui dit : — Où vous convient-il que nous nous rencontrions demain dans le bois de Vincennes?

— Aux Minimes, si vous n'y voyez pas d'objection.

— Aucune; votre heure, s'il vous plaît?

— Sept heures du matin.

— Comptez sur mon exactitude.

Cette affaire réglée, Daniel présenta son bras à Armande; elle fit un mouvement en arrière.

— Je ne vous imposerai pas longtemps le supplice de ma société, madame, — reprit Daniel en insistant; — mais, pour sortir d'ici, les convenances exigent que vous soyez au bras de votre mari.

Lorsqu'ils se furent retirés, Pocheveux respira plus à l'aise.

Il allait sortir à son tour lorsque le garçon entra.

— Monsieur a sonné?

— Monsieur s'en va, — répondit Pocheveux d'un ton bourru.

— Ah!... monsieur ne déjeune pas?

— Monsieur n'a pas faim.

— Hé bien! monsieur a peut-être raison : le bifteck est passé à l'état de tige de botte, et l'on pourrait charger un fusil avec les petits pois.

— Qu'est-ce que cela me fait?

— C'est juste, du moment que monsieur ne les mange pas... Voici l'addition... et des curedents.

— L'addition!

— Douze francs cinquante.

On n'avait point porté de vin sur la carte. On trouve des gens délicats dans toutes les professions.

Pocheveux comprit qu'il serait forcé de payer, en sa qualité de dernier restant.

Il s'exécuta en maugréant.

— Monsieur n'oubliera pas le garçon?

— Va-t'en à tous les diables!

XVI

Daniel quitta sa femme au bout de la rue et courut chez Chavaroche.

— Je me bats demain matin.

— Vous vous battez!... Avec qui?

— Avec Pocheveux.

— Et pour quel motif?

Daniel fit en peu de mots le récit de la scène qui venait de se passer aux *Vendanges de Bourgogne*, et il ajouta :

— C'est un duel sérieux, celui-là, et non pas un de ces simples et ridicules tournois qui n'ont pas d'autre but que d'amuser les badauds. Or, si je succombe, Pocheveux s'en tirera avec la justice comme il pourra; je vous avoue que cela m'inquiète peu. Si je tue mon adversaire, il me faudra m'absenter jusqu'au jugement; mais, sans argent, la fuite est impossible.

— C'est une vérité qui n'a pas besoin de démonstration.

— Or, pour avoir de l'argent, à qui m'adresser?

— Oui, à qui vous adresser?

— La réponse, heureusement, m'était facile; je viens donc à vous, Chavaroche. — Celui-ci eut un mouvement de physionomie qui n'était pas précisément l'indice d'une sensation très-agréable. — Depuis une quinzaine de jours, — poursuivit Daniel, — je vous entends dire que la situation de nos petites affaires à la bourse s'améliore.

— C'est vrai; nous avons eu quelque chance durant la dernière quinzaine, et, malgré plusieurs appels de fonds au moyen desquels vous aviez légèrement écorné votre part, il y avait encore hier matin un assez joli chiffre de bénéfices.

— Ah! tant mieux!... Cela vous contrarierait-il d'établir notre compte?

— En aucune façon, — répondit Chavaroche, qui avait déjà fait son plan.

— Pardonnez-moi de vous mettre ainsi le pistolet sur la gorge.

— Comment donc! C'est trop juste.

— Après tout, une partie de ce qui me revient suffira probablement; vous garderez le surplus et vous continuerez de m'associer à vos opérations.

Les lèvres de Chavaroche grimacèrent un étrange sourire.

— Hélas! mon cher ami, — répondit-il d'une voix dolente, — je crains d'avoir à vous porter un coup que les circonstances vous rendront bien cruel.

— Quoi donc? qu'y a-t-il?

— Il y a que la veine a tourné tout à coup à la bourse d'hier, et que la perte ayant été considérable eu égard à votre capital, vous aurez, selon toute apparence, beaucoup à décompter.

Daniel éprouvait une vive anxiété.

— Cependant,—dit-il en s'accrochant à un dernier espoir, — s'il ne faut renoncer qu'aux bénéfices, peut-être parviendrai-je avec le capital...

— Dieu veuille qu'il en reste?

— Tout serait-il donc perdu? — s'écria Daniel en pâlissant.

— C'est ce que je ne saurais dire encore, et ce que je me préparais à vérifier lorsque vous êtes arrivé. Voulez-vous que nous établissions tout de suite notre compte?

— Ayons-en le cœur net; l'attente d'un malheur m'est plus insupportable que le malheur même. — Chavaroche alla prendre dans un casier un gros registre qu'il ouvrit sur son bureau. — Tué ou expatrié demain, — pensait-il; — les niais laissent échapper l'occasion, le sage la saisit aux cheveux.

Après avoir aligné deux ou trois colonnes de chiffres, accompagnées de commentaires et de calculs qui furent de l'hébreu pour Daniel, il additionna le *doit* et l'*avoir*, fit une soustraction, et, appelant l'œil du patient sur le *reste* :

— Pauvre ami, — lui dit-il, — il vous revient... vingt-cinq francs cinquante centimes.

— Eh! où voulez-vous que j'aille avec cela? —s'écria Daniel en frappant du poing sur le registre.

Chavaroche lui prit une main qu'il serra hypocritement entre les siennes :

— Je ne suis pas riche en ce moment; mais, en me gênant un peu, je puis doubler la somme. — Pour l'improbité, voler les gens, c'est seulement de l'adresse; se faire remercier des gens qu'on vole, c'est du génie. Chavaroche, voyant que Daniel était de si bonne composition, eut un remords d'étrange espèce. — Je suis un imbécile, — se dit-il, — mais il est peut-être encore possible de rattraper les vingt-cinq francs et ceux que je lui ai promis? — Il referma son registre et le replaça dans le casier pour se donner le temps de la réflexion. — Une question, cher ami? — reprit-il après un moment de silence; — tenez-vous beaucoup à votre duel?

— Que voulez-vous dire? — fit Daniel en se redressant.

— Eh! calmez-vous; votre honneur m'est aussi cher que le mien. Loin de moi l'intention de vous rien proposer qui puisse effaroucher votre susceptibilité!... Voyons, raisonnons un peu. D'après votre récit, il est évident que Pocheveux n'est point coupable de fait; vous n'avez donc pas à venger une de ces injures qui ne se lavent que dans le sang. Franchement, si je considère l'affaire sous son véritable point de vue, je ne crois pas qu'il y ait, en cette circonstance, nécessité de sang versé.

— Juste ou non, votre raisonnement vient trop tard.

— Vous ne vous battez que demain?

— Qu'importe?... à moins que vous pensiez que je doive faire des excuses à Pocheveux?

— Non, certes, mais il vous serait difficile de refuser les siennes.

— En effet, je n'ai à venger que de vaines tentatives. Ma femme n'était point de complicité avec Pochéveux... Loin de venir à un rendez-vous concerté, elle tombait dans un piége que ce misérable fat lui avait tendu. Voilà un point sur lequel je suis d'accord avec vous. Mais encore faut-il qu'il me fasse des excuses.

— Je garantis qu'il vous fera demain toutes celles que vous voudrez. Je connais mon Pocheveux. Lorsque j'irai lui proposer ce moyen pacifique, il est capable d'en devenir fou de joie. — Daniel ne put s'empêcher de sourire; il se rappelait la pâleur de Pocheveux à la première proposition d'une rencontre. — Il sera même trop heureux de vous offrir le renouvellement de votre lettre de change.

— Quant à cela, Chavaroche, pas un mot, je vous prie, ma dignité en souffrirait.

— C'est lui qui en fera la proposition dans son transport d'allégresse.

— Hélas! en serai-je plus avancé! Vous oubliez qu'on m'a ôté mon emploi.

— C'est vrai... mais attendez donc... Eh! oui, parbleu! j'ai quelque chose à vous offrir... Lisez.

Chavaroche présenta un journal à Daniel, en indiquant du doigt une annonce ainsi conçue :

« On demande des jeunes gens de bonne tenue pour
» le placement, avec primes, d'un ouvrage de librairie
» de premier ordre. — Traitement fixe et fortes remi-
» ses... »

— Voudra-t-on de moi? — dit Daniel.

— Je ne connaîtrais pas un des chefs de l'établissement que votre bonne mine et vos manières vous répondraient du succès.

— Que peut-on gagner à ce métier-là?

— Deux ou trois cents francs par mois, et même davantage si l'on veut se donner un peu de peine.

Daniel resta quelques instants rêveur.

— Ah! — pensait-il, — si Armande voulait, tout pourrait encore se réparer.

— Eh bien? — dit Chavaroche.

— Eh bien! que les choses se passent comme vous l'espérez, et j'accepte.

— A la bonne heure... et nous continuerons nos petites opérations...

— J'ai besoin de gagner de l'argent, beaucoup et vite, — reprit Daniel qui pensait dans ce moment à son père.

— On n'est pas malheureux tous les jours.

— Mais je n'ai plus d'épargnes.

— Vous me confierez la moitié de votre gain; on fait comme on peut.

— A ce soir donc, Chavaroche; vous me ferez connaître la détermination de Pocheveux.

— A ce soir, Daniel... Avez-vous besoin de vos vingt-cinq francs?

Il n'était déjà plus question de l'offre qu'il lui avait faite de doubler la somme.

— De quelque manière que cela tourne, à quoi me serviraient-ils? — dit Daniel.

— Piètre denier en effet! Je les garde; ce sera le commencement de votre nouvel apport social.

XVII

Lorsque Daniel rentra chez lui, madame Burdel était auprès d'Armande.

— Tu dis, mon enfant, qu'il va se battre?

— Demain matin, ma mère... S'il allait être tué?

— La belle perte!... tu serais veuve, ma fille.

Daniel entendit ces derniers mots prononcés avec une emphase significative.

— Il paraît, mesdames,— dit-il avec un sourire amer, — que vous vous occupez déjà de mon oraison funèbre.

— Oh! monsieur! — se récria Armande.

Mais madame Burdel n'y fit point tant de façons.

— En tout cas, — répliqua-t-elle, — si elle est proportionnée à vos mérites, l'oraison ne sera pas longue.

— Toujours aimable; je vous remercie. Ce n'est pas à votre école qu'Armande apprendra les égards qu'elle doit à son mari.

— Un homme bien digne d'égards, en effet, qu'un mari sans place qui se cache on ne sait où depuis un mois, et qui ne demande même pas de quoi sa femme et sa belle-mère ont vécu tout ce temps-là!

Daniel frappa du pied avec impatience.

Ce n'était pas une querelle qu'il venait chercher, et l'on débutait justement par là.

Armande ouvrit un tiroir du secrétaire et y prit un papier qu'elle mit dans les mains de Daniel avec un grand air de dignité.

— Je suppose, — lui dit-elle, — que n'ayant pas ajouté foi à mes paroles, vous venez réclamer la preuve dont je vous ai parlé... la voici, monsieur.

Daniel n'eut point la galanterie de repousser le papier; il le lut au contraire avec beaucoup d'attention.

Les doigts de la belle-mère se crispaient déjà d'une façon inquiétante. Daniel s'en aperçut :

— J'ose espérer, madame, que cette agitation partielle n'est pas le prélude d'un mouvement général; autrement je me verrais contraint de vous transporter dans votre appartement, afin ne pouvoir causer ici tranquillement avec ma femme.—Madame Burdel se le tint pour dit;mais ses yeux lançaient des éclairs. C'était le billet de Pocheveux qu'Armande avait remis à son mari. Ce billet était une justification complète, et la présence d'Armande aux *Vendanges de Bourgogne* avait une explication toute naturelle dans un mouvement de jalousie. Après avoir lu le billet, Daniel conclut donc de la démarche de sa femme que toute affection pour lui n'était pas éteinte en elle. Il s'assit et garda quelques instants le silence. Ses yeux ayant rencontré ceux de la jeune femme,il tressaillit. — Toujours aussi belle! — pensa-t-il; — ah! si elle voulait, notre bonheur pourrait encore renaître. — Et involontairement il soupira. Armande le regardait avec étonnement, mais les yeux secs et le cœur impassible. Toute cette pantomime agaçait singulièrement madame Burdel, qui en cherchait inutilement la signification. — Armande, — reprit enfin Daniel d'un ton presque affectueux, — nous avons fait jusqu'à présent un assez triste ménage.

— Vous en convenez?... C'est heureux! — dit madame Burdel.

Daniel haussa les épaules et continua :

— Ne voyez dans mes paroles, Armande, aucune intention de reproche...

— En vérité? — interrompit madame Burdel avec ironie.

Daniel eut un léger mouvement de colère :

— Mon Dieu! madame, ne pourriez-vous nous faire grâce de vos observations?

— Je ne crois pas que vous vous en soyez jamais beaucoup tourmenté, — riposta l'opiniâtre belle-mère; — faites comme par le passé.

— Encore une fois, madame, c'est avec ma femme que je désire m'entretenir.

— Je n'y suis pas un obstacle, je suppose.

Daniel reprit :

— Je disais donc, Armande, que nous n'avions point à nous féliciter de l'état de notre ménage; mais nous sommes, Dieu merci! d'un âge où il est encore permis de changer de voie et de recommencer sa vie : voulez-vous m'y aider?—Il attendit quelques instants une réponse qui ne vint pas. Il pensa qu'on ne l'avait pas bien compris, et crut devoir ajouter des explications. — Je vous annoncerai d'abord que le duel projeté pour demain n'aura probablement pas lieu.

Cette fois, Armande jugea qu'elle ne pouvait se dispenser de prendre la parole.

— Je serais heureuse, monsieur, d'être assurée que vous n'avez à craindre aucun danger pour votre personne.

— Armande,— continua Daniel avec émotion,— dois-je voir dans ce souhait une preuve que votre cœur ne m'est pas entièrement fermé?

— Ma fille, — intervint sèchement madame Burdel,— a voulu dire qu'elle serait heureuse que l'affaire n'eût pas de suites, parce qu'il est toujours désagréable à une femme d'être le prétexte d'un scandale.

— Je ne vous remercie pas du commentaire, madame. — Et après un nouveau silence : — J'ai de plus à vous communiquer, Armande, une nouvelle qui est d'une grande importance dans l'état de détresse où nous sommes... Je suis à la veille d'avoir une position...

— Une position, mon gendre! — interrompit madame Burdel d'un ton singulièrement radouci.

— Plus modeste que celle que j'occupais,— poursuivit Daniel, — mais enfin suffisante pour nous mettre à l'abri du besoin...

— Ah!

Cette interjection de la belle-mère fut accompagnée d'un plissement de lèvres des plus dédaigneux.

— Enfin, — acheva Daniel, — je ne désespérerais pas de voir pour nous des jours meilleurs, Armande, si vous me promettiez sincèrement votre concours.

— Comment l'entendez-vous, — demanda vivement madame Burdel.

— Mais je l'entends... comme cela doit s'entendre : par son travail,

— Ma fille travailler!... à quoi?

— Vous avez dû lui faire apprendre la couture, la lingerie, la broderie, que sais-je?

— Monsieur,— répliqua madame Burdel avec hauteur, — je n'ai point donné à ma fille l'éducation d'une ouvrière.

— Tant pis, madame. Je suppose du moins que ses maîtres de langues, de musique, de dessin ne lui ont pas été inutiles, et qu'elle pourrait donner des leçons à son tour.

— Ma fille une coureuse de cachets!

— Il y a des gens qui courent le cachet et qui jouissent de l'estime publique, madame, parce qu'ils vivent honorablement de leur travail, sans faire ni dettes ni dupes. Enfin, je vois encore pour Armande un autre parti à prendre... et même, je l'avoue, je préférerais que son choix s'arrêtât sur celui-ci...

— Qui serait, monsieur?

— Qui serait, madame, pendant que son mari travaillerait au dehors, de s'occuper à ces mille petits soins intérieurs qui constituent le devoir d'une bonne ménagère.

— Ma fille une cendrillon?

— Eh! madame!...

— Que ne lui proposez-vous aussi de faire la cuisine?

— Pourquoi non? Je n'y vois pas de déshonneur pour une femme, ni même pour une belle-mère.

— Quelle horreur! mais c'est un sauvage que cet homme! c'est un cannibal!

— Vous avez donc juré, madame, de m'exaspérer! — s'écria Daniel en frappant du pied sur le parquet.

Madame Burdel se jeta éplorée dans les bras d'Armande.

— Ma fille! ma pauvre fille!... — Puis elle se redressa comme une lionne qui défend ses lionceaux : — Je suis mère, monsieur!... Vos menaces ne sauraient m'épouvanter... Tant que j'aurai un souffle de vie, je protégerai cette pauvre victime, qui est mon enfant, entendez-vous?

— Pour l'amour du ciel, Armande, — dit Daniel qui faisait, pour se contenir, des efforts surhumains, — engagez madame à se taire et daignez me répondre vous-même!

Mais Armande, ayant toujours madame Burdel dans ses bras, leva les yeux au ciel en s'écriant :

— Quelle affreuse scène, mon Dieu!... ma mère!... ma pauvre mère!

Et les deux femmes confondirent dans une mutuelle étreinte leurs gémissements et leurs sanglots.

Daniel profita du peu de raison qui lui restait pour prendre la fuite.

XVIII

Il retourna chez Chavaroche.

Celui-ci avait l'air consterné.

— J'ai vu Pocheveux.

— Ah ! — fit Daniel avec indifférence.

— C'est à n'y rien comprendre ; il refuse les excuses demandées.

— Que m'importe ?

— Pocheveux se battre !... Rien ne pouvait me surprendre de sa part, excepté cela.

— Quant à moi, je suis heureux de sa détermination ; je souhaite même qu'il soit aussi adroit qu'il est héroïque. Un coup d'épée serait le bien reçu dans les circonstances où je me trouve.

— Il est de fait, — ajouta sentencieusement Chavaroche, — il est de fait qu'il en est de la vie comme de la bourse : elle est pleine d'oscillations désagréables.

Le lendemain matin, Daniel arrivait à l'heure précise au bois de Vincennes, avec ses témoins.

Pocheveux n'y était pas. Mais il y avait à sa place trois personnages qui se promenaient de long en large et semblaient attendre quelqu'un.

Daniel les prit naturellement pour les témoins de son adversaire.

Mais un d'eux s'avança le chapeau bas à la rencontre de Daniel, et lui dit de sa voix la plus veloutée :

— N'est-ce pas à monsieur Gontier que j'ai l'honneur de parler?

— A lui-même, monsieur.

L'inconnu tira de sa poche une liasse de papiers.

— Monsieur aurait-il l'obligeance de m'épargner l'accomplissement d'un pénible devoir. Il s'agirait tout simplement de consigner entre mes mains le montant : 1° de cette lettre de change ; 2° des intérêts à partir du jour du jugement ; 3° des frais de protêt, assignation, jugement, commandement et arrestation. Total : mille sept cent quarante-neuf francs soixante et quinze centimes, le tout parfaitement en règle, ainsi qu'il est loisible à monsieur de s'en convaincre, en jetant un coup d'œil sur ces papiers.

Daniel était en présence d'un garde du commerce accompagné de deux recors.

— Je comprends maintenant le refus d'excuses de monsieur Pocheveux, — dit Daniel, — et j'ai l'explication de sa vaillance. Seulement ce héros, qui vous a si bien renseigné, me paraît doué d'une mémoire tout à fait en rapport avec son courage. Veuillez, monsieur, jeter les yeux sur ce papier.

Le garde du commerce sourit ironiquement, comme si l'exhibition de cette pièce était un fait prévu.

— Cet ordre de suspendre les poursuites que vous a remis monsieur Pocheveux, cet ordre n'a malheureusement aucune valeur, mon cher monsieur,— dit le garde du commerce. — C'est au nom d'un tiers-porteur, monsieur Galimet, que j'instrumente, et monsieur Pocheveux n'a rien à voir dans cette affaire. Si donc vous n'avez pas de meilleure sauvegarde, veuillez, monsieur, avoir l'extrême obligeance de nous accompagner !... Monsieur peut compter, d'ailleurs, sur tous les égards auxquels il a droit, sauf le cas de rébellion. Nous avons à deux pas une voiture...

— C'est bien, messieurs, je vous suis.

Une heure plus tard, Daniel était écroué à la prison pour dettes.

XIX

Triste prison, ou riant palais que cette maison de la rue de Clichy ; paradis pour les uns, enfer pour les autres ; ici les lamentations, les regrets amers, les imprécations ; là, l'insouciance, le rire et la chanson.

Ces jeunes gens que vous voyez se promener sous les arbres, devisant entre eux et fumant le manille ou le havane comme s'ils étaient sur le boulevard des Italiens, ce sont des captifs, mais de gais captifs, évoquant les souvenirs de la joyeuse vie qui les a conduits sous les verroux, projetant de nouvelles folies pour le moment où ils seront libres, riant du créancier qui les héberge et qui, en fin de compte, perdra tout, capital, intérêts et frais.

S'il n'y avait pas un revers à la médaille, à ne considérer que cette catégorie de détenus, on serait tenté de regarder la maison de Clichy comme la providence des débiteurs et le châtiment des créanciers.

Mais jetez les yeux sur cet homme au teint pâle, au regard morne, qui marche solitaire et sans direction, se tordant les mains, murmurant une malédiction ou une plainte : c'est un brave artisan que le chômage ou la maladie a forcé de recourir à la bourse d'un usurier dans un moment de gêne où ses enfants avaient faim ; ou bien c'est un honnête père de famille dont des revers inévitables ont anéanti le commerce ou l'industrie. Celui-là souffre de sa famille sans secours, sans pain, sans asile peut-être ; celui-ci souffre d'avance de la misère qui l'attend, lui et les siens, le jour où s'ouvriront les portes de la prison.

Entre ces deux catégories de détenus, Daniel se trouvait dans une position exceptionnelle ; il n'appartenait ni à l'une ni à l'autre. Il n'avait pas été dissipateur ; il avait bien une famille, mais quelle famille que cette femme et cette belle-mère ! A tout prendre, l'existence sous les verroux lui était encore moins pénible que la liberté avec de pareilles créatures. Aussi Daniel, s'il ne partageait pas les joies bruyantes du viveur, n'avait-il pas non plus à subir les tortures de l'honnête prisonnier.

La cellule contiguë à celle de Daniel était occupée par un homme de trente à trente-cinq ans, nommé Janotard, qui n'avait été conduit là ni par les folies de la jeunesse, ni par un de ces malheurs qui frappent à l'improviste l'homme le plus laborieux, le plus intelligent. Janotard était une espèce de demi-savant, un agronome de cabinet ayant étudié la culture dans les livres, et qui s'imaginait y être très-fort parce que, de la portière d'un vagon de chemin de fer, il avait regardé, en courant à toute vapeur, une grande étendue de champs, de prés et de forêts. Sa manie était surtout d'inventer ou de perfectionner des instruments aratoires. Complétement étranger à la pratique, il inventait sur le papier toutes sortes de charrues, de herses, de hache-paille, d'un dessin agréable à l'œil, mais dont le dernier garçon de ferme aurait ri de pitié.

Les voyages et les livres ont l'inconvénient de coûter fort cher, et Janotard n'était pas riche ; il eut recours à la bourse d'un ami. Celui-ci, taillé à peu près sur le modèle de Pocheveux, convoitait le cœur et la main d'une aimable veuve, sur lesquels Janotard se croyait quelque droit, et il n'avait rien vu de mieux à faire, pour se débarrasser de son rival, que de l'envoyer poursuivre sous les verrous le cours de ses études et de ses inventions.

Outre cette ressemblance dans l'histoire de leur arrestation, les deux voisins avaient un autre motif de rapprochement. Cette langue de l'agriculture que Janotard parlait tant bien que mal, Daniel n'avait pas eu le temps de l'oublier. Quelle joie pour le premier d'avoir sous la main un auditeur compétent ! Il allait le trouver dans sa cellule, il le suivait au préau, il l'accaparait. Daniel, qui eût voulu pouvoir effacer de sa vie tout le temps écoulé depuis son départ du village, trouvait de son côté un grand charme à converser sur un art qui lui rappelait ses premières occupations et ses belles années.

Que n'eût-il pas donné alors, ce pauvre Daniel, pour que son séjour à Paris eût été seulement le rêve d'une nuit pénible, pour aller encore aux champs, le cœur plein d'un amour pur et de douces espérances !

Ce qu'il y avait de plus cruel dans sa position, c'est qu'en discutant, lui, l'homme pratique, avec son voisin, le théoricien rêveur, il reprenait goût insensiblement à l'art qu'il avait dédaigné ; c'est qu'il apercevait de beaux horizons là où son regard fatigué n'avait vu qu'une obscurité monotone ; c'est enfin qu'un obstacle invincible, la prison, se dressait devant lui, et, pour longtemps encore, lui fermait tout retour en arrière.

Un incident vint augmenter l'amertume de ses regrets. Janotard entra un jour dans sa cellule, tenant un journal qu'il froissait avec colère.

— Voilà, voilà de ces coups qui anéantissent un homme !... Il n'est pas d'acharnement comparable à celui que le sort met à me poursuivre !

— Calmez-vous, Janotard, et contez-moi le sujet de cet emportement.

— Figurez-vous, mon cher monsieur Daniel, que depuis six mois j'entasse chiffres sur chiffres, plans sur plans, j'y ai usé une rame de papier, pour donner de la légèreté au *déchaumeur* américain, dont la pesanteur en rend l'usage presque impossible. Ce perfectionnement, je le voyais naître sous mon crayon ; c'était pour moi la gloire, la fortune, la liberté !... Ah ! bien oui !... Voilà-t-il pas qu'un rustre normand soumet au comice de Dieppe un modèle qui résout le problème ! Quelque paysan, quelque crétin qui aura découvert la chose par hasard !... Et on lui décerne une prime magnifique !... on couronne ce lourdaud !... on embouche pour lui toutes les trompettes de la renommée !... C'est à désespérer les vrais hommes de génie.

Daniel prit le journal des mains de Janotard et chercha le nom du lauréat de Dieppe.

Ce nom était celui de son ami d'enfance : Marcelin Raimond.

XX

On se doute bien que monsieur Auberlin avait lu, comme Daniel, le compte rendu de la séance du comice agricole de Dieppe, où Marcelin avait été couronné, et que ce n'était pas le hasard qui le lui avait mis sous les yeux.

Le vieillard attendait tous les matins son journal avec une impatience fébrile.

Lorsqu'enfin il y put lire la nouvelle du triomphe de Marcelin, sa joie fut telle que, après avoir colporté le journal chez tous les cultivateurs du voisinage, il le relisait encore à haute voix sans autre auditeur que lui-même, le soir, dans sa chambre, au moment de se coucher.

L'attente de l'arrivée de Marcelin ne fut pas pour monsieur Auberlin la cause d'une impatience moins vive. Il se faisait une fête d'être le premier à féliciter son élève.

Il eut ce plaisir.

Monsieur Auberlin se promenait de long en large dans la salle à manger, après le repas du matin, et répétait pour la vingtième fois : Comment se fait-il que Marcelin soit si longtemps à revenir? lorsque celui-ci parut sur le seuil de la porte.

Le vieillard courut au jeune homme les bras ouverts, et le pressa contre son cœur.

— Eh bien ! nous avons vaincu ! — s'écria-t-il. — Hein ! quel succès ! Ton cœur doit nager dans la joie et l'orgueil.

— La joie !... l'orgueil !... — répéta Marcelin.

Et il soupira tristement.

Monsieur Auberlin attacha sur le jeune homme un regard plein d'anxiété.

— Comment? Qu'est-ce à dire? Le journal aurait-il commis une erreur? Ne serait-ce pas à toi qu'aurait été décernée la médaille?

— C'est à moi.

— Et tu me dis cela de ce ton glacé !

— Dois-je me réjouir outre mesure?

— Outre mesure, outre mesure ! Non, sans doute. Je ne demande pas que tu fasses des extravagances. Je désire seulement que tu aies un air convenable. Tu n'as donc pas réfléchi à l'importance de ton succès? Si je te disais que d'un bout à l'autre de Saint-Remy il n'est bruit que de toi? On parle déjà de te porter sur la liste aux prochaines élections du conseil municipal. Oui, monsieur, et un conseiller municipal, c'est un homme qui a de l'influence, qui peut faire beaucoup de bien dans sa commune, qui a autorité pour combattre la routine et propager le progrès... Et lorsqu'on a fait preuve de capacité, on devient maire, monsieur. C'est un petit roi, qu'un maire. Quand tu seras maire, que d'améliorations ! Tu transformeras le pays... On bénira ton nom, et le récit de tes œuvres ira jusqu'au gouvernement; et la croix... oui, la croix !... Voilà quelque jour la récompense de tes travaux, de tes services... tout cela, Marcelin, tout cela est en germe dans ta médaille.

Mais cet enthousiasme n'avait pas d'écho dans l'esprit du jeune homme.

— C'est plus fort que moi, — se dit-il, — mon visage ne saurait exprimer un contentement que je n'ai point dans le cœur.

— Qu'entends-je? Et pourquoi ?

— Parce que je ne suis pas heureux.

— Toi !

— Qu'importe le succès, si l'on ne trouve pas au retour dans sa maison, un autre soi-même pour s'en réjouir avec vous? Tenez, lorsque ce matin j'ai aperçu les premières maisons du village, j'ai senti mon cœur se serrer au lieu de s'épanouir: je me suis demandé où était la compagne qui, à mon arrivée, se jetterait radieuse dans mes bras, applaudissant à mon triomphe, stimulant mon ardeur à mieux faire par cette simple parole : « Je suis fière de toi ! » Et vraiment j'hésitais à poursuivre ma route... Il y a, voyez-vous, dans mon existence un vide que rien ne peut combler.

Marcelin se laissa tomber avec accablement sur une chaise; il porta la main à ses yeux pour cacher les larmes qui s'en échappaient.

Monsieur Auberlin, profondément ému, cherchait en vain quelque parole assez puissante pour relever cette pauvre âme découragée.

Etiennette sortit en ce moment d'un cabinet de travail qui donnait dans la salle à manger.

— Regarde, — dit le vieillard à sa fille, en lui montrant Marcelin; — voilà ton ouvrage !

— J'ai tout entendu, mon père, — répondit Etiennette. Elle s'approcha de Marcelin : — Il y a longtemps, — lui dit-elle, — que je vois votre chagrin et que je m'en afflige. Bien souvent je me suis reproché de n'avoir pas pour vous les sentiments que vous méritez à tant de titres. Pour qu'une femme fût digne de vous appartenir, il faudrait qu'elle eût, non-seulement de l'estime, de l'affection, du dévouement, mais encore de l'amour; un amour qui répondît au vôtre. Cet amour, on ne l'éprouve sans doute qu'une fois. Je l'ai éprouvé pour mon malheur, et l'ingratitude l'ayant tué dans mon cœur, il n'y saurait renaître. Cependant votre peine me déchire l'âme; elle est pour moi comme un remords; j'y voudrais mettre fin au prix de ma vie. Je viens donc à vous, Marcelin, humble comme celle qui a peu de chose à offrir, mais confiante parce que ce peu de chose je vous l'offre de grand cœur. Tous les sentiments dont une sœur est pénétrée pour son frère, je les aurai pour vous. Si cette affection vous suffit, Marcelin, si vous n'exigez pas de moi au-delà de ce que je puis, voici ma main, elle est à vous.

Marcelin la lui saisit avec transport.

— Oh! — s'écria-t-il, — je vous aimerai tant, que je saurai bien vous forcer à m'aimer!

XXI

Daniel était depuis deux mois à la prison de la rue de Clichy, lorsqu'il fut assigné à comparaître comme témoin devant le tribunal de police correctionnelle.

Témoin dans quelle affaire?

On se souvient de la corbeille de mariage fournie à Daniel par Pocheveux.

Voici quel genre d'industrie donnait à Pocheveux la facilité de composer des corbeilles de mariage.

Pocheveux prêtait à la petite semaine aux marchandes et revendeuses de la halle. Il avait aussi une clientèle de fils de famille qui lui signaient pour de petites sommes empruntées de très-gros engagements.

Il prêtait sur nantissement, et presque toujours ces nantissements étaient des reconnaissances du mont-de-piété, dont les neuf dixièmes tombaient en sa possession après de courts délais; telle était l'origine d'un vaste magasin d'effets confectionnés, de bijoux, d'objets de luxe, dont la vente ou la location lui rapportaient un revenu assez considérable.

Il avait réussi en peu de temps à étendre ses opérations au point d'avoir des intermédiaires non-seulement à Paris, mais encore dans la banlieue et jusque dans les départements.

Pocheveux était donc accusé d'usure habituelle et de tenue illicite d'une maison de prêt sur gages.

Mais à cette première accusation il s'en joignait une autre plus grave : celle d'escroquerie et de faux.

Aussi le prévenu, ayant eu des indices de la surveillance dont il était l'objet, n'avait-il pas attendu l'action de la justice; il avait disparu la veille du jour où l'on était venu faire une perquisition dans son domicile. Deux de ses complices avaient seuls été arrêtés.

C'était donc par contumace qu'on allait le juger.

Le témoignage de Daniel était sans importance dans cette affaire. Pocheveux, en lui fournissant la corbeille, l'avait traité en client qu'il ménageait pour de meilleures occasions.

Mais il se présenta d'autres témoins, et en grand nombre, dont les dépositions accablantes motivèrent une condamnation à cinq ans de prison.

La disparition et le jugement de Pocheveux furent un résultat favorable pour Daniel. Il fut rendu à la liberté quelques jours après, faute de consignation au greffe de la somme fixée par la loi pour l'alimentation mensuelle des détenus.

XXII

Une fois délivré, Daniel se demanda naturellement ce qu'il allait faire.

Sa femme et sa belle-mère lui avaient rendu sa demeure si désagréable qu'il ne se sentait nullement pressé d'y rentrer.

Il se trouvait d'ailleurs dans le voisinage de Chavaroche, et se souvint que, dans la mansarde qui lui avait servi d'asile, il avait du moins goûté quelques semaines de tranquillité.

— Ne fût-ce que par reconnaissance, — pensa-t-il, — je dois ma première visite à la mansarde et à l'ami qui me l'avait prêtée.

Chavaroche n'était pas chez lui.

— Sera-t-il longtemps à rentrer? — demanda Daniel au concierge.

— Je l'ignore, — lui répondit-on. — Voilà deux jours qu'on ne l'a vu.

— Deux jours!... Il ne vous a prévenu de rien en sortant?

— De rien absolument. Pas vrai que ça vous paraît louche?... Eh bien! ça me fait le même effet.

— Mais mademoiselle Micheline?

— Eclipsée. Vous ne savez donc pas?... Il y a eu du nouveau quelque temps après votre départ.

— Du nouveau?

— Des scènes à faire dresser les cheveux!... Au point que tous les locataires étaient décidés à porter plainte chez monsieur le commissaire si ça n'avait pas cessé... mais ça a cessé... Bref, que le frère de la Micheline, une espèce de sacripant, est venu la chercher un soir, en faisant le moulinet avec un gourdin, pendant que le Chavaroche lui en dégoisait de toutes les couleurs... Tout ça des pas grand'chose, si vous voulez connaître ma façon de penser.

— Cependant Chavaroche...

— Ma façon de penser, la voici, — interrompit le concierge en prenant un air mystérieux; — je soupçonne, et quand je dis que je soupçonne, ça signifie que j'ai intérieurement la conviction que le Chavaroche a mis la clef sous la porte.

Daniel, en se souvenant de Pocheveux, n'aurait certainement pas osé émettre une opinion contraire.

Ne sachant plus où porter ses pas, il se résigna, non sans peine, à gagner son domicile.

Comme il traversait la place du Caire, il s'arrêta à la vue de deux hommes qui parlaient et gesticulaient à quelque distance l'un de l'autre, occupant, celui-ci l'angle de la rue du Caire, celui-là l'angle de la rue Bourbon-Villeneuve. Devant chacun d'eux se dressait une sorte d'éventaire en bois léger, pouvant se plier et se fermer comme une boîte. Ils déployaient aux yeux des passants divers objets dont ils énuméraient les qualités merveilleuses avec une incroyable volubilité. Leur contenance annonçait peu l'exercice d'un commerce licite, et, de leur regard inquiet, ils interrogeaient à chaque instant, dans toute son étendue, à droite et à gauche, la rue qui leur faisait face, prêts sans doute à disparaître dans le passage à la première alerte.

Daniel avait reconnu, du premier coup d'œil, Buchard dans un de ces marchands sans patente; mais ce ne fut qu'après un appel à ses souvenirs qu'il parvint à démêler dans l'autre la physionomie de Pichenot.

L'ex-pitre, après une courte association, s'était aussi brouillé avec Pocheveux, ce qui lui avait valu de ne pas être impliqué dans l'affaire correctionnelle dont nous avons parlé, et, depuis ce moment, il exerçait divers petits métiers fort peu protégés par les agents préposés à la sécurité publique.

Pichenot vendait des bijoux en or, contrôlés, à quatre-vingt-dix centimes.

Buchard avait un magnifique assortiment de foulards des Indes à un franc.

Devant l'éventaire de Pichenot était une femme qui essayait les bagues, faisait miroiter les boucles d'oreilles et avait l'air de conclure un marché toutes les fois que s'approchait un curieux.

Rien qu'à voir les rubans qui ornaient le bonnet, le col et les manchettes de cette femme, Daniel n'aurait pas hésité à deviner Micheline.

Micheline remplissait l'office d'*allumeuse de chalands.*

Une autre femme, inconnue de Daniel, s'acquittait des mêmes fonctions devant l'éventaire de Buchard.

Au moment où Daniel poursuivait sa route, livré aux réflexions que devait lui inspirer une telle rencontre, il entendit un cri effroyable qui le fit revenir sur ses pas.

Un homme le heurta : c'était Pichenot qui avait refermé sa boîte et qui s'éloignait à toutes jambes.

De toutes les rues voisines accouraient une multitude d'hommes, de femmes et d'enfants qui couvrirent la place en un instant.

Voici ce qui était arrivé :

Pendant que Buchard s'évertuait à détailler les beautés de ses foulards en les drapant sur le cou de la personne qui le secondait dans son honnête négoce, une femme, dans un costume plus que négligé, les yeux étincelants, et l'injure à la bouche, s'était élancée d'une maison voisine, et, arrivée près de Buchard, avait lancé sur lui et sur sa compagne le contenu d'une fiole qu'elle avait à la main.

Le cri qui faisait revenir Daniel sur ses pas avait été poussé par Buchard.

Celui-ci, soutenu par un sergent de ville qui le conduisait à travers la foule chez un pharmacien voisin, poussait des gémissements ; il était suivi de Micheline et de l'autre femme qui, moins maltraitée, appuyait silencieusement un mouchoir sur sa figure.

La porte de la pharmacie s'étant refermée sur eux, les curieux restèrent dans la rue, pressés devant la maison et se racontant les uns aux autres avec force commentaires la scène qui venait d'avoir lieu.

— Il en perdra les yeux pour sûr.

— Qu'est-ce donc que ce liquide qu'on lui a jeté au visage?

— Le sergent de ville prétend que c'est de l'acide sulfurique.

— Il paraît que la femme aussi a été atteinte!

— Bah! Elle en sera quitte pour quelques coutures au visage.

— Qu'est donc devenue la femme qui a fait le coup?

— On la conduit chez le commissaire.

— Et quelles sont ses raisons, à cette femme!

— Ses raisons? Elle a voulu se venger de son ancien amant et de la rivale qui l'a supplantée.

— Diable! c'est une gaillarde.

— Un vrai gibier de police correctionnelle.

— Comme les deux autres. Tout ça, pair et compagnon.

Daniel n'entendit pas une parole de compassion.

Il s'éloigna rapidement.

— Ah! — pensait-il, — que ne sont-ils restés au village! — Et faisant un retour sur lui-même : — Mais ce n'est pas à moi de leur jeter la pierre; j'avais de plus qu'eux de l'instruction et de bons conseillers, et pourtant où en suis-je aujourd'hui?

Il atteignit enfin la porte de sa maison; d'autres impressions l'y attendaient.

Madame Burdel était seule.

Assise dans un coin, immobile, l'œil fixé sur le parquet, elle paraissait plongée dans les plus sombres méditations

Elle poussa un cri à la vue de son gendre, se leva et se jeta tout en larmes à son cou.

Cet accueil surprit Daniel, mais le toucha médiocrement.

Il se demanda avec inquiétude quelle pouvait être la cause de cette explosion de sensibilité.

— Ah! mon bon,—s'écria madame Burdel d'une voix entrecoupée de sanglots, — vous voyez une pauvre femme bien à plaindre!

— Que vous est-il arrivé?

— Un coup terrible!... Ayez pitié d'une mère au désespoir... je ne survivrai point à un pareil malheur!

— Armande serait-elle malade?

— Malade?... Ah! bien pis que cela!

— Morte? — ajouta Daniel avec stupeur.

— Plût au ciel!

— Qu'entends-je!

— Oui, plût au ciel qu'elle fût morte, l'ingrate... et son scélérat de Pocheveux aussi!

— Pocheveux! — répéta Daniel, étonné d'entendre ce nom mêlé aux doléances de sa belle-mère.

— Un homme qui me devait tout! — reprit madame Burdel; — un homme que j'ai soustrait aux investigations de la justice... lui et son trésor!... Car Dieu sait qu'il avait un portefeuille tout bourré de billets de banque, le misérable!

— Quoi! pendant que ce Pocheveux me tenait sous les verroux, vous lui donniez asile!

— Jamais! — répondit madame Burdel en se hâtant de revenir sur la sottise qui lui était échappée; — c'est ma coupable fille... une malheureuse pour qui je me suis sacrifiée toute la vie! Que pouvais-je, mon gendre! Je n'étais point chez moi; je n'avais ni autorité, ni influence; je n'avais que mes yeux pour pleurer.

— Enfin, où est ce Pocheveux?... Où est Armande?

— Partis, mon bon.

— Partis!

— Furtivement.

— Ensemble?

— Pendant mon sommeil. Et ils m'ont laissée avec une aumône de cent francs!

— Les malheureux!

— Les pingres!

— Armande tomber si bas! s'enfuir avec un homme flétri par une condamnation!

— Abandonner sa mère! vouer sa vieillesse à la solitude et à la douleur!... avec cent francs!

— Oh! c'est infâme!

— N'est-ce pas, mon bon?

Daniel se promena quelque temps avec agitation dans la chambre.

Puis il reprit avec plus de calme :

— De la colère!... En vérité, ce n'est pas le cas; mais du mépris, oui, du mépris et un oubli éternel, voilà tout ce qu'elle mérite.

— Votre mépris et ma malédiction : que ce soit leur châtiment!

— Dieu soit loué! me voici libre; rien ne me retient plus à Paris.

— Je suis résignée à tout, mon bon; où vous irez, j'irai.

Daniel s'arrêta devant sa belle-mère.

— Mon intention, madame, est de partir seul.

— Mais c'est impossible! Que voulez-vous, grand Dieu! que je devienne?

— Je vous avoue que j'ai des inquiétudes plus vives et plus légitimes que celles-là.

— Oh! monsieur!

— Je vous annonce, du reste, que je n'emporterai rien d'ici; je vous laisse tout; vous en tirerez le parti que vous pourrez.

Madame Burdel voulut tenter un dernier effort.

— Je vous connais mieux que vous-même, mon bon; vous avez le cœur sensible, généreux; vous ne voudrez pas laisser sans soutien une pauvre femme... qui est votre mère... car je suis votre mère, Daniel.

— Ah! —s'écria-t-il indigné,—pour l'amour de Dieu, ne profanez pas ce nom!

Madame Burdel, à bout d'éloquence, eut recours à son suprême argument, le jeu télégraphique des bras et des jambes.

Daniel mit tranquillement son chapeau sur sa tête et s'en alla.

La dame s'arrêta subitement au milieu de son attaque de nerfs, et retrouva aussitôt une éclatante sonorité d'organe pour lancer à son gendre, sous forme d'imprécation, ce terrible qualificatif :

— Pleutre!

En pure perte, il est vrai, Daniel était déjà au bas de l'escalier.

Une démarche qu'il fit ne contribua pas médiocrement à l'affermir dans sa résolution de quitter Paris.

S'étant souvenu de la maison de librairie avec primes, où l'on demandait des employés pour faire la place, il s'y présenta.

L'établissement était en faillite.

XXIII

Tant d'épreuves avaient enfin dompté l'orgueil de Daniel.

La seule idée de rester à Paris lui donnait le frisson. Le désir qu'il éprouvait de s'en éloigner ne peut se comparer qu'à l'impatience qu'il avait eue d'y arriver.

Mais où irait-il?

Les souvenirs de son enfance et de sa jeunesse se réveillaient à cette question et répondaient : A Saint-Remy.

Eh quoi! retourner, vaincu et humilié, parmi ces bons paysans qui se presseraient autour de lui et l'accableraient de leurs questions!... Que trouverait-il à leur dire pour sauver son amour-propre?

Hé bien! il ne s'inquiéterait point de sauver un amour-propre mal placé; il raconterait franchement son histoire, et il ajouterait :

« Que mon exemple vous serve de leçon! »

Un homme de cœur ne rougit point d'avouer ses fautes; il se relève en les faisant servir à l'instruction de ses semblables.

Telles étaient les louables résolutions de Daniel; mais il avait l'esprit tourmenté d'une inquiétude plus réelle.

Dans quelle position allait-il trouver son vieux père?

Depuis qu'il lui avait écrit de gagner du temps et de prendre patience, Daniel était resté sans nouvelles du pays.

Ce silence toutefois le rassurait un peu; il y voyait un motif de croire qu'une transaction avait mis fin aux embarras du moment.

Espérant donc qu'il arriverait encore à temps, il se faisait une joie de porter au débile vieillard, à défaut d'autres secours, le travail de ses bras vigoureux.

Il lui venait aussi d'autres pensées qui eussent rempli d'amertume une âme vulgaire et faible, et qui pour lui n'était pas sans charme.

Ainsi, il songeait avec une douce émotion qu'il allait, renouant le fil un moment rompu du passé, mettre de nouveau sa main dans la main de son ami d'enfance, ouvrir comme autrefois l'oreille aux leçons et aux conseils du digne protecteur qui avait formé son esprit.

Il connaissait assez le cœur de tous les deux pour savoir que, loin de l'attrister par leurs réflexions et leurs reproches, ils n'auraient d'autre souci que d'atténuer à ses propres yeux la faute dont il se repentait et de lui en faire perdre peu à peu le souvenir.

Enfin il lui semblait, en se rappelant le frais visage, l'âme candide et pure, la vie régulière et simple d'Etiennette, dont le mariage lui était connu depuis un mois, qu'il éprouverait une sorte de consolation à la revoir, à lui demander pardon, quoique désormais sans but et sans espérance.

Une seule difficulté restait à lever; celle de subvenir aux frais du voyage.

Armande avait fait présent d'un anneau à Daniel la veille de leur mariage; l'anneau fut vendu sans regrets.

Le produit de cette vente suffisait pour prendre le chemin de fer jusqu'à Dieppe.

Il ne fallait pas plus de trois heures pour aller à pied de Dieppe à Saint-Remy.

Daniel prit le convoi de nuit; le lendemain, au point du jour, il descendait de vagon.

Comme il allait se diriger vers le faubourg du Pollet, il vit à quelque distance sortir d'un hôtel deux voyageurs précédés d'un garçon qui poussait davant lui, sur une brouette, des malles, des boîtes et des cartons.

L'un de ces voyageurs était coiffé d'une casquette dont la visière lui cachait les yeux, et il avait le reste de la figure enfoncé dans les plis d'un cache-nez de vaste dimension, roulé plusieurs fois autour de son cou.

L'autre était une dame enveloppée de fourrures, mais ne cherchant pas à couvrir d'aucun voile un visage charmant que Daniel reconnut aussitôt. La dame était Armande; son compagnon devait être Pocheveux.

Le soin qu'il prenait de dérober ses traits au grand air, soin commandé par la crainte des gendarmes plus que par celle des rhumes, ne laissait aucun doute à ce sujet.

Daniel, à cette rencontre inattendue, sentit le feu de la colère lui monter au cerveau. Sa première inspiration fut de courir après les deux fugitifs, d'ameuter les passants, de livrer Pocheveux à la justice et de laisser ensuite sa femme se tirer d'affaire comme elle l'entendrait.

Une pensée plus clémente l'arrêta.

Armande et son complice continuèrent tranquillement leur route, sans se douter un instant du danger qui les avait menacés.

Quelques minutes plus tard, Daniel, qui les avait suivis des yeux, les vit monter à bord d'un paquebot prêt à partir pour l'Angleterre.

— Oui, — se dit-il, — j'ai eu raison : ils me vengeront mieux en restant ensemble que je ne me fusse vengé moi-même en les séparant.

Daniel traversa le Pollet, gravit la côte et se trouva bientôt en pleine campagne.

C'était une des premières journées du printemps. Le soleil venait de se lever; les champs verdoyaient, les bourgeons s'entr'ouvraient sur les arbres, les oiseaux gazouillaient et se poursuivaient dans les buissons.

Daniel respirait un air pur qui lui rafraîchissait à la fois le sang et les idées. Peut s'en fallait qu'il se mît à faire sur son retour au village autant de beaux projets qu'il en avait fait deux ans auparavant sur son arrivée à Paris.

Il entra dans une ferme à Grincourt et y déjeuna d'un morceau de pain qu'il arrosa d'un verre de cidre. Ce frugal repas, d'un prix si insignifiant que la fermière ne voulait pas consentir à le recevoir, lui parut un festin de roi. Au moment de se remettre en marche, il vit un rassemblement à la porte de la mairie; la curiosité le conduisit vers le groupe et lui fit prêter l'oreille aux propos qui s'y tenaient.

— Cinquante mille francs dans son portefeuille! — disait avec un air de doute un de ceux qui péroraient.

— Ni plus ni moins,— affirmait un autre.

— Vous les avez vus?

— Pas moi; je tiens le chiffre de Guérin, l'un des deux gendarmes qui ont arrêté le voleur.

— Ah!... c'est un voleur qu'on vient d'amener là? — demanda un troisième curieux.

— Et un voleur qui ne s'amuse pas à des bagatelles de basse-cour.

— Bah! un vol de cinquante mille francs ne se paye pas plus cher qu'un vol de poules ou de lapins.

— Ça dépend des circonstances; s'il y a escalade et effraction, il en coûte plus cher pour voler une poule que pour prendre un portefeuille d'un million dans la poche d'un banquier.

— On dit qu'il y a abus de confiance.

Les interlocuteurs étaient le géomètre, le marchand de tabac et le cafetier de l'endroit, gens presque lettrés, exerçant une haute influence sur l'opinion publique de Grincourt. Les paysans qui les entouraient se contentaient d'ouvrir les oreilles.

C'était le géomètre qui venait de parler d'abus de confiance.

— Vous êtes donc au courant de l'histoire? — demanda le marchand de tabac.

— Comme si je l'avais faite. Voici, en réunissant les renseignements apportés par le télégraphe et les aveux obtenus par les gendarmes, comment les choses se seraient passées. Plusieurs personnes avaient chargé l'inculpé, domicilié à Paris, de faire valoir à la Bourse diverses sommes d'argent s'élevant à un total d'une cinquantaine de mille francs. L'inculpé avait déguerpi en emportant le tout. Or, voilà qu'à Dieppe, en approchant du paquebot où il comptait s'embarquer pour l'Angleterre, il aperçoit un gendarme qui se promenait sur le quai. Voyez ce que c'est que d'avoir une conscience qui n'est pas nette! Notre homme, persuadé que ce gendarme était là pour l'arrêter au passage, tourna bride, suivit à toutes jambes le Pollet et se mit à arpenter les kilomètres sur la route, avec autant d'ardeur que s'il avait eu à ses trousses un régiment de turcos. Mais, à cinq cents pas de l'entrée du village, il se trouva tout à coup en face de nos deux gendarmes, Guérin et Balinot, qui partaient pour faire leur ronde. Pour lors, notre homme, qui s'imagine que tous les gendarmes du monde sont à sa poursuite, tourne précipitamment à gauche et s'enfonce dans un petit chemin creux. Ce mouvement paraît suspect à Balinot et à Guérin; ils s'élancent sur les traces du fuyard, l'arrêtent, l'interrogent; celui-ci se trouble, balbutie et finit par pleurer en faisant des aveux. Alors on l'amène à la mairie, où l'on dresse en ce moment le procès-verbal de son arrestation, et d'où il ne tardera pas à sortir pour être reconduit à Dieppe et de là dirigé sur Paris.

— Vol et abus de confiance, — dit le marchand de tabac, — ça peut aller à cinq ans de prison.

Notre voyageur, ayant satisfait sa curiosité, allait s'éloigner, lorsque la porte de la mairie s'ouvrit.

— Le voilà! le voilà! — murmurèrent les assistants à la vue d'un homme qu'escortaient les deux gendarmes.

Cet homme, dont la tournure et les vêtements n'annonçaient point un malfaiteur de bas étage, enfonça par un brusque mouvement son chapeau sur ses yeux, et se cacha d'une main le bas du visage.

Daniel, toutefois, avait eu le temps de reconnaître Chavaroche.

Saisi, stupéfait, il était encore immobile à la même place longtemps après que les gendarmes et leur prisonnier, suivis d'une troupe de femmes, d'enfants et d'oisifs, eurent disparu à l'extrémité du village; enfin il se remit en marche, mais d'un pas lent, la tête baissée, l'esprit assailli de souvenirs cruels et de poignantes réflexions.

Devançons-le de quelques kilomètres, et suivons un vieillard qui, tout prêt d'atteindre le village de Biville, semble se traîner avec peine sur la route.

Une maigreur effrayante, des joues creuses et pâles, des yeux caves et dont le regard se porte de côté et d'autre avec inquiétude, des genoux ployés et qui paraissent chercher à se roidir, tout l'extérieur de ce pauvre homme, couvert de misérables haillons, annonce qu'il a beaucoup souffert, qu'il souffre encore, et que ses efforts pour se tenir debout ne sauraient le mener bien loin.

En apercevant la première maison du village, il essaye de se redresser, il se dirige vers la porte qui est ouverte et sur le seuil de laquelle jouent trois ou quatre marmots. Son aspect les effraye, ils rentrent dans la maison en criant. Leur mère se montre à la porte juste à temps pour empêcher la tête du vieillard, qui s'affaisse, de se heurter contre l'angle du mur.

Cette femme, émue de compassion, appelle son mari; ils soulèvent le pauvre homme et parviennent à l'asseoir sur un escabeau qu'apporte un des enfants. Leurs soins ont bientôt rappelé le malade à la vie; mais il est d'une si grande faiblesse que sa parole presque éteinte arrive comme un murmure confus à leurs oreilles. Cependant ils croient comprendre qu'il a faim. C'était le moment du dîner. Une odeur de soupe aux choux et au lard remplissait l'intérieur de la salle. La femme court emplir une tasse de bouillon et la présente au vieillard.

Un peu réconforté, il peut enfin s'expliquer plus clairement et raconter comment il se trouve dans une si affreuse position.

Employé comme journalier dans une ferme, il était tombé malade; on l'avait envoyé à l'hôpital, d'où il était sorti guéri de sa maladie, mais affaibli considérablement par le traitement qu'il lui avait fallu subir. Il s'était représenté à la ferme.

En le voyant si faible, on avait refusé de le reprendre. Il s'était vu repoussé de même en divers endroits, et il se disposait à faire de nouvelles tentatives, lorsqu'il était tombé en défaillance, épuisé par les fatigues de la marche et par un jeûne de vingt-quatre heures.

— Vingt-quatre heures sans manger! Vous n'aviez donc plus d'argent, mon brave homme? — demanda le mari.

— Hélas! hier matin, j'ai payé de mon dernier sou un dernier morceau de pain.

— Il fallait en demander dans la première maison venue; un morceau de pain, ça ne se refuse jamais, — dit la femme.

— Mendier! — fit le vieillard en relevant la tête avec une remarquable expression de fierté, — moi, mendier! Je veux du travail, je ne veux point d'aumône... Si le ciel a décidé que je n'aurais plus la force de travailler, eh bien! j'irai mourir dans quelque fossé de la route... Mais tendre la main comme un mendiant, jamais!

— Vous êtes un brave et digne cœur, — dit le mari; — vous n'avez pas grand'force, c'est vrai; mais avec le temps et de la bonne nourriture, ça se remettra; de sorte que, si vous en faites peu aujourd'hui, vous en ferez davantage dans huit jours, et dans un mois encore plus. Donc, notre garçon nous a quittés la semaine dernière pour aller se marier au pays; je vous offre sa place, la voulez-vous?

— Si je la veux! — s'écria le vieillard dont le front devint radieux; — c'est-à-dire que je n'aurai jamais assez de bénédictions à vous donner pour une offre si généreuse!... Je ne vous demande que quelques heures de repos, et vous verrez si je manque de courage.

Un jeune homme, arrêté devant la maison où se passait cette scène, et auquel on n'avait point pris garde, vint tout à coup se jeter aux pieds du vieillard en s'écriant:

— Non, mon père, non! vous n'ajouterez point de nouvelles fatigues à celles qui vous ont épuisé; c'est à moi de travailler pour vous.

— Daniel! — fit le vieillard en se levant et en repoussant le jeune homme avec ses deux mains.

— Mon père!... Grâce!... grâce!

— Il n'y a point de grâce pour les mauvais fils.

Les maîtres de la maison regardaient avec étonnement ce jeune homme élégamment vêtu, à genoux et le front dans la poussière, devant ce vieillard dont les grossiers vêtements s'en allaient en lambeaux.

— Je ne vous ai pas tout dit, — reprit le père Gontier d'une voix vibrante de colère; — j'avais une maison à moi, des champs à moi; j'étais considéré dans mon pays; hé bien! considération et fortune, j'ai tout perdu... tout!... Et voilà le malheureux qui m'a mis dans l'état de misère où vous me voyez.

— Mon père!... pitié!... ne m'accablez point!

— Et à lui qui me devait tout, à lui qui brillait à mes dépens à Paris, j'ai tendu la main et il n'y a laissé tomber qu'un refus, l'ingrat!

— Oh! si vous saviez, mon père!...

— Je ne veux rien savoir.

— Au nom du ciel, écoutez-moi!

— Je ne veux rien entendre... ta voix m'irrite... ta vue me fait mal... Va-t-en!

Daniel tendit les mains pour embrasser les genoux

de son père; celui-ci recula comme à l'approche d'un serpent.

— Sors de ma présence, misérable! Va-t-en!... va-t-en!... je te maudis!

Et le vieillard, dont l'indignation avait réveillé l'énergie, entraîna dans l'intérieur les deux personnes qui lui donnaient asile et repoussa la porte sur son fils, qui avait fait un dernier mouvement pour le suivre.

Daniel, éperdu, fuyant les regards curieux des villageois que le bruit de cette scène avait attirés, s'éloigna précipitamment.

Lorsqu'il fut à quelque distance sur la route, il s'arrêta, s'assit sur une borne et se mit à fondre en larmes.

XXIV.

Transportons-nous à Saint-Remy, dans la ferme que dirige Marcelin Raimond.

La façade extérieure est d'une grande simplicité: des murs en briques, un perron garni d'une rampe de fer, deux rangées de fenêtres symétriquement disposées, des volets gris. Pas d'autre ornement qu'un cep de vigne dont les cordons, habilement dirigés, s'étendent sur toute la largeur du bâtiment, entre les fenêtres du rez-de-chaussée et celles du premier étage. La maison est séparée de la route par une jolie pelouse plantée d'arbres, autour de laquelle sont pratiqués des chemins pour le passage des voitures et des bestiaux. Deux ailes, un peu moins élevées que le corps de logis principal, sont percées de portes charretières et se continuent en retour sur la cour.

Cette cour est vaste et forme un quadrilatère.

Un des côtés est occupé par la façade intérieure du bâtiment, reproduction exacte de la façade extérieure.

Sur deux autres côtés règnent les constructions appropriées aux divers services de la ferme : une grande cuisine où les journaliers et les domestiques se réunissent aux heures des repas, autour d'une longue table entourée de bancs; une laiterie où circule un air frais et pur, d'une température toujours égale; une boulangerie, une buanderie, une écurie bien distribuée; des granges convenablement aérées et soigneusement entretenues; un hangar où sont abrités les instruments de culture et les chariots; des étables spacieuses, élevées, pavées en pente pour l'écoulement des eaux, épurées par un double courant d'air à la partie supérieure; un colombier, un poulailler, un clapier en briques, dont les ouvertures sont fermées par de petits grillages proprement peints en vert.

Au fond, sur le quatrième côté de la cour, une large clair-voie donne accès dans les herbages et les terres dépendants de la ferme.

Le soleil est près de se coucher; ses rayons obliques n'arrivent plus dans la cour qu'à travers un rideau de peupliers dont l'ombre s'y projette au loin. Une fille de basse-cour sème des poignées d'orge au milieu d'une multitude de poulets qui accourent et se bousculent en piaulant autour d'elle. Un enfant, frais et joufflu, armé d'une petite gaule, fait rentrer dans l'étable une demi-douzaine de belles vaches dont les mamelles sont pleines de lait. Sous le hangar, un garçon vanne du grain, au grand contentement des pigeons et des canards pour qui ne sera point perdu ce que le van a laissé échapper. Jeanne Raimond, occupée dans la laiterie, a quitté un instant ses terrines et son moulin à beurre pour venir jeter, du seuil de la porte, son coup d'œil de surveillante sur le souper des poules, sur le garçon qui vanne et sur les vaches qui prennent lentement le chemin de l'étable.

A toutes les senteurs de la cour se mêle un parfum de cuisine, indice que l'heure approche où les journaliers viendront prendrent leur repas du soir.

Ce qui charme surtout dans l'aspect général de la ferme, c'est un grand air de propreté et d'ordre, c'est le vif éclat de santé et de gaieté qui anime la physionomie des domestiques, qu'on voit si souvent ailleurs fatiguée et revêche.

Si nous pénétrons dans le principal corps de logis, nous trouverons dans une salle à manger simplement meublée, mais où rien ne manque, deux personnes assises au coin d'un bon feu; car le printemps ne fait que de commencer et les soirées sont encore froides. La table est dressée; il y a quatre couverts : le troisième est destiné à Jeanne Raimond, le quatrième à un convive qu'on paraît attendre avec impatience.

Les deux personnes assises sont Auberlin et sa fille.

— Six heures! — dit Etiennette après avoir écouté une de ces grandes pendules à coucou dont la mode n'est pas encore passée dans les campagnes; — six heures, et Marcelin n'est pas de retour!

— Il nous avait promis d'être ici à cinq heures, — dit monsieur Auberlin.

— En vérité, je commence à être inquiète.

— Cette inquiétude n'a rien de raisonnable. La voiture est en bon état, j'en ai fait moi-même la visite hier; Manon est une bonne petite jument sûre et docile; la route est aussi unie qu'une allée de jardin, et Marcelin voyage de jour... que peux-tu craindre?

— Je ne sais... il y a tant de causes d'accidents qu'on ne prévoit pas!

— C'est cela! forge-toi des chimères!

— Et s'il était malade?

— Malade!... tout à coup?... et de manière à ne pouvoir être transporté?... Allons donc! Marcelin avait, en partant ce matin, un air de santé à faire envie.

— Ce n'est pas une raison...

— En voici une que tu admettras : on nous eût envoyé un exprès.

Etiennette se leva, alla coller un moment son visage aux vitres et revint à sa place.

— Pas le moindre mouvement, pas le plus petit bruit sur la route! Je te dis, père, qu'il est arrivé un malheur.

— Et moi, je te dis que ton Marcelin te fera perdre la tête.

— Je ne puis plus exprimer une crainte à son sujet que tu ne me railles... Eh bien! oui, mon mari m'est cher, au point que je suis bouleversée à la seule idée qu'il pourrait lui arriver un accident, un chagrin, une simple contrariété.

— Mais je suis loin de te blâmer, mon enfant; je trouve, au contraire, ton amour fort naturel.

— Est-ce de l'amour?... En tous cas, cela n'a aucune ressemblance avec le sentiment que m'inspira Daniel, et qui, après m'avoir fait tant de mal, s'est si complétement éteint! Je crois que j'avais alors la tête exaltée plutôt que le cœur véritablement ému. Si Daniel avait eu les vertus de Marcelin, s'il m'avait sacrifié les rêves de son ambition, s'il eût mis son bonheur à faire le mien, dans ce village et près de mon père, peut-être l'amour que j'éprouvais eût-il changé de caractère et acquis un plus haut degré de puissance... je ne sais... ce qui est certain, c'est qu'aujourd'hui, le cœur plein d'une reconnaissance inexprimable, l'esprit satisfait et glorieux, plus j'interroge mon cœur et ma raison, et plus je sens qu'il manquait à ce violent mais éphémère amour précisément ce qui fait le charme et assure la durée de mon attachement pour Marcelin; la conformité de goûts et la réciprocité de dévouement.

— Enfin, pour apprécier le calme et la sûreté du port, il t'a fallu passer par la tempête.

Etiennette se leva précipitamment.

— Le bruit d'une voiture! — s'écria-t-elle. — Ah! la voilà qui s'arrête!... C'est lui, mon père, c'est lui!... j'ai reconnu sa voix!...

Elle ouvrit la porte, franchit d'un bond les quatre marches du perron, et se jeta dans les bras de Marcelin.

— Ma chère Etiennette, — lui dit-il après l'avoir embrassée, — il faudra mettre un couvert de plus et faire préparer la petite chambre bleue; j'amène un ami.

Un jeune homme descendait en ce moment de la voiture et se trouva en face d'Etiennette.

— Daniel! — s'écria-t-elle sans autre émotion que celle de la surprise,

— Oui,— dit Marcelin,— Daniel que j'ai rencontré sur la route, à qui j'ai fait violence pour qu'il vînt avec moi, l'entêté!... Mais le froid commence à piquer, et je me sens un appétit de loup... Allons prendre un air de feu et nous mettre à table. Nous causerons ensuite tout à notre aise.

Daniel accepta franchement, mais convenablement sa position. Il raconta son histoire sans se faire ni fanfaron ni humble.

— Et maintenant quels sont tes projets, mon pauvre disciple? — lui demanda monsieur Auberlin.

— Travailler, — répondit Daniel,— obtenir le pardon de mon père et regagner l'estime de mes amis.

— Je me charge de ramener ton père,— dit Marcelin; — je lui confierai la direction de nos journaliers; ainsi sa susceptibilité n'aura rien à nous opposer. Quant à ton projet de travailler, puisque tu es bien affermi dans ta résolution de renoncer à Paris, je te renouvelle les offres que je t'ai déjà faites en venant: tu seras mon second, et la besogne, pour être partagée, ne manquera ni à l'un ni à l'autre; car chaque jour voit augmenter l'importance de notre établissement. Eh bien! cela te va-t-il?

Daniel ne répondit pas sur-le-champ; il regardait tour à tour avec une sorte d'hésitation interrogative Etiennette et monsieur Auberlin.

— Tu es revenu avec l'honneur sauf,— dit ce dernier; — c'est un titre à l'estime des plus sévères. Pour ce qui est de mon affection, changerait-elle parce que tu as dormi et fait un mauvais rêve? Te voici réveillé: elle est toujours la même.

— Je me mets de moitié dans les instances de mon mari,— dit à son tour Etiennette avec le sourire le plus calme et en tendant la main à Daniel; — vous n'affligerez point vos amis par un refus.

Daniel serra la main d'Etiennette; une larme s'échappa de sa paupière.

Il y avait dans cette larme tout un monde de souvenirs et de regrets.

CONCLUSION.

Il y a deux ans que se sont passés les événements par lesquels nous avons clos notre récit. Nous ne prendrons pas congé de nos lecteurs sans compléter notre tâche en leur faisant part des renseignements que nous avons obtenus sur la position de nos principaux personnages.

Daniel a persévéré dans sa nouvelle ligne de conduite. Son zèle et son intelligence sont d'un si grand secours aux deux propriétaires de la ferme, qu'au lieu de continuer à lui donner un traitement fixe, ils viennent de l'associer aux bénéfices de l'exploitation. On pourrait le croire parfaitement heureux si un nuage n'assombrissait de temps à autre sa physionomie. C'est dans ces moments-là qu'il fait preuve d'une activité prodigieuse, comme s'il voulait tuer le souvenir par la fatigue.

Monsieur Auberlin est un des vieillards les plus vigoureux de la contrée. Lorsqu'on lui demande la recette de son eau de Jouvence, il répond en riant: « Une conscience pure, une vie calme et l'air des champs. »

Deux grandes joies ont comblé dernièrement les vœux du ménage Raimond. Le même jour qu'Etiennette mettait au monde un héritier impatiemment attendu, Marcelin recevait, au concours régional de Rouen, la prime d'honneur de huit mille francs, décernée au cultivateur le plus méritant.

Le père Gontier, réconcilié avec son fils, occupe le poste qui lui avait été destiné dans la ferme.

Jeanne avait coutume de dire qu'elle était folle de bonheur; elle ne sait plus quelle expression employer depuis qu'elle a un petit-fils. Son temps est si complétement occupé à emmailloter, à débarbouiller monsieur Henri, et surtout à lui conter ses tendresses de grand-mère, qu'il est question de lui donner, pour la laiterie, une aide qui fera probablement toute la besogne.

Pocheveux et Armande, sous les noms de comte et de comtesse de Valonvieux, ont mené grande vie à Londres durant les quinze premiers mois de leur séjour; ils sont aujourd'hui affiliés à une société d'escrocs qui exploitent sur une grande échelle les villes principales des trois royaumes.

Il est aisé de prévoir quelle fin les attend.

Chavaroche subit sa peine dans une maison centrale; où il est entré novice et d'où il est présumable qu'il sortira voleur consommé.

Madame Burdel est ouvreuse de loges dans un petit théâtre; elle est très-aimable avec les jeunes gens, les tient au courant de la chronique des coulisses et se charge volontiers de remettre leurs bouquets à ces dames.

Quant à Buchard et à Micheline...

Un jour que Marcelin et Daniel étaient à la foire d'Envermeu, ils aperçurent, entourés d'un groupe d'auditeurs, un homme et une femme qui nazillaient sur un air de complainte un *tableau de la vie de Paris*, en vingt-quatre couplets.

L'homme était aveugle et défiguré; il s'accompagnait en râclant d'un mauvais violon.

La femme avait les yeux caves, le visage couturé, et le teint blafard d'une personne sortie depuis peu de l'hôpital.

Rien de plus misérable à voir que le costume de ces deux pauvres hères, quoique cinq ou six bouts de rubans déteints et tachés annonçassent encore une certaine prétention chez la femme.

Au moment où Daniel et Marcelin jetaient en passant leur offrande dans un vieux tronc de fer-blanc posé à terre, les chanteurs, qu'ils avaient cru reconnaître, entonnaient cette moralité de leur complainte:

Vous que l'amour du luxe appelle,
Jeunes et vieux, grands et petits,
Ah! ne croyez point qu'à Paris,
Vous verrez, dans votre escarcelle,
Tomber les poulets tout rôtis.

Ces deux chanteurs étaient Buchard et Micheline.

YAMBO

OU LA JAMAIQUE AU 18e SIECLE

I

Les Anglais avaient conquis depuis plus de quatre-vingts ans la Jamaïque sur les Espagnols; mais si leur domination était désormais assurée contre les entreprises des anciens possesseurs, elle avait, dans l'intérieur même de l'île, de redoutables ennemis, dont les attaques mettaient souvent en péril la fortune et l'existence de la colonie. Profitant d'une lutte qui ne devait avoir pour eux d'autre résultat que de les faire changer de maître, un certain nombre de nègres esclaves s'était réfugiés sur les montagnes Bleues. Retranchés dans ces cantons inconnus aux Européens et que la nature semblait avoir pris soin d'entourer de fortifications inexpugnables, ils y vivaient des produits de leur culture et de leur chasse, plus souvent encore du butin qu'ils allaient faire, la nuit, sur les plantations des Anglais. Ceux-ci avaient essayé plusieurs fois de les soumettre; mais leurs tentatives avaient constamment échoué; comment atteindre un ennemi qui ne marchait que par petites bandes, au milieu de forêts et de ravins inexplorés, avec le risque de tomber à chaque instant dans une embuscade. Cependant le danger devenait de jour en jour plus inquiétant pour les colons; ce noyau de rebelles ou plutôt d'indépendants s'était accru de tous les esclaves maltraités qui allaient chercher sur les montagnes un asile contre la fureur de leurs tyrans, et la cruauté des Anglais en rendait chaque année le nombre plus considérable.

Cette émigration incessante causait un double préjudice à la colonie : d'un côté, elle augmentait la force de ses ennemis; de l'autre, elle occasionnait une pénurie de travailleurs à laquelle on ne remédiait qu'imparfaitement et avec de grandes difficultés. Les navires expédiés aux côtes de Guinée ne ramenaient plus un nombre suffisant d'esclaves; il fallait à la traite des noirs joindre la traite des blancs. Des bâtiments amenaient d'Angleterre une foule d'hommes aveuglés par l'espoir d'une fortune rapide ou raccolés à l'aide de porter et de rhum, que le lendemain de leur arrivée on exposait en vente sur la place du marché. Le seul avantage qu'on accordât à ces esclaves blancs sur les noirs, c'était qu'on les nommait des *engagés* et qu'ils n'étaient privés de leur liberté que pour sept ans. Du reste, on ne les traitait ni avec plus d'égards ni avec plus de douceur que ceux que l'on avait fait venir des côtes de Guinée. Cromwell employa ce moyen pour se débarrasser de dix mille Irlandais et Ecossais.

Il arrivait encore quelquefois que les *engagés* et les nègres étaient insuffisants; c'était alors une occasion de fortune que les pirates s'empressaient de mettre à profit. Deux ou trois navires équipés à la hâte faisaient voile pour l'île de Cuba; on descendait à l'improviste sur un des points de la côte; deux ou trois cents Espagnols étaient enlevés, sans distinction de qualité ni d'âge, et, le lendemain, les marchés de la Jamaïque recevaient leur contingent d'esclaves.

C'était à la suite d'une de ces expéditions que don Gaspar de Herrera se trouvait, en 1736, soumis, comme *engagé*, aux plus rudes travaux, sur la plantation du colon Stevens, dans la paroisse de Kingston.

Don Gaspar était un grand et beau jeune homme de vingt-cinq ans, dont le front large et découvert annonçait une intelligence peu commune. De ses yeux noirs jaillissaient des étincelles et parfois aussi un regard d'une douceur et d'une tendresse inexprimables. La distinction de son origine se révélait dans la noblesse et la pureté de ses traits. Il avait la taille bien prise, la démarche fière, sans raideur, le geste gracieux, quoique pourtant un observateur eût pu facilement y reconnaître l'indice d'un caractère énergique et résolu. Vêtu d'un simple caleçon de toile et d'une chemise grossière, coiffé d'un large chapeau, ayant les pieds nus dans ses souliers, il était plus remarquable peut-être sous cette livrée de la misère qu'il ne l'avait jamais été sous le brillant uniforme d'officier espagnol. Si l'esclavage imprime le sceau de l'abrutissement sur le visage d'un homme dépourvu de courage et d'intelligence, il donne au contraire à la physionomie d'un homme fortement trempé un nouvel éclat puisé dans l'indignation et dans la méditation de la vengeance.

Le colon Stevens pouvait avoir une cinquantaine d'années. Après s'être fait chasser d'une riche maison de Londres, au service de laquelle il avait commencé sa fortune en qualité d'intendant, il était venu s'établir planteur à la Jamaïque. C'était un petit homme d'une vaste corpulence, dont la face courte, large et aplatie, accusait une foule de mauvais instincts et de penchants vicieux. Ses sourcils gris formaient deux touffes saillantes au-dessus de ses petits yeux verts d'où s'élançait un regard cupide et cruel. Ses grosses lèvres sanguinolentes attestaient les habitudes de gourmandise et de lubricité. Il mangeait, buvait, dormait plus qu'aucun autre planteur, et il savait encore trouver le temps de se faire exécrer de ses esclaves et de ses domestiques. Il ne marchait jamais sans être armé d'un fouet dont il se servait également pour exprimer sa colère et sa satisfaction ; malheur aux épaules nues de l'esclave dont les bras tombaient un moment alourdis par la fatigue ! Mais en revanche le zèle d'un travailleur plus ardent que les autres venait-il éveiller sa bonne humeur, il s'empressait d'en témoigner son approbation par un sourire accompagné d'une demi-douzaine de petits coups de fouet en guise d'encouragement. Il n'était pas jusqu'à sa nièce Mary, blanche et frêle créature, à peine âgée de seize ans, belle comme une ange, resignée comme une sainte, qui ne fût en butte aux bizarreries de son caractère exigeant et brutal.

Cependant de tous les êtres qui l'entouraient, Mary était la seule qui eût le pouvoir d'adoucir par moment la physionomie terrible, le geste violent, la parole emportée de Stevens; semblable au luth de David dont les sons harmonieux calmaient comme par enchantement les fureurs de Saül. Bonne et compatissante, elle était la divinité tutélaire des esclaves de la plantation et l'amour qu'elle leur inspirait ne pouvait être comparé qu'à la haine qu'ils ressentaient pour son oncle.

Le matin du jour d'où nous faisons dater le commencement de cette histoire, Stevens était allé visiter sa sucrerie. Mary l'accompagnait. L'aspect du maître occasionna soudain un redoublement d'ardeur chez les travailleurs placés le plus près de l'entrée, et ce mouvement se communiqua bientôt de proche en proche jusqu'aux esclaves les plus éloignés. Stevens faisait remarquer avec orgueil à sa nièce le bon effet produit par sa présence lorsque, en passant près d'une chaudière confiée à la surveillance de don Gaspar, il aperçut un nègre qui se blottissait dans un coin, afin de se dérober à ses regards.

— Que fait là ce fainéant ? — demanda-t-il en fronçant le sourcil et en brandissant son redoutable fouet. Puis se tournant vers le nègre, sans attendre la réponse de don Gaspar : — Approche, misérable !

L'esclave tremblant vint se mettre à genoux devant Stevens :

— Maître, depuis huit jours j'ai la fièvre, mes forces sont épuisées ; il m'est impossible de travailler.

— Ta maladie, chien, c'est la paresse ; tiens, voilà un spécifique pour te guérir.

Et d'un coup de pied dans la poitrine, il l'étendit à terre sans connaissance.

— Mon oncle, qu'avez-vous fait ? — s'écria Mary effrayée.

— Grimace ! — fit Stevens, — tu vas le voir revenir tout à l'heure.

Le nègre poussa un cri déchirant, le sang avait jailli de sa figure sous le fouet du planteur.

Mary essaya de retenir le bras de son oncle, qui la repoussa avez rudesse et l'envoya tomber sur un banc.

Alors don Gaspar ne put réprimer un premier mouvement d'indignation; il avança vivement sur Stevens, mais songeant aussitôt que son imprudence ne ferait qu'aggraver le mal, il se contenta de lui dire :

— Monsieur, ce n'est pas en tuant vos esclaves malades que vous exciterez le zèle de ceux qui sont bien portants.

— Que veut ce raisonneur ? — s'écria Stevens dont les joues s'empourprèrent de colère ; — tu ferais beaucoup mieux te garder ta langue pour te justifier toi-même. Allons, donneur de conseils, au large, et laisse-moi passer.

En parlant ainsi, il lui cingla le visage d'un coup de fouet; puis saisissant Mary par le bras, il la fit marcher en avant et continua sa visite comme s'il ne s'était rien passé d'extraordinaire.

L'heure du repas était arrivée, les engagés et les nègres quittèrent leurs travaux pour se retirer dans leurs cases.

Don Gaspar resta dans la sucrerie. La tête appuyée sur ses deux mains, le regard fixe, il songeait à l'affront qu'il venait de recevoir, à l'impuissance où il était de se venger. Le cœur lui bondissait dans la poitrine, et par moments, sa fureur s'exhalait en cri de rage et de désespoir. Tout à coup il s'aperçut qu'il n'était pas seul.

Un nègre se tenait debout, à quelque distance, en face de lui, le contemplant avec un sourire moqueur. Après l'injure du maître, l'insultante raillerie de l'esclave. C'en était trop pour le jeune Espagnol, il se leva, se saisit d'un bâton et s'élança vers le nègre pour châtier son insolence; mais celui-ci ne bougea pas et, regardant sans sourciller le bâton levé sur sa tête :

— Ce n'est pas en me frappant, — dit-il, — que tu effaceras le coup de fouet qui a sillonné ta figure.

Dominé par ce sang-froid, honteux de son emportement, don Gaspar jeta au loin l'arme dont il avait été sur le point de se servir contre un adversaire sans défense.

— Retire-toi, Yambo, je ne suis pas d'humeur à subir ni ta curiosité ni tes railleries.

— Tu t'es trompé, — répliqua le nègre, — je ne riais pas de toi, mais de Stevens.

— De Stevens !

— Sans doute, lorsqu'il se met à traiter l'esclave blanc comme le noir, n'est-ce pas le cas pour l'esclave noir de se moquer et d'être joyeux ?

— Pourquoi ?

— Parce que noirs et blancs s'uniront dans une même pensée de haine et qu'alors le planteur sera seul pour lutter contre tous.

— Tu es fou, Yambo.

Et don Gaspar retourna s'asseoir sur son banc.

Yambo vint y prendre place familièrement à côté de lui.

— Je ne suis pas si fou que tu le penses ; sois franc, ne serais-tu pas heureux de te venger de Stevens ?

— Oh ! — s'écria l'Espagnol, — que ne suis-je en face de lui, seul contre lui seul, et l'épée à la main comme il convient à un gentilhomme.

— Oui, c'est là une de vos idées, à vous autres blancs !... je ne te blâme pas; je dis seulement que deux choses rendent impossible la vengeance que tu rêves : Stevens est poltron, et tu es esclave.

— C'est vrai, — murmura don Gaspar en soupirant.

— Ainsi, parce que cet homme t'a volé ta liberté, tu feindras de ne pas l'entendre s'il t'injurie, et s'il agite son fouet tu tendras l'épaule ?

— Plutôt mourir que de subir un second outrage !

— Le nègre ne meurt pas, lui ; il tend l'épaule, il se bouche l'oreille, et quand il a eu bien de la patience, une nuit arrive où se ferme, pour ne plus s'ouvrir, la bouche qui a vomi l'injure, où le bras qui a frappé se raidit pour ne plus se lever.

— Oui, vous assassinez, vous autres !

— Suis-je un assassin quand je lance le harpon dans la gueule ouverte de l'alligator ?

— Malheureux ! oses-tu bien, dans ta morale impie, mettre de niveau la brute et l'homme ?

— Non ; car si l'alligator nous tue et nous mange, il n'a du moins pas de missionnaires qui insultent à notre martyre en essayant de nous démontrer que nous sommes frères. — Dans la situation d'esprit où il était lui-même, don Gaspar ne trouva rien à répondre à cet argument. — En vérité, je ne vous comprends pas, — reprit Yambo, — vous vous plaignez de votre esclavage comme d'une injustice, et vous traitez de crimes les moyens qui vous en feraient sortir ! On s'est introduit dans vos habitations, pendant la nuit, en voleurs, on vous a amenés ici, vendus sur le marché, soumis aux traitements les plus barbares ; et cette ruse, cette violence qui ont été permises au maître pour conquérir l'esclave, vous ne les croyez pas permises à l'esclave pour s'affranchir de la tyrannie du maître !

— C'est qu'il y a des cœurs, Yambo, qui ne sauraient se résoudre à se faire lâches et traîtres pour punir la trahison et la lâcheté. Mais que nous ayons des armes et qu'on nous mette en présence de toutes les forces de la colonie, tu verras si nous manquons d'énergie et de courage pour revendiquer notre liberté, si nos bras mollissent pour frapper nos oppresseurs.

— Des actions vaudraient mieux que des paroles ; qui vous retient?

— Il faudrait d'abord que tous les engagés s'entendissent.

— Quand il s'agit de mettre un terme aux souffrances, ceux qui souffrent sont bientôt d'accord.

— Où trouverons-nous des armes? Quel sera notre lieu de campement et de refuge? Vingt combats peut-être ne suffiraient pas à terminer la lutte.

Il se fit un moment de silence durant lequel don Gaspar, la tête inclinée sur la poitrine et les yeux fixés vers la terre semblait se consulter lui-même, tandis que le regard brillant de l'esclave suivait avec une avide curiosité chaque mouvement de la physionomie de l'Espagnol.

Yambo était un de ces malheureux enfants de la Négritie, que l'eau-de-vie des Européens faisait passer traîtreusement de l'ivresse à l'esclavage. Rien dans sa conformation extérieure ne le distinguait des autres nègres. Il avait la face prolongée, la bouche grande, les lèvres épaisses, le nez court et les cheveux laineux. Sa taille, comme celle de tous les Cafres, était haute et bien proportionnée, ses dents étaient parfaitement rangées et aussi blanches que de l'ivoire. Mais ce qui ne se retrouvait pas au même degré chez ses compagnons d'infortune, c'était l'expression, l'éclat, la vivacité de son regard tantôt fier et terrible, tantôt inquisiteur et pénétrant. Ce signe était le seul auquel un observateur eût pu reconnaître que, sous cette enveloppe sans caractère particulier, se cachait une âme élevée, une intelligence supérieure. Si le soir, pendant les courtes heures qu'il était permis aux esclaves de donner au repos, le maître de la plantation avait suivi Yambo visitant chaque fois vingt ou trente cases de nègres, il se fut demandé avec inquiétude quel était le but de toutes ces visites, et pourquoi il était accueilli partout avec respect, écouté avec soumission. Mais Stevens, tout entier au soin de satisfaire ses appétits matériels, avait à s'occuper de bien autre chose que d'exercer une telle surveillance, et il ne soupçonnait même pas l'existence de ce pouvoir, de cet ascendant secret dont toute trace disparaissait pendant le jour.

Yambo se leva, conduisit don Gaspar à la porte de la sucrerie, étendit sa main vers le nord, et lui dit :

—Vois-tu ces hautes montagnes que n'a jamais encore osé fouler le pied de l'Européen? Le feuillage épais et toujours vert de leurs forêts en dérobe mystérieusement le sol à tous les regards. Ton œil n'y découvre d'autre mouvement que les ondulations du cèdre et du tamarin ; pas le plus léger bruit n'en parvient à ton oreille. Eh bien, sur ces cîmes en apparence si paisibles, entre l'arbre et le roc, le bruit et le mouvement circulent. Là gronde l'orage et s'enfle le torrent ; là retentira le cri guerrier qui viendra grossissant éclater comme la foudre ur la tête de l'oppresseur.

— Que veux-tu dire?

— Qu'il y a des noirs qui n'ont point demandé, comme le blanc, s'il y avait accord entre tous les esclaves, qui ne se sont point informés où seraient les armes et le camp, mais qui ont commencé par briser leur chaîne, assez courageux pour donner l'exemple, assez patients pour attendre qu'il soit suivi.

— Ceux dont tu parles sont quelques nègres marrons réfugiés sur les montagnes où ils meurent de misère et de faim.

— Il faut peu de chose au noir pour vivre : le bananier, le goïave et l'igname croissent aussi bien sur la hauteur que dans la vallée.

— Soit ; mais les Anglais ont des villes fortifiées et des soldats pour les défendre, que pourraient contre eux une centaine de fugitifs désarmés et sans munitions?

— Une centaine ! C'est ce que disent nos tyrans pour ne pas s'effrayer entre eux ; désarmés ! apprends qu'on n'est pas admis sur la montagne si l'on n'apporte une arme et de la poudre ; il n'est pas un esclave qui osât s'enfuir de chez son maître avant de lui avoir dérobé ces deux instruments de notre future délivrance.

— Eh bien, supposons qu'il y ait là haut cinq ou six cents hommes bien armés et bien résolus...

— Il y en a des milliers, qui ont juré de ne laisser aux Anglais ni paix ni trêve.

— Et qui s'arrêteront devant les remparts de Kingston, de Port-Royal et de Spanish-town.

— Que leur importent Spanish-town, Port-Royal et Kingston? Nul ne songera, je t'assure, à empêcher leurs canons de gronder et leurs soldats de s'exercer au maniement du fusil. Ce n'est point dans l'intérieur des villes que sont les plantations, et les plantations n'ont ni canons ni remparts, et pour établir sur chacune d'elles une garde de dix hommes seulement, il faudrait que les Anglais pussent tripler le nombre de leurs troupes. Vois-tu toutes ces habitations rasées l'une après l'autre, ces champs ruinés et dévastés, ces orgueilleux planteurs tombés un à un sous les coups de ceux qui furent leurs victimes? Cela vaut bien mieux, crois-moi, que d'aller se faire balayer par la mitraille devant un amas improductif de maisons d'où la famine aura bientôt chassé notre ennemi.

— Yambo,—reprit don Gaspar après un moment de réflexion,—je suis forcé de reconnaître qu'il y a du bon dans le plan que tu viens de développer... Oui,—ajouta-t-il en soupirant et les yeux tournés du côté des montagnes, — si les choses se passent ainsi que tu me le dis, c'est de là que l'esclave noir peut attendre la liberté.

— Et pourquoi ne viendrait-elle pas aussi pour l'esclave blanc?

— Parce que toi, Yambo, qui me parles à cette heure avec la confiance d'un ami, tu serais le premier à me traiter en ennemi le jour où serait brisé le joug qui nous rapproche.

— Sans doute, si en nous prêtant l'appui de ton bras, tu concevais l'espoir de succéder à nos tyrans ; mais les vœux et la reconnaissance de Yambo suivraient le vaisseau qui te conduirait libre dans ta patrie.

L'heure du repos était écoulée ; les esclaves rentrèrent dans la sucrerie et se remirent au travail en réglant leurs mouvements sur la mesure traînante d'un chant plaintif et monotone.

— Tu ne décides rien? — demanda Yambo à don Gaspar.

— Je ne puis, — répondit l'Espagnol.

— Et moi, je devine ce qui t'arrête : c'est qu'il y a dans ton cœur un autre amour que celui de la liberté.

II

L'habitation de Stevens se composait d'un seul étage, comme presque toutes celles des planteurs de la Jamaïque. Le plus grand luxe des cinq ou six pièces qui formaient l'appartement du colon consistait en de magnifiques boiseries de Mahogany soigneusement polies et sculptées avec art. Partout, à l'intérieur comme à l'extérieur, régnait un air de propreté qui faisait honneur à la minutieuse vigilance de Mary. Toutes les fenêtres s'ouvraient sur le jardin ; mais ce n'était pas comme en Europe, pour livrer passage à l'air embaumé par le parfum des fleurs : on ne voyait à cette époque, dans les jardins de la Jamaïque, ni le grenadier, ni l'oranger, ni le limonier ; la rose, le jasmin, la giroflée, la tubéreuse étaient et sont encore aujourd'hui dédaigneusement relégués dans les champs ; pour cueillir le coco, le mamei, le goïave et l'ananas, il fallait aller au bord des chemins ;

là seulement il était permis aux arbres fruitiers d'étaler leur brillante et riche parure. Ce que les planteurs nommaient leur jardin de plaisance n'était qu'un assemblage confus d'arbrisseaux insignifiants et inutiles.

Au milieu de la façade de la maison s'avançait sur le jardin un portique élevé de quelques degrés. Ce portique est encore de notre temps la pièce principale de chaque habitation; on s'y réunit pour s'abriter contre l'ardeur du soleil, pour respirer avec délices la brise de mer, ce vent frais que le peuple appelle *médecin*, parce qu'il vient régulièrement tous les jours, depuis neuf heures du matin jusqu'à cinq heures du soir, apporter aux colons la force et la santé.

C'était là que se trouvait Mary, assise un livre à la main, jouissant de sa solitude pendant que Stevens, selon sa coutume, faisait la sieste après le dîner dans sa chambre, lorsque don Gaspar se présenta devant elle.

— Vous avez eu la bonté, miss, de me faire dire que vous désiriez me parler.

Mary ferma son livre qu'elle posa sur le banc où elle était assise, et leva vers l'Espagnol son beau visage qui prit aussitôt l'expression d'un vif intérêt.

— Oui, — dit-elle, — je voudrais avoir des nouvelles du malheureux Zami.

— De ce nègre que monsieur Stevens a si cruellement traité ce matin?... Il est bien à présent, miss, il ne souffrira plus.

— Mort! — s'écria Mary; — ô mon Dieu, encore un malheur qu'il n'est pas en mon pouvoir de réparer!

— Miss, nous savons tous combien vous êtes bonne et généreuse, et si votre douce compassion ne peut rien pour celui qui n'est plus, elle est du moins une consolation et une espérance pour ceux qui survivent.

— Ah! croyez, si cela dépendait de moi, que vous n'auriez besoin ni de consolation ni de pitié; je voudrais voir s'ouvrir à la joie le cœur de tous ceux qui m'environnent, je voudrais voir le plaisir et le bonheur rayonner dans tous les regards.

— Sans doute, miss, vos bienfaits calmeraient bien des souffrances, étoufferaient bien des murmures; vous pourriez lire sur les visages l'expression du dévouement et de la reconnaissance, mais pour l'homme exilé des lieux qui l'ont vu naître, pour l'esclave courbé sous le joug, ce joug fût-il doré, il n'est plus de bonheur, il n'est plus de joie possible.

— Ce langage ne m'étonne pas dans la bouche d'un homme civilisé, et je le comprends, surtout après ce qui s'est passé ce matin! je serais heureuse de pouvoir vous faire oublier un emportement que vous n'aviez certainement pas mérité.

— Il vous a suffi, miss, d'une parole bienveillante pour cicatriser cette blessure... que n'en peut-il être ainsi d'une autre plus profonde et plus douloureuse! — ajouta-t-il en soupirant, et le regard timidement baissé vers la terre.

— J'avoue, — dit Mary avec un triste sourire, — que mon influence sur mon oncle est bien faible et que mon pouvoir ne va pas jusqu'à vous faire rendre la liberté.

— Eh! mon Dieu! ce n'est point ma liberté que je regrette, et ce que je vous disais tout à l'heure, miss, n'avait rapport qu'à mes compagnons d'esclavage. Quels que soient ici mon abaissement, mon humiliation, ma souffrance, ne croyez pas que je puisse être plus heureux ailleurs; esclave ou libre, je suis désormais attaché à cette terre, tout autre pays deviendrait un lieu d'exil pour moi, quand même ce serait le pays de ma famille.

Une vive rougeur colora subitement les joues de Mary.

— Je ne veux pas, — interrompit-elle d'une voix émue, — chercher à pénétrer vos secrets; mais la conduite de mon oncle m'a fait un devoir de vous témoigner l'intérêt que vous m'inspirez; si je ne puis mettre un terme à votre malheur, il se présentera quelque circonstance où je pourrai du moins en adoucir l'amertume; venez à moi avec confiance, je me ferai un plaisir de ne laisser échapper aucune occasion d'être utile à un compatriote. — Don Gaspar la regarda avec surprise.

— N'êtes-vous pas Espagnol? — reprit-elle en souriant.

— Sans doute; mais vous, la nièce de monsieur Stevens!...

— Si je suis Anglaise par mon père, — répliqua Mary, — je suis Espagnole par ma mère et par le cœur. Ah! — continua-t-elle en s'animant, — il y a entre votre situation et la mienne plus de rapprochement que vous ne pensez. Comme vous, ma mère fut arrachée violemment à son pays, à sa famille; comme vous, elle fut esclave. Le frère de monsieur Stevens conçut pour elle un amour dont elle repoussa l'aveu avec indignation. Emporté par la force de ses sentiments, il lui offrit, après deux années de lutte, de lui rendre sa liberté et de l'épouser; ma mère consentit. Mais bientôt commença pour elle une existence remplie d'amertume et de larmes. Mon père mourut quelques mois après ma naissance, et monsieur Stevens demeura l'unique arbitre du sort de sa belle-sœur et de sa nièce. La dureté, les mauvais traitements de cet homme cruel conduisirent en peu d'années ma mère au tombeau; elle expira en me léguant son amour pour son pays et sa haine pour les Anglais. Depuis ce moment, le séjour de la Jamaïque m'est devenu insupportable; je m'y regarde comme une captive entourée de geôliers; mes yeux, chaque matin, se tournent vers le nord, ma pensée me transporte à Cuba, dans cette chère patrie de ma mère, où j'ai sans doute des parents qui m'aimeraient et me rendraient heureuse.

— O miss, — s'écria don Gaspar, — vous ne sauriez comprendre tout ce qu'il y a de bonheur pour moi dans la révélation que vous venez de me faire!... Une question encore? Quelle ville habitaient les parents de votre mère?

— La ville de Santiago.

— Santiago! C'est là que je suis né.

— Est-il possible!... Le nom de votre famille?

— Ce nom, miss, est honorable, et je l'ai caché jusqu'ici, parce que je n'ai pas voulu que la bouche d'un Anglais le souillât en appelant son esclave.

— Je ne m'étais pas trompée; votre langage, vos manières m'avaient fait pressentir que vous aviez une noble origine.

— A vous seule, miss, je le ferai connaître, mon père se nommait don Augustin de Herrera.

— Herrera, dites-vous, Herrera! C'était aussi le nom de ma mère.

— Qu'entends-je!... Mais en effet, je me rappelle... Oui, j'ai souvent entendu mon père déplorer le sort d'une sœur chérie que des pirates avaient enlevée à sa tendresse.

— Le nom de cette sœur?

— Elle s'appelait Elvire.

— Elvire! c'était ma mère!

— Grand Dieu! tant de bonheur!... Ce moment me fait oublier toutes les tortures de ma captivité.

— Et moi, — dit Mary en lui tendant la main, — depuis le jour où le ciel m'a fait orpheline, voici la première joie qui soit entrée dans mon cœur. Je ne serai donc plus seule à présent; il y aura près de moi un parent, un ami, devant qui je ne craindrai pas d'exprimer mes sentiments, mes désirs. Don Gaspar, vous me parlerez souvent, n'est-ce pas, de notre pays, de notre famille? En vous écoutant, je me croirai transportée au milieu des miens, et dans ces instants d'une douce illusion, nous oublierons peut-être que tous deux nous languissons sur une terre d'exil.

— Mary, le pays où vous vivez peut-il être un lieu d'exil pour moi?... Dussé-je rester toute ma vie dans la servitude, cette servitude ici, près de vous, me paraît mille fois préférable à la liberté dans mon pays.

— Que dites-vous, don Gaspar?

— Il m'est impossible d'imposer plus longtemps silence aux sentiments qui se pressent dans mon cœur; Mary, lorsqu'après avoir été exposé sur un marché public, je me vis amener ici par votre oncle qui m'avait payé comme une vile marchandise, moi l'héritier d'une noble famille, un sombre désespoir s'empara de mon âme; je cherchai le moyen d'échapper à la barbarie de mon tyran, à la honte de ma nouvelle condition, et je n'en trouvai qu'un : la mort!... J'allais mettre fin à ma déplorable existence, quand tout à coup un ange m'apparut, qui désarma mon bras en me rattachant à la vie; cet ange, c'était vous, Mary, vous, aussi douce, aussi bonne, aussi compâtissante que vous étiez belle! J'essayai d'abord de lutter, car je vous croyais du même sang que mes oppresseurs, et il me semblait qu'en vous aimant je commettais un sacrilége. Mais tous mes efforts furent inutiles; chaque jour un nouveau trait de bienfaisance commandait mon admiration, exaltait mon esprit, gravait plus profondément encore votre image dans mon souvenir. Je cédai enfin à ma destinée, je m'abandonnai sans réserve à un penchant que je ne pouvais espérer de vaincre; humiliations, mauvais traitements, injures, je me résignai à tout supporter; qu'étaient mes souffrances auprès du bonheur de vous voir, de vous entendre quelquefois m'adresser une parole consolatrice! Jugez donc de ma joie maintenant! Ce n'est point une Anglaise, une ennemie, c'est une Espagnole, une parente que j'aime!... Cet amour que je me reprochais, que j'aurais tenu toujours caché au fond de mon cœur, je puis vous l'avouer hautement et m'en glorifier!

— Don Gaspar!

— Oh! je vous en conjure, ne détruisez pas d'un mot le bonheur que je m'étais créé dans une adoration silencieuse. Je n'ai jamais osé prétendre à votre amour; esclave perdu dans une foule d'esclaves, comment aurais-je attiré vos regards? Je serais un insensé si je vous demandais aujourd'hui de partager mes sentiments; je ne désire, je ne sollicite qu'une chose, c'est que vous me laissiez l'espérance.

Mais, au lieu de répondre à don Gaspar, Mary lui fit signe de se taire. Elle venait de reconnaître l'approche de son oncle, au craquement du parquet ébranlé par la démarche pesante du planteur.

Stevens parut à l'entrée du portique et son front se plissa à la vue de l'Espagnol.

— Que faites-vous ici? qui vous a autorisé à quitter votre travail?

Mary se hâta de prévenir la réponse de don Gaspar et dit d'une voix suppliante :

— Ne vous emportez point, mon oncle; c'est moi qui ai fait venir cet engagé pour me donner des nouvelles de Zami.

— Qu'est-ce que c'est que Zami?

— Ce pauvre noir que, ce matin, vous avez traité... un peu... sévèrement.

— Ah! oui, je me rappelle; un paresseux qui donnait le mauvais exemple à toute la plantation... Eh bien! la leçon lui a-t-elle profité? ses forces sont-elles revenues?

— Il est mort, — fit don Gaspar d'une voix sombre.

La physionomie de Stevens prit une légère expression de surprise et de mécontentement :

— Allons, il paraît que le drôle était réellement malade... J'ai eu tort; ma précipitation me coûte vingt-cinq guinées.

— Et le regret d'avoir fait périr un innocent,—ajouta timidement Mary.

— Morbleu! ma nièce, je remarque avec peine que vous vous laissez dominer par une sensibilité aussi funeste qu'exagérée; je vous en ferais même de très-graves reproches, si vous étiez capable d'en apprécier toutes les conséquences. Que deviendrions-nous, si, pour retenir tous ces misérables dans le devoir, nous n'avions pas adopté le régime d'une terreur salutaire? Vous ne savez pas ce dont est capable cette race de bandits sur laquelle votre cœur s'apitoie si aisément. Hier encore, un d'entr'eux a osé se jeter sur moi comme un furieux, le couteau à la main, sous prétexte que, dans une punition que je lui avais fait infliger, ayant reçu vingt coups de fouet de plus que je n'avais dit, il m'avait inutilement demandé justice de ce mécompte... Justice! Elle va, pardieu! lui être faite dans un instant. Allez, — continua-t-il en s'adressant à don Gaspar; — faites réunir tout le monde dans le grand moulin de la Calenda, et qu'on m'attende; je ne serais pas fâché de voir par moi-même quel effet produira cet acte de vigueur.

— Mon oncle, — reprit timidement Mary, après que don Gaspar se fut éloigné, — je ne prétends pas dire que ce noir soit excusable de vous avoir menacé et insulté...

— C'est heureux!

— Cependant ne doit-on rien passer à de pauvres créatures dont le cœur est aigri par les misères de l'esclavage? Leurs fautes, croyez-moi, sont plus dignes de pitié que de colère, et pour les prévenir, vous auriez peut-être un moyen plus sûr que la sévérité.

— Lequel, s'il vous plaît?

— La clémence.

— Ma nièce, vous n'y entendez rien, et vous me ferez plaisir en ne vous mêlant plus de ces sortes d'affaires. Assez donc sur ce chapitre; mais, — ajouta-t-il en radoucissant le son de sa voix, autant que cela lui était possible, — nous aurons à nous occuper, si vous le voulez bien, d'une autre question dans laquelle je ne déclinerai pas votre compétence et qu'il ne vous sera pas, je l'espère, trop désagréable de traiter. Je compte, à cet effet, Mary, que vous m'accorderez la faveur de prendre le thé ce soir avec vous.

Stevens accompagna ces paroles d'un clignement d'yeux et d'un sourire, salua sa nièce de la main, et la quitta pour se rendre au grand moulin de la Calenda.

Tous les travailleurs de la plantation, esclaves et engagés, y étaient réunis et formaient un cercle autour d'un jeune nègre qui avait les mains solidement attachées derrière le dos; celui-ci souriait à ses compagnons et leur disait :

— Ne plaignez pas Tomby, car le bonheur de Tomby va commencer. Que faisait-il sur cette terre d'exil où l'avait jeté le malfaisant Tunnew? Gloire à l'Esprit bon, au grand Naskew qui a établi sa demeure dans les nues et qui traite Tomby comme son enfant de prédilection! Le grand Naskew a enseigné à nos pères l'art de cultiver la terre et de chasser pour vivre; et lorsque le courroux de Tunnew nous a plongé dans l'esclavage, c'est lui qui nous en délivre par la mort; c'est lui qui nous transporte ensuite dans notre patrie où nous renaissons pour retrouver nos anciens amis et les rivages dont le souvenir nous est cher. Embrassez-moi donc, souhaitez-moi un bon voyage, et dites-moi ce que je dois reporter de votre part à vos frères de la côte des dents d'ivoire.

Tous les noirs répondirent par un cri auquel succéda tout à coup le plus profond silence.

Stevens venait d'entrer.

Le planteur alla s'étendre sur un siége en face du moulin, faisant signe au groupe de s'écarter en formant la haie à sa droite et à sa gauche, prit sa pipe des mains d'un engagé, prononça ce seul mot :

— Commencez!

Et se mit tranquillement à fumer.

Alors deux engagés s'emparèrent de Tomby et l'étendirent à terre; après lui avoir détaché les mains ils ramenèrent les deux bras auprès du tronc, lièrent d'abord les pieds, puis les jambes, continuèrent en remontant jusqu'aux épaules, soulevèrent d'une pièce la victime et la présentèrent aux cylindres.

Une courte description est nécessaire pour faire comprendre toute l'atrocité de ce supplice.

Qu'on se figure trois cylindres revêtus de fer, se touchant presque dans toute leur longueur et s'engrenant à leurs extrémités, de telle manière que, celui du milieu étant mis en mouvement, les deux autres tournent, l'inférieur en sens inverse du supérieur. Ces cylindres servent à exprimer le suc des cannes à sucre. On attèle au cylindre intermédiaire un certain nombre de chevaux ou de bœufs pour le faire mouvoir; une négresse présente la canne par un bout aux deux premiers cylindres qui la pressent et la brisent dans toute sa longueur; une autre négresse la reçoit et cette fois la présente à l'étroit intervalle qui sépare le second cylindre du troisième, en sorte que la canne fait un second voyage à contresens, si parfaitement pressée et desséchée qu'en sortant de là elle n'est plus bonne qu'à brûler.

Ce fut entre ces derniers cylindres qu'on plaça l'extrémité, les pieds en avant, le malheureux Tomby dont le corps, lentement attiré par le mouvement de la machine, fut broyé successivement, les jambes d'abord, puis les cuisses, le tronc; quant à la tête, elle se détacha du col et alla rouler à terre jusqu'auprès de Stevens qui la repoussa du pied comme un objet immonde.

Pas un mouvement, pas un cri des assistants, ne troubla le silence de cette exécution; chacun retourna, sur un signal du maître, prendre son instrument de travail, et Stevens, promenant son regard sur cette foule qui se retirait tremblante et soumise, s'écria, plein d'une orgueilleuse satisfaction :

— Au diable les rêveries des philanthropes. Voilà la véritable manière de diriger ce bétail!

III

Il y avait deux heures déjà que Stevens et Mary étaient assis en face l'un de l'autre, celle-ci versant le thé, celui-là le buvant à petites gorgées, en fermant les yeux, comme s'il était profondément absorbé par l'importance de l'acte auquel il se livrait. La fenêtre du petit salon où ils se trouvaient était demeurée ouverte et laissait pénétrer, avec la brise du soir, une fraîcheur bienfaisante; la lune reflétait sur le Mahogany du lambris et du parquet sa lumière pâle et mélancolique, merveilleusement d'accord avec la tenue silencieuse de nos deux personnages. Cependant la nuit commençait à s'avancer; les paupières de Mary s'appesantissaient et se fermaient involontairement; Stevens, buvant toujours et toujours méditant, ne paraissait point songer à la retraite; la perspective d'une nuit d'un pareil tête-à-tête était peu séduisante; Mary s'arma de résolution et dit à son oncle :

— Il est tard, monsieur; j'ai besoin de repos; permettez-moi de me retirer.

Stevens tressaillit comme un homme qui se réveille en sursaut.

— Pas encore, Mary, ne vous ai-je pas dit que je désirais avoir un entretien sérieux avec vous?

— Alors, monsieur, je vous écoute.

— Ma nièce, je commence à me faire vieux.

— Vous n'avez que cinquante-deux ans.

— C'est cinquante-trois qu'il faut dire; votre réflexion ne m'en est pas moins agréable. Je suis un des plus riches planteurs de la Jamaïque; mes moulins à sucre sont cités comme des modèles dans les dix-neuf paroisses de la colonie; j'ai trois cents esclaves et cent engagés. Mais, tous ces biens, je ne les ai pas acquis, et je ne les augmente pas chaque jour encore pour qu'ils soient éparpillés entre les mains d'une douzaine de collatéraux avides que j'ai laissés en Angleterre; il me faut un héritier. — A cette conclusion inattendue, Mary jeta sur son oncle un regard plein d'un étonnement naïf. — Je devine votre objection, — reprit Stevens, — vous allez me dire qu'il faut procéder avec ordre et qu'avant de songer à un héritier, le choix d'une femme est un préliminaire indispensable : aussi n'ai-je pas négligé ce point important. Lorsque, tantôt, je vous priai de me tenir compagnie, ce soir, je n'avais d'autre intention que de jouir de votre surprise en vous révélant le nom auquel je me suis arrêté; et si j'ajoute que ce nom est le vôtre, Mary, j'espère que la surprise ne vous paraîtra pas trop désagréable.

— Pardon, monsieur, — interrompit Mary qui devint aussitôt pâle et tremblante, — je ne crois pas avoir bien compris...

— Que vous allez être ma femme? Je m'exprime pourtant, il me semble, avec assez de clarté. Mais j'avoue que la nouvelle d'une fortune si imprévue suffirait pour ébranler un cerveau encore mieux organisé que le vôtre. Allons, miss, point de remercîments; si je suis riche vous êtes belle, et, quand on est belle on peut à la rigueur être dispensée d'apporter une dot à son mari; encore une fois, relevez-vous; une scène d'attendrissement me paraît tout à fait superflue.

La pauvre Mary était en effet tombée à genoux devant Stevens, les mains jointes et les yeux baignés de pleurs.

— Vous vous méprenez, monsieur; cette posture, ces larmes sont celles d'une suppliante; grâce pour moi, je vous en conjure!

— Qu'est-ce à dire?

— Il m'est impossible d'accepter le sacrifice que vous m'offrez.

— Pourquoi donc, s'il vous plaît?

— Vous ne voudriez pas d'un cœur dont les sentiments ne répondraient pas à la générosité de votre conduite.

— Eh mon Dieu! miss, qui vous parle de votre cœur? Vous me plaisez et je vous aime, voilà, quant à présent, tout ce que je considère. Je ne vous demande pas de l'amour; je ne suis ni beau ni jeune; mais je vous fais riche, heureuse par conséquent, et je suis grandement surpris, je l'avoue, de trouver des larmes dans vos yeux, quand je devais m'attendre à y voir briller la joie et la reconnaissance.

— Monsieur, écoutez-moi, je vous en supplie!

— C'est inutile, — interrompit Stevens en se versant lui-même une dernière tasse de thé; — les réflexions que vous allez faire cette nuit vous donneront demain une tout autre manière d'envisager les choses, et je compte que vous daignerez apporter une physionomie plus riante à la cérémonie de notre mariage; je vous accorde deux jours pour faire vos préparatifs.

En ce moment, Mary se leva, jeta un cri perçant et courut se réfugier dans un coin du salon avec tous les signes de la terreur.

Ce n'étaient point les paroles de Stevens qui avaient provoqué ce mouvement; un autre objet avait occasionné l'effroi de la jeune créole.

A la vue d'une ombre dessinée tout à coup sur le lambris, Mary s'était retournée vivement du côté de la fenêtre; elle avait aperçu, se détachant en noir sur le ciel bleu et cramponné au balcon, un homme dont la tête s'avançait curieusement pour épier ce qui se passait à l'intérieur.

Au cri que poussa Mary, cet homme s'élança dans l'appartement; un second le suivit, puis un troisième; Stevens avait à peine eu le temps de se lever qu'il était cerné par une vingtaine de nègres.

Yambo se trouvait au milieu des assaillants et paraissait les commander.

Quelques secondes leur suffirent pour s'emparer du planteur et de sa nièce, les bâillonner avec des mouchoirs et leur lier les mains derrière le dos. Ils l'enlevèrent ensuite sur leurs bras et firent glisser sur le balcon Stevens qui fut reçu par un groupe d'esclaves restés dans le jardin; puis ils franchirent de nouveau la fenêtre par laquelle ils étaient entrés.

Yambo, qui sortit le dernier, dit à Mary avant de se retirer :

— Ne tremble pas ainsi, jeune blanche; le nègre ne se venge que de ceux qui lui ont fait du mal; il n'oublie point que tu as visité sa case, pansé ses blessures, soulagé ses misères; quand viendra pour lui le jour de la délivrance, il se rappellera ta bonté, ta douceur, il te rendra bienfaits pour bienfaits, protection pour protection.

Mary n'entendit point cet adieu de Yambo; elle était sans connaissance dans le fauteuil où on l'avait attachée. Lorsqu'elle reprit ses sens, le plus profond silence régnait dans la maison et aux alentours. D'abord elle crut sortir d'un songe pénible. Le mouchoir qui comprimait ses lèvres, les cordes qui serraient ses poignets délicats la rappelèrent bientôt au sentiment de la réalité. Elle porta ses regards avec anxiété tout autour d'elle; la solitude où elle se vit ne fit qu'accroître son effroi. Ses yeux parcoururent le jardin dont toute l'étendue était alors éclairée par la lune; pas le moindre bruit, pas le plus léger mouvement. Cependant son cœur battit tout à coup avec force : c'était bien une créature humaine qu'elle venait d'apercevoir au loin, droite, immobile, les bras croisés sur la poitrine, et le visage tourné vers la maison. A mesure qu'elle cherchait à démêler les traits de ce visage, son agitation devenait plus violente; dans le brusque mouvement qu'elle fit pour se lever, un des liens qui la retenaient au fauteuil se rompit; elle parvint alors, après des efforts inouïs, à dégager ses mains; elle arracha plutôt qu'elle ne dénoua le mouchoir qui la suffoquait et cria le nom de don Gaspar.

Le cœur de Mary ne s'était point trompé : don Gaspar, c'était bien lui, accourut aussitôt sous le balcon.

— Est-ce vous, Mary, qui m'avez appelé? dois-je croire à tant de bonheur? je ne voulais que contempler de loin le toit sous lequel vous reposiez, et c'est vous-même que je vois, et vous daignez m'appeler près de vous!...

Mais la jeune fille l'interrompit brusquement :

— Don Gaspar, je ne sais ce qui se passe autour de nous; un affreux péril nous menace; il s'agit de la vie de mon oncle, de la mienne peut-être; soyez notre sauveur?

Alors elle lui raconta en peu de mots la scène terrible dont elle venait d'être témoin; mais elle ne put lui dire de quel côté s'étaient dirigés les ravisseurs, ni combien il s'était écoulé de temps entre leur départ et le moment où elle avait repris ses sens.

Don Gaspar se hâta de réveiller les domestiques, parvint à réunir une trentaine d'engagés qu'il arma de bambous et d'instruments de travail, prit le commandement de cette petite troupe et se mit à la recherche des mutins.

Ceux-ci étaient au nombre d'une cinquantaine dans le moulin de la Calenda qu'éclairaient plusieurs torches suspendues à la voûte. Stevens, à genoux au milieu, toujours bâillonné, et les mains attachées derrière le dos, se soutenait à peine; sa grosse figure était livide; son corps frissonnait; ses yeux ne répondaient que par des regards suppliants aux interpellations que lui adressaient chacun à leur tour, les noirs rangés en cercle autour de lui.

— Te souviens-tu, — disait l'un, — te souviens-tu de Biafra? Biafra n'avait pas vingt ans; il était heureux de l'amour de Cora, et tu lui enlevas Cora en la forçant d'assouvir ta brutale passion; il demanda justice au shériff; le shériff était un blanc comme toi; Biafra ne fut pas écouté; il s'introduisit par la ruse dans l'intérieur de ta maison, pour y chercher Cora et la soustraire à tes infâmes violences; découvert et arrêté par tes gens, il fut conduit devant toi, et tu répondis à ses reproches par le plus atroce des supplices. Biafra fut enchaîné par ton ordre au tronc d'un lentisque, dans ton jardin : il y resta six jours, jusqu'à ce que les douleurs de la faim l'ait fait expirer, ayant devant les yeux, pour irriter son agonie, un pain suspendu à une branche où il lui était impossible d'atteindre. Le moment est venu de venger la mort de Biafra.

Un autre disait :

— Qu'avait fait le vieux Songo pour s'attirer ta colère? Il s'était enfui parce que tu prenais plaisir à augmenter sa tâche, à mesure que ses forces diminuaient; et pour ce crime, tu le fis condamner aux flammes. Le pauvre vieillard fut couché sur le ventre; on lia ses bras et ses jambes étendus, à quatre pieux, avec des chaînes de fer; on lui brûla les pieds d'abord et successivement toutes les parties du corps, en ayant la barbare précaution de modérer l'ardeur du feu, afin de prolonger la durée du supplice. Depuis ce moment, l'âme du vieux Songo nous apparaît toutes les nuits et nous demande vengeance; l'heure est venue de la lui accorder.

— Vengeance, — fit un troisième, — vengeance pour Zami qui se traînait expirant à tes pieds, pour te supplier de l'exempter de sa tâche et que tu as fait mourir impitoyablement sous le fouet!

— Vengeance pour Tomby, — s'écria un quatrième.

Et toutes ces voix se réunissaient dans un seul cri : vengeance!

Et Stevens, à demi-mort de frayeur, se laissait tomber la face contre terre; mais deux nègres le relevaient aussitôt et le maintenaient à genoux, en le soutenant par les épaules.

Enfin le silence se rétablit; Yambo sortit des rangs, et, s'approchant de Stevens, lui dit d'une voix lente et grave :

— Il y a longtemps que le noir gémit écrasé par la justice des blancs; à ton tour, blanc, de connaître la justice des noirs.

Au même instant, quatre nègres se mirent en devoir de lier Stevens de la même manière que, le matin, on avait lié le malheureux Tomby. A défaut de chevaux, vingt autres nègres s'attelèrent aux cylindres du moulin. Déjà on avait soulevé le corps du planteur; ses pieds touchaient presque à ce fatal instrument de supplice qui semblait une gueule béante prête à se refermer pour broyer sa victime, lorsqu'il se fit un grand mouvement dans l'intérieur du moulin. Ce fut, pendant quelques minutes, une affreuse mêlée, une horrible confusion de cris et de coups, durant laquelle Stevens, jeté à terre, fut indistinctement foulé aux pieds par ses bourreaux et par ses libérateurs. Quand le combat cessa, tous les esclaves avaient disparu; il ne restait plus dans le moulin que les engagés et don Gaspar.

Alors seulement on aperçut Stevens; il avait la figure gonflée, cramoisie, les yeux injectés, presque hors de la tête. On s'empressa de dénouer le mouchoir qui le bâillonnait, de couper les liens qui le garrotaient; on le transporta hors du moulin, pour lui donner de l'air. Ranimé bientôt par la fraîcheur de la brise de terre, il respira plus librement; mais le premier usage qu'il fit de la parole ne fut pas pour remercier les auteurs de sa miraculeuse délivrance; il se répandit en imprécations contre les révoltés.

— Les misérables? — s'écria-t-il d'une voix rugissante; — je veux faire dresser demain en face de ma maison autant de poteaux qu'ils sont de rebelles; on les y attachera tous; on les y laissera mourir de faim, et ils y resteront exposés, pour servir d'exemple aux autres, jusqu'à ce que les oiseaux aient arraché leur dernier lambeau de chair.

L'irritation du planteur était si violente et son désir de se venger si impatient, que les forces lui revinrent comme par enchantement. Il se leva, ordonna aux engagés de le suivre et se mit à marcher avec autant d'assurance et de rapidité que s'il avait reposé paisiblement toute la nuit dans son lit. Le jour commençait à poindre, lorsqu'il arriva sur le petit plateau que couronnait son habitation. Il s'y passait en ce moment une scène singulière qui ne fit qu'accroître sa fureur.

Quatre nègres, portant sur leurs épaules un cercueil où était renfermé le corps de Zami, marchaient d'un pas lent et mesuré, accompagnés d'une multitude d'esclaves venus de toutes les plantations de la paroisse. Au lieu de prendre directement le chemin de la Savane où était situé leur cimetière, ils avaient fait un long détour, afin de passer devant la maison de Stevens. Derrière le cercueil, le plus proche parent de Zami conduisait le porc destiné à être immolé sur sa tombe; venait ensuite un second parent portant la calebasse qu'on devait placer sur la tête du mort, pleine d'une soupe préparée avec les entrailles de la victime; un troisième s'était chargé de la bouteille de rhum destinée à être couchée dans la fosse, aux pieds de l'inhumé. Tous poussaient de grands cris, moins de douleur que de joie, car, ainsi que nous l'avons vu, les noirs esclaves n'envisagent dans la mort que le terme de leur misère et de leur exil; et ces cris, mêlés au roulement de leurs tambours de bois, au bruit des sonnettes qu'agitaient incessamment les négresses, faisaient retentir l'air d'un horrible vacarme.

Arrivé devant l'habitation de Stevens, le cortége s'arrêta; les tambours cessèrent de battre; on n'entendit plus le bruyant tintement des sonnettes; et aux cris succéda le silence de la consternation. Les nègres qui portaient le cercueil venaient de tomber à terre, comme poussés par une force invincible; le cercueil gisait au milieu d'eux, les pieds tournés vers l'entrée de l'habitation : preuve évidente, suivant la religion des nègres, que Stevens avait été injustement cruel envers son esclave et que les mânes de celui-ci exigeaient une réparation.

Cette jonglerie, adroitement préparée dès la veille par Yambo, produisit sur les assistants un effet immense; ils s'imaginèrent, dans leur superstitieuse croyance, que le ciel leur imposait à tous la loi de punir le bourreau de leur frère, et la fermentation qui s'empara des esprits, devint en peu d'instants si menaçante, que Stevens, malgré sa colère, jugea prudent de se tenir à l'écart, pendant que le cortége relevait le cercueil et se remettait en marche du côté de la Savane.

Dans sa préoccupation de vengeance, Stevens n'avait pas même songé à demander des nouvelles de sa nièce; lorsqu'elle accourut pour le recevoir, à peine prit-il le temps de répondre aux félicitations qu'elle lui adressait sur sa délivrance. Son premier soin fut de dépêcher à Kingston un domestique chargé d'exposer aux autorités la situation critique où il se trouvait. Au bout d'une heure, cet envoyé était de retour, suivi d'un détachement de soldats. On réunit alors les domestiques et les engagés et l'ordre leur fut donné d'amener dans la cour tous les esclaves de la plantation. Mais ce fut en vain qu'on parcourut les champs, qu'on visita les cases, qu'on se livra aux recherches les plus minutieuses; il fut impossible de découvrir un seul nègre; ils s'étaient tous enfuis vers les montagnes Bleues.

A cette nouvelle, l'exaspération de Stevens ne connut plus de bornes :

— Qu'on coure après eux! qu'on les arrête! qu'on les ramène!... Ah! ils n'ont pu réussir à m'assassiner, et maintenant c'est ma ruine qu'il veulent! Dieu me damne! je leur montrerai que je suis plus fort qu'eux, dussé-je acheter au gouverneur tout un régiment pour le lâcher à leurs trousses!... Eh bien, que faites-vous là? Pourquoi demeurer immobiles? Ne m'avez-vous pas entendu? Si dans une heure, vous ne les avez pas amenés morts ou vivants, je vous ferai tous pendre comme des coquins, car il me sera prouvé que vous étiez d'intelligence avec eux.

— Vous oubliez, monsieur, — fit don Gaspar sur qui venait de s'arrêter les regards de Stevens, — que nous avons couru toute la nuit à votre recherche, que nous nous sommes battus pour vous tirer des mains de vos esclaves, que tout-à-l'heure encore nous avons visité tous les champs, toutes les cases de votre plantation. Tant de fatigues ont excédé vos gens; ils sont hors d'état d'exécuter vos ordres.

— Ce drôle raisonne, je crois! — interrompit Stevens en avançant furieux sur don Gaspar.

Mais au moment où le poing du planteur se levait pour frapper l'engagé, Mary se jeta au-devant de son oncle, en s'écriant :

— Que votre main tombe sur moi plutôt que de commettre cette indignité!

— Vous n'êtes pas dans votre bon sens, miss, retirez-vous et laissez-moi corriger cet insolent.

— Vous n'en ferez rien si vous me faites la grâce de m'écouter.

— Et que me direz-vous, s'il vous plaît?

— Je vous dirai que l'homme que vous voulez frapper est celui même qui, cette nuit, prévenu par moi, a couru vous sauver la vie.

— Cette nuit, il a fait son devoir; ce matin il le méconnaît.

— J'ajouterai qu'il est d'une noble famille de Santiago, qu'il se nomme Herrera, comme ma mère, et que vous ne pouvez faire un si sanglant affront au nom que portait la sœur de votre femme.

— Je ferai ce qu'il me conviendra; encore une fois, miss, retirez-vous.

Cependant il s'en tint au geste menaçant qui avait effrayé Mary; il consentit même à ce que les soldats partissent seuls à la poursuite des fuyards; mais se tournant ensuite vers don Gaspar et les engagés, il leur dit avec un sourire diabolique :

— Pour vous, mes braves gens, qui devez en effet être fatigués de courir, je vous autorise à rester. Seulement vous allez vous partager entre mes champs et mes moulins, et j'entends que ce soir les travaux soient au courant, dans toute la plantation, comme s'il n'y manquait un seul esclave. Où serait la supériorité du sang blanc sur le sang noir, si chacun d'entre vous n'était pas en état de faire la tâche de quatre nègres.

IV

Mary, brisée par les émotions qui s'étaient succédées si rapidement pour elle en quelques heures, s'était renfermée dans son appartement afin d'y gouter un instant de repos; mais en vain elle avait vu se dissiper toutes les causes de ses frayeurs, le sommeil s'obstina à ne point approcher de sa paupière. C'est que, pour entretenir les agitations de son cœur, elle avait eu, depuis la veille, deux révélations, sujets éternels de méditations et de luttes intérieures pour une jeune fille: deux hommes l'aimaient, et de ces deux hommes, l'un, qu'elle haïssait, avait tout pouvoir sur elle; l'autre, esclave misérable, ne possédant d'autre bien que la préférence qu'elle lui accordait, ne pouvait rien ni pour elle ni pour lui.

Assise près d'une fenêtre d'où le regard atteignait jusqu'à la mer, elle admirait et enviait le calme de cette nappe immense dont aucune ondulation ne ridait en ce moment la surface. Moins préoccupée, elle eut au contraire senti l'épouvante se glisser dans son âme, elle se fût rappelée ce que signifiait un pareil calme aux Antilles, elle eût reconnu sous cette apparence trompeuse les approches d'une effroyable tempête.

En effet, le ciel ne tarda pas à s'obscurcir. Des nuages épars et légers d'abord, grandirent en prenant une teinte plus sombre, et se rapprochèrent les uns des autres, puis se confondirent et ne formèrent bientôt plus qu'un vaste linceul embrassant toute la voûte céleste jusqu'à l'horizon. Des flancs déchirés de la nue s'élançaient de longs dards de feu qui semblaient se poursuivre et sillonnait en l'air dans tous les sens. A ces terribles lueurs qui se succédaient sans relâche et auraient pu faire croire à un embrasement général, se mêlaient de si furieux éclats de tonnerre qu'on eût dit que les cieux s'abîmaient.

Une agitation extraordinaire se manifestait dans toute la plaine ; on voyait courir, à travers les champs de cannes, les nègres des plantations voisines ; les plus expérimentés cherchaient un abri dans des cavernes ou se réfugiaient sous leurs huttes de roseaux, qui était fort basses, se trouvaient moins exposées au choc de la tempête ; quelques-uns grimpaient aux arbres plantés sur le bord des chemins et se blotissaient entre les branches les plus touffues ; d'autres enfin se dirigeaient vers les montagnes espérant trouver dans les inextricables forêts dont elles sont couvertes, un rempart assuré contre les fureurs de l'ouragan.

Mary, partageant la terreur générale, s'était hâtée de quitter l'habitation, de même que tous ceux qui l'occupaient ; elle fuyait au hasard et se laissait guider par l'exemple de quelques engagés qui se hâtaient de gagner la forêt la plus voisine. Mais ses forces, épuisées déjà par les événements de la nuit, ne lui permirent pas de fournir une bien longue course. Haletante, elle allait se laisser tomber au milieu d'un champ de cannes, et attendre là ce qu'il plairait au ciel d'ordonner de son sort, lorsqu'une voix vint frapper son oreille, faire battre son cœur et ranimer son esprit.

— Mary, est-ce bien vous !

— Gaspar ! Au nom du ciel, sauvez-moi !

Et d'elle-même elle se jeta dans les bras de don Gaspar.

L'Espagnol, puisant une force invincible dans son amour et dans la confiance de Mary, au lieu d'être ralenti par le poids de son précieux fardeau, se remit à courir avec plus de rapidité et ne tarda pas à gagner un bois touffu, situé au pied de la montagne. Il était temps ; à peine don Gaspar avait-il déposé Mary sous une grotte dont la profondeur offrait un asile assuré, que l'ouragan se déchaîna dans toute sa violence. Aux éclairs dont le reflet rougeâtre donnait à la forêt l'aspect d'un vaste incendie, aux roulements de la foudre que répétaient et prolongeaient avec un horrible fracas les échos de la montagne, se joignit le vent avec ses sifflements aigus, sa course impétueuse, sa force irrésistible ; pliant, brisant, arrachant tout sur son passage, il était lui, le véritable fléau destructeur ; les autres phénomènes n'avaient été que ses symptômes. Alors on vit, tantôt sur un point, tantôt sur l'autre, s'élever jusqu'aux nues d'immenses tourbillons dans lesquels s'entrechoquaient des arbres déracinés, des toitures de maisons enlevées, des hommes emportés ; partout le ravage et la mort, partout un effroyable chaos.

Pendant deux heures que dura cette scène de désolation, Mary se tint au fond de la grotte, appuyée au bras de don Gaspar, ne prononçant pas une parole, osant à peine respirer. Enfin le vent s'apaisa ; les éclairs devinrent moins fréquents et moins vifs ; le tonnerre ne gronda plus que de loin en loin. Bientôt à cette agitation succédèrent le silence et le repos : repos et silence effrayants comme ceux de la mort après une affreuse convulsion. Quelques rayons du soleil couchant vinrent même un instant éclairer le pays dévasté et mettre sous les yeux des habitants au désespoir, toute l'étendue de leurs pertes et de leur malheur.

Don Gaspar, dans son empressement à éloigner Mary du danger, s'était enfoncé assez avant dans un bois où il n'y avait ni routes ni sentiers et dont le sol était creusé de ravins dans toutes les directions. Non-seulement il devenait difficile de s'orienter sous un dôme épais de branches et de feuillage entrelacés, mais encore des obstacles infranchissables surgissaient à chaque pas ; tantôt c'était un ruisseau dont l'orage avait fait un torrent ; tantôt c'était quelqu'une de ces énormes crevasses formées subitement par les secousses souterraines qui accompagnent quelquefois les ouragans. Don Gaspar et Mary marchèrent inutilement près d'une heure pour regagner la plaine ; ils étaient accablés de lassitude et désespéraient de réussir lorsque, après avoir tourné un ravin trop profond pour être traversé, ils se trouvèrent sur une petite éminence d'où l'on découvrait toute la plantation de Stevens. En ce moment, se déroula devant leurs yeux un spectacle non moins horrible que l'ouragan.

L'habitation du planteur était enveloppée d'un nuage de fumée d'où jaillissaient d'immenses gerbes de feu. Quatre ou cinq autres foyers d'incendie se déclaraient en même temps sur d'autres points de la plaine ; c'étaient les moulins de Stevens qui brûlaient. Bientôt la flamme se mit à courir sur le sol avec une effrayante rapidité ; on venaient de mettre le feu aux champs de cannes. En quelques minutes, toute la plantation embrasée offrit l'image d'un vaste lac de feu. A cette vue, Mary se laissa tomber à genoux, les mains jointes, les yeux levés au ciel, sans avoir la force de proférer une parole.

Le crépuscule venait de finir et la lune ne paraissait pas encore sur l'horizon.

Don Gaspar, les bras croisés sur la poitrine, tenait silencieusement son regard fixé sur l'angélique visage de Mary qu'éclairaient seulement les reflets de l'incendie. En présence de ce désastre qui plongeait à la fois dans la détresse l'objet de sa haine et celui de son adoration, il n'osait ni se réjouir ni s'affliger. Mais une larme étant venue à couler sur la joue de la jeune créole, il la sentit retomber sur son cœur comme un reproche de son indifférence égoïste.

— Pardonnez-moi, miss, — lui dit-il, — vous aviez droit d'attendre de moi des paroles de consolation, et ma bouche est restée muette devant votre douleur !

— Je ne vous accuse point, don Gaspar ; mes larmes ne sont point un regret donné à la position dont je jouissais encore ce matin. Que m'importe une fortune qui ne m'offrait pas le bonheur ? Je vous l'ai dit, Espagnole par le cœur, je me suis toujours regardée comme exilée sur cette terre que je ne saurais appeler ma patrie. Froissée dans mes sentiments les plus chers, je n'ai jamais été que la première esclave de celui à qui Dieu avait imposé le devoir de me traiter comme sa fille. Non, il n'y a, dans le malheur dont nous venons d'être témoins, rien qui me soit personnel, et je n'ai pas besoin d'en être consolée. Mais mon cœur s'est ouvert à la pitié pour un homme si rudement frappé par la colère du ciel, et voilà pourquoi je me suis jetée à genoux en priant ; mais un désir souvent comprimé est venu soudainement agiter mon âme et dominer ma pensée : celui d'être tout-à-coup transportée dans la patrie de ma mère, au sein d'une famille que je ne connais pas, mais que j'aimerais, j'en suis sûre, et qui me rendrait affection pour affection ; désir impuissant, hélas ! Et voilà pourquoi j'ai pleuré.

— Il serait possible, miss ! votre cœur formerait un pareil vœu !

— C'est le rêve, c'est l'espoir de toute ma vie.

— Et si cet espoir était rempli ? Si ce vœu se réalisait ?...

— Oh ! ne parlez pas ainsi, don Gaspar ; songez qu'une espérance déçue doublerait mon malheur ; vous ne voudriez pas être cruel envers moi qui ai mis ma confiance en vous, coupable envers ma mère qui vous entend du haut du ciel... Bonne mère ! ce fut elle qui m'apprit à détester nos tyrans, à chérir ma véritable patrie ; sa dernière prière, à son lit de mort, fut pour demander à Dieu ma délivrance, et je n'ai jamais cessé de porter sur mon cœur la lettre qu'elle avait écrite de sa main, pour me faire reconnaître un jour de sa famille.

Don Gaspar se recueillit un moment et reprit :

— Aurez-vous, miss, le courage de vivre huit jours au milieu de ces forêts et de ces montagnes ?

— Je l'aurai.

— Dans huit jours, à minuit, cinquante Espagnols se réuniront sur la côte, près de la rivière Noire ; une chaloupe viendra les y prendre pour les conduire à Cuba. C'est un complot auquel j'ai pris part sans vouloir en profiter ; je vous ai dit quel talisman me tenait enchaîné à cette terre d'esclavage. Quarante milles nous séparent du lieu du rendez-vous ; pour y arriver, je ne connais ni route tracée, ni sentier praticable. Nous n'aurons d'autres guides que le soleil pendant le jour, les étoiles pendant la nuit. A chaque pas, des torrents, des précipices retarderont notre marche. Peut-être, avant d'atteindre notre but, verrons-nous la distance doublée par les obstacles ; vous sentez-vous la force de les surmonter? Etes-vous résolue à me suivre.

— Je vous suivrai.

— Que le ciel reçoive donc ici mon serment, quelles que soient les vicissitudes qui m'attendent, et dussé-je échouer vingt fois avant de réussir, de consacrer toutes mes pensées, toutes mes forces, toute ma vie à l'accomplissement de votre délivrance!

— Et moi, don Gaspar, voici celui que je vous fais devant Dieu qui nous écoute : dès ce jour, ma destinée est irrévocablement liée à la vôtre; je serai heureuse ou malheureuse, libre ou esclave, par vous et avec vous ; je partagerai vos fatigues, vos dangers, vos souffrances, vos joies ; car je vous aime comme vous m'aimez et je n'aurai pas moins de dévouement que vous qui avez préféré l'esclavage à la liberté, afin de ne pas être séparé de moi.

Le silence de la nuit, la solitude de la forêt, la lune qui montait à l'horizon et baignait de sa lumière argentée le visage des deux amants agenouillé l'un près de l'autre, tout semblait concourir à donner à cette scène étrange une sorte de caractère solennel et religieux.

Un léger bruit se fit entendre dans le feuillage ; don Gaspar et Mary tressaillirent et se relevèrent ; un nègre sortit d'entre les arbres, s'approcha d'eux et leur dit :

— Ne craignez rien ; je suis Yambo.

— Un des esclaves de mon oncle ! — s'écria Mary.

— Je ne suis l'esclave de personne, — répondit gravement Yambo. — N'as-tu donc pas, jeune fille, tourné tes regards du côté de la plaine? Stevens n'a plus ni habitation, ni plantation, ni esclaves. Le Grand-Esprit, pour punir les méchants, se sert du feu du ciel ; le noir a fait comme le Grand-Esprit : il a puni Stevens en se servant du feu de la terre.

— Eh quoi, — fit don Gaspar, — cet incendie?...

— C'est moi qui l'ai allumé ; ruine et misère au blanc qui opprime le noir pour s'enrichir des fruits de son travail !

— Je n'ose te blâmer, — dit l'Espagnol en faisant un mouvement pour s'éloigner.

— Où vas-tu? — demanda Yambo.

— Que t'importe?

— Avant une heure, les rochers et les ronces auront ensanglanté les pieds délicats de ta fiancée ; tu ne rejoindras pas, au jour dit, les frères à l'embouchure de la rivière Noire.

— Qui a pu t'apprendre?..

— Toi-même; j'étais là tout à l'heure entre ces arbres.

— Yambo, dois-je voir en toi un ami ou un ennemi?

— Je suis ton ami ; tu as été esclave comme moi. Je suis l'ami de cette jeune blanche ; elle a plus d'une fois bravé la colère de son oncle pour calmer les douleurs du pauvre noir.

— Eh bien, tu connais ces forêts, ces montagnes ; sois notre guide.

— Si j'y consens, dans huit jours tu vogueras heureux et libre dans ta patrie; mais que deviendra Yambo?

— Yambo sera libre aussi ; je jure sur l'honneur de t'emmener avec moi.

— Et que deviendront les milliers de noirs qui gémissent dans cette île sous le fouet des Anglais?

— Nous n'avons, hélas! que des vœux à former pour l'allégement de leurs souffrances.

— Blanc, tu peux faire plus que de former des vœux.

— Moi !

— Veux-tu que nous reprenions notre entretien d'hier?

— A quoi bon?

— Comment d'infâmes brigands t'ont volé ta liberté comme ils m'ont ravi la mienne! Ils t'ont voué au travail, à la misère, à la dégradation, toi blanc comme eux, sans plus de pitié qu'ils n'en ont eu pour le noir, et tu hésites à t'unir à moi pour les châtier! Et quand je viens t'offrir la vengeance, une belle et noble vengeance, ton affranchissement et celui de tes frères, tu demandes à quoi bon?

— Oui, ce serait ainsi que tu le dis, une belle et noble vengeance !

— Et les moyens ne te manqueront point pour l'obtenir, car moi, misérable esclave, je te dirai : voici trois mille bras armés qui n'attendent, pour se lever, que le commandement d'un chef ; veux-tu être ce chef? Et j'ajouterai : nous avons de la poudre, des balles, des boulets pour une campagne de six mois ; nous avons une ville en état de soutenir un siége, pour couvrir l'armée qui s'y renfermerait; tout cela est le produit de cinquante années de patience et de persévérance : ouvrage entrepris par nos pères et continué par nous; faible noyau d'abord, dont le germe, fécondé par le temps, s'est développé, ramifié, et n'attend, pour mûrir ses fruits, qu'une journée d'effervescence : tout cela, nous te l'offrons, à toi, élevé dans le métier de la guerre, pour faire la guerre, à toi ennemi des Anglais, pour battre les Anglais. A cette offre, que répondras-tu?

— Le tableau brillant dont tu viens d'éblouir mon esprit ne saurait avoir sa réalité ; tu me trompes, Yambo, ou tu te fais illusion à toi-même.

— Suis-moi donc et viens te convaincre par toi-même que je ne t'ai pas dit un mot qui ne fut encore au-dessous de la vérité. Si tu en juges autrement, je jure par le grand Tunnew, de ne plus insister et de te servir de guide jusqu'à l'embouchure de la rivière Noire.

Mais dans la préoccupation où cet entretien avait jeté nos trois personnages, ils n'avaient rien vu, rien entendu de ce qui se passait autour d'eux ; tout à coup un cliquetis d'armes leur fit jeter un cri de surprise et d'effroi ils se trouvaient au milieu d'une troupe de soldats anglais.

V

Le détachement envoyé par Stevens à la poursuite de ses esclaves avait exploré sans résultat une partie de la forêt ; il n'en pouvait être autrement : tandis que les soldats marchaient en troupe, suivaient, en longeant la plaine, les sentiers battus et se gardaient bien de s'aventurer sur les hauteurs où ils n'eussent trouvé ni chemins ni points de reconnaissance, les noirs, au contraire, évitant tout ce qui pouvait avoir l'apparence d'une route tracée, se séparaient, se glissaient à travers les boutures des mangliers, sautaient lestement d'un rocher à l'autre, se laissaient rouler jusqu'au fond des ravins dont ils franchissaient ensuite le bord opposé avec une agilité merveilleuse, se retrouvaient sur des plateaux dont la position leur étaient connue et reprenaient leur course, toujours en montant et en s'éloignant de la plaine.

Les Anglais, pesamment armés, revenaient donc, harassés de fatigue, et d'autant plus mécontents de leur expédition qu'on leur avait promis une guinée par tête d'esclave arrêté, lorsque le hasard les conduisit sur le petit plateau qu'occupaient nos fugitifs. La prise était de nature à les dédommager amplement; Stevens ne pouvait manquer de se montrer généreux envers ceux qui lui ramèneraient sa nièce.

Mais un cri aigu, poussé par Yambo et qui retentit au loin dans les profondeurs de la forêt, changea promptement en une vive inquiétude la joie des Anglais; ce cri, signe ordinaire de ralliement chez les nègres, ils avaient eu plus d'une fois occasion de l'entendre, et ils comprirent bien vite qu'ils allaient avoir affaire à forte partie. Sans perdre de temps à délibérer, ils se formèrent en cercle autour de leurs prisonniers, présentant la face à l'extérieur, et le doigt sur la détente du fusil, prêts à faire feu sur l'ennemi dès qu'il se montrerait. Ils ne l'attendirent pas longtemps.

Une cinquantaine de noirs accoururent de différents côtés et se jetèrent avec impétuosité sur les Anglais; dix ou douze des assaillants tombèrent aussitôt, atteints par une décharge qu'avait favorisée le clair de lune. Mais, au lieu de s'enfuir, selon leur manière ordinaire de combattre, ce qui eût donné aux Anglais le temps de recharger leurs armes pour repousser un second choc, les nègres, brandissant leurs bâtons, continuèrent l'attaque avec acharnement et parvinrent à rompre le cercle; il y eut alors une horrible mêlée; noirs et blancs tombaient les uns sur les autres, ceux-ci assommés, ceux-là percés de coups de baïonnettes. Don Gaspar et Yambo ne restaient point inactifs. Yambo surtout semblait être à la fois sur tous les points, animant les siens de la voix et du geste, et maniant avec une adresse surprenante un sabre dont il était parvenu à s'emparer. Les Anglais, surpris d'une opiniâtreté dont il n'avaient point vu d'exemple jusqu'alors chez les nègres, ne tardèrent pas à reconnaître que tout le secret de cette vigueur était dans la présence de Yambo; on eût dit, en effet, que le son de sa voix était un talisman; les blessés eux-mêmes se relevaient à son commandement et semblaient y puiser des forces nouvelles. Tous les efforts se réunirent donc contre lui; il devint le centre d'un combat désespéré dans lequel il se tint constamment à la hauteur de son rôle, déployant une vigueur extraordinaire, un sang-froid héroïque. Mais un moment son étoile parut l'abandonner; comme il s'élançait sur un soldat occupé à charger son fusil, son pied heurta le corps d'un nègre blessé, et il tomba; le soldat, jetant aussitôt sa cartouche, se précipita sur lui, la baïonnette au bout du fusil. C'en était fait de Yambo si don Gaspar, accouru avec la promptitude de l'éclair, n'avait saisi le fusil prêt à le percer. Alors s'engagea, entre l'Anglais et l'Espagnol, une lutte pendant laquelle Yambo parvint à se relever; puis, se jetant, par un mouvement rapide, entre les deux combattants, il plongea son sabre tout entier dans la poitrine de l'Anglais qui tomba mort, laissant son arme au pouvoir de don Gaspar.

Cependant les nègres, moins bien armés que les Anglais, ne portaient pas comme eux des coups décisifs et n'atteignaient d'ailleurs l'ennemi qu'avec beaucoup de difficulté; chaque coup de baïonnette abattait un des leurs, tandis que les Anglais en étaient quittes le plus souvent pour quelques contusions. La victoire, quoique énergiquement disputée, ne pouvait rester bien longtemps indécise; elle allait se déclarer pour les Anglais, lorsque le cri de Yambo se fit entendre une seconde fois, mais à une assez grande distance du lieu où l'on se battait. Au même instant, le combat cessa; tous les nègres disparurent comme par enchantement; il ne resta sur le plateau que le détachement réduit à quinze soldats et environné d'une vingtaine de cadavres noirs.

L'officier qui commandait cette petite troupe, atteint d'un coup de bâton à la jambe, marchait trop difficilement pour qu'il fût permis de songer à regagner la plaine; la prudence exigeait toutefois qu'on s'en rapprochât le plus possible : à mesure qu'on descendait, les bois étaient moins touffus, les routes plus praticables et le danger d'une surprise moins imminent. L'ordre du départ fut donné et les vainqueurs se mirent en marche, emmenant comme unique trophée la nièce de Stevens. Ils n'avaient pu réussir à faire aucun autre prisonnier.

La pauvre Mary, à demi-morte d'effroi, se laissait machinalement conduire par deux soldats qui la soutenaient pour l'aider à marcher. Ceux-ci, bien éloignés de soupçonner ses véritables sentiments, se regardaient comme ses libérateurs et, par leurs félicitations, essayaient de relever ses forces et son courage; obligés de régler leurs pas sur le sien, ils se trouvaient à quelque distance de leurs camarades et formaient une sorte d'arrière-garde, lorsqu'un homme, se précipitant tout à coup au-devant d'eux, à travers le sentier, les somma de faire halte. Mary, comme éveillée par le son de cette voix, redressa la tête et fit un mouvement pour se dégager. Ses deux guides s'arrêtèrent d'abord interdits; mais, reconnaissant bientôt qu'ils n'avaient affaire qu'à un seul ennemi, ils reprirent assurance, et tandis que l'un, passant son bras autour de la taille de Mary, l'enlevait et l'entraînait avec lui, l'autre prit le devant avec résolution pour forcer le passage. Cette fois encore, la victoire demeura aux Anglais; l'homme tomba terrassé d'un coup de crosse dans la poitrine, et les deux soldats, faisant de leurs mains un brancard pour la jeune fille dont la faiblesse avait retardé leur marche, ne tardèrent pas à rejoindre leurs compagnons.

Don Gaspar, on se doute bien que c'était lui qui venait de tenter un dernier effort pour délivrer Mary, resta plusieurs heures sans connaissance. Lorsque, réchauffé par les premiers rayons du soleil, il reprit enfin ses sens, il demeura longtemps encore couché sur le sol, ayant le sentiment de son existence, mais incapable de fixer et de coordonner ses idées; son cerveau semblait plongé dans cet engourdissement qui suit d'ordinaire un sommeil lourd et pénible; le passé ne se retraçait à son esprit que confusément, semblable au souvenir d'un songe; les objets environnants paraissaient à ses yeux sans formes arrêtées, comme à travers un nuage. Une vive douleur qu'il ressentit à la poitrine le tira de cette espèce de torpeur qui n'était ni la mort ni la vie; sa vue s'éclaircit; la mémoire lui revint; il se leva brusquement et promena avec anxiété ses regards tout autour de lui; il était seul! Il appela; aucune voix ne répondit à la sienne; il voulut faire quelques pas : ses jambes, raidies par la rosée de la nuit, se refusèrent à la marche. Obligé de s'asseoir au pied d'un cannelier sauvage, il tomba dans une de ces sombres rêveries d'où la souffrance physique elle-même n'a pas la puissance de distraire.

Le ciel, souriant aux vœux de don Gaspar, lui avait accordé, depuis un jour, plus de bonheur qu'il n'eût osé la veille en espérer pour toute sa vie; mais le cœur de l'homme est ainsi fait qu'une espérance instinctive le soutient, au milieu de ses souhaits les plus extravagants, de ceux même dont il ne saurait attendre l'accomplissement dans l'avenir le plus reculé, tandis que le moindre obstacle à une réalisation devenue possible suffit pour le plonger dans l'abattement et le désespoir. Don Gaspar eût vécu longtemps encore avec résignation près de Mary, nourrissant son amour dans le silence, bornant tous ses désirs à pouvoir jeter parfois sur elle un regard à la dérobée, n'osant élever son ambition jusqu'au bonheur de lui déclarer ses sentiments; et maintenant qu'il se trouvait avoir parcouru en quelques heures un espace qu'il n'avait jamais dû compter de franchir, maintenant qu'il savait son amour partagé, qu'un serment solennel liait à sa destinée la destinée de Mary, il se laissait aller, en présence du premier obstacle, au découragement le plus profond.

Cependant, avec une âme aussi fortement trempée que celle du jeune Espagnol, il était impossible qu'un tel état de prostration se prolongeât. Après s'être exhalé en regrets sur le bonheur qu'il avait un moment touché et qui venait de lui échapper si cruellement, don Gaspar, peu à peu ramené à l'examen de sa situation, se mit à en calculer les difficultés et à discuter avec lui-même les moyens de les combattre et de les vaincre. Un projet se présenta d'abord tout naturellement à son esprit : c'était de descendre dans la plaine et d'essayer de rejoindre Mary, dut-il, pour n'être plus séparé d'elle, reprendre sa condition d'esclave; mais il lui suffit d'un moment de réflexion pour comprendre que ce projet, d'une exécution facile, au lieu de remplir son but, le conduisait tout droit à sa perte. Les soldats contre lesquels il s'était battu ne pouvaient manquer de le reconnaître; il serait mis en jugement comme fugitif, rebelle et meurtrier, et peut-être encore, avant de mourir, n'aurait-il pas la consolation d'un dernier regard, d'un dernier adieu. Alors il se souvint des paroles d'Yambo. Une armée dont on lui offrait le commandement! La guerre contre les Anglais! Une victoire peut-être! Et la conquête de l'île! Et la délivrance de Mary qu'il conduirait ensuite en triomphe à Cuba! Cette pensée, à peine conçue, s'empara exclusivement de son esprit; son imagination s'enflamma; une exaltation fébrile lui rendit à la fois ses forces physiques et morales; il se leva comme inspiré, en s'écriant :

— Oui, c'est de là-haut que viendra la liberté pour le blanc comme pour le noir! Mais de quel côté diriger ses pas? Où étaient cette armée, cette ville promises?

— Montons au hasard; Dieu me conduira, — fit don Gaspar en levant les yeux au ciel. Et il se mit résolûment à marcher.

Il n'eut pas d'abord à surmonter de bien grandes difficultés; la pente de la montagne était assez douce; lorsque les voies frayées manquaient, il rencontrait, pour en tenir lieu, le lit desséché de quelque ruisseau formé dans la saison des pluies; les arbres, quoique peu écartés les uns des autres, lui laissaient un passage, sinon commode, au moins possible; il ne lui manquait enfin que l'indication précise du point vers lequel il devait se diriger.

C'était là en effet le côté hasardeux de son entreprise. Les montagnes Bleues forment une chaîne de soixante lieues environ, qui sépare en deux la Jamaïque dans toute sa longueur; était-ce au centre ou bien aux extrémités que les nègres avaient établi leur demeure? Et si c'était aux extrémités, fallait-il la chercher à l'est ou à l'ouest? Cependant cette incertitude inquiéta peu l'esprit de don Gaspar tant qu'il ne trouva sur sa route que des obstacles faciles à surmonter; mais à peine eut-il marché pendant quelques heures que le pays changea d'aspect; à chaque pas se présentaient des pics énormes dont les flancs polis eussent défié le pied le plus sûr et le plus agile, ou d'immenses bouquets de bois tellemens confus et serrés qu'ils étaient impénétrables aux rayont du soleil. Don Gaspar, après avoir inutilement essayé de gravir un de ces rochers qui coupaient brusquement la pente devenue déjà plus rapide de la montagne, reconnut qu'il n'y avait de chemin à peu près possible qu'à travers les forêts. Quelle que fût sa répugnance, il ne lui était pas permis d'hésiter; il s'enfonça donc sous ces voûtes épaisses et sombres, au milieu de ces halliers dont il était obligé, pour se frayer un passage, de rompre ou d'arracher les rameaux entrelacés, serrés comme la trame du tissu le plus fin. Un travail de cette nature eût promptement abattu les forces d'un homme vigoureux et dispos. Don Gaspar n'avait pas avancé d'un demi-mille qu'il tombait épuisé de fatigue. Alors se réveillèrent, avec une intensité plus grande, ses souffrances momentanément assoupies par la surexcitation de son cerveau. Ses membres, déjà tout meurtris dans le combat de la nuit précédente, venaient encore de se déchirer aux dents aiguës du roc, aux branches rompues des halliers; il ne pouvait faire un mouvement sans jeter un cri de douleur. Brûlé par la fièvre, à peine trouva-t-il assez d'énergie pour se traîner jusqu'auprès d'une source qu'il entendait bruire à côté de lui.

Il fallait pourtant se résoudre à poursuivre sa route ou à revenir sur ses pas; rester était impossible. La nuit approchait, et les nuits sont glaciales dans les montagnes Bleues, sur une terre que ne caresse jamais un rayon du soleil, humectée et refroidie au contraire par une rosée abondante et malsaine. Dans l'état où se trouvait don Gaspar, c'eût été se vouer à une mort certaine.

Après une heure de repos, il se remit donc à la rude tâche qu'il avait entreprise, s'excitant de sa propre voix, se traînant sur les genoux quand ses pieds endoloris refusaient de le porter. Il passa ainsi toute la nuit, faisant une centaine de pas, se reposant un quart d'heure, puis recommençant à marcher, ayant à lutter, tantôt contre des douleurs intolérables, tantôt contre un irrésistible besoin de sommeil, et plongé au milieu d'une obscurité profonde qui ne lui laissait aucun moyen de s'orienter.

Au moment où le soleil reparut à l'horizon, don Gaspar approchait enfin de la lisière de cette inextricable forêt dont le passage venait de lui coûter tant d'efforts; la lumière arrivait jusqu'à lui, belle, dorée, éclatante; les halliers n'obstruait plus sa route; le terrain s'aplanissait; encore quelques pas, il allait, sinon trouver le terme de son voyage, au moins respirer un air plus pur et goûter sans crainte la jouissance d'un sommeil réparateur. A travers les arbres, de plus en plus clairsemés, se dessinait un riant paysage d'un effet aussi gracieux qu'inattendu : c'était un plateau circulaire d'environ deux milles de diamètre, entouré de collines verdoyantes dont la chaîne était comme coupée à l'endroit où la forêt formait, en se rétrécissant, l'entrée de ce nouvel Eden. Au milieu de ce plateau, s'élevait la ville dont Yambo avait parlé à don Gaspar, ville bâtie par les nègres et qui ne le cédait en rien à celles que les Anglais occupaient dans la plaine. Des champs de maïs, de calbanzos et de riz, des cacaoyères, des plantations de bananiers et d'yames s'étendaient autour des remparts et se prolongeaient en montant jusque sur le versant des collines. De frais ruisseaux couraient en serpentant sur cette terre favorisée dont ils contribuaient à accroître la richesse. En un mot, on eût pu mettre au défi l'imagination la plus poétique de créer un site plus beau, plus pittoresque, plus attrayant que celui de Nauny : tel était le nom que la ville des nègres avait reçu de ses fondateurs.

Tout le charme de ce délicieux tableau fut perdu pour don Gaspar; les premiers rayons du soleil l'avaient un moment ranimé; à force d'énergie, il était parvenu à gagner la limite du bois; mais la fatigue et la souffrance reprirent bientôt le dessus; il se traîna quelques pas encore, jusqu'au bord d'un chemin planté d'arbres; puis il sentit défaillir son cœur; il crut voir tourner les objets qui l'environnaient; tout à coup un nuage épais voila ses yeux; il tomba sans mouvement au pied d'un oranger.

VI

Pendant que nous suivions don Gaspar dans son pénible voyage, il se passait sur un autre point de la montagne une scène où figuraient trois des principaux personnages de notre histoire.

C'était vers le milieu du jour; la chaleur était accablante; dans une gorge étroite et sinueuse, formée par deux rochers qui s'élevaient en surplombant, ou plutôt dans une de ces longues et profondes déchirures, résultats des tremblements de terre qui ont si souvent bouleversé dans la Jamaïque la configuration du sol, s'avançait lentement et avec précaution une compagnie de soldats anglais. Ils étaient deux cents environ; la sueur dont leur visage était inondé, la pesanteur de leur marche, l'absence de cet alignement irréprochable dont ils se montraient si fiers, lorsqu'ils avaient l'honneur de défiler le dimanche, à la sortie du prêche, en présence des belles dames de Kingston, attestaient suffisamment qu'ils étaient encore peu exercés à ce genre d'expédition. Aussi n'eût-il pas été indispensable d'être un physionomiste bien expert, pour démêler sur leurs mines allongées les signes d'un mécontentement que traduisaient d'ailleurs de fréquentes exclamations peu flatteuses pour les autorités du chef-lieu.

Mais celui qui donnait le plus haut et le plus souvent un libre cours à sa mauvaise humeur, était sans contredit le capitaine Ivy, aux lamentations duquel répondait, par des lamentations d'une autre nature, un gros homme empourpré, suant, soufflant et blasphémant, lequel n'était autre que le planteur Stevens.

— Rude métier pour un homme de guerre, monsieur Stevens, que celui d'être soumis aux caprices de l'autorité civile! Dieu me préserve de m'élever en aucune façon contre l'administration de monsieur Trelaunay, surtout en ce qui concerne les affaires commerciales de la colonie et ses relations avec la métropole! Sa Majesté Georges Ier, que le ciel nous conserve le plus longtemps possible, en investissant l'honorable écuyer du gouvernement de la Jamaïque, a donné certainement une nouvelle preuve de cette prudence et de cette sagacité qui caractérisent tous ses actes; mais...

— Capitaine, hâtons le pas, s'il vous plaît; j'aperçois là-bas une masse noire; ce ne peut être qu'un de mes scélérats.

— C'est tout simplement, monsieur, une corneille de l'espèce des Carion-crow, que transforme en nègre votre désir tout naturel de retrouver vos esclaves. Je disais donc que ce qui manquait à monsieur Trelaunay, c'était une connaissance approfondie des choses de la guerre et surtout des égards que l'on doit aux hommes qui se sont voués au culte de cet art si difficile. N'est-il pas contre toutes les convenances, par exemple, qu'on envoie s'exténuer une troupe d'élite comme celle-ci, par trente degrés de chaleur, à travers des chemins impraticables, lorsqu'un détachement de la milice eût été plus que suffisant pour atteindre le but que nous poursuivons?

— La milice, capitaine! mais elle est bonne tout au plus à faire des rondes de nuit dans les rues de Kingston, qui sont bien les rues les plus paisibles de toutes les possessions de Sa Majesté Britannique. Les brigands que nous cherchons sont au nombre de quatre cents, songez-y!

— Je vous demanderai, monsieur, la permission de vous faire observer d'abord que le but réel de notre expédition est d'explorer les montagnes, afin de nous assurer si les noirs y sont en aussi grand nombre et s'ils y ont fondé des établissements aussi importants qu'on a la sottise de le dire à Kingston et de le répandre dans toutes les paroisses de la colonie.

— Cependant l'ordre du gouverneur...

— Porte que nous ferons prisonniers tous les nègres marrons que nous rencontrerons sur notre passage, mais non pas que nous irons à leur recherche. Ce sont, monsieur, deux choses essentiellement distinctes.

— C'est-à-dire, capitaine, qu'on s'en remet absolument au hasard du soin de me rendre justice. Ainsi les pauvres planteurs peuvent être volés, pillés, incendiés impunément! leurs esclaves s'enfuient, et au lieu de mettre en campagne, jour et nuit, toute la garnison, comme ce serait raisonnable et juste, on se contente de dire : voilà un détachement qui va pousser une reconnaissance dans les montagnes : s'il rencontre quelqu'un de vos fugitifs, il vous le ramènera... Dieu me damne! Est-il possible que nous payions des appointements princiers à un gouverneur pour qu'il prenne si peu de souci de nos intérêts.

— Monsieur, — interrompit le capitaine Ivy en s'arrêtant et en élevant la voix, — vous oubliez que mon devoir est de faire respecter l'autorité, et qu'en poursuivant vos séditieuses récriminations, vous me mettriez dans la triste nécessité de sévir contre vous.

— Pardieu! capitaine, il me semble que vous-même, vous ne vous gêniez pas tout à l'heure.

— Je me plaignais, il est vrai, mais en terme mesurés et légaux, comme je suis tout prêt à le faire encore, tandis que vous vous permettez de critiquer crûment et sans employer de circonlocutions convenables; ce sont deux choses essentiellement distinctes. — Et le capitaine, se remettant en marche, reprit ainsi le fil de son discours :

— Je disais donc, monsieur, que la milice était plus que suffisante pour aller à la découverte d'établissements imaginaires et pour venir à bout de quelques misérables fuyards que la vue d'un fusil ferait tomber à genoux à deux cents pas.

— Erreur, capitaine, ces nègres qu'il vous plaît d'appeler de misérables fuyards, sont d'atroces coquins que rien n'intimide. Vous me croirez, sans doute, quand je vous dirai que moi, Stevens, dont le nom seul passait pour un épouvantail dans toute ma plantation, ils ont eu l'audace de me saisir, de me garrotter, et que si l'on n'était venu à temps à mon secours, ils me faisaient passer, sans autre forme de procès, entre les cylindres d'un de mes moulins.

— Je ne prétends pas, monsieur, contester le fait que vous avancez; mais de ce que vos nègres se sont permis de manquer à ce point d'égards envers votre personne, il ne s'ensuit pas rigoureusement qu'ils soient des ennemis bien redoutables; ce sont, vous me permettrez de vous le dire, deux choses essentiellement distinctes.

— Pour le coup, — s'écria Stevens, — voilà une troupe de mes bandits!

— Dans quelle direction, s'il vous plaît?

— Là-bas, au bout de ce maudit défilé.

Le capitaine se prit à rire :

— Vous n'êtes pas heureux dans vos découvertes; pardonnez-moi de m'exprimer si franchement; mais il ne peut appartenir qu'à un esprit fortement préoccupé, ou à une vue bien peu exercée, de confondre ainsi la peau noire d'un Cafre avec la magnifique teinte rouge que vous voyons éclater au soleil. Ce sont, monsieur, de braves et dignes soldats de Sa Majesté, en expédition, comme nous, et qui auront jugé à propos de faire halte, ce dont assurément je n'ai point l'intention de leur faire un crime dans un tel pays et par une telle température.

Le capitaine Ivy ne s'était point trompé; le petit groupe que Stevens avait aperçu se composait d'un lieutenant, de quinze soldats et d'une femme; c'était le détachement que nous avons vu aux prises avec les nègres d'Yambo; trop maltraité pour continuer sa marche, il s'était arrêté, depuis le matin, dans un vallon, à l'extrémité de la gorge que venaient de parcourir le capitaine et sa compagnie.

Lorsque les deux troupes eurent rempli les formalités prescrites par les règlements militaires, le capitaine et le lieutenant s'abordèrent en se serrant la main.

— Je remarque avec peine, lieutenant Edmunds, que vous marchez difficilement et que vous boîtez de la jambe gauche; je ne serai pas surpris de lire dans votre rapport que le pied vous a manqué au bord de quelqu'un de ces maudits ravins qu'on rencontre à chaque pas dans ces montagnes, que Dieu confonde. Il ne faut pas que cela vous humilie; c'est un accident auquel les plus braves sont exposés et qui a failli m'arriver deux fois à moi-même, pendant que je m'entretenais avec monsieur Stevens.

— Vous reconnaîtrez, capitaine, — répondit le lieutenant en se frottant la jambe, — la nécessité d'admettre une autre supposition, quand vous aurez remarqué que des vingt hommes confiés à mon commandement, j'en ramène seulement quinze; encore ne sont-ils pas tous dans un état beaucoup plus satisfaisant que le mien.

Le capitaine arrêta successivement son regard sur chacun des soldats qui composaient le détachement.

— En effet, — reprit-il après avoir terminé sa rapide inspection, — je vois là neuf gaillards dont l'attitude s'écarte furieusement de cette ligne droite si agréable à l'œil, qui est la première condition d'une belle tenue militaire. C'est une irrégularité que ne se permettraient pas des soldats de Sa Majesté, s'ils n'avaient la moitié des membres perclus ou au moins quelques côtes enfoncées. Si je joins à cela les cinq hommes qui vous manquent, je suis forcé de supposer des événements plus graves que de simples accidents de voyage, quoique, je l'avoue, la chose me paraisse peu vraisemblable.

— Et pourtant elle est vraie; oui, capitaine, ce sont les nègres qui nous ont mis dans cet état.

Le lieutenant Edmunds fit au capitaine Ivy une relation circonstanciée de son expédition et du combat nocturne qu'il avait eu à soutenir contre les rebelles.

— Que vous disais-je? — fit Stevens en s'adressant au capitaine lorsqu'Edmunds eut achevé son récit: — vous voyez que l'uniforme ne fait pas peur à ces peaux noires, et que vous n'avez pas plus que nous le privilége de leurs égards.

— Je vois, monsieur, — répondit le capitaine avec dignité, — que le lieutenant Edmunds, surpris par des forces triples, s'est vaillamment conduit et est demeuré maître du champ de bataille. Que vos révoltés ne s'effraie point, soit; mais qu'ils battent des soldats anglais, jamais! Ce sont deux choses essentiellement distinctes... Ainsi, lieutenant, — poursuivit-il en se tournant du côté d'Edmunds, — vous leur avez donné une leçon qui leur ôtera pour longtemps, je l'espère, la fantaisie de se frotter à des hommes comme nous. Il est fâcheux toutefois que vous n'ayez point ramené de prisonniers; quelques perches plantées sur les cimes de ces montagnes, avec le corps de ces drôles en guise de drapeau, n'auraient pas mal fait pour assurer la tranquillité de la colonie.

— Vous avez raison, capitaine; mais, au milieu de l'obscurité, ces diables de peaux huileuses glissaient entre nos doigts comme des anguilles. Cependant nos efforts n'ont pas été tout à fait sans résultat; nous avons réussi à leur enlever cette jeune créole qu'ils emmenaient prisonnière.

— Ma nièce! — s'écria Stevens dont le regard s'était porté du côté qu'avait indiqué le lieutenant.

Mary, assise à quelques pas du détachement, la tête appuyée sur ses deux mains, absorbée par ses pensées, était jusqu'alors restée complétement étrangère à ce qui se passait auprès d'elle. Mais l'exclamation de Stevens la tira tout à coup de sa rêverie; elle leva la tête, aperçut son oncle, et jeta involontairement un cri d'effroi en le voyant s'avancer vers elle.

— Voilà, lieutenant, — dit le capitaine, — un doux épanchement de famille que vous devez considérer comme une précieuse récompense de votre belle conduite. Mais je suis, je l'avoue, peu partisan de ces scènes attendrissantes dont le spectacle a toujours l'inconvénient d'amollir l'âme d'un soldat. Mon avis est donc que nous fassions à celle-ci une salutaire diversion. Vos hommes me semblent être dans un état à ne point reculer devant une occasion de se réconforter; quant aux miens, sans avoir été précisément aussi maltraités, j'imagine qu'ils ont essuyé assez de fatigue et de chaleur pour qu'une halte, accompagnée de quelques rafraîchissements ne leur paraisse pas tout à fait hors de propos. Or, j'ai dans mes approvisionnements une cinquantaine de bouteilles de rhum dont je suppose que la dégustation ne saurait avoir lieu plus à point qu'en cette circonstance. Vous convient-il, lieutenant Edmunds, que nous en vidions quelques-unes, d'abord en l'honneur de Sa Majesté, ainsi que doit le faire tout bon et loyal sujet, puis en célébration de la victoire que vous avez si noblement remportée.

Le lieutenant n'eut garde, on le pense bien, de trouver une seule objection à faire à cette offre aussi sortable que cordiale.

Une tente fut dressée en quelques minutes autour d'un quartier de rocher destiné à tenir lieu de table. Stevens et Mary, invités par le capitaine, vinrent y prendre place auprès des deux jeunes officiers : la jeune fille, avec cet air de résignation distraite auquel on reconnaît que l'esprit abattu n'a plus ni direction ni volonté; Stevens, au contraire, avec un empressement suffisamment expliqué par une longue privation de tout un jour, et peut-être aussi par un besoin instinctif de noyer pour quelques instants le souvenir de sa ruine.

Les soldats s'étendirent çà et là sur l'herbe, autour de la tente, par groupes de douze ou quinze; au centre de chacun de ces groupes, figurait, comme héros de la fête, un des soldats du détachement; et les oreilles avides des nouveaux venus prêtaient une attention religieuse au récit infiniment détaillé des exploits de la veille.

Chaque coup de sabre ou de fusil était accueilli par un hurrah admiratif, suivi d'une pause, pendant laquelle les bouteilles passaient dextrement d'une main à l'autre, si bien qu'en moins d'une heure, rassasiés de hauts faits, d'admiration et de rhum, auditeurs et narrateurs sentirent se fermer leurs paupières appesanties. Au choc des bouteilles succéda le silence le plus absolu; tous s'étaient endormis de ce sommeil aux songes dorés, qui fait de chaque soldat un héros et de chaque tambour un colonel.

Sous la tente, les choses n'étaient pas arrivées tout à fait à ce point; mais tandis que Mary rêvait, que Stevens buvait, une discussion profonde sur la manière d'engager un combat en plaine ou dans les montagnes absorbait complétement l'attention du lieutenant et du capitaine, lequel ne manquait pas de terminer tous ses arguments par l'invariable formule : ce sont deux choses essentiellement distinctes.

Il ne restait donc, pour veiller à la sûreté du camp, qu'une demi-douzaine de sentinelles qui se promenaient de long en large, le fusil sur l'épaule, regardant d'un œil d'envie trois ou quatre bouteilles imparfaitement vidées par leurs camarades. C'était, comme on va le voir, une précaution bien insuffisante.

Au milieu d'une de ces phrases interminables qu'il construisait avec un art tout particulier, le capitaine Ivy fut soudainement interrompu par une explosion de cris suivis de quelques coups de feu.

— Qu'est-ce donc que j'entends, — fit le capitaine avec un léger mouvement de surprise; — si la chose était vraisemblable, je serais tenté de croire à une visite de l'ennemi.

— Ce sont en effet les noirs qui nous attaquent, — dit Edmunds en se levant; — je reconnais leur signal; à en juger par l'intensité du cri, ils ne sont pas moins de cinq cents.

— Je voudrais, pardieu! que cela fût, pour en finir une bonne fois avec cette canaille.

Mais l'assurance du capitaine fit place à une indicible stupéfaction, lorsque, sortant de la tente, il vit une multitude de noirs, armés de fusils et de sabres, déboucher de différents côtés dans le vallon, et ses soldats à moitié réveillés se presser dans une déplorable confusion autour de leurs armes en faisceaux qu'ils ne pouvaient parvenir à reconnaître. Un coup d'œil lui suffit pour apprécier le danger de sa position et pour combiner son plan de défense; car c'était un excellent officier, d'un courage à l'épreuve, d'un jugement sûr et aussi prompt à prendre son parti que prolixe dans ses discours. Sa voix formidable eut bientôt rallié autour de lui un noyau d'environ cent hommes subitement dégrisés par l'attaque imprévue des noirs; les autres, sourds à la voix du chef courant çà et là, pêle-mêle, et trébuchant à chaque pas, se jetaient en aveugles au-devant des coups de l'ennemi qui en fit un horrible carnage, sans éprouver la moindre résistance.

La partie était trop inégale pour qu'il fût possible au capitaine de songer à la gagner; c'eût été marcher à une perte assurée; obéissant donc à regret à la triste loi de la nécessité, il laissa s'accomplir cette boucherie et ne s'occupa que des moyens d'assurer le salut du reste de sa troupe. Il en forma une colonne serrée à la tête de laquelle il mit le lieutenant Edmunds et qu'il fit rentrer sans hésitation dans la gorge qu'il avait parcourue en arrivant; quant à lui, il prit le commandement d'un pelotion d'arrière-garde qui, marchant à reculons, tenait l'ennemi en respect et, par de continuelles décharges, tempérait l'ardeur de sa poursuite.

Peu expérimentés encore dans l'art de la guerre, satisfaits d'ailleurs de la victoire qu'ils venaient d'obtenir, les nègres ne tardèrent pas à s'arrêter, et notre brave capitaine parvint à sauver les débris de sa compagnie. Ce ne fut pas toutefois sans essuyer quelques pertes; son mouvement rétrograde lui coûta cinq ou six hommes atteints par le feu de l'ennemi; il eut lui-même le bras traversé par une balle, ce qui ne l'empêcha pas de rester au poste périlleux qu'il s'était assigné, jusqu'au moment où, parvenu au pied de la montagne, il put faire halte à l'abri de tout nouveau danger.

— Voilà une fâcheuse journée, capitaine,—lui dit alors le lieutenant Edmunds qui était venu avec empressement s'informer de l'état de sa blessure; — je crains qu'elle ne jette le découragement parmi les troupes de la colonie, en même temps qu'elle accroîtra l'audace des rebelles tout fiers de nous avoir vus fuir devant eux.

— Je suis désolé, — répondit le capitaine en se redressant, — de voir un brave officier se méprendre de la sorte sur la portée des expressions; le mot *fuite* me paraît assez mal choisi pour désigner le mouvement que nous venons d'opérer.

— Les nègres ne manqueront pas de l'appeler ainsi, capitaine.

— C'est possible; les nègres ne sont pas tenus d'être versés dans la connaissance des termes techniques; mais nous autres hommes de guerre, nous ne devons pas nous permettre d'appliquer ce mot fuite à ce qui est après tout une retraite fort honorable. Ce sont, monsieur, deux choses essentiellement distinctes.

Cependant Stevens, resté seul avec Mary sous la tente, ne paraissait pas prendre garde ni au bruit qui se faisait à l'extérieur, ni à la pâleur mortelle dont l'effroi couvrait le visage de sa nièce. Il en était à sa seconde bouteille de rhum qu'il pressait amoureusement de ses lèvres à des intervalles de plus en plus rapprochés. Ses traits auparavant refrognés s'épanouissaient; ses yeux verts flamboyaient; sa bouche était souriante. Si c'était l'oubli du passé qu'il cherchait dans ces copieuses et fréquentes libations, on peut croire qu'il avait complétement atteint son but, car une idée tout actuelle paraissait posséder son esprit, et son regard se fixait d'une façon étrange sur Mary, chaque fois que sa main laissait retomber la bouteille sur la pierre.

Parvenu enfin au plus haut degré de l'exaltation, il se leva en s'écriant :

— Non! non! tu ne m'échapperas pas!

Et il fit en chancelant deux ou trois pas vers la jeune fille.

Cette exclamation et ce mouvement attirèrent soudain l'attention de Mary sur son oncle; saisie d'horreur, éperdue à l'aspect de cet homme privé de raison, qui venait à elle les bras ouverts, elle voulut fuir; Stevens l'en empêcha en lui jetant ses bras autour de la taille; trop faible pour essayer de lutter, Mary se laissa glisser à genoux :

— Monsieur, — fit-elle d'une voix déchirante, — au nom de ma mère, ayez pitié de moi!

— Mary, tu es belle!

— Je fais le serment de vous suivre, de ne plus chercher à vous quitter; je serai votre servante, votre esclave; grâce! grâce, je vous en conjure!

— Mary, je t'aime!

— Vous ne serez pas insensible à mes larmes, à mon désespoir, vous, le frère de mon père, vous qui devriez être mon appui, mon protecteur!

— Mary, j'ai juré que tu serais à moi!

— Oh! mon Dieu! m'abandonnerez-vous? Me laisserez-vous sans défense?

Et comme si Dieu s'était empressé de répondre à l'appel de la pauvre enfant, un homme parut tout à coup à l'entrée de la tente.

Cet homme, c'était Yambo.

Au même instant, Mary, rassemblant toutes ses forces dans un dernier effort, parvenait à s'arracher des bras de Stevens; celui-ci fit un pas pour ressaisir sa victime; mais il s'arrêta aussitôt serré à la gorge par la main de fer du nègre.

— Lâche! — s'écria Yambo, — voilà les adversaires qu'il te faut; tu n'as de courage qu'avec les femmes!

La figure de Stevens, de pourpre qu'elle était, devint bleue, puis noire; ses jambes fléchirent, et quand le nègre, ouvrant la main, le lâcha en lui disant :

— Suis-nous!

Il tomba de toute sa hauteur sans pousser un cri, sans faire un mouvement; l'apoplexie l'avait foudroyé.

VII

Quand don Gaspar revint de son évanouissement, il lui sembla qu'il sortait d'un rêve pour en commencer un nouveau. La forêt et ses inextricables halliers, le plateau entrecoupé de frais ruisseaux et semé de délicieux ombrages, la ville avec sa riante ceinture de champs cultivés et de collines verdoyantes, tout cela avait disparu.

Il se trouvait sur un lit, dans une chambre de modeste apparence. La fenêtre ouverte lui laissait apercevoir, à la suite d'un petit jardin, une foule d'habitations que séparaient quelques bouquets d'arbres. En face du lit, au-dessus d'un prie-dieu, était suspendue une magnifique image du Christ sculptée en bois de cèdre, et, devant cette image, priait agenouillé un vieux prêtre dont une longue barbe blanche encadrait la belle et vénérable figure.

Après avoir examiné l'un après l'autre, avec la curiosité d'un enfant, les objets qui l'environnaient, et s'être assuré qu'il était réellement éveillé, don Gaspar se demanda quelle était cette maison et comment il y avait été transporté; mais il ne put trouver dans ses souvenirs aucune réponse satisfaisante à ces deux questions. Le bruit qu'il fit en essayant de se soulever ayant interrompu le prêtre dans sa méditation, celui-ci se leva et s'approcha du lit :

— Le ciel a enfin exaucé ma prière! je vois avec joie, mon fils, que vous allez mieux.

— Je vous en conjure, mon père, dites-moi où je suis et ce qui m'est arrivé.

— Je vous répondrai quand vous aurez pris ce breuvage que j'ai préparé moi-même et sur lequel je compte pour rétablir vos forces.

Don Gaspar vida d'un trait la tasse de coco que lui présentait le prêtre.

— Je puis maintenant, mon fils, satisfaire votre curiosité : vous êtes dans la ville de Nauny; quelques habitants, sortis ce matin de bonne heure, pour couper le maïs et le mettre en gerbes, vous ont trouvé au bord d'un chemin, étendu sur la terre et privé de sentiment. Comment vous étiez là et quel accident vous était arrivé, ces bonnes gens n'ont pu le savoir; mais ils se sont empressés de vous transporter chez moi qui suis leur pasteur et leur ami. Après m'être aidé de quelques connaissances en médecine que je dois à une vieille expérience, j'ai prié Dieu de seconder mes efforts pour vous rappeler à la vie; et Dieu, toujours prêt à venir au secours de ceux qui ont foi dans sa bonté, a daigné m'accorder la faveur que je sollicitais. Je pourrais à mon tour vous adresser quelques questions; mais je me garderai de vous causer par mon indiscrétion une fatigue qui compromettrait votre rétablissement; qu'ai-je besoin d'ailleurs de savoir qui vous êtes et d'où vous venez. Pour m'intéresser à vous, ne suffit-il pas que je vous aie vu souffrir?

— Je me sens assez bien, — répliqua don Gaspar, — pour continuer un entretien qui peut éclaircir mes doutes et mettre fin à mon inquiétude; veuillez donc m'écouter d'abord, mon père, afin que vous puissiez ensuite me dire ce que je dois faire et quelle espérance il m'est permis de concevoir.

Le bon vieillard, après avoir consulté le pouls du malade, convaincu qu'il pouvait sans imprudence se rendre à son désir, s'assit au chevet de son lit et lui fit signe qu'il était prêt à l'écouter.

Alors don Gaspar, prenant son récit au moment où les pirates l'avaient enlevé de Cuba et vendu comme esclave à la Jamaïque, le conduisit, sans omettre une seule circonstance, jusqu'à son arrivée devant Nauny, et poursuivit en ces termes :

— Je vous le demande à présent, mon père, le dessein qui m'a fait surmonter tant de fatigues pour parvenir jusqu'ici est-il coupable ou légitime? J'ai vu les malheureux nègres soumis à tout ce que la cruauté la plus raffinée peut imaginer de plus horrible, et mon cœur s'est révolté, et le souvenir seul de leurs souffrances suffit pour m'indigner encore. Mais je suis blanc, je suis chrétien; puis-je sans crime, pour l'affranchissement des nègres, m'exposer à verser le sang des Anglais qui sont chrétiens et blancs comme moi? — Comme la réponse du prêtre se faisait attendre, don Gaspar se tourna de son côté et fit un mouvement de surprise en le voyant joindre ses mains et lever au ciel ses yeux baignés de pleurs. — Pardonnez-moi, mon père, si mon récit a réveillé dans votre esprit quelque triste souvenir.

— Mon fils,— répondit le vieillard,— ne vous affligez point de mes larmes, car ce sont des larmes de joie. Oui, je rendais grâce au ciel de ce qu'il m'accorde aujourd'hui le plus grand bonheur qu'il me fût permis d'ambitionner sur cette terre. Don Gaspar de Herrera, n'entendîtes-vous jamais, dans votre famille, prononcer le nom de Bartolomé Hernandez?

— Ce nom était celui d'un ami dont j'ai souvent entendu mon père déplorer la mort.

— Je suis Bartolomé Hernandez. Votre père fut mon bienfaiteur; il m'avait accueilli pauvre et malade dans sa maison. Pourvu d'un bénéfice, grâce à son crédit, il avait été résolu que je me fixerais auprès de lui, pour le reste de mon existence, au retour d'un voyage qu'il me fallut faire à Carthagène pour y prendre possession d'un modeste héritage. Je devais aussi consacrer tous mes soins à votre éducation; vous aviez cinq ans à peu près. Mais ce sont de vains projets que ceux des hommes, lorsqu'ils ne sont point d'accord avec ceux de la Providence. Pendant la traversée, une tempête furieuse assaillit notre navire et le brisa sur un écueil, à quelque distance de la Jamaïque. Jeté par les vagues sur une rive inhabitée, j'errai plusieurs jours de rocher en rocher, au milieu des bois où je trouvais une nourriture facile, et je gagnai insensiblement les hauteurs de la chaîne des montagnes Bleues. Surpris enfin par un parti de nègres marrons, je fus amené dans cette petite ville qu'ils commençaient à bâtir. Voilà vingt ans que je vis au milieu de ces noirs tant calomniés, leur prêchant la parole de Dieu et faisant servir ma faible science au soulagement de leurs maux; jamais un père n'obtint de ses enfants plus de témoignages de dévouement et de tendresse que je n'en reçois des bons habitants de Nauny. L'existence la plus heureuse n'aurait pu se comparer à la mienne, si le souvenir d'un bienfaiteur, d'un ami dont je me voyais à jamais séparé n'était souvent venu jeter le trouble et le regret dans ma pensée. Jugez donc de quelle joie vive et pure votre récit a pénétré mon âme! Le fils de l'homme qui fut généreux envers moi, cet élève dont je devais former le cœur et que je me promettais d'aimer comme si j'avais été son second père, c'est lui que je vois aujourd'hui dans ma demeure! Et il y est pauvre et malade, comme je l'étais lorsque la maison de son père s'ouvrit pour me recevoir! Et je puis payer ma dette de reconnaissance, en lui prodiguant à mon tour les soins dont je fus autrefois comblé par sa famille!

Don Gaspar, vivement ému, tendit au vieillard une main que celui-ci serra tendrement dans les siennes.

— Il y a longtemps, mon père, que des paroles aussi affectueuses n'ont réjoui mon oreille et fait battre mon cœur; grâce à vous, j'ai pu me croire un moment au milieu des miens, dans la maison paternelle. Que j'étais loin de m'attendre à cette douce surprise! Et que je dois de remerciements au ciel qui semble avoir présidé à tout ce qui m'arrive!

— N'en doutez pas, mon fils,— s'écria don Bartolomé,— le doigt de Dieu se manifeste dans tout ceci. Nous avons été, vous et moi, envoyés dans ces montagnes pour l'accomplissement d'un grand devoir. Pendant vingt ans, j'ai rempli auprès des nègres ma mission qui était de dissiper les ténèbres de l'ignorance; mais après l'affranchissement de l'âme devait venir celui du corps, et vous êtes, j'en ai le pressentiment, le bras dont Dieu veut se servir pour consommer cet acte de sa justice. Vous me demandiez, don Gaspar, si c'était un crime de combattre les Anglais, des blancs, des chrétiens comme vous, pour rendre à des noirs une liberté qui n'eût jamais dû leur être ravie? Ministre de paix, je verserais avec joie tout mon sang pour épargner une goutte du sang de mes semblables; mais je ne puis m'opposer aux lois de la Providence, et, pour vous répondre, je me sens inspiré par ce même Dieu qui a mis en votre cœur une pensée généreuse et un noble dévouement. Tous les hommes ne sont-ils pas, quelle que soit leur couleur, des enfants du Seigneur et, par conséquent, des frères? Et l'exemple de Caïn ne nous apprend-il pas que le frère qui opprime et tue son frère est un enfant maudit et déshérité? Oui, le blanc qui, pour satisfaire une coupable avarice, arrose sa terre avec la sueur et le sang du noir, le blanc qui se fait geôlier et bourreau de son frère innocent est un nouveau Caïn poursuivi par la malédiction du ciel; et quiconque le frappe est un instrument de la colère divine. Apportez donc sans scrupule à vos frères opprimés le secours de votre bras et de votre savoir; combattez sans scrupule les hommes qui se déclarent les ennemis de notre sainte religion puisqu'ils en méconnaissent les préceptes sacrés; et moi, prosterné au pied de l'autel, j'appellerai sur vous le regard du souverain maître, afin que sa bénédiction vous suive dans le combat et vous fasse triompher, comme l'archange, de l'esprit du mal et des ténèbres.

En parlant ainsi, le prêtre s'était levé; sa taille, ordinairement courbée, s'était redressée par un élan sublime, le feu de l'inspiration étincelait dans son regard; sa voix avait acquis par degrés une force irrésistible, une puissance surnaturelle: Saint-Bernard dut être ainsi, lorsqu'il prêcha la croisade en présence de Louis le Jeune.

Don Gaspard, qui d'abord avait eu quelque peine à se mettre sur son séant, électrisé tout à coup par la parole ardente et le geste éloquent de don Bartolomé, descendit du lit, se plaça en face du crucifix qui surmontait le prie-dieu, et, la main étendue vers l'image du sauveur:

— Je jure, mon père, — dit-il d'un ton solennel,— de ne point songer à retourner dans ma patrie, tant que les noirs de Nauny n'auront pas conquis et assuré leur indépendance; et je prends devant Dieu l'engagement de me vouer dès ce jour, corps et âme, au succès de la noble cause que vous avez embrassée.

Au moment où don Gaspar prononçait ces paroles que le prêtre recueillait avec transport, une sourde rumeur commençait au dehors et dans le lointain; bientôt le bruit se rapprocha en grandissant; puis il se fit un mouvement extraordinaire dans la rue même où demeurait don Bartolomé; enfin l'on entendit une explosion de cris frénétiques poussés par des milliers de voix retentissantes.

Le vieillard et le jeune homme se regardaient avec étonnement lorsque, la porte s'étant ouverte, un nègre se présenta devant eux :

— Yambo! — s'écria don Bartolomé.

— Gaspar! — fit le nègre non moins surpris, à la vue de l'Espagnol.

Embrasse-moi, mon fils, — dit le prêtre en ouvrant ses bras à Yambo qui s'y précipita avec effusion; — il y a longtemps que tu nous as quittés! Bien des fugitifs sont venus, depuis ton départ, nous demander un asile, en nous annonçant ton prochain retour; mais les jours et les mois s'écoulaient, et je commençais à désespérer.

— La tâche que je m'étais imposée, mon père, était difficile et longue; il nous fallait des combattants, des munitions, des armes; pour obtenir tout cela, je me suis présenté au fouet impitoyable des blancs, et j'ai repris la livrée de l'esclavage dont j'avais su m'affranchir. Mais les planteurs sont soupçonneux et vigilants; une surveillance active rend les communications difficiles et dangereuses entre les noirs d'une même plantation; elles sont presque impossibles entre les noirs de plantations différentes; la nuit seule m'offrait quelques instants pour agir. Ce qu'il m'a fallu déployer d'adresse, imaginer de ruses, vous ne sauriez vous le figurer. Encore si j'avais trouvé chez tous nos frères de la confiance, de l'énergie, de la résolution! Mais il ne suffit pas au blanc de tuer le corps du pauvre nègre, il lui faut aussi son âme! J'en ai vus que l'esclavage avait tellement abrutis qu'ils me regardaient stupidement et ne me comprenaient pas, quand je leur parlais de liberté. D'autres étaient timorés et méfiants; ils voyaient un piége dans chacune de mes propositions; ils me menaçaient de me dénoncer aux maîtres. Enfin, à force de persévérance, j'ai triomphé de tous les obstacles; cinq cents noirs bien armés m'ont suivi; et ils sont pleins d'ardeur et de confiance, car deux fois déjà, depuis qu'ils sont dans les montagnes, ils ont battu les troupes de nos ennemis. Si la trahison n'a point déjoué nos plans, mille esclaves de la paroisse Sainte-Catherine ont quitté leurs plantations dans la nuit d'avant-hier, et nous les recevrons aujourd'hui à Nauny. Il nous en viendra encore de Sainte-Anne, de Sainte-Marie, de Sainte-Dorothée, de Saint-Thomas; tous apporteront des fusils, des mousquets, des piques, de la poudre; il ne nous manquera plus que deux choses qui font la supériorité des Anglais : la discipline et un chef.

Yambo, en parlant ainsi, jeta sur don Gaspar un regard significatif.

— Sois donc satisfait, mon fils, — dit le prêtre, — le ciel a répondu d'avance à ton vœu; ce chef que tu demandes, le voici.

Don Bartolomé désigna de la main son jeune compatriote.

— Il consent donc enfin! — s'écria Yambo, les yeux rayonnants de joie.

Don Gaspar fit un pas vers le nègre et lui tendit la main :

— Je suis trop jeune encore, — lui dit-il, — pour avoir acquis une bien grande expérience; cependant, Yambo, si tu me crois utile à ta cause, dispose de moi.

— Je t'aimais déjà, — dit le noir, — mais ce que tu fais en ce moment te donne bien plus de droit encore à ma reconnaissance, à mon amitié, que tu n'en acquis en me sauvant la vie.

— Vous vous étiez rencontrés déjà, — fit le prêtre surpris.

— Nous avons souffert ensemble, mon père, — répondit don Gaspar.

— Et alors, — ajouta Yambo, — il nous était permis seulement de compâtir aux souffrances l'un de l'autre. Aujourd'hui, Gaspar, tu as une ville, une armée dont je te remets le commandement, prêt à t'obéir comme le dernier soldat, moi qu'elle avait nommé son chef; l'appui que tu prêteras au malheureux esclave ne se réduira plus à une pitié inactive et stérile. Aujourd'hui, plus puissant aussi, moi, je ne me bornerai pas à te plaindre, et je te dirai : Frère, laisse battre librement dans ta poitrine un cœur que le chagrin oppresse; relève ta tête courbée par le découragement et que la joie ranime tes yeux abattus; il n'y a plus chez nos ennemis rien que tu puisses regretter.

— Que veux-tu dire? — s'écria don Gaspar interrogeant avec anxiété le regard d'Yambo.

Mais celui-ci, pour toute réponse, se contenta de sourire et sortit. Un instant après, il reparut en tenant Mary par la main. La joie de don Gaspar ne saurait se décrire; celle de Mary ne fut pas moins vive. Aux premiers épanchements de bonheur succédèrent les explications; c'était un mouvement bien naturel que celui de la curiosité, après une rencontre aussi miraculeuse qu'inattendue.

— Ami, — dit le jeune Espagnol à Yambo, lorsque Mary eut achevé le récit de sa délivrance, — si je n'avais embrassé le parti des noirs, je le ferais maintenant par reconnaissance. — Et se tournant vers Mary : — Je vous ai promis de vous conduire dans la patrie de votre mère; mais ne voulez vous pas que j'acquitte auparavant la dette sacrée que nous venons de contracter tous les deux?

— Don Gaspar, — répondit Mary, les yeux baissés et la voix émue, — je n'ai plus de parents de qui je dépends sur la terre; votre volonté sera la mienne, vous m'aimez et je vous aime; partout où vous serez, je me trouverai bien.

— Mary, une prière encore; dans la lutte où je m'engage, il est possible que je succombe; si je mourais votre époux, notre séparation me semblerait moins cruelle; consentez-vous à me donner votre foi?

— Je suis prête à renouveler devant Dieu et devant les hommes, un engagement que j'ai pris déjà dans le secret de mon cœur.

— Eh bien! mon père, — dit solennellement don Gaspar, en prenant la main de Mary et en s'agenouillant avec elle devant don Bartolomé, — vous qui avez mission d'unir, recevez nos serments et bénissez notre amour.

Le bon vieillard, après les avoir contemplés quelques moments d'un œil attendri, leva ses regards vers le ciel et fit à haute voix une prière qu'ils écoutèrent avec un recueillement religieux; joignant ensuite leurs mains entre les siennes, il leur dit :

— Soyez unis, mes enfants, et que Dieu répande sur vous toutes ses bénédictions.

Cette simple et touchante cérémonie terminée, don Gaspar se leva :

— Je suis tout à toi, maintenant, — dit-il à Yambo qui avait suivi toute cette scène dans un respectueux silence.

VIII

L'incendie de la plantation de Stevens et la fuite de ses esclaves avaient jeté la paroisse de Kingston dans la consternation. Les mêmes faits s'étant reproduits en même temps dans cinq ou six autres paroisses, une terreur panique s'empara aussitôt de toute la colonie. On crut à un soulèvement général des noirs; les planteurs, craignant d'être massacrés, abandonnaient déjà leurs champs et leurs moulins pour aller se réfugier dans les villes; les habitants de celles-ci n'étaient pas eux-mêmes très-rassurés; ils songeaient à l'effrayante disproportion qui existait entre le nombre des blancs et celui des nègres; si la lutte avait lieu, ils ne doutaient point qu'elle ne dût avoir pour eux l'issue la plus funeste. Cette alarme, du reste, fut aussi courte qu'elle avait été chaude; lorsqu'on sut que treize paroisses étaient restées tranquilles et que, dans les autres, le mouvement n'avait été que partiel, le calme et la confiance ne tardèrent pas à rentrer dans tous les esprits.

Mais le gouverneur, homme de prévoyance et de résolution, ne partagea point la sécurité commune; il considéra que, depuis quelques années surtout, les désertions d'esclaves devenaient de plus en plus fréquentes, que le noyau des fugitifs, déjà fort de sept à huit mille, d'après ses calculs, ne pouvait manquer de s'accroître dans une progression rapide et que, si le moment présent n'offrait pas de danger réel, le temps n'était pas éloigné où l'existence de la colonie serait sérieusement menacée. Ses réflexions l'amenèrent à reconnaître qu'il était plus prudent de prévenir le péril que de l'attendre. Renonçant dès lors à la politique de ses prédécesseurs, qui n'avait eu pour résultat que de pallier le mal, il s'appliqua à chercher les moyens de l'extirper complétement.

Ce n'était pas une entreprise facile; de nombreuses tentatives avaient été faites pour aller chercher les rebelles jusque dans leurs retraites; toutes avaient échoué. Les troupes envoyées à la découverte étaient revenues battues quelquefois, découragées souvent par l'inutilité de leurs recherches, rebutées toujours par les fatigues d'une marche difficile, presque impossible. Il est vrai que ces expéditions, mal combinées, étaient peu susceptibles de réussite. Que pouvaient deux ou trois cents hommes partant le matin, marchant sans but, n'osant s'aventurer dans les profondeurs des forêts, et rentrant le soir dans leur quartier, pour recommencer, huit ou dix jours après, leur insignifiante promenade?

Il fallait préparer une campagne, mettre dehors un corps d'armée suffisant, envoyer de l'artillerie pour détruire les établissements des nègres, frapper enfin un coup décisif. Tel fut le parti auquel s'arrêta monsieur Trelaunay. Il se trouva justement qu'un esclave marron, dans l'espoir d'obtenir son affranchissement et une récompense, était venu tout récemment se remettre entre les mains des autorités de Santiago de la Véga, résidence du gouverneur, et avait proposé de servir de guide aux troupes jusqu'à Nauny.

L'occasion était précieuse; monsieur Trelaunay ne la laissa point échapper. Des ordres furent immédiatement envoyés à Kingston et à Port-Royal; on réunit un corps de deux mille hommes d'infanterie bien approvisionné, auquel on joignit une compagnie de pionniers et quatre canons. Le commandement de cette petite armée fut confié au colonel Edouard Charleton, officier plein d'audace et de bravoure. Tous les préparatifs furent achevés en quarante-huit heures. Le matin du troisième jour, la colonne se mettait en marche, pionniers et artillerie en tête, sous la conduite du nègre marron dont nous avons parlé; le soir, elle débouchait par la forêt sur le plateau où était située la ville des noirs.

Quelque diligence qu'eût apportée dans sa route le colonel Charleton, lorsqu'il arriva devant les remparts de Nauny, il y avait déjà plusieurs heures que le bruit de son approche s'y était déjà répandu. Les nègres s'attendaient depuis longtemps à ce qu'on viendrait les chercher jusque-là, et c'était dans cette prévision qu'ils avaient fortifié leur ville. Cependant, lorsqu'ils eurent appris par leurs éclaireurs la marche des ennemis et leur nombre, ils furent saisis d'une inquiétude d'autant plus vive qu'ils allaient se trouver pour la première fois en présence de forces aussi imposantes.

Don Gaspar seul ne parut point ému, et la fermeté de sa contenance rendit bientôt la confiance aux plus timides. Mais le calme qui paraissait sur sa figure n'était point dans son esprit; il avait passé en revue les noirs et visité leurs fortifications. Chaque soldat, pris individuellement, ne manquait ni d'adresse ni de résolution; considérés en masse, ils n'avaient ni cette obéissance, ni cet ensemble, ni cette précision qui font qu'un régiment de troupes régulières avance, tourne, s'arrête, se meut enfin comme s'il n'avait qu'un corps et qu'une âme. Quant aux ouvrages de défense, bien qu'ils dussent exciter l'admiration pour avoir été construits par des hommes inexpérimentés, c'eût été une grave imprudence que d'y compter pour soutenir un siége.

Avec du temps, don Gaspar ne se fût pas grandement inquiété; six semaines lui auraient suffi pour former ses soldats et pour mettre la place en état. Malheureusement l'ennemi était là et ne paraissait pas disposé à lui accorder un seul jour de trêve.

Yambo, demeuré seul avec lui, à la suite d'une dernière inspection, remarqua que son visage prenait tout à coup un air soucieux et lui en demanda la raison. Don Gaspar réfléchit quelques instants avant de répondre; enfin, cédant à une conviction que rien ne pouvait ébranler, il se décida à dévoiler au nègre le fond de sa pensée :

— Tu t'étonnes, Yambo, de cette inquiétude que j'ai dissimulée aux yeux de tes frères et qui se manifeste ouvertement devant toi; tu veux en connaître la cause, je te la dirai sans détour. Les Anglais sont à cette heure arrivés sur le plateau; ils feront pendant la nuit tous leurs préparatifs d'attaque; demain, au point du jour, leur canon commencera à gronder; à midi, ils seront maîtres de Nauny.

A cette révélation inattendue, Yambo recula d'un pas en poussant un cri, comme s'il avait senti pénétrer dans sa poitrine la lame aiguë et froide d'une épée.

— Oui, — poursuivit don Gaspar, — selon moi, Nauny est une ville perdue; nous devons dès à présent renoncer à l'espoir de la conserver.

— L'œuvre de tant d'hommes et de tant d'années! — s'écria douloureusement Yambo.

— Tu me donneras deux mille bras et je m'engagerai à bâtir en six mois une ville imprenable, pourvu que je sois maître d'en choisir la position.

— Et pendant six mois, nos vieillards, nos femmes, nos enfants, privés d'asile, seront réduits à errer dans les forêts, à s'abriter dans les cavités de la montagne! Non, il n'en sera pas ainsi, dussions-nous demain être ensevelis jusqu'au dernier sous les débris de ces murailles que nos mains n'ont pas su faire assez fortes!

— Ce serait perdre follement une partie que nous pouvons gagner.

— Tu désespérais toi-même tout à l'heure.

— Je disais seulement qu'il était impossible de défendre Nauny. J'ajoute maintenant que notre intérêt bien entendu nous prescrit d'en faire nous-mêmes le sacrifice.

— Je ne te comprends pas.

— Ecoute, Yambo, tu m'as cédé ton pouvoir dans un moment d'entraînement; je l'ai accepté, sans prévoir que les événements dussent marcher si vite et offrir tant de gravité. Eclairé maintenant sur notre situation, je ne vois, pour en sortir, qu'un moyen violent, désespéré, qui ne rencontrera peut-être pas parmi vous une seule voix approbative. Reprends donc le commandement que tu m'as confié; ou, si tu veux que j'agisse, fais-moi le serment solennel que, tous les tiens et toi le premier, vous obéirez aveuglément à mes ordres, quelque étranges qu'ils puissent vous paraître.

Yambo hésita un moment; il y eut même dans son regard une expression de doute et de défiance; mais repoussant bien vite le soupçon qui cherchait à se glisser dans son cœur :

— Non, — s'écria-t-il, — je ne puis te croire capable d'une trahison; sois donc maître d'agir comme tu l'entendras; quoi que tu fasses, quoi que tu ordonnes, je te jure obéissance en mon nom comme au nom des miens.

Quelques heures après cet entretien, voici ce qui se passait au camp des Anglais :

Un vieux nègre, qu'on avait surpris rôdant autour d'un

poste avancé, venait d'être conduit, sur sa demande, devant le colonel Charleton.

— Qu'ai-je besoin de t'entendre! — lui dit brusquement cet officier ; — tu sais quel châtiment nous réservons aux espions.

— Je n'espionnais point; je cherchais le moyen d'arriver jusqu'à toi.

— Dans quel but?

— J'ai une grâce à solliciter.

— Laquelle?

— Il y a trente ans que je me suis enfui de la plantation de mon maître.

— Te crois-tu moins coupable que si ç'avait été hier?

— Ce n'est pas pour moi que j'implore ta pitié.

— Pour qui donc?

— Pour ma femme, pour mes enfants qui sont nés dans ces montagnes et ne furent jamais esclaves. En les punissant, tu ferais retomber sur eux la faute de leur père ; ce serait une injustice.

— Où sont-ils?

— Dans Nauny.

— S'ils n'ont pas encore été coupables, ils le seront demain en se battant contre nous.

— Ils ne se battront pas si tu le veux.

— Quelle preuve en aurai-je?

— Leur présence dans ton camp.

— Qu'ils viennent; je te promets de les épargner.

— Sois donc béni; pourvu que ma famille soit sauvée, je subirai avec joie le châtiment qu'il te plaira de m'infliger.

Le nègre fit un mouvement pour se retirer.

— Où vas-tu?

— Je retourne à Nauny.

Le colonel se mit à rire.

— Tu es, pardieu, bien peu rusé pour un vieillard, ou tu me fais l'honneur de me croire bien dépourvu de sens.

Le nègre regarda le colonel avec un air d'étonnement si naturel que celui-ci sentit redoubler son accès de gaieté.

— Comment feras-tu pour rentrer dans Nauny?

— Oh! ce n'est pas une difficulté pour moi, — répondit le nègre avec bonhomie; il y a, du côté des collines, un chemin souterrain qui conduit à une porte dont le gardien est mon ami; je n'aurai qu'à donner un signal dont nous sommes convenus et la porte s'ouvrira.

— Rien de plus simple, en effet; et tu pourras alors t'égayer à ton aise avec les tiens sur la naïveté du chef qui t'aura relâché après t'avoir laissé pénétrer dans son camp, faire le dénombrement de ses forces et prendre note de ses dispositions!... Qu'on emmène ce misérable, — poursuivit le colonel en s'adressant aux soldats qui avaient amené le nègre, — et qu'il soit fusillé sur-le-champ. — Mais se ravisant aussitôt : — Non ; qu'il reste! — Puis il se mit à se promener, tout pensif, de long en large.

Après quelques minutes de réflexion, il s'approcha de son aide-de-camp qui écrivait à une petite table, dans un coin de la tente, et, se frottant les mains, comme s'il était enchanté de l'idée à laquelle il venait de s'arrêter, il lui donna tout bas quelques ordres.

L'aide-de-camp sortit aussitôt, et le colonel, se plaçant en face du nègre, lui dit avec un sourire moqueur :

— Tu ne seras point fusillé; tu retourneras à Nauny, et ma bonté pour toi ira jusqu'à te donner une escorte, afin qu'il ne t'arrive pas malheur en route.

Si le colonel avait été moins préoccupé du plan qu'il venait de concevoir, peut-être eût-il remarqué une certaine expression railleuse dans la joie qui se manifesta sur la physionomie du nègre.

Vers le milieu de la nuit, un détachement de cinquante hommes sortait du camp et s'avançait silencieusement du côté de Nauny, en suivant les indications du vieux nègre. Dans la crainte que celui-ci n'essayât à s'échapper, on avait eu le soin de le placer entre quatre soldats auxquels on avait donné, tout haut et en sa présence, l'ordre de faire feu sur lui au premier mouvement suspect.

A deux cents pas de cette avant-garde suivait, en observant aussi le plus profond silence, toute la colonne anglaise commandée par le colonel.

Au bout d'une demi-heure, la petite troupe qui marchait en avant s'engagea dans un chemin souterrain; c'était celui dont le nègre avait fait mention dans son entretien avec le colonel. Il s'était à peine écoulé quelques minutes que Charleton, dont les soldats avaient fait halte à l'entrée du chemin, vit accourir au-devant de lui l'un des deux officiers auxquels il avait confié le commandement du détachement.

— Victoire, mon colonel! Au signal du nègre, la porte s'est ouverte; nous en avons pris possession sans donner un coup de sabre; il n'y avait qu'une sentinelle à moitié endormie dont nous nous sommes assurés, afin qu'elle n'aille pas jeter l'alarme dans la ville; il nous a semblé du reste que la plus grande tranquillité régnait à l'intérieur.

— Pauvre gens! — fit le colonel en haussant les épaules; — ils dorment, j'en suis sûr, tout aussi profondément que s'ils n'avaient pas une armée ennemie à la portée du canon de leurs remparts. Ce serait vraiment faire en pure perte parade d'expérience et de savoir, que de s'astreindre à suivre scrupuleusement les préceptes de l'art, pour venir à bout de ces misérables adversaires. Allons, messieurs, en avant! Donnons à ces dormeurs une leçon de vigilance... Cependant, — ajouta-t-il en s'adressant à l'officier, — précédez-nous et envoyez dans les rues quelques soldats en éclaireurs, afin de nous prémunir contre toute possibilité de surprise. — Les Anglais se divisèrent en plusieurs corps espacés de manière à ne pouvoir pas être facilement enveloppés, chargèrent leurs armes, afin d'être prêts à faire feu au premier commandement et marchèrent à pas de loups, comme font les patrouilles dans leurs rondes de nuit. Ils arrivèrent ainsi jusque sur une grande place, au milieu de la ville, sans rencontrer un habitant, sans qu'une porte s'ouvrît sur leur passage; pas le plus petit bruit dans l'intérieur des maisons; pas même à travers les fenêtres, le scintillement d'une lumière. — Oh! oh! — pensa le colonel, — voilà une physionomie de ville surprise, qui me semble quelque peu suspecte; on serait tenté de croire que toutes ces habitations sont désertes. Ce n'est pas que j'en conçoive une bien grande inquiétude; cependant la prudence exige que nous restions tranquilles ici jusqu'au jour. On s'est trouvé mal quelquefois d'avoir fait ses affaires à l'aveugle. — Cette réflexion fort sage l'eût été bien plus encore, si elle était venue deux heures plus tôt à l'esprit du colonel. A peine avait-il donné l'ordre de faire halte, qu'une épaisse colonne de fumée, chassée par le vent, s'abattit sur la place, enveloppant les soldats comme d'un nuage, au même instant, des flammes se firent jour à travers le toit d'une maison voisine. — A la bonne heure, — dit Charleton, — voilà du moins un signe d'existence : il n'y a pas de feu sans hommes. — Mais de nouveaux tourbillons de fumée vinrent se joindre aux premiers; des jets de flamme s'élancèrent presque en même temps de toutes les maisons : et pas un cri, pas un mouvement. Les soldats, fantastiquement éclairés par cette immense lueur, se regardaient les uns les autres avec une muette stupéfaction. — Ah! les chiens! — s'écria le colonel qui s'aperçut enfin qu'il avait donné dans un piége, — ils ont évacué la place, et, avant de partir, ils y ont mis le feu!... Après tout, Nauny n'en sera pas moins détruite, et c'était le but principal de notre expédition.

Que faire cependant? Passer le reste de la nuit au milieu de cette ville en flammes? La position n'était pas tenable. Reprendre, avant le jour, la route du camp? C'était s'exposer à tomber dans quelque embuscade.

Tandis que l'esprit du colonel flottait incertain entre ces deux partis également dangereux, une épouvantable détonation se fit entendre; une grêle de pierres et de débris de toute nature s'éleva dans les airs : c'étaient les murailles qui sautaient.

A cet événement inattendu, une terreur indicible s'empara des troupes anglaises; la confusion se mit dans les rangs. Les soldats éperdus se mirent à courir dans tous les sens pour échapper aux projectiles qui pleuvaient de tous côtés sur eux; il y en eut un nombre considérable de tués et de blessés.

Comme le feu n'avait pas été mis en même temps à toutes les mines, cinq explosions eurent lieu successivement, augmentant chaque fois le nombre des victimes et portant jusqu'au délire la rage impuissante des braves aussi bien que l'effroi des poltrons.

Enfin le calme se rétablit; le colonel Charleton et quelques vieux officiers, qui avaient conservé leur sang-froid, essayèrent de rallier les Anglais à la lueur de l'incendie qui durait toujours. Déjà même ceux-ci, reprenant un peu d'assurance, commençaient à répondre à la voix d leurs chefs, lorsque tout à coup et dans toutes les direc tions, d'effroyables cris retentirent, s'approchant de moment en moment, devenant plus forts à mesure qu'ils s'approchaient, et formant comme un cercle autour de la ville.

Six mille noirs descendaient du haut des collines où ils avaient été prendre position avant l'arrivée de l'ennemi, faisaient invasion par les portes, par les brèches, et accouraient donner le coup de grâce aux Anglais.

La lutte, en de pareilles circonstances, ne pouvait être ni longue ni douteuse.

Quand le soleil revint éclairer Nauny, qui n'était plus qu'un monceau de ruines fumantes, il y avait environ trois cents cadavres étendus sur le sol; les noirs retenaient quinze cents prisonniers, au nombre desquels se trouvait le colonel avec une vingtaine d'officiers distingués; deux cents hommes seulement avaient eu le bonheur de s'échapper et de regagner la forêt.

IX

Deux ou trois fuyards apportèrent à Santiago de la Véga la première nouvelle de l'affaire de Nauny; ils n'y rencontrèrent d'abord qu'une incrédulité moqueuse ; leurs récits furent traités de fables; on s'imagina qu'ayant lâché pied dès le début de l'action, ils cherchaient à pallier la lâcheté de leur conduite. Mais lorsqu'on vit arriver successivement, dans l'état le plus déplorable, des détachements de dix, de vingt, de trente hommes, qui tous racontaient de la même manière le désastre de la nuit précédente, il fallut pourtant se rendre à l'évidence.

Ce fut alors une consternation générale ; toutes les affaires, tous les travaux furent immédiatement suspendus. La place d'Armes, où était situé le palais du gouverneur, se trouva en peu d'instants encombrée de curieux et de conteurs, d'esprits forts et d'alarmistes, divisés par groupes, pérorant, gesticulant et criant tous à la fois.

Le conseil et l'assemblée qui sont, à la Jamaïque, la représentation de la chambre haute et de la chambre des communes, avaient été convoqués par le gouverneur. La cour souveraine elle-même était réunie, bien que ce ne fût pas l'époque ordinaire de ses séances. Dans les édifices publics, dans les maisons particulières, dans les rues, partout on s'occupait d'une catastrophe dont les suites étaient incalculables.

En effet, la situation était loin d'être rassurante, aux yeux mêmes des plus optimistes : les deux mille hommes envoyés contre les nègres représentaient l'élite des troupes du pays ; le commandement de l'expédition avait été confié aux officiers les plus braves et les plus expérimentés ; or, il n'était revenu que cinq ou six officiers et environ deux cents soldats ; nul doute que le reste n'eût été massacré ; c'était une perte irréparable. D'un autre côté, les esclaves n'auraient pas plutôt connaissance de la victoire remportée par leurs frères, que la désertion se mettrait dans toutes les plantations ; le nombre des ennemis, déjà plus que suffisant pour répandre la terreur dans l'île, allait donc s'accroître encore dans une proportion effrayante. Qu'à tout cela l'on ajoute, comme suites inévitables du dernier événement, la confiance et l'audace des vainqueurs, la démoralisation des vaincus, et l'on conviendra qu'il était permis de trembler pour le salut de la colonie.

La première journée se passa tout entière dans les gémissements; ce n'étaient que sombres prédictions, que mutuels reproches. Les hommes de tous les pays et de tous les gouvernements ne manquent jamais, lorsqu'un revers les a frappés, d'employer à s'en accuser réciproquement un temps qu'il serait bien plus urgent et plus rationnel de consacrer à y porter remède.

Le lendemain, on commença à délibérer ; mais les avis furent tellement partagés, on proposa des moyens si impraticables ou si violents que le gouverneur désespéra de pouvoir arriver à une solution. Cependant il l'obtint au moment où il devait le moins y compter : soutenues et combattues avec une égale opiniâtreté, les diverses opinions émises reconnurent qu'elles ne pouvaient toutes l'emporter et se mirent toutes à céder; alors plein pouvoir fut donné au gouverneur de ne prendre conseil que de lui-même et des circonstances. C'était assurément le parti le plus sage; la preuve ne s'en fit pas attendre longtemps.

Monsieur Trelaunay, rentré dans son appartement, venait de s'asseoir à son bureau et se préparait à expédier des ordres pour les différents quartiers de l'île, lorsqu'on lui annonça le colonel Charleton. Sa joie fut vive en apprenant le retour de cet officier dont il croyait avoir à déplorer la perte ; il se leva, alla au-devant de lui jusqu'à la porte, et lui serrant la main avec émotion :

— Je suis heureux, — dit-il, — bien heureux de vous revoir, colonel ; tout n'est pas perdu, puisque vous voici revenu parmi nous... mais quel est ce nègre qui vous accompagne? un prisonnier, sans doute?

Le nègre auquel s'appliquait l'observation de monsieur Trelaunay était Yambo qui venait d'entrer à la suite du colonel. Celui-ci répondit avec un triste sourire :

— Pardon, monsieur le gouverneur, Yambo n'est pas mon prisonnier; c'est moi qui suis le sien. — Et sans donner à monsieur Trelaunay le temps d'exprimer un étonnement bien naturel : — Mon Dieu, oui,—poursuivit-il,—ces noirs dont nous nous sommes tant de fois raillés, nous ont donné une sévère leçon de prudence et de modestie ; ils nous ont complétement battus; ils nous retiennent prisonniers au nombre de quinze cents, et cela, grâce eu stratagème le plus infernal et en même temps le mieux combiné que l'on puisse concevoir.—Après un récit détaillé que nous nous abstenons de reproduire, le colonel ajouta : — Je dois au reste rendre justice à nos ennemis; l'affaire terminée, ils se sont comportés envers nous aussi convenablement que l'eussent pu faire des hommes civilisés, et avec tous les égards que l'on se doit entre hommes de guerre.

Dans la disposition d'esprit où se trouvait le gouverneur, par suite des bruits alarmants qui circulaient depuis deux jours, ce fut pour lui une agréable surprise d'apprendre que quinze cents Anglais avaient survécu au désastre :

— Je m'explique maintenant la présence de ce nègre, —dit-il au colonel; — il vient sans doute nous proposer le rachat des prisonniers.

Yambo, qui jusque-là s'était tenu silencieusement à quelque distance de monsieur Trelaunay, se rapprocha de lui, le regarda d'un œil assuré, mais sans arrogance et lui dit d'un ton calme et digne :

— Je viens offrir la paix aux blancs, s'ils veulent être justes et bons, ou leur déclarer une guerre à outrance, s'ils persistent à être aveugles et méchants.

Qu'un noir osât s'exprimer ainsi, surtout lorsqu'il s'adressait à la première autorité de la colonie, c'était une chose inouïe, incompréhensible. Monsieur Trelaunay, oubliant que, dans les circonstances présentes, les rôles se trouvaient pour ainsi dire intervertis, ne put entendre sans indignation les paroles d'Yambo :

— Depuis quand, — s'écria-t-il en lançant sur le nègre un regard courroucé,—les esclaves ont-ils l'audace de parler aux maîtres avec cette insolence?

Yambo répliqua sans se déconcerter :

— Si je me laissais enivrer par l'orgueil du succès, je pourrais te renvoyer ta question, et peut-être serait-elle mieux placée dans ma bouche que dans la tienne.

Monsieur Trelaunay, dans son premier mouvement, s'était laissé emporter par l'habitude ; mais en homme de sens, il comprit bien vite qu'il s'était mis dans son tort et que, pour se donner des airs de hauteur, il avait mal choisi son moment, force lui fut donc de se résigner à se laisser traiter d'égal à égal. Ce ne fut pas toutefois sans faire un grand effort sur lui-même ; et, disputant le terrain pied à pied, il s'attacha soigneusement à éviter tout ce qui pouvait compromettre sa dignité, ou laisser par trop à découvert le côté faible de sa situation.

Après avoir invité du geste le colonel et le nègre à s'asseoir, il reprit lui-même la place qu'il occupait à son bureau, parut ne plus songer à l'incident qui venait de se produire, et renoua l'entretien avec le ton posé d'un homme d'Etat qui va entamer une négociation imposante.

— Ainsi,—dit-il à Yambo,—tu viens, au nom des tiens, nous témoigner le désir d'un rapprochement et solliciter l'oubli du passé?

— L'oubli du passé, c'est à nous de l'accorder : quant à notre désir de cesser les hostilités, j'espère que tu n'y verras point un indice de crainte, mais seulement une preuve de notre modération.

— Soit ; laissons de côté les récriminations et ne disputons point sur les mots ; je compte que tu me sauras aussi quelque gré de ma condescendance. Quelles sont les clauses du traité qu'on t'a chargé de me soumettre?

— Elles sont simples, naturelles et justes. Tu reconnaîtras par un acte officiel l'indépendance de tous les noirs qui se sont réfugiés dans les montagnes.—Monsieur Trelaunay fit une exclamation ; Yambo n'y prit pas garde et poursuivit : — Les plaines de la Jamaïque sont vastes et fertiles ; à peine les blancs parviennent-ils à en employer la moitié ; il y a donc place pour nous. Tu nous concéderas un territoire suffisant que nous serons libres de cultiver comme il nous conviendra.

— Est-ce tout? — demanda le gouverneur avec ironie.

— Nous avons des frères qui gémissent dans l'esclavage...

— Et dont tu as sans doute aussi la prétention de réclamer l'affranchissement?

— Pourquoi le ferais-je? Ils ont refusé d'écouter notre voix ; ils ont manqué de confiance en nous et en eux-mêmes ; qu'ils restent esclaves : le droit de récolter ne saurait appartenir à ceux qui n'ont point semé. Mais nous demandons qu'ils soient traités avec moins de rigueur, que des règlements leur assurent les choses nécessaires à la vie, que leur châtiment ne soit plus laissé à l'arbitraire cruauté des maîtres. Telles sont les conditions que j'ai reçu mission de te proposer ; elles te paraissent déraisonnables, je le vois à ton air de surprise, à l'ironie de ton sourire ; avant une heure de réflexion, tu auras reconnu qu'elles sont sages et modérées ; tu me donneras ta parole en laquelle j'ai foi, car tu es un homme loyal, nous le savons tous ; et, dès demain, pour sceller notre pacte d'amitié, les prisonniers que nous avons faits seront remis à ta disposition.

Monsieur Trelaunay se retourna vers Charleton :

— Que pensez-vous, colonel, de ce que vous venez d'entendre, et que feriez-vous, si vous étiez à ma place?

— Monsieur le gouverneur, votre refus m'oblige à retourner prisonnier dans les montagnes, et si vous acceptez, je deviens libre ; permettez-moi donc de m'abstenir dans une question où je me trouve si directement intéressé.

— Mais quelle que soit l'issue de cette discussion, — dit vivement monsieur Trelaunay, — je compte bien, colonel, que vous resterez avec nous, dussé-je employer mon autorité pour y parvenir.

— Vous n'en ferez rien,—répliqua Charleton ; — si j'ai accompagné Yambo, c'était pour lui servir de sauvegarde jusqu'à votre résidence ; j'ai répondu, sur mon honneur, de son retour et du mien ; vous souffrirez donc que j'agisse comme vous agiriez vous-même en pareille circonstance.

Monsieur Trelaunay qui n'était pas homme à transiger avec l'honneur, en quelque occasion que ce fût, ne trouva rien à répondre au colonel. La droiture et la sagacité de son jugement rendirent également stériles tous ses efforts pour opposer de bonnes raisons aux arguments d'Yambo ; mais si son esprit lui démontrait la nécessité de se soumettre à la loi du plus fort, la fierté de son cœur ne lui permettait point de passer sans résistance sous ces nouvelles fourches caudines. C'était bien le moins qu'il débattît les conditions du traité, qu'il y proposât des modifications, qu'il parvînt même à y ajouter quelques articles, ne fût-ce que pour sauver les apparences.

Après quelques instants de méditation, il répondit à Yambo :

— J'ai attentivement écouté ton *ultimatum*, tu vas connaître le mien. Le gouvernement, voulant donner une preuve éclatante de sa paternelle indulgence, déroge, pour cette fois seulement, à la loi qui punit de mort le crime de rébellion et accorde une amnistie pleine et entière aux noirs réfugiés dans les montagnes. Es-tu satisfait?

— Cela dépend de ce qui va suivre,—répondit Yambo, — cet article seul ne signifie rien.

— Laisse-moi achever : comme il est démontré que les planteurs ont eux-mêmes provoqué par leurs mauvais traitements la désertion des esclaves qui ont fondé Nauny, ceux-ci ne pourront, sous aucun prétexte, être réclamés par leurs anciens maîtres ; en conséquence, le gouvernement confirme en droit la liberté qu'ils ont recouvré de fait, et leur concède la propriété de cinquante mille acres de terres dont la situation et les limites seront ultérieurement fixés.

— C'est bien.

— Mais il est entendu que le territoire concédé ne sera point constitué en Etat indépendant ; il formera un nouveau quartier dans la colonie ; les habitants de ce quartier se reconnaîtront sujets de Sa Majesté Georges Ier, auquel il prêteront serment de fidélité et d'obéissance ; ils seront soumis aux lois et règlements qui régissent les Anglais, et leurs magistrats, choisis parmi les blancs, seront à la nomination du gouverneur.

Yambo prit quelques minutes pour réfléchir :

— Les lois qui donnent aux Anglais le bonheur et la sécurité ne sauraient être mauvaises pour les noirs, lorsqu'ils seront, comme les Anglais, des hommes libres ; j'accepte.

— Quant aux esclaves restés dans le devoir, — reprit monsieur Trelaunay, — le fait seul de leur soumission et de leur fidélité indique suffisamment que les planteurs auxquels ils appartiennent, ne se sont point écartés, à leur égard, des lois de l'humanité. Cependant je ne te cacherai point que ta demande, en ce qui les concerne, s'accorde trop bien avec mes sentiments personnels, pour que je refuse de la prendre en considération; tu peux donc compter que le bon vouloir et le zèle ne me feront point défaut pour faire disparaître complétement des abus que je n'ai cessé de déplorer.

— J'y compte.

— Ai-je répondu convenablement à toutes tes exigences?

— Je me déclare satisfait.

— Mais, moi, je ne le suis pas encore, — reprit monsieur Trelaunay en élevant la voix. — Yambo le regarda avec étonnement. — Ecoute-moi bien, — poursuivit le gouverneur dont la physionomie prit alors le même air de sévérité que s'il avait parlé en vainqueur, — de toutes ces clauses sur lesquelles nous sommes tombés d'accord, pas une seule ne sera ratifiée avant que j'aie obtenu une réparation éclatante.

— Une réparation !

— Trois cents braves soldats, attirés dans un piége horrible, ont été massacrés; leurs mânes demandent vengeance. J'exige donc, et, sur ce point, je suis résolu à ne pas fléchir, j'exige qu'on livre à ma discrétion le criminel auteur de la catastrophe de Nauny.

Yambo se leva :

— Non, — s'écria-t-il d'une voix énergique, — non, une pareille clause ne peut être acceptée, livrer l'homme à qui nous devons la victoire! ce serait une trahison, une lâcheté; mille fois plutôt la guerre !

— La guerre, soit, — dit monsieur Trelaunay en se levant à son tour.

Mais le front devenu soucieux de Yambo s'éclaircit tout à coup.

— Il ne sera pas dit, — reprit-il avec calme, — que j'aurai mis en balance la liberté de tous et la vie d'un seul; donne-moi ta parole; je te donne la mienne; dans deux jours, à pareille heure, nous t'attendrons au pied de la montagne, à l'entrée de la plaine; là, en échange de l'acte qui consacrera notre affranchissement, les prisonniers que nous avons faits te seront rendus, et l'auteur de la catastrophe de Nauny sera remis en ton pouvoir.

Yambo, toujours accompagné du colonel, eut à peine pris congé de monsieur Trelaunay et quitté Santiago de la Véga pour retourner auprès des siens, que la nouvelle de la conclusion du traité de paix se répandit dans toute la ville. La conduite du gouverneur, généralement approuvée, rencontrera cependant quelques détracteurs :

— Quelle faiblesse ! — disait l'un d'eux, — et quelle honte pour la colonie de se laisser imposer des conditions par une poignée de nègres révoltés !

— Permettez, monsieur, — répondit un officier qui portait son bras en écharpe, — je ne vois en aucune façon que, dans tout ceci, il y ait honte pour la colonie; ce n'est pas nous qui avons été demander la paix aux rebelles ; ils sont, pardieu, bien venus eux-mêmes nous l'offrir. Nous ne la subissons donc pas, mais nous l'acceptons : ce sont deux choses essentiellement distinctes.

Nous croyons inutile d'ajouter que l'auteur de ce subtil raisonnement était notre ancienne connaissance, le capitaine Ivy.

X

Une goëlette espagnole, fendant avec légèreté la surface unie d'une mer calme et silencieuse, entrait, vers le milieu de la nuit, dans une petite baie, à quelque distance de l'embouchure de la Rivière-Noire. Sur le rivage était un groupe d'hommes ayant tous le regard tourné du côté de la goëlette; ils ne poussèrent pas un seul cri, mais on eût aisément reconnu à leur attitude, à leurs gestes, à l'empressement qu'ils mettaient à se rapprocher du bord, qu'ils avaient attendu avec impatience et qu'ils accueillaient avec joie l'arrivée du petit bâtiment. C'étaient les cinquante Espagnols que don Gaspar avait proposé à Mary de rejoindre, après l'incendie de la plantation de Stevens. Leur projet d'évasion, favorisé par les troubles survenus dans l'île, n'avait rencontré aucun obstacle. Ils étaient tous réunis à l'heure dite et à l'endroit désigné. La goëlette sur laquelle ils devaient s'embarquer n'avait pas mis moins d'exactitude à se trouver au rendez-vous.

Un canot vint les chercher pour les conduire à bord du navire ; ce fut l'affaire de cinq voyages. Au moment où le dernier allait s'effectuer quatre nouveaux personnages accouraient sur la grève; ceux-ci après une courte explications avec les Espagnols, se firent de touchants adieux et s'embrassèrent; puis deux d'entre eux, un jeune homme et une jeune femme prirent place dans le canot; les deux autres, un vieillard et un nègre demeurèrent sur la rive, suivirent des yeux, durant quelques minutes, la course rapide de la goëlette, et s'éloignèrent en soupirant, aussitôt qu'ils l'eurent perdue de vue.

Pour satisfaire la curiosité du lecteur qui aime d'ordinaire à suivre les héros d'une histoire, au-delà des bornes du rôle qu'ils sont appelés à y jouer, nous dirons dès à présent que don Gaspar et Mary, après une heureuse traversée, abordèrent à l'île de Cuba, qu'ils y furent tendrement accueillis par leur famille, que don Gaspar, rentré dans la carrière militaire, y fit une brillante fortune et que, vingt ans après les événements que nous avons racontés, le roi d'Espagne, Philippe V, le récompensait de ses services en le nommant gouverneur de Porto-Rico.

Après le départ de leurs amis, Yambo et don Bartolomé regagnèrent les montagnes en suivant le bord de la Rivière-Noire; le bon vieux prêtre pleurait :

— Ils sont heureux, — murmurait-il d'une voix profondément émue; — ils vont revoir leur patrie!

— Tu regrettes de ne point partager leur sort, — dit Yambo; — pourquoi, mon père, as-tu refusé de les accompagner?

— Eh qui veillerait sur mes enfants si je les abandonnais? qui les maintiendrait dans la foi que je leur ai révélée? qui serait leur conseil, leur ami, leur consolateur? qui donnerait la lumière à ceux qui n'ont pas encore été éclairés? Dieu m'a imposé, mon fils, une tâche qui ne doit finir qu'avec ma vie; j'ai transformé des cœurs d'esclaves en cœur d'hommes libres, et maintenant, à ces hommes libres, je dois prêcher l'union, la fraternité, l'amour de l'ordre et de la paix, afin d'empêcher qu'un jour ils ne redeviennent esclaves. Non, Yambo, je ne regrette point de n'avoir pas suivi don Gaspar; mais je pense qu'il a été bien prompt à s'éloigner du vieil ami de son père, et je voudrais en vain le cacher, c'est cette pensée qui m'afflige.

— Garde-toi de l'accuser, — répliqua vivement Yambo; — cette séparation ne pouvait être retardée même d'un jour, et c'est moi qui l'ai exigée.

— Toi, mon fils ! et pourquoi ?

— Don Gaspar lui-même l'ignore; voici ce que je lui ai dit : les nègres ont obtenu justice; ton bras et tes conseils ne leur sont plus nécessaires; c'est cette nuit que cinquante de tes compatriotes doivent partir pour Cuba; il faut que tu les accompagnes, car une pareille occasion ne se représentera peut-être pas de longtemps, et, si tu restes, les Anglais pourront contester, au sujet d'un engagé espagnol, un traité qui ne concerne que des esclaves noirs... Si je lui avais parlé autrement, mon père, si je lui avait fait connaître le véritable motif de mes instances, n'en doute pas, noble et brave comme il est, il serait encore ici.

— Yambo, tes paroles mystérieuses m'inquiètent; quel est donc ce motif?

— Je ne te le dirai pas en ce moment; demain, tu le comprendras, mon père.

Le lendemain, c'était un spectacle imposant de voir dans la plaine, au pied de la montagne, toute la population de Santiago de la Véga se ranger en présence des six mille nègres de Nauny, au milieu desquels se trouvaient les quinze cents soldats qu'ils avaient faits prisonniers. A la tête des Anglais, était le gouverneur et son état-major, le conseil et l'assemblée, la cour souveraine et la magistrature inférieure, ayant pour cortége quelques compagnies de troupe réglée et de milice. Du côté des noirs, deux hommes surtout commandaient l'attention, don Bartolomé, par ses cheveux blancs et par le caractère majestueux de sa figure, que rehaussait encore le costume sacerdotal dont il s'était revêtu; Yambo, par la noblesse de son attitude et par l'expression solennelle de sa physionomie.

Monsieur Trelaunay, toujours jaloux, en bon Anglais, de donner le beau rôle à son pays, prononça d'abord un discours d'où il résultait que les concessions faites par le gouvernement devaient être moins attribuées aux nécessités de la situation présente qu'à un noble sentimen de bienveillance et d'humanité.

On procéda ensuite à la lecture du traité dont les nègres accueillirent chaque article avec des frénétiques acclamations.

A ces transports répondirent bientôt après, du côté des blancs, les démonstrations d'une joie non moins délirante : les rangs des nègres s'étaient ouverts et les quinze cents prisonniers, précédés de leurs officiers et du colonel Charleton, venaient prendre place dans les rangs anglais où ils ne pouvaient suffire aux embrassements de leurs parents et de leurs amis.

De toutes les conditions du traité, il n'en restait plus qu'une à remplir.

Yambo s'avança vers le gouverneur; sa démarche était assurée, son regard calme et sa bouche souriante :

— C'est à moi, — dit-il à monsieur Trelaunay, d'une voix ferme, — qu'il appartient d'exécuter la dernière clause de notre convention. Je te dois une victime; je viens te la livrer. Ordonne de moi ce qu'il te plaira.

Il se fit un profond silence dans l'assemblée; tous les yeux se dirigèrent avec anxiété sur Yambo et sur le gouverneur. Ce dernier, vivement ému, demeura quelque temps avant de pouvoir parler.

— C'est toi, — dit-il enfin à Yambo, — qui as conçu et conduit l'affaire Nauny?

— C'est moi.

Don Bartolomé, subitement éclairé par ces paroles, s'écria :

— Ne le croyez pas; il vous trompe.

— Que fais-tu, mon père? — interrompit vivement Yambo; — pourquoi m'enlever le mérite d'une action dont je me glorifie?

— Mais c'est à toi-même, — reprit monsieur Trelaunay, — que j'ai imposé une condition qui te touchait de si près, et cela ne t'a pas empêché de conclure le traité!

— Lorsqu'il s'agissait d'affranchir six mille de mes frères, qu'était-ce que ma vie? J'en ai fait le sacrifice avec joie.

— Les Anglais ne l'acceptent point, — répliqua monsieur Trelaunay, qui ne pouvait plus contenir son émotion; — nous ne donnons point la mort à des hommes tels que toi, nous les entourons d'honneurs et de respects.

Des applaudissements unanimes interrompirent le gouverneur; Yambo le regardait fixement et comme s'il doutait du témoignage de ses oreilles.

Don Bartolomé saisit avec transport la main du nègre et la serra dans les siennes, en lui disant :

— Que serait-ce donc s'ils savaient toute la vérité?

— Oui, noble et brave Yambo, — reprit monsieur Trelaunay, lorsque le silence fut rétabli, — tu vivras honoré, respecté parmi nous, et tu seras le premier entre ceux de tes frères dont nous venons de proclamer la liberté·

Mais Yambo répondit d'une voix qui s'affaiblissait :

— Il est trop tard!

En ce moment, don Bartolomé s'aperçut que Yambo chancelait et que ses traits subissaient une altération profonde.

— Mon fils, qu'as-tu fait? — s'écria-t-il, en le soutenant dans ses bras.

— J'avais voulu, mon père, épargner une tâche à leurs bourreaux.

Ce fut en vain qu'on s'empressa de lui prodiguer des secours; les nègres ont des poisons contre lesquels échouent toutes les ressources de l'art.

Yambo rendit le dernier soupir, la tête appuyée sur le sein de don Bartolomé.

UN DON JUAN SUR LE RETOUR

I

LA DEMANDE EN MARIAGE.

Cinq heures du matin venaient de sonner à Saint-Sulpice. On était au commencement de décembre; des nuages épais voilaient la clarté des étoiles ; les rues n'étaient éclairées que par la lueur à demi-éteinte des becs de gaz.

On entendait sur les trottoirs un bruit confus de pas : c'étaient des ouvriers qui se rendaient à leurs travaux, des marchands qui conduisaient à la halle leur âne ou leur carriole chargés de légumes. Tous les magasins étaient encore fermés, sauf quelques débits de tabac et quelques caves de liquoristes quotidiennement visités par cette clientèle matinale.

A cette heure où il n'est pas ordinaire qu'une femme se hasarde seule dans les rues, une jeune fille, enveloppée d'une mante de soie noire, sortit d'une maison de modeste apparence, située dans la rue de Seine, à l'un des angles de la rue de Buci.

Au troisième étage de cette maison, les persiennes laissaient entrevoir une clarté de mauvais augure. Là veillait évidemment le travail ou la maladie, peut-être l'un et l'autre.

La jeune fille monta précipitamment du côté de la rue de Tournon à travers les groupes des passants qui s'arrêtaient et la suivaient des yeux, étonnés d'une rencontre si peu habituelle.

Elle s'arrêta devant la porte d'un pharmacien, frappa deux ou trois fois inutilement de sa petite main fermée contre les volets de la boutique, et enfin, avisant une sonnette, en tira le cordon avec vivacité.

La porte s'ouvrit ; elle entra.

Peu d'instants après, elle reparut tenant à moitié cachée sous sa mante une fiole coiffée de papier rouge. Elle franchit rapidement la distance qui la séparait de sa demeure, pénétra dans la maison et en gravit les escaliers, légère comme l'oiseau.

Arrivé au troisième étage, elle ouvrit et repoussa derrière elle, avec les plus grandes précautions, une porte dont elle laissa la clef dans la serrure, afin d'éviter le bruit qu'elle eût fait en la retirant. Elle entra sur la pointe du pied dans la première pièce, l'appartement n'en avait que deux ; mais, si légers qu'eussent été ses mouvements, ils avaient été entendus.

— Est-ce toi, Célestine? — fit une voix affaiblie qui partait de l'autre chambre.

— Oui, mère, c'est moi, — répondit la jeune fille.

Et aussitôt elle passa dans la seconde pièce.

— D'où viens-tu, mon enfant? Pourquoi es-tu sortie?

— Mère, je viens de chercher la potion. Tu ne dors plus, et tu sais combien il est important que tu reposes! Monsieur Daubray le disait encore hier en écrivant son ordonnance : « Ceci est pour vous faire dormir; car le sommeil, pour vous, ce serait peut-être la guérison. »

Célestine se débarrassa de sa mante, s'approcha du lit et montra la fiole qu'elle venait d'apporter.

Si vous avez vu les têtes de vierges ou d'anges dessinées par Ingres dans ses tableaux bibliques, vous pouvez vous former une idée de la beauté de Célestine. Elle avait dix-huit ans, un visage doux et candide, un front pur, des cheveux blonds et soyeux. Son regard limpide exprimait la tendresse et le dévouement. Un long peignoir bleu, noué au corsage d'une ceinture de même couleur, lui descendait des épaules jusqu'aux pieds, laissant deviner la richesse de ses formes et la flexibilité de sa taille.

A la clarté d'une veilleuse placée sur la table de nuit, la malade la considérait attentivement comme si elle eût voulu lire ses pensées au fond de son cœur.

Célestine ne l'aurait pas appelée sa mère qu'au premier coup d'œil il eût été facile de reconnaître le lien d'étroite parenté qui unissait madame Brémard à la jeune fille, madame Brémard était le nom de la malade.

C'étaient le même galbe de figure, la même fermeté sculpturale des lignes, la même nuance des prunelles, le même dessin des lèvres. Chez l'une seulement tous les charmes de la beauté n'étaient plus qu'à l'état de ruines, amaigris, flétris, ternis, desséchés par la souffrance et par l'âge. Il y avait entre la mère et la fille la différence qui existe entre l'arbre au printemps, chargé de promesses de fleurs et de fruits, et l'arbre d'automne, à demi-dépouillé de son feuillage brûlé et rouillé par les intempéries des saisons.

Madame Brémard n'avait guère que quarante-cinq ans, et elle en paraissait soixante, vieillie par le chagrin et par la maladie.

— Mon enfant, — reprit-elle après un moment de silence et le regard fixé sur le visage de Célestine, — je t'avais priée de ne plus sortir seule.

Un léger incarnat teignit les joues de la jeune fille, décolorées par la fatigue et par les veilles.

— Mère, quels soupçons as-tu donc?

— Aucuns, ma Célestine,—répondit la malade.— J'ai pleine confiance en toi ; je sais que tu agis pour le bien. Mais l'isolement où te laisse ma maladie me fais peur. Tu ignores à quels dangers se trouve exposée une jeune fille privée de la surveillance de sa mère, et ces dangers-là sont pour beaucoup dans mes inquiétudes et mes insomnies.

Madame Brémard laissa retomber sa tête sur l'oreiller;

son front se couvrit d'une indicible expression de chagrin; une larme jaillit de ses paupières. Un observateur plus expérimenté que Célestine eût compris que le souvenir avait autant de part que la crainte à cette effusion de douleur.

Célestine, émue, s'agenouilla au chevet du lit de sa mère, et pressa contre ses lèvres une des mains de la malade.

— Pourquoi te désoler? — lui dit-elle. — N'augmente pas ton mal par des craintes chimériques. Quels dangers puis-je courir? Ne suis-je point près de toi jour et nuit? Tu as voulu que nous ayons une personne pour aller chercher ce dont tu as besoin, même dans le voisinage; et, depuis que tu es alitée, je suis sorti une seule fois, ce matin, cinq minutes au plus. Il le fallait bien! monsieur Daubray avait fait hier l'ordonnance de cette potion qui doit calmer tes souffrances en te procurant un peu de repos, et notre femme de ménage était partie fort tard dans la soirée ayant oublié complétement d'aller chez le pharmacien. Je ne m'en suis aperçue que cette nuit, et j'ai attendu avec impatience, pour descendre chez le pharmacien, le moment où il passe quelques personnes dans la rue, voilà tout.

Madame Brémard serra doucement la main de Célestine.

— Crois bien, mon enfant, que je n'ai aucune intention de te tourmenter. Oui, je sais que tu m'aimes, et je suis persuadée que tu ne voudrais pas tromper ta mère. Rassure-moi tout à fait en me promettant de ne me jamais rien cacher de ce qui t'arrive.

— Mère, je te le promets, — répondit la jeune fille sans hésitation.

— Je te remercie, enfant; tu comprendras plus tard la cause de ces frayeurs qui te paraissent aujourd'hui si exagérées.

Célestine se releva et fit boire une cuillerée de la potion à la malade, dont l'agitation s'éteignit peu à peu et enfin s'endormit. Aussitôt qu'elle lui vit les paupières closes et la respiration régulière, elle lui effleura le front de ses lèvres et retourna sans bruit dans la première pièce.

Une lampe, placée sur une table à ouvrage, y répandait une faible lueur. Célestine en releva la mèche, la rapprocha du bord de la table, et s'asseyant sous le rayonnement lumineux formé par l'abat-jour, se mit à broder une dentelle.

— Mon Dieu! — murmura-t-elle en formant avec vivacité les points de la broderie, — je n'aurai pas fini ce matin! — Elle avait travaillé toute la nuit, et ne s'était interrompue dans son travail qu'au bruit des plaintes de sa mère. Sa main faisait courir l'aiguille avec une ardeur fébrile, mais ses paupières alourdies ne résistaient qu'avec peine à l'action du sommeil. — Pauvre mère, — se disait-elle pour s'encourager, — elle a tant souffert et tant travaillé pour moi! Faut-il qu'à l'âge où elle devait goûter les douceurs du repos, la maladie arrive pour épuiser nos faibles ressources. Encore si mon gain pouvait suffire! — Pendant qu'elle brodait, ses yeux se voilèrent de larmes. — Eh bien! — reprit-elle, — voilà que je pleure maintenant! Oh! je n'ai pas le temps de pleurer.

Et redressant la tête, elle refoula dans son cœur le chagrin prêt à déborder; puis elle se remit courageusement à l'ouvrage.

L'aspect suffisamment confortable du petit appartement où nous avons introduit notre lecteur révélait que les deux personnes qui l'occupaient avaient connu des jours moins dénués, sinon plus heureux. La décoration des deux chambres dénotait même une sorte de luxe. Le meuble en était de bois d'acajou, la salle était tapissée de velours grenat. De grands rideaux de damas, dont la couleur s'harmoniait à celle du meuble, déroulaient leurs plis devant la croisée. Des glaces sur les cheminées, des tableaux appendus aux murailles, une pendule, quelques bronzes d'une valeur artistique contestleab, mais qui n'en produisaient pas moins un certain effet, un arrangement plein de goût, une propreté hollandaise, composaient un ensemble avec lequel on ne pouvait guère accorder des idées de gêne et de misère.

La maladie, en pénétrant dans cet intérieur tranquille et discret, y avait amené peu à peu le besoin et les poignantes inquiétudes sur l'avenir.

Cependant Célestine, vaincue par le sommeil, avait laissé fléchir sa tête sur sa broderie. Ses yeux s'étaient fermés, ses mains étaient tombées inertes sur ses genoux.

Elle dormait, penchée en avant, comme la fleur fatiguée, après un long jour d'ouragan ou de soleil.

Les heures s'écoulèrent. Les rayons du soleil, en pénétrant dans la chambre, effacèrent dans leur vive clarté la lueur fuligineuse de la lampe.

La sonnette retentit deux fois à quelques secondes d'intervalle; mais le sommeil de la mère et de la fille était si profond qu'elles ne l'entendirent ni l'une ni l'autre.

La porte s'ouvrit : on se rappelle que la clef était restée extérieurement dans la serrure.

La personne qui entra était un jeune homme d'environ vingt-quatre ans, de taille moyenne, brun, d'une figure agréable et d'une exquise distinction de manières.

Il s'arrêta devant Célestine et la contempla longtemps d'un regard où se peignaient à la fois l'admiration et l'attendrissement.

— O mon Dieu! — s'écria-t-il d'une voix profondément émue, — mille grâces te soient rendues pour m'avoir conduit dans cette maison, car c'est ici certainement que je dois trouver le bonheur!

L'accent de cette voix eut sur l'oreille de Célestine un pouvoir que n'avait pas eu l'aigre tintement de la sonnette.

La jeune fille, réveillée en sursaut, releva vivement la tête :

— Monsieur Daubray! — fit-elle en rougissant.

Celui-ci étendit la main vers la lampe :

— Qu'est-ce que cela veut dire? Vous avez passé la nuit à travailler, mademoiselle? — demanda-t-il d'une voix qui trahissait autant d'intérêt que de surprise. — Et qui donc soignera votre mère si, comme elle, vous venez à tomber malade?

— Rassurez-vous, monsieur, je... je... ce n'est rien, absolument rien, — dit Célestine en reprenant ses idées. — Hier au soir, je me suis oubliée sur mon ouvrage, le sommeil m'a surprise, et... j'étais certes bien loin de me douter qu'il fît jour.

Elle éteignit la lampe et alla ouvrir les rideaux de la croisée.

— Si le docteur Tessère, qui m'envoie près de vous, connaissait l'imprudence de ces veilles nocturnes, croyez-vous, mademoiselle, qu'il vous approuverait?

— Ne me grondez point, monsieur, je vous en prie, — répondit Célestine en souriant avec tristesse. — Si vous saviez, au contraire, combien je suis paresseuse et me laisse aller facilement au sommeil, au lieu de me reprocher l'excès du travail, vous vous scandaliseriez du peu que je fais.

Il y avait des larmes dans cette réponse, dont l'accent révélait une profonde douleur. Le jeune homme en fut vivement touché et considéra quelque temps Célestine en silence. Sous ce regard qui la fit tressaillir, elle baissa les yeux et devint rouge comme une cerise.

Charles Daubray, élève et protégé d'un savant praticien, le docteur Tessère, dont il était souvent le substitut auprès de sa clientèle, avait depuis quelques mois reçu de celui-ci mission de suivre la maladie de madame Brémard. Sa modestie, son affabilité, son dévouement lui avaient, autant que son habileté scientifique, mérité, dans l'exercice de ses difficiles fonctions, de nombreuses sympathies. Il alliait au positivisme de l'esprit le poétique enthousiasme du cœur.

— Mademoiselle, — reprit-il en cherchant à maîtriser son trouble, — comment madame votre mère a-t-elle passé la nuit?

— Sans dormir, monsieur. Ce n'est que ce matin, et grâce à la potion que vous avez ordonnée, qu'elle a pu commencer à reposer.

— Elle dort en ce moment?

— Elle dort. Pendant son sommeil, permettez-moi de vous adresser une question : Croyez-vous, monsieur, que cette cruelle maladie dure longtemps encore?

— Mademoiselle, — répondit Charles, — la maladie de madame Brémard échappe aux soins de la science vulgaire. Elle a son origine dans une affection morale, quelque grand chagrin sans doute. Vous devez chercher à consoler votre mère, à la distraire. Peut-être, à force de tendresse, parviendrez-vous à opérer une révolution dans ses idées. Alors elle sera sauvée. Nous ne pouvons, nous autres médecins, que combattre les désorganisations physiques résultant de cette peine mentale : il est au-dessus de notre pouvoir d'en déduire la cause secrète.

— Je crois que vous avez raison, — dit Célestine. — Oh! oui, ma pauvre mère doit avoir un grand chagrin au fond du cœur! Je l'ai toujours vu triste, toujours rêveuse et désolée! Mais, comme vous, monsieur Daubray, j'ignore la cause de son affliction.

Il se fit tout à coup un grand bruit dans la chambre de la malade.

Madame Brémard s'était éveillée. Elle avait entendu la voix du jeune homme répondant à celle de sa fille, et elle était inquiète. Elle appelait en frappant avec son verre sur la table de nuit.

Célestine courut auprès de sa mère.

— Qui est là? — demanda celle-ci à demi-levée sur son séant; — avec qui parlais-tu? Ah! tu le nierais en vain : ma fille, ma fille, tu me trompes!

Elle retomba épuisée sur son oreiller.

Son geste et l'air de son visage avaient en ce moment une telle expression d'égarement et de desespoir, que Célestine en demeura comme pétrifiée.

— Mère, — dit-elle après un silence, et en s'efforçant de dominer son émotion, — monsieur Daubray est là; veux-tu le voir?

— C'est avec monsieur Daubray que tu causais? — (Madame Brémard attachait un regard pénétrant sur le regard de sa fille).

— Oui, mère, — répondit Célestine; — il m'interrogeait, en attendant ton réveil, sur la manière dont tu avais passé la nuit.

— Eh bien! mon enfant, prie monsieur Daubray d'entrer. — La physionomie de la malade, quoique souriante à l'aspect de Charles, exprimait pourtant une sorte de défiance. Madame Brémard examinait le jeune médecin comme si elle eût craint de découvrir en lui un ennemi. — Il est bien jeune, — pensait-elle. — A quoi songeait donc monsieur Tessère en me l'envoyant? Oh! ne pas savoir, clouée sur un lit de douleur, ce qui se passe autour de moi!

Charles s'assit auprès du lit et interrogea la malade sur ses souffrances. Il trouva dans son état une amélioration sensible, due sans doute au sommeil réparateur qui avait un peu ravivé ses forces. Il se leva pour écrire une nouvelle ordonnance; puis, au lieu de terminer là sa visite, comme il avait chaque jour coutume de le faire, il revint s'asseoir et demeura quelque temps profondément recueilli.

Madame Brémard et Célestine le regardaient avec étonnement.

Enfin il prit la parole. Sa physionomie grave, sa voix, dans laquelle il y avait à la fois de la fermeté et de l'émotion, témoignaient de l'importance qu'il attachait à un entretien longtemps médité.

— Madame, — dit-il en s'adressant à la malade, — voulez-vous me permettre de vous ouvrir franchement mon cœur sur un point qui doit décider de tout mon avenir? — S'apercevant alors que madame Brémard faisait signe à Célestine de s'éloigner : — Pardon, — continua-t-il, — je désirerais m'expliquer en présence de mademoiselle. Je me serais fait un scrupule, madame, d'abuser de votre position pour solliciter de votre fille un entretien auquel vous n'eussiez point assisté; mais vous ne pourriez, seule, résoudre les questions qui intéressent essentiellement mon bonheur; souffrez donc que ces questions, je vous les adresse à toutes les deux en même temps.

Notre jeune médecin avait, en s'exprimant ainsi, un tel air de loyauté, et sa demande même était une preuve si évidente de l'honnêteté de ses intentions, qu'un refus aurait été difficile à prononcer autant qu'à justifier.

— Reste, ma fille, — dit madame Brémard à Célestine.

Charles reprit :

— Monsieur Tessère a dû vous dire, madame, que j'appartiens à une famille estimable; la profession que j'exerce, et dans laquelle j'ai eu le bonheur d'obtenir quelques succès, m'assure une position honorable dans le monde; sans être riche, j'ai quelques biens provenant de la succession de ma mère, et dans le cas où ils seraient insuffisants, mon père, j'en ai la conviction, serait tout disposé à faire des sacrifices en ma faveur. Je n'ai encore que vingt-quatre ans; mais un médecin qui n'est point établi ne saurait inspirer aux familles cette confiance d'où dépend son avenir, et j'ai dû songer de bonne heure à chercher une compagne, une femme d'ordre et de bon conseil, capable de tenir une maison et d'en rendre l'intérieur agréable. Il était difficile que je vinsse longtemps ici sans reconnaître que, toutes ces qualités, mademoiselle votre fille les possédait, et sans être en même temps frappé de sa beauté, de son esprit, de son dévouement. Puissé-je à mon tour n'avoir pas été jugé trop défavorablement! Et c'est là-dessus que je sollicite ardemment une réponse de mademoiselle Célestine, afin de vous supplier, madame, dans le cas où elle ne me serait point contraire, de mettre le comble à mon bonheur en m'accordant la main de votre fille.

Célestine, qui se tenait debout au pied du lit, regardait alternativement Daubray et sa mère d'un air de surprise profonde; il était évident que, si elle avait deviné l'amour du jeune homme, elle n'avait pas été mise dans le secret de la demande. Lorsqu'elle s'entendit interpeller directement, elle baissa les yeux et laissa échapper un murmure de ses lèvres. L'agitation de son sein, aussi bien que l'expression de sa physionomie, indiquaient que ce murmure ne devait pas être tout à fait favorable aux prétentions du solliciteur.

Ce fut ainsi que l'interpréta madame Brémard; mais, loin de s'épanouir, son front, déjà soucieux pendant qu'elle écoutait Daubray, s'assombrit encore davantage à cette révélation manifeste des sentiments de Célestine.

— J'avoue, monsieur, — dit-elle à Charles, — que votre demande m'étonne. Je ne puis comprendre que, dans la position où vous êtes, vous ayez jeté les yeux sur ma fille. Il me semble que vous ne devez pas avoir suffisamment réfléchi. C'est une chose grave qu'un mariage, et l'accord des sentiments n'y est pas le seul point qui ait de l'importance.

— J'ai tout prevu, tout considéré, madame, — répondit vivement Daubray. — Si j'avais l'honneur d'être mieux connu de vous, vous sauriez que je n'ai point l'habitude d'agir par coups de tête. J'aime profondément mademoiselle Célestine, et je ne l'aime pas seulement pour sa beauté, mais encore pour toutes ces qualités si précieuses que nous rêvons dans la femme qui doit être la compagne de notre vie. Ne dites point que le temps m'a manqué pour étudier son caractère : depuis que je viens ici vous donner mes soins, n'ai-je pas eu mille occasions d'admirer sa douceur, sa résignation, son courage? Permettez-moi donc, puisque mademoiselle a daigné ne point repousser ma recherche, de solliciter de nouveau votre consentement, à moins, — poursuivit-il avec hésitation, — que vous n'ayez à m'opposer des objections qui me seraient personnelles.

— Non, monsieur Daubray, — répondit la malade ; — votre conduite, en cette circonstance, a été celle d'un homme honnête et loyal, et je ne crains pas de vous avouer, pour ma part, que je regarderais comme un bonheur de confier l'avenir de ma fille à un mari qui vous ressemblât. Mais, je le répète, à côté des convenances du cœur, il en est d'autres qui veulent être également obéies.

— Je crois deviner, madame, celles auxquelles vous faites allusion,—dit Charles avec vivacité ;—croyez...

Madame Brémard l'interrompit.

— Je me sens fatiguée, monsieur Daubray, — fit-elle en jetant sur sa fille un regard plein de tristesse. — Remettons, je vous en supplie, cet entretien, à un autre moment.

Il eût été indiscret d'insister. Charles se leva, s'approcha de Célestine, et lui prit une main qu'il porta à ses lèvres; puis, saluant madame Brémard, il se retira les yeux rayonnants d'espérance,

Il était à peine sorti que la jeune fille, penchée sur le lit, couvrait de baisers le front de sa mère, en lui disant avec effusion :

— Rassure-toi, ma première condition sera qu'on ne me force pas à te quitter.

— Chère enfant! — dit madame Brémard, — ah! que ne puis-je te voir heureuse, même au prix d'une séparation !

— Que dis-tu ? Je n'y consentirais jamais, fallut-il renoncer à monsieur Charles.

— Tu l'aimes donc?

— Je puis te le dire à présent que nous sommes seules : oh ! oui, mère, je l'aime !

Madame Brémard passa son bras autour du cou de Célestine et se mit à contempler avec attendrissement ce visage de jeune fille si gracieux et si pur.

— Que je serais heureuse,—murmura-t-elle,—si je te voyais établie! Il me semble que je mourrais tranquille... Mais, hélas !...

— Pourquoi ces vilaines pensées, — interrompit Célestine en lissant d'une main caressante les cheveux de la malade. — Tu ne mourras point, parce que mon mariage te rendra la santé, et mon mariage se fera parce que lorsqu'on aime bien, on vient facilement à bout des obstacles, s'il y en a. Mais qu'as-tu donc ? Tu pleures ?

De grosses larmes coulaient en effet sur les joues pâles de madame Brémard,

— Pauvre enfant !—dit-elle,—ne te livre point trop tôt à l'espérance : ce serait te préparer une bien cruelle déception.

Quelques heures s'écoulèrent occupées au travail par Célestine, qui donnait cette fois à sa broderie une attention passablement distraite, et par madame Brémard à des méditations dont le sujet devait attrister son âme, à en juger par l'air d'abattement répandu sur son visage.

Tout à coup la sonnette retentit.

— C'est lui ! — fit Célestine.

Et d'un bond elle fut à la porte.

Elle ne s'était point trompée.

Charles entra, le regard étincelant de joie. Il prit Célestine par la main, et l'entraîna auprès du lit de la malade,

— Madame, -- dit-il, — quand ce matin vous m'avez parlé de convenances, j'ai compris la pensée qui vous préoccupait, et pour me mettre en mesure de répondre à toutes vos objections, je me suis hâté d'aller trouver mon père. C'est de son aveu que je viens vous renouveler ma demande.

— De son aveu?

— Je ne lui ai rien caché de votre position...

Madame Brémard fit un mouvement.

— Pardon, madame, — reprit Charles, — ce que j'en sais, je ne le dois point aux investigations d'une curiosité indiscrète. Il m'a suffi de voir, chaque fois que je suis venu ici, mademoiselle Célestine se livrer avec ardeur à des broderies qui évidemment ne pouvaient être à son usage, et de remarquer dans ses regards, dans ses traits, une fatigue attestant des nuits passées au travail, pour en conclure que la fortune ne vous avait point traitées en mère prodigue. La réponse de mon père a été ce qu'elle devait être, ce que je souhaitais qu'elle fût : « Mon fils, » m'a-t-il dit, « je suis assez riche pour ne point te sacrifier à de cupides calculs. Quelle que pauvre que soit la personne à qui tu as dessein de confier ton bonheur, je l'accepte avec joie pour ma fille, et ne lui demande rien que d'appartenir à une famille honorable et sans tache. »

Charles se tut.

Célestine adressa un regard suppliant à sa mère.

Mais madame Brémard ne répondit point.

Elle était sans connaissance.

Grâce aux soins empressés du jeune médecin, son évanouissement ne fut pas de longue durée.

A peine eut-elle repris ses sens qu'attirant Célestine vers elle et la pressant contre sa poitrine, elle s'écria d'une voix entrecoupée de sanglots :

— Ma fille ! ma pauvre fille !—Puis, après un moment de silence, elle se tourna vers Charles ! —Monsieur Daubray, — lui dit-elle,—vous avez eu tort de précipiter vos démarches; vous ne m'avez pas laissé le temps de préparer Célestine à entendre la réponse, la voici : « Votre mariage avec ma fille est impossible. »

II

LA LETTRE.

En vain Charles essaya d'obtenir une explication de cet étrange refus; en vain, Célestine, qui ne paraissait pas moins surprise que lui, inonda de pleurs les mains fiévreuses de sa mère, madame Brémard garda le silence.

Elle était effrayante à voir : couchée sur son lit, que recouvrait un drap blanc, le visage blême, les yeux ternes, la tête immobile, elle ressemblait à une statue de marbre sur un tombeau. Sans le frémissement de ses lèvres et le bruit de soupirs étouffés qui s'échappaient de sa poitrine, on eût dit que la vie l'avait abandonnée.

Daubray était arrivé chez madame Brémard le visage radieux et le cœur bondissant de joie ; il en sortit le front bas, triste, découragé.

A quoi devait-il attribuer une si surprenante contradiction de langage et de conduite chez la mère de Célestine?

A une crise morbide évidemment, et il n'en était que plus affligé.

— Cette malheureuse femme perd la raison, — se disait-il ;—je ne saurais méconnaître là les symptômes d'un commencement de folie. Pauvre Célestine ! Et dans une pareille situation, n'avoir point le droit de lui venir en aide ! Liée à la volonté d'une mère malade, elle ne peut être à moi ! N'ai-je donc entrevu le bonheur un instant que pour le voir m'échapper à jamais?

. . . .

Daubray rentra chez lui en proie à une agitation qui ne lui était pas ordinaire.

Il ne savait quel parti prendre. Disposé à lutter contre tous les obstacles, il ne s'était pas attendu à celui-là.

Que faire contre une femme dont la raison est ébranlée, qui ne répond point aux observations, aux questions, aux prières, qui annonce une détermination sans même en laisser soupçonner la cause? Que dire pour lui inspirer d'autres sentiments?

Il avait cru comprendre en différentes occasions que madame Brémard désirait avec ardeur l'établissement de sa fille; il savait que bien des prétendants s'étaient déjà présentés, et, qu'après les premiers pourparlers, ils s'étaient tous retirés, soient qu'ils eussent été éconduits, soit que le manque de dot eût refroidi l'enthousiasme de leurs sentiments. Jusque-là point de contradiction manifeste. Mais cette fois rien ne paraît contrarier le désir si naturel que doit avoir une mère malade d'assurer, avant de mourir, un soutien à sa fille; il a une fortune suffisante, il est aimé, il a le consentement de son père, il offre d'épouser sans dot, et on le refuse!

Une pensée frappe soudain son esprit.

— C'est cela même! — se dit-il; — tout n'est pas perdu. — Ses réflexions ne font que le confirmer dans son opinion. — Oui, — ajoute-t-il, — j'aime mieux admettre l'égoïsme de la souffrance qu'un dérangement de facultés, dont je n'ai d'ailleurs aucune autre preuve. Cette malheureuse mère redoute l'abandon, l'isolement. Lorsqu'elle pense qu'après sa mort la pauvre Célestine restera seule, sans soutien, perdue au milieu de cet océan de misère et de douleur que l'on nomme Paris, elle appelle de tous ses vœux un mari pour sa fille, et, s'il se présente, elle songe avec terreur que ce mari va la lui enlever; elle sacrifie l'avenir de son enfant à la satisfaction, au besoin de la garder près d'elle durant les derniers jours qu'il lui reste à vivre! Que ne s'en est-elle expliquée franchement avec moi? Comme je me serais empressé de la rassurer! Mais il en est temps encore; il faut qu'elle sache qu'il y a pour elle dans mon cœur tout l'amour d'un fils; que loin de la séparer de Célestine, j'exige qu'elle vienne demeurer avec nous, et que je suis prêt à l'entourer des mêmes soins, des mêmes égards, que j'aurais prodigué à ma propre mère.

. . . .

Charles occupait dans la rue des Saints-Pères un joli appartement de garçon, dont la porte était décorée d'un panonceau en cuivre sur lequel on lisait en exergue DOCTEUR MÉDECIN. Il entra dans son cabinet, et, le visage rasséréné, il se mit à écrire une lettre, pesant chaque mot, méditant chaque phrase; puis, ayant tracé l'adresse: *A mademoiselle Célestine Brémard*, il l'envoya porter par son domestique, en lui recommandant de ne point revenir sans réponse.

Cela fait, Charles s'approcha de la cheminée, et se mit à tisonner inattentivement, regardant la porte de côté, et, de minute en minute, prêtant l'oreille au bruit d'un pas imaginaire.

— Que ce Joseph est lent! — murmurait-il. — Il abandonna les pincettes et marcha dans la chambre, à pas rapides, l'œil fixé sur la pendule, dont il accusait les aiguilles de ne point avancer, et maugréant entre ses dents contre le pauvre Joseph. Au bout d'une demi-heure, il avait tout à fait perdu patience. — Je crois, Dieu me pardonne! que le drôle s'est perdu en route; j'aurai plus tôt fait d'aller au-devant de lui. — Il descendit précipitamment l'escalier. Au moment où il franchissait la porte de la rue, il sentit une main se poser sur son épaule, et se trouva face à face avec Edouard Saugé, son ami et cousin, jeune artiste, grand prix de Rome.

— Où diable cours-tu ainsi, tête baissée? Sais-tu que tu me fais l'effet du Crime fuyant devant la Justice, de Prudhon? Je cherchais au-dessus de ta tête Thémis et sa balance, Némésis et son poignard.

— Mon cher, — répondit Charles, — je cours à la recherche d'un coquin de domestique qui ne rentre point.

— Et que tu ne feras pas ainsi rentrer plus vite. Moi, je vais chez toi; remontons ensemble, j'ai à te parler d'affaires qui t'intéressent; cela t'aidera à prendre patience. — Quand les deux amis furent remontés, ils s'assirent près du feu, et Charles se remit à tisonner sans prononcer une parole. — Ah çà! qu'as-tu donc aujourd'hui? — dit Edouard; — je ne t'ai jamais vu d'une taciturnité si convulsive.

— J'attends une réponse qui est pour moi du plus grand intérêt.

— Eh! parbleu! je t'en apporte une qui a bien aussi son importance; mais on ne s'en douterait point, à voir le peu d'empressement que tu mets à m'interroger.

— Excuse-moi, mon ami, — répondit Charles en essayant de secouer sa préoccupation; — je me souviens, en effet. Eh bien! as-tu réussi?

— Parfaitement. J'ai parlé de toi à monsieur Montevrain; c'est un charmant homme. Il y a mis toute l'obligeance imaginable. « Amenez-moi votre parent, » m'a-t-il dit. « Si j'en juge par vous, ce doit être un esprit d'élite. Je réponds de le faire admettre en qualité de médecin des membres de notre manége. Ces membres forment, vous le savez, la partie métallique de la société parisienne. Il commencera par donner ses soins au fils, au père, au frère; puis il pénétrera dans les familles: c'est une mine d'or dont il pourra suivre les filons jusqu'au douzième degré de parenté. Viendront ensuite les amis et les connaissances. S'il est adroit, nous le verrons, avant la fin de l'année, devenir le docteur à la mode. On vendra des paletots qui porteront son nom. » Bref, — ajouta Edouard, — monsieur Montevrain nous attend demain pour dejeuner.

— Quel est donc ce monsieur, et quelle influence a-t-il? — demanda Charles.

— Monsieur Montevrain! Parbleu! tu reviens de Pontoise, ce me semble! Monsieur Montevrain! Mais c'est depuis trente ans le dandy, le lion, le don Juan, le lovelace, le phénix des hôtes du bois de Boulogne et des habitués des boulevards.

— Depuis trente ans!

— Bon! Un homme comme monsieur Montevrain ne vieillit jamais. Il est toujours jeune et ingambe, enfant chéri des dames, et le plus audacieux des *gentlemen riders*. Tu le verras. Je crois, ma parole d'honneur! qu'il a hérité du secret de Richelieu, qui, à quatre-vingts ans faisait encore des conquêtes! — Joseph parut enfin; il apportait la réponse de Célestine. Charles prit la lettre, la tourna dans tous les sens, et en regarda vingt fois la suscription. — Parbleu! tu es un étrange garçon! — fit Edouard qui le considérait avec surprise; — tout à l'heure tu envoyais toutes les malédictions du monde à Joseph, parce qu'il ne t'apportait point cette lettre assez vite à ton gré, et voilà maintenant que tu sembles redouter d'en rompre le cachet!

— C'est vrai, — répondit Charles. Et ses mains tremblaient en ouvrant la lettre. Edouard, placé devant lui, l'examinait; il vit ses sourcils se froncer, ses lèvres pâlir, la douleur voiler son regard, puis le papier s'échapper de ses mains. — Ah! — s'écria Charles, — si j'hésitais à lire, c'est que j'avais le pressentiment de mon malheur! — Il ramassa la lettre et la présenta à Edouard. — Tu peux en prendre connaissance, — lui dit-il.

Elle était ainsi conçue:

« Monsieur,

» J'ai remis à ma mère la lettre que vous m'avez adressée. Je n'ai pu obtenir d'autre réponse que celle qui vous a déjà été faite. « Votre mariage est impossible, » a répété ma mère, et il faut que toute relation cesse » entre nous. » Je dois obéir. Peut-être ne parviendrai-je pas à oublier un rêve sitôt évanoui, à vous oublier, vous, monsieur, qui avez été bon et généreux envers nous; mais ce dont je puis répondre, c'est que je n'aurai jamais à rougir du souvenir qui me restera de votre passage dans ma vie.

» Vous dites que vous m'aimez, et je le crois; je vous demande, comme une preuve de votre affection, de ne plus m'écrire et de ne plus chercher à me voir.

« Adieu, monsieur, adieu pour jamais! Ma mère a prié monsieur le docteur Tessère de vouloir bien venir lui donner ses soins lui-même.

» CÉLESTINE BRÉMARD. »

Edouard releva les yeux sur Charles : il avait les joues baignées de larmes; il paraissait anéanti par la douleur.

— Je laisse à ton chagrin toute cette soirée, — lui dit-il d'un ton moitié compatissant, moitié léger.—Mais souviens-toi qu'il n'est point accordé à un galant homme plus de temps pour pleurer une femme qu'à un plaideur pour maudire son juge. Demain matin, je serai ici à onze heures; fais en sorte d'avoir la bouche souriante, l'œil gai et la mine éveillée, que diable! J'entends te présenter à nos amis orné de tous tes avantages.—Charles ne répondit point; il n'avait pas entendu. — Voilà pourtant,—fit Edouard en se retirant,—comme je serais capable d'être, au moins toute une grande heure, si je recevais une pareille lettre de la petite Angelina.

III

LA TOILETTE DE MONTEVRAIN.

Il est neuf heures du matin ; nous sommes chez Montevrain, dans une des plus jolies maisons du quartier Bréda.

— Vous venez trop tôt, — dit un domestique à une personne qu'il introduit dans l'antichambre ;— monsieur n'est pas encore levé.

— J'attendrai, monsieur Dominique.

— Asseyez-vous donc, mon cher monsieur Darius. Eh bien ! que dit-on de nouveau?

— Mais il n'est bruit partout que d'un nouveau modèle de toupet de mon invention. Cela fait fureur. Je viens aussi d'obtenir le titre de coiffeur de plusieurs têtes illustres.

— C'est têtes chauves que vous voulez dire.

Un coup de sonnette rappela Dominique à la porte :

— Entrez , mon cher monsieur Flégeton , — dit-il au nouvel arrivant; — voyons, que nous apportez-vous là?

— Eh parbleu ! ma trousse, monsieur Dominique, véritable boîte de Pandore, contenant le secret de la beauté et du rajeunissement. J'ai dépassé les prétentions de la fabuleuse fontaine de Jouvence. Au moyen de mes procédés, on ne vieillit plus, on a toujours vingt ans.

— Alors on n'atteint jamais l'âge de raison.

— J'apporte à monsieur Montevrain un nouveau dentier fonctionnant sans crochets, ni ligatures ; on couperait des barres de fer avec.

— Mais pourrait-on manger de la bouillie? — demanda le coiffeur des têtes illustres.

— Monsieur, on mangerait du granit, si le granit était une nourriture salutaire à l'estomac de l'homme. Sans compter que, les ressorts jouant d'eux-mêmes, cela vous donne une facilité, une grâce d'élocution incomparable. On n'a pas besoin de faire d'efforts pour ouvrir la bouche : c'est mieux que les mâchoires naturelles.

— Pour ouvrir la bouche, je ne dis pas non : mais pour la fermer! Ah! ah! — fit le coiffeur, — j'en ai connu une de vos mâchoires; le pauvre diabler estait toujours la bouche béante : on le prenait pour une boîte aux lettres.

La sonnette ayant retenti de nouveau. Dominique ouvrit la porte à un troisième personnage.

— Ah ! vous voilà, monsieur Maigret! On vous a attendu hier toute la matinée.

— La ceinture n'était pas finie; je ne pouvais pas venir sans la ceinture.

— Monsieur Montevrain avait donné à ses amis un rendez-vous au bois de Boulogne, et il est parti d'une humeur de dogue contre vous.

— Je conçois cette humeur, monsieur Dominique; le prince de Charencey, qui est moins gros que lui, ne peut aller à cheval sans ceinture.

— Ça doit, en effet, rudement fatiguer le cheval, quand on est taillé en plein drap comme ça, — fit judicieusement observer le dentiste Flégeton.

— Monsieur Montevrain supporte encore assez bien la chose, — dit Dominique. — Hier au soir, à son retour, il s'est appuyé sur mon épaule, en me disant : Soutiens-moi, Dominique! je suis brisé, entamé, je n'en puis plus ! Ça ne l'empêchera pas de recommencer demain.

— C'est vrai, — ajouta le coiffeur; — tous les jours, il va et vient sans s'arrêter, comme une bobine sur une tête à perruque. Je n'ai jamais vu d'homme plus occupé.

— Ni qui occupe davantage.

Le bruit d'un timbre interrompit cette intéressante conversation d'antichambre.

Dominique, le plumeau sous le bras, le tablier blanc relevé en angle sous sa veste rouge, se rendit à l'appel de son maître.

L'appartement de Montevrain dénotait l'opulence, mais une opulence de bon goût. Rien de mesquin, rien d'emprunté: un luxe de décoration sentant l'homme du monde, l'homme tenant à suivre les modes en toutes choses, et qui n'est arrêté par aucune considération d'économie.

On y trouvait une bibliothèque richement reliée, des collections d'objets rares : médailles, tableaux, armures, et tout un monde de superfluités achetées selon le caprice du jour.

Mais on voyait, au premier coup d'œil, que le propriétaire de ces richesses n'était ni un savant collectionneur, ni un artiste, ni un bibliophile. Si les livres de la bibliothèque étaient richement reliés, on s'apercevait, en les examinant, qu'à peu d'exception près, ils n'avaient pas été ouverts. Les collections étaient incomplètes ou rangées sans intelligence, et, parmi les tableaux, un connaisseur aurait découvert plus d'une toile apocryphe figurant comme œuvre de maître. Il semblait que la fantaisie, une fantaisie oiseuse et ennuyée, eût présidé à l'acquisition comme au rangement de ces riens précieux. Il semblait vrai.

Assez riche pour ne se rien refuser, Montevrain achetait tout ce qu'il était de mode d'acheter, non par goût, non pour en tirer quelque plaisir intime, mais pour l'avoir, pour orner ses murailles ou meubler ses chambres pour s'en parer aux yeux des visiteurs.

Il ne gardait d'ailleurs que rarement la maison : sa vie était toute extérieure. Il déjeunait et dînait ordinairement en ville ; il passait le reste du jour à la promenade, au manége, à la salle d'armes et au spectacle.

Cette vie d'homme inoccupé était des plus actives. Une fois dehors, Montevrain allait partout; il se multipliait. On le rencontrait le même jour en vingt endroits, tantôt à cheval, tantôt en voiture, tantôt à pied, seul ou en compagnie de jeunes gens des deux sexes, toujours affairé, la voix haute, l'attitude superbe, la cravache à la main ou le cigare à la bouche.

Au moment où nous pénétrons, à la suite de Dominique, dans sa chambre à coucher, Montevrain vient de s'éveiller.

Dominique tire les rideaux des croisées, et, en valet bien appris, prépare les objets de la toilette de son maître; puis il allume dans la cheminée un grand feu de bois sec. Cette première opération a lieu en toute saison, quelle que soit la température : froid sibérien ou chaleur tropicale.

Le groom arrive : il apporte et présente à Montevrain, sur un plateau d'argent, un bol de bouillon de poulet bien chaud.

Montevrain avale le bouillon et boit par-dessus dix-huit gouttes, pas une de plus, pas une de moin, d'une fine liqueur fabriquée dans la Vieille-Castille et destinée à entretenir la jeunesse du sang.

Cela fait, Montevrain se renfonce sous ses couvertures, où il reste encore vingt minutes, temps jugé nécessaire à l'elixir de vie pour opérer.

— Les vingt minutes sont écoulées, — dit Dominique, dont les yeux n'ont pas quitté la pendule. Montevrain fait un signe de tête. Le valet et le groom s'approchent du lit, le débordent, enveloppent hermétiquement leur maître dans les draps et couvertures, et le transportent avec les plus grandes précautions auprès du feu où ils l'asseyent mollement sur le velours d'un large fauteuil à la Voltaire. Dominique laisse écouler dix autres minutes, pendant lesquels il étale la braise de l'âtre, de manière à produire un foyer incandescent, et ouvre derrière le fauteuil un paravent dont la fonction est d'arrêter au passage tout perfide zéphyr. Il enlève ensuite avec l'aide du groom, les couvertures qui enveloppent Montevrain, muet et inerte comme un malade à l'extrémité ; puis ils se mettent à le frictionner, d'abord avec une brosse plus ferme, enfin au moyen d'un gant électrique. Notre homme ainsi frictionné, on le masse, on le tamponne, on le baigne d'eaux de senteur. C'est une tâche qui, tous les matins, fait perler la sueur aux tempes des deux domestiques. Dominique, après ces opérations, revet son maître d'une chemise chauffée à l'étuve, lui met des bas, un caleçon, et complète sa toilette du matin en lui passant une robe de chambre.

— Monsieur est prêt,— dit-il alors.

Montevrain n'a pas desserré les lèvres. Il tousse à deux ou trois reprises, comme pour essayer le timbre de sa poitrine, et, s'il en est satisfait, il dit :

— C'est bien.

A le voir tout allangui, le teint bistré, les joues creuses, les yeux sans chaleur, l'occiput dégarni, les cheveux gris aux tempes, courbé en deux sur son fauteuil et n'osant pas parler, comme si le souffle allait manquer à ses efforts, on lui donnerait soixante ans d'âge, deux années de maladie et trois mois à vivre.

Il n'a que cinquante ans; on ne se souvient pas de l'avoir vu malade, et plusieurs de ses ancêtres ont atteint la centaine.

Dominique appelle à haute voix :

— Monsieur Darius !

Darius entre ; il salue trois fois : la première au seuil de la porte, la seconde au milieu de la chambre, la troisième à deux pas de Montevrain qui lui tourne le dos.

Il tient dans ses mains un petit coffret qu'il ouvre pour y choisir différents objets : des pinces, des ciseaux, un rasoir, des flacons qu'il dispose sur une table préparée par Dominique.

Alors il se met à l'ouvrage, rase, peigne et frictionne à son tour.

Il s'agit de redonner de la couleur et du ton à ces cheveux qui se fanent, de revêtir ce chef dénudé, de redresser la ligne brisée de ces sourcils.

— Monsieur voudra bien remarquer, — dit Darius, — que ma préparation, véritable prodige de chimie électrique, ne teint pas la chevelure, mais qu'elle lui rend sa nuance naturelle, en agissant sur le tissu capillaire. — Montevrain répond d'un signe de tête. — Voici le toupet-modèle, — continue l'artiste en cheveux. — Il ne s'est rien imaginé de plus beau ; c'est souple, léger, gracieux ; c'est à faire souhaiter d'être chauve. Que monsieur voie, — ajouta-t-il après avoir disposé son monument, et en avançant un miroir sous les yeux de Montevrain.

Celui-ci fait un signe d'assentiment d'une étrange tristesse.

— Monsieur Flégeton ! — crie Dominique.

Cet appel s'adresse au dentiste ; il signifie que Darius a terminé sa besogne et va se retirer.

Flégeton arrive avec un sourire triomphant. Il apporte, lui aussi, son invention : le chef-d'œuvre de l'esprit humain appliqué l'esthétique des mâchoires.

Il visite la bouche du patient, remplit les vides creusés par les années, et soutient, au moyen d'étais élastiques, les joues qui se creusent et les lèvres qui grimacent.

— Je les aie nommées dents plastiques, — dit-il à Montevrain toujours muet comme une pagode,—à cause de la beauté dont elles revêtent le visage. Monsieur ne sera plus reconnaissable. Là ! que monsieur s'admire ! — ajoute-t-il en présentant le miroir.

— Monsieur Maigret ! — crie Dominique.

Pendant que Flégeton recueille ses instruments, Maigret, honteux de son retard et appréhendant la remontrance, se glisse dans l'appartement, l'oreille basse et l'œil inquiet, comme un carlin bien appris auquel il est échappé de commettre une faute et qui a conscience de sa culpabilité.

Il répète à Montevrain, qui n'a pas l'air de l'entendre, l'excuse qu'il a fait valoir auprès de Dominique. Puis il lui essaye un gilet-corset, et une ceinture anti-obésique destinée à dissimuler les proportions inquiétantes d'un abdomen en voie de trop prendre ses ébats.

— Cette ceinture, — dit-il, — vous fait une taille de jeune fille. Cela dégage vos mouvements et leur donne une souplesse qu'on ne pouvait plus attendre. C'est la grâce unie à la dignité. J'ai fait là une découverte bien importante, et qui intéresse l'humanité toute entière. Mais je ne m'en suis jamais senti aussi heureux ni aussi fier qu'en ce jour.

L'air brumeux de Montevrain ne s'éclaircit point, et Maigret, de même que Darius et Flégeton, se retire sans avoir obtenu une parole d'encouragement.

Il est vrai que les années avaient emporté, en même temps que les dents et les cheveux, beaucoup de la gaieté de Montevrain. Chez lui, le moral comme le physique était en ruines : l'un et l'autre avaient besoin d'étais, de teintures, de cosmétiques et d'elixirs, pour raviver un regain de jeunesse.

Sa toilette était achevée.

Grâce aux talents réunis de Dominique, de Darius, de Flégeton et de Maigret, il paraissait transfiguré. Ce n'était plus un poussah ventru de la Chine, mais une sorte d'Apollon du Belvédère tel qu'on peut se le figurer âgé de quarante ans.

Plus de sillons aux tempes, plus de vallées aux joues. Son chef était reboisé d'une ondoyante forêt de cheveux noirs ; la teinte blême de sa physionomie avait fait place aux tons chauds d'une carnation riche de santé ; ses sourcils repiqués avec soin, formaient un arc de cercle irréprochables, et sa bouche rosée laissait voir en s'entr'ouvrant une double rangée de canines plus belles que nature : c'était là leur défaut.

Enfin, Dominique revêtit ce magnifique mannequin d'habits dont la coupe et la nuance avaient coûté à Humann quinze nuits d'insomnie.

Assis devant une psyché où il pouvait se voir des pieds à la tête, Montevrain avait le regard fixe et terne, les lèvres pendantes, les bras inertes, l'attitude accablée ; il était sous l'impression du décourageant tableau que lui avait présenté le recrépissage de sa personne.

Il lève timidement les yeux et se contemple d'un air soucieux dans la glace. Peu à peu, à cette contemplation, son regard s'éclaira, son visage s'anima, ses lèvres se rapprochèrent, son buste se redressa sur le fauteuil.

— Il me semble pourtant, — dit-il à Dominique, — que je n'ai rien perdu de mes agréments d'autrefois. Qu'y a-t-il en moi de changé ?

— Rien, monsieur, absolument rien ! — répondit le valet de chambre.

— Non, le temps n'a point marché pour moi. Je suis aujourd'hui ce que j'étais : jeune, vaillant et vif de cœur. Le monde a vieilli, le monde n'est plus ce qu'on le voyait naguère : cela est évident : moi, je suis resté le même. Les femmes se sont faites prudes ; elles affichent aujourd'hui des prétentions à la sévérité ; pour une qui daigne vous sourire, quinze vous rebutent : c'est le contraire de ce qui avait lieu. Mais qu'impore, si elles sont les mêmes pour tous? la partie reste égale. — Il s'était levé et se tenait debout devant la glace. Il promena un regard de complaisante admiration, de la pointe de ses bottes vernies à la cime de ses cheveux, salua, étudia la grâce de ses poses, en souriant à son image et en lui présentant ses respects.

— Hein! — fit-il à Dominique en se renversant en arrière.

— On n'est pas mieux que monsieur, — répondit le valet courtisan.

— Eh palsambleu! je le crois. Tu ne manques pas de goût, Dominique.

Il tendit le jarret et se mit à marcher dans l'appartement le front altier, l'œil superbe, sifflant une fanfare.

— Monsieur est superbe! — ajouta Dominique avec emphase.

— Quelle heure? — demanda Montevrain.

— Onze heures, monsieur.

— Ah! mon Dieu! et mes chers convives qui doivent arriver à midi! Tu as veillé à tout? Chevet à promis d'être exact?

— Monsieur sait avec quelle ponctualité je m'acquitte des missions dont j'ai l'honneur d'être chargé.

— C'est bien. Que diable vais-je donc faire de cette heure qu'il me reste à consommer?... Y a-t-il bon feu au salon, Dominique?

— Oui, monsieur.

— Je vais y passer. Tu y introduiras mes amis à mesure qu'il se présenteront... Une heure à tuer! — Dans le salon, Montevrain s'arrêta une seconde devant chaque tableau, il se regarda dans les glaces, il entr'ouvrit les rideaux pour jeter un coup d'œil dans la rue, et il se retourna vers la pendule : il ne s'était écoulé que dix minutes. — Morbleu! qu'une heure a la vie dure! — Son regard tomba par hasard sur une cassette en palissandre, ornée de délicates incrustations d'or et d'argent. La vue de ce meuble le fit sourire. — Quel curieux roman, — dit-il, — on ferait de tout ce qu'il y a là-dedans.

. . . .

Montevrain ouvrit la cassette ; elle renfermait quelques centaines de lettres divisées en une trentaine de liasses mises sous bandes. Il y avait des liasses de deux, de cinq, de quinze, de vingt, et chacune ne contenait que des lettres d'une même écriture, et toutes ces écritures avaient un cachet trahissant autant de mains féminines.

— Ceci représente mademoiselle Amanda, — fit-il en tirant une première liasse de la cassette; — ravissante écuyère, traitant ses chevaux comme des amis, et ses amis comme des chevaux. Voilà madame Camille de Beauminet; trente épîtres, de quatre pages chacune, en caractères microscopiques! Ah! ah! n'est-ce point là la gentille Zoé? Singulière petite femme, qui voulait toujours entrer au couvent, et qui a fini par se faire choriste à l'Opéra. Quant à celle-ci... — Dans la liasse qu'il tenait, il n'y avait qu'une seule lettre. Il la considéra quelque temps en silence, et son visage s'assombrit. — Celle-ci, — reprit-il, — ah! je voudrais ne l'avoir jamais connue! Son souvenir me poursuit comme le souvenir d'une mauvaise action, comme un remords... Pauvre enfant!... Bah! — s'écria-t-il en rejetant la lettre dans la cassette qu'il referma, — démentir mon passé, abdiquer ma royauté, me vouer au ridicule, clore ma vie à trente ans, est-ce que c'était possible? Il me semble entendre retentir le formidable éclat de rire dont mes quarante mille amis eussent accueilli la nouvelle de mon mariage. Quelle aubaine c'eût été pour eux. Quelle inépuisable source de mauvais bons mots! « — Voilà le lion dompté, auraient dit les uns; ce n'est plus qu'un épagneul qui présente la patte. Et c'est une petite fille qui a vaincu par ses dédains ce colosse de septicisme amoureux. Il se fait vieux, ce cher Montevrain; le voilà qui tombe en enfance. — Ce prétendu lion, auraient dit les autres, n'était qu'un pauvre âne travesti... Contes bleus que ses conquêtes! Il faisait le mauvais sujet par genre; mais ce n'était au fond qu'un bonhomme, soigneux, modeste, point tapageur; un jouvenceau bien sage dont la langue calomniait la conduite, et qui, sous les travers fanfarons qu'il se prêtait, aurait aurait obtenu le prix Montyon. » — Morbleu! j'aurais été déshonoré?

La porte s'ouvrit; Dominique annonça messieurs Edouard Saugé et Charles Daubray.

IV

UN FESTIN DE LION.

Montevrain, heureux de cette diversion aux pensées qui commençaient à lui assombrir l'esprit, fit un gracieux accueil aux deux jeunes gens; il serra affectueusement la main d'Edouard, et dit à Charles :

— Nous avons là, monsieur, un véritable ami; il a voulu que nous fussions dans la réalité ce que nous sommes dans son affection : rapprochés l'un de l'autre.

— J'ai d'autant plus à me féliciter de ce rapprochement, monsieur, — répondit Charles, — que je serai seul à en recueillir l'avantage.

— Eh! qui sait, monsieur? à moins que ce ne soit une manière de répudier à l'avance les obligations que l'amitié impose.

— Monsieur, je demande que vous vouliez bien me mettre à l'épreuve.

— Cela viendra, parbleu! En attendant, je rends grâce au ciel et à mon ami Edouard Saugé...

— Que diable! — s'écria celui-ci, — aurez-vous bientôt fini ce *Te Deum* prématuré? Un peu de pitié, messieurs; ne nous asphyxiez point! Sortons de ces nuages d'encens; commencez votre liaison par vous ouvrir l'un à l'autre avec confiance.

— Volontiers, — dit Montevrain.

Daubray lança sur l'artiste un regard de reproche.

— Je me ferai le truchement de Charles, — poursuivit Saugé sans tenir compte du regard de son cousin. — Or, Montevrain, écoutez : Vous vous figurez que je vous amène un médecin? Erreur; c'est un malade, un malade atteint d'une phthisie amoureuse au troisième degré : le pas est grave; mais vous êtes passé maître pour le traitement de ces sortes d'affections. Je vous confie mon ami; guérissez-le.

Montevrain considéra Charles avec étonnement.

— Nous ne plaisantons point, mon jeune Salvator Rosa?

— Pas le moins du monde. Voyez cette physionomie perplexe : tâtez-moi ce pouls qui bat follement la breloque; examinez-moi ce sourire forcé...

— Edouard! — fit Charles avec un léger mouvement d'impatience.

En effet, — dit Montevrain, moitié sérieux, moitié riant, — je vois que le mal est grave; espérons qu'il sera sans danger. Monsieur paraît favorisé d'un bon tempérament et doit jouir d'un excellent appétit. Nous donnerons notre première consultation *inter pocula*, le verre à la main, si c'est votre bon plaisir. Je ne connais pas de meilleur procédé pour traiter les affections de cette nature. On fait diversion aux peines de cœur en inondant de joie l'estomac. C'est de l'œnothérapie; traitement que j'ai toujours pratiqué avec succès. — Charles n'était venu au rendez-vous que malgré lui; il n'avait cédé qu'à contre-cœur aux obsessions d'Edouard. Montevrain s'aperçut qu'il prenait peu de goût à ses plaisanteries : — Pardon, monsieur, — dit-il d'un ton plein de courtoisie, — j'oublie qu'avant de parler traitement à un malade, il faut avoir su mériter sa confiance. En attendant, permettez-moi de vous offrir cordialement la main.

Charles tendit la sienne avec non moins de cordialité.

— A la bonne heure, — dit Edouard en joignant sa main à celles des nouveaux amis, — et guerre au tyran Cupido!

— Monsieur, — reprit Montevrain en s'adressant à Charles, — j'ai invité à notre déjeuner quelques-uns de mes amis, gens d'esprit, faisant dans le monde une brillante figure, et tenant sur leurs lèvres la réputation et la fortune de ceux qui veulent arriver. Je les ai prévenus en votre faveur; il dépendra de vous de cultiver leur connaissance. — Charles remercia par une inclinaison de tête. Les invités arrivèrent peu à peu. Chevet, pendant ce temps-là, dressait avec une rapidité prestigieuse un magnifique couvert dans la salle à manger. Montevrain sonna son valet de chambre : — Dominique, servez-nous le vermout. — Puis, ayant présenté Daubray à tous ses amis, il engagea l'assemblée à déguster la liqueur apéritive.—Quelle différence établissez-vous, mon jeune docteur, entre le vermout et l'absinthe?— dit-il à Charles en manière de conversation.

— Le vermout est de l'absinthe composée avec du vin de Tokai au lieu d'alcool, — répondit Daubray. — L'effet en est plus doux et la saveur plus agréable.

— Halte-là, cela dépend des goûts, — interrompit Edouard avec son franc parler d'artiste. — Le *dur* n'est pas toujours sans douceur. Nous avons, à notre atelier, le vénérable père Baudrigot, qui se croit à moitié peintre parce qu'il pose pour les têtes de *Caton*, et qui préfère, je vous en réponds, les rudes glouglous puisés à l'hyppocrène de Paul Niquet, au suave parfum du Tokai servi sur la table de Sa Majesté Autrichienne.

— J'avoue, — dit un des invités, — que cette observation mérite d'être prise en considération.

— D'autant plus, — ajouta un autre, — qu'elle est fondée sur la conduite du représentant d'un sage :

Vixtix causa Diis placuit, sed victa Catoni,

comme dit l'Intimé.

— Plaisanterie à part, mes amis, — dit Montevrain, — je trouve que cet intéressant Caton d'atelier devrait être pendu.

— Pourquoi cela ? — demanda Edouard.

— Pour avoir inspiré à Brémont la fantaisie de nous parler latin et au moment du déjeuner.

— Le fait est, — dit un troisième, — que c'est agir contre toutes les règles de l'hygiène.

—Saugé se trompe, messieurs, —dit un quatrième qui parut se réveiller subitement, après avoir eu tout le temps les yeux attachés au plafond. — Rappelez-vous ce quatrain français, imité, je crois, d'Horace :

La vertu du vieux Caton,
Chez les Romains tant prônée,
Etait souvent, ce dit-on,
De falerne enluminée.

Il en résulte que Caton n'avait point horreur du falerne, mais je n'ai vu nulle part qu'il eût un faible pour le cognac.

Les assistants se regardèrent en souriant.

— Mon cher Mac-Grenold, — dit Montevrain, — vous avez toujours la pensée dans les nuages, où vous suivez sans doute l'ombre de votre ancêtre Fingal, et quand vous retombez au milieu de nos conversations terre-à-terre, il semble que vous tombiez de la lune. Saugé a accusé, non pas la vertu du censeur de l'antique capitale du monde, mais un digne modèle, aujourd'hui chargé de représenter ce grand homme à raison de vingt sous l'heure et d'un petit verre.

On passa dans la salle à manger, et chacun prit place autour d'une table somptueusement servie.

Les convives, au nombre de douze, appartenaient à la gentlemannerie parisienne : c'étaient des hommes de turf, de bourse et de coulisses. Leur tenue irréprochable, l'aisance de leurs manières, l'affectation de leur langage, l'air de fatuité dédaigneuse empreint sur leur physionomie, dénotaient des fils de la fortune habitués à faire autour d'eux la pluie et le beau temps.

Il y avait dans le nombre quelques étrangers : le distrait Mac-Grenold, enfant de la verte et brumeuse Ecosse; un gros baronnet du Yorkshire, inventé pour courbaturer les chevaux; et un métis franco-allemand, parlant le français comme un cheval westphalien, et l'allemand comme une jument bas-bretonne.

Montevrain paraissait au milieu de ces élus du dandysme européen comme un roi au milieu de sa cour. Les regards se tournaient de son côté avec déférence. On étudiait ses gestes, on imitait ses inflexions de voix; les bouches lui souriaient, on applaudissait de la tête à toutes ses paroles; on voyait même de fanatiques admirateurs qui portaient sur eux, soit pour la coupe, soit pour la nuance, une seconde édition de ses habits.

Toutefois, cette innocente royauté ne s'exerçait pas sans quelque opposition. De jeunes novateurs, riant sous cape des emprunts faits par leur doyen à la nature morte au profit de la nature moribonde, cherchaient à opérer une scission, un schisme. Ils s'en allaient répétant que Montevrain avait mérité par ses longs services l'honneur des Invalides.

Le déjeuner commença au bruit du feu roulant des plaisanteries suscitées par les distractions de Mac-Grenold.

— Ce Mac est délicieux! — disait Brémont; — j'ai connu un sourd qui, lorsqu'on lui chantait aux oreilles : « *J'ai du bon tabac,* » répondait gravement : « Manco-Capac? c'était un empereur mexicain. »

— Il été très-drôle, — fit le baronnet; — cela tenait à ce qu'il écouté pas bien.

— Ia, — dit l'Allemand, — il âvre son tête à l'enfers.

— Messieurs, — reprit Montevrain, — n'oublions pas que notre ami Mac-Grenold est poëte comme Ossian, et qu'en cette qualité il a le droit de ne point prêter attention aux prosaïques bruits de la terre.

Les têtes s'inclinèrent en signe d'adhésion.

On s'occupa du déjeuner. Pendant un moment, on n'entendit plus que le bruit des fourchettes et le tintement des verres.

Le premier service disparut en un clin d'œil.

On procéda à l'absorption du second service avec la gravité réfléchie d'estomacs dont la première faim est calmée.

Les bons mots reparurent sur les lèvres, mais la conversation n'avait pas encore l'haleine assez longue.

C'était une conversation de cannibales, dont l'expression était plutôt dans les coups de dents que dans les coups de langue.

. . . .

Montevrain dominait l'assemblée, aussi bien par la hauteur de son buste que par l'élévation de sa voix. Il donnait le ton aux causeurs et dirigeait l'entretien. Quand il redressait la tête pour parler, entre une gorgée de beaune et une bouchée de rôti, tout le monde prêtait l'oreille.

A le voir ainsi entouré, il ressemblait moins à un amphitryon vulgaire qu'à un seigneur suzerain.

— Eh quoi! mon jeune ami, — dit-il à Charles en lui versant à boire, — la Faculté n'a pas proscrit, que je sache, le breuvage inventé par Noé?

— La Faculté se garderait bien de le proscrire, — dit Brémont; — il lui rend de trop réels services.

— Allons, Charles, fais-nous raison, — dit l'artiste quand vint le tour de son ami; — songe que tu es ici présence de buveurs cosmopolites.

— Mon jeune ami, — s'écria le roi des dandies, — je vous promets des succès à miracle !

— Nous sommes tou engagés, — ajouta Edouard avec enthousiasme, — à produire au jour son talent médical : c'est un devoir d'amitié et d'humanité.

— Oui ! oui ! — répondirent les convives ; — nous nous y engageons.

— Pour moi, — dit gravement Montevrain, — je prie monsieur Daubray de me considérer dès ce soir comme son client, et je me déclare prêt à suivre ses ordonnances.

— Mes ordonnances, monsieur, — dit Charles, — seront pour la perpétuité de l'admirable santé dont vous jouissez.

On arriva au dessert.

Les voix s'élevèrent progressivement, les regards s'enflammèrent, les propos se croisèrent avec une étourdissante cacaphonie.

— Tant que vous voudrez, — reprit Edouard; — mais pour que la fête soit complète, il nous manque quelque chose. Un festin sans femmes, voyez-vous, c'est un jour de printemps sans soleil, un bal sans musique, une palette sans couleurs...

— Une salate sans boivre ni zel, — ajouta l'Allemand.

Au milieu des propos de banale galanterie que cette diversion fit naître :

— J'avoue, — dit à son tour Charles, — que je prépréfère l'amour d'une seule femme au plaisir facile de les aimer toutes sans être aimé d'aucune.

— Oh ! l'amour d'une seule femme, — répéta Montevrain en éclatant de rire, — jeune homme, je vous déclare digne du prix de vertu. A vous qui avez découvert ce phénix féminin qui aime et n'aime que vous, la postérité doit une place à côté de Christophe Colomb !

— Bravo ! — crièrent tous les convives.

— Vous n'avez donc jamais été sérieusement aimé? — demanda Charles au vieux don Juan.

— Oh ! oh ! docteur, la question est sabreuse. Elle a, comme Janus, deux visages : l'un qui regarde mon amour-propre d'homme, l'autre qui intéresse l'honneur des femmes en général. C'est une question fort complexe, et que je ne me hasarderais pas à examiner devant un aréopage de femmes. Je craindrais le sort d'Orphée mis en lambeaux par les Thessaliennes.

— Voici, — dit Brémont, — l'avantage des réunions barbues : on peut creuser la vérité jusqu'au tuf. Allons, Montevrain, il y a toujours profit à vous écouter. Expliquez-nous vos théories. Nous jurons par l'âme de ce limpide xérès ! de vous garder le secret.

— Oui, oui, parlez, — dirent en chœur les convives ; — nous vous écoutons ; portes closes, oreilles ouvertes.

Montevrain emplit de vin d'Espagne son verre jusqu'au bord, et but d'un trait le généreux breuvage. Puis, les avant-bras sur la table, le buste droit, la tête haute, il reprit du ton d'un professeur dans sa chaire :

— Et d'abord, mes amis, je soutiens en principe que l'amour, j'entends l'amour des poëtes, désintéressé, durable, n'existe qu'à l'état de leurre des deux côtés, du côté de l'homme et du côté de la femme.

— Permettez-moi de vous dire, monsieur, — interrompit Charles, — que c'est là un paradoxe.

— Je ne vous en veux pas, cher docteur, d'avoir cette opinion ; j'ai failli m'y ranger un moment, moi qui vous parle... et j'étais plus âgé que vous... mais ceci est toute une histoire. — Je disais donc que, dans cette guerre de tendresses qu'on appelle l'amour, on se trompe l'un l'autre, quelquefois à son propre insu, mais l'erreur ne dure qu'un moment. Moi, grâce à Dieu, si j'ai trompé, j'ai toujours su m'arranger de manière à n'être jamais dupe.

— Messieurs, — dit Edouard, — je proteste contre un procédé inqualifiable de Montevrain. Au mot d'histoire, et d'histoire concernant le lieu des lions parisiens, j'ai avidement ouvert les oreilles pour ne recueillir que deux ou trois phrases banales sous forme de sentences.

— J'appuie la protestation de Saugé, — fit Brémont ; — toutes les maximes du monde, même celles de Larochefoucauld, feraient moins pour notre enseignement qu'un seul épisode de la vie de Montevrain.

— L'histoire ! l'histoire ! — s'écrièrent tous les convives.

— Eh ! mon Dieu ! messieurs, — dit Montevrain, — elle ressemble à mille autres, sauf le début qui est assez grotesque.

— Très-bien, nous rirons. L'histoire ! L'histoire !

— J'aurais mauvaise grâce à me faire prier. Or donc, videz vos verres et écoutez.

— Fitons et égoudons, — dit l'Allemand.

Les verres étant vides, Montevrain commença :

— J'allais suivre un procès à Grenoble. Menacé de rester deux ou trois mois enseveli dans ce suaire provincial, je m'étais muni de quelques lettres de recommandation. Un de ces passe-ports à la main, je me présentai, au débotté, chez un brave négociant de l'endroit. Un de ces vieux serviteurs qu'en province on se transmet de père en fils avec le mobilier, était en train de m'introduire, lorsque tout à coup partent des cris du salon. J'ouvre la porte ; qu'aperçois-je? Une sorte de feu follet gigantesque, sautillant sur le parquet entre deux bonnes gens, homme et femme, qui gambadaient à l'entour, à distance, en hurlant comme des possédés. J'avais mon manteau ; je le déploie, je l'étends, j'avance, le pied ferme et le coup d'œil sûr... crac ! voilà mon feu follet enveloppé et éteint.

— Tiens, — dit Edouard, — ça ressemble à une légende allemande ou écossaise ; si j'appartenais à l'école fantaisiste, j'en ferais un tableau ravissant.

— Drame ou caricature? — demanda Brémont.

— Pourquoi pas l'un et l'autre? — dit Montevrain. — Eh ! mon Dieu ! oui ; dans tous les événements de ce monde, il y a le côté sérieux et le côté plaisant, de quoi pleurer et de quoi rire : la comédie y coudoie la tragédie. La preuve, c'est que si mon entrée se fût trouvée retardée d'une minute, la pauvre enfant mourait consumée entre deux parents imbéciles qui avaient l'air de danser autour d'elle comme des villageois autour d'un feu de la Saint-Jean.

— Ah ! — fit Brémont, — le feu follet était une jeune fille ?

— Dont les vêtements avaient pris feu à la cheminée.

— Voilà une maison où vous pouvez vous vantez d'avoir été accueilli chaudement, — dit un des convives, qui se croyait spirituel parce qu'il lui était arrivé de faire dans sa vie deux ou trois calembours exécrables.

— Monsieur, — dit Charles à Montevrain, — quoique vous tourniez là chose en plaisanterie, vous n'en avez pas moins fait là une belle action.

— Yes, l'action il est très-jolie, — dit l'Anglais.

— Suplime ! — fit l'Allemand.

— Mon Dieu ! messieurs, — reprit modestement Montevrain, — ce que j'ai fait, vous l'eussiez tous fait comme moi, à l'occasion. Le danger ne fut, en définitive, que pour mon manteau, qui s'en tira sain et sauf.

— Et la jeune fille ? — demanda Brémont.

— En fut quitte pour quelques chiffons endommagés.

— Et les parents ?

— De bonnes gens. La femme, pour sortir d'embarras, n'avait rien trouvé de mieux à faire que de s'évanouir dans un fauteuil. Quant au mari, il s'était précipité sur le parquet, où il se roulait en poussant des cris d'hérétique sur le bûcher. Je l'examinai ; il n'avait pas une étincelle à ses vêtements ; toute sa personne était intacte. Le malheureux, sous l'impression de la peur, se débattait en proie aux souffrances d'une combustion imaginaire. Je m'emparai d'une carafe et la lui vidai sur l'occiput. Cela lui calma le cerveau. Je le pris par le collet de sa redingote et le relevai tout d'une pièce. Il me regarda comme sortant d'un rêve : « A qui ai-je l'honneur de parler? » me demanda-t-il. J'exhibai ma lettre de créance. A peine en eut-il parcouru les premières lignes : « Ah ! monsieur, vous êtes entré chez nous comme un ange envoyé du ciel ; on ne demande point aux anges d'où ils viennent. » Et une douzaine de variations sur ce thème flatteur. C'étaient d'excellents bourgeois, à qui mon ami de Paris aurait parfaitement pu confier la surveillance des sorties de son fils, s'il en avait eu un au collége de Grenoble. Bref, je réfléchissais sur les moyens de me tirer honnêtement de cet abominable guet-apens, lorsque je vis reparaître dans le salon la jeune fille, dont le premier soin avait été d'aller réparer les ruines de sa toilette. J'avoue que je demeurai ébloui.

— C'était décidément une beauté... flambante.

Cette réflexion était nécessairement du convive aux mauvais calembours.

Montevrain haussa les épaules et reprit :

— Non-seulement je restai ce jour-là, mais je revins le lendemain, je revins les jours suivants. Cela dura trois mois... trois mois, messieurs ! Et je fus obligé de recourir aux grands moyens. J'imaginai une attaque contre la réputation de la jeune personne, un duel avec le calomniateur, une blessure qui me condamnait à garder les arrêts, une mélancolie mortelle, suite déplorable de ma captivité, que sais-je !... Tout un roman. Bref, j'étais aimé enfin quand je quittai Grenoble, où je n'avais plus rien à faire, mon procès étant terminé depuis une quinzaine.

— Et... vous êtes resté garçon? — demanda Charles.

Cette naïveté du jeune docteur provoqua un silence de stupéfaction, qui fut suivi d'un éclat de rire homérique. On se remit à boire, et l'histoire de Montevrain fut bientôt oubliée au milieu des propos joyeux et des excentricités d'une orgie qui se prolongea assez longtemps.

V

LA CONFESSION DE JULIETTE.

Depuis le moment où Célestine lui avait remis la lettre de Charles, madame Brémard, en proie à une fièvre continue, n'avait pu goûter un instant de repos.

Tantôt elle promenait autour d'elle son regard plein de tristesse ou d'égarement; tantôt elle prononçait à haute voix des phrases sans suite et qui ne s'adressaient à personne. Souvent elle appelait sa fille avec impatience, comme si elle avait à lui faire quelque pressante communication, et Célestine était à peine accourue auprès de son lit, qu'elle la renvoyait, prétextant le besoin de solitude et de tranquillité. Son langage, d'ordinaire si doux, prenait parfois un accent de brusquerie et de sécheresse que ne justifiait aucun motif apparent.

Madeleine, la femme de ménage, en perdait la tête et se confondait en excuses, prétendant qu'elle apportait à son service tout le zèle imaginable, et qu'il lui était impossible de mieux faire.

Célestine s'alarmait et voulait envoyer chercher le docteur Tessère; madame Brémard s'y opposait.

— Toute sa science, — disait-elle, — échouerait contre ce que j'éprouve ; quand l'âme est malade, ce n'est point le corps qu'il faut songer à guérir.

— Mère, tu as des chagrins; pourquoi me les cacher? Je serais si heureuse de te consoler !

— Non ! jamais ! jamais ! — répondait la malade d'un ton bref. Et voyant que Célestine pleurait : — Je te fais de la peine, — reprenait-elle en lui serrant la main ; — je te parle si durement, à toi si bonne et si prévenante; oh ! tu dois me haïr!

— Te haïr! peux-tu avoir une pareille pensée? Je donnerais ma vie pour que ta santé te fût rendue.

— Oui, je te crois, car tu es la meilleure et la plus dévouée des filles. Que je voudrais pouvoir te payer de tant d'affection ! Au lieu de cela, je suis un obstacle à ton bonheur. Ah ! si tu savais ! — Tout à coup son regard prenait une expression farouche : — Non, — s'écria-t-elle, — non, je ne puis ! une pareille confidence à mon enfant !... j'aimerais mieux mourir !

Elle laissait alors sa tête retomber sur son oreiller, et gardait plusieurs heures de suite un silence opiniâtre.

Le lendemain, vers le soir, elle parut un peu plus calme ; ses paupières appesanties se fermaient :

— Renvoie Madeleine, mon enfant, — dit-elle à Célestine, — et toi-même va prendre quelque repos.

— Je ne suis point fatiguée, mère.

— Et moi, je ne veux point que tu veilles cette nuit encore auprès de moi, comme tu as veillé toute la nuit dernière... Je me sens beaucoup mieux et le sommeil me gagne. Ta présence dans cette chambre suffirait pour m'empêcher de dormir. — Elle baisa au front Célestine, qui se penchait vers elle : — Va, mon enfant, je te promets de t'appeler si j'ai besoin de toi.

Célestine obéit.

. . . .

Madame Brémard s'endormit en effet d'un sommeil assez paisible.

Elle se réveilla vers le milieu de la nuit ; elle se leva sur son séant, et, à la lueur de la veilleuse, parcourut d'un œil inquiet tous les coins de l'appartement : elle était bien seule.

Au milieu du profond silence qui régnait autour d'elle, son oreille aux aguets perçut le bruit égal de la respiration d'une personne livrée au sommeil : Célestine dormait.

— Oui, — dit alors madame Brémard, — je ferai cette tentative ; je m'en sens le courage ! — Sur la table de nuit se trouvaient, près de la veilleuse, une écritoire et un cahier de papier dont le médecin se servait pour écrire ses ordonnances. Madame Brémard détacha du cahier une feuille sur laquelle sa main mal assurée traça quelques lignes lentement et avec peine. Elle plia ensuite cette feuille en forme de lettre, y mit une adresse et la cacha sous le traversin de son lit. Puis elle se recoucha et se rendormit, comme si l'acte auquel elle venait de se livrer avait achevé de rendre à ses esprits un calme salutaire. Dans la matinée du lendemain, elle saisit le premier moment où elle se trouva seule avec la femme de ménage : — Madeleine, — lui dit-elle, — portez ce billet à son adresse ; faites en sorte que ma fille ne s'en aperçoive point, et revenez promptement.

Madeleine partie, madame Brémard appela Célestine.

— Que veux-tu, mère ?

— Éteins cette veilleuse et ouvre un peu les rideaux de cette croisée.

— Y songes-tu ? Et tes yeux ! Tu sais bien que ta vue affaiblie ne peut supporter la clarté du jour. Hier encore, monsieur Tessère a bien recommandé d'entretenir dans ta chambre une demi-obscurité.

— Hier, j'étais très-fatiguée ; je suis beaucoup plus forte aujourd'hui.

— Parce que tu as dormi. Le médecin avait bien raison de dire que, pour toi, le sommeil serait la santé. — Célestine éteignit la veilleuse et entr'ouvrit les rideaux. Le soleil égaya de ses rayons cette chambre sombre et triste depuis si longtemps. — Veux-tu, mère, que je te tienne compagnie ?

— J'allais t'en prier, chère enfant!

— Je cours chercher mon ouvrage.

— Non, si je te laissais faire, tu t'épuiserais au travail ;

j'exige que tu prennes à ton tour un peu de repos et de distraction. Tiens, il me vient une fantaisie que tu peux satisfaire; je suis même sûre que tu y trouveras aussi, toi, du plaisir.

— Laquelle, mère?

— Va prendre dans notre petite bibliothèque cet ouvrage de Bernardin de Saint-Pierre que tu aimes tant, et dont la lecture m'est si agréable.

— *Paul et Virginie?*

— Oui, tu m'en liras quelques passages.

— Tu sais bien, mère, que tu l'as prêté à ton amie, madame Solanges.

— C'est vrai; je l'avais oublié.

— Quel malheur!

— Je ne te caches pas que cela me contrarie vivement.

— Mais les livres ne nous manquent point, mère; tu pourrais m'en indiquer un autre.

— Il n'en est pas qui me procurât le plaisir que je me promettais de celui-là.

— Comment faire? — Célestine s'assit, regardant madame Brémard d'un air attristé. — Ah! — reprit-elle, — je suis bien bonne de me tourmenter! Il n'y a qu'à envoyer chercher ce livre par Madeleine.

— Tu as raison, ou plutôt il faudra que tu y ailles toi-même; ce sera plus convenable.

— Comme tu voudras, mère.

— Je présume d'ailleurs que tu ne seras point fâchée de voir la fille de madame Solanges.

— Cette chère Amélie! Qu'est devenu le temps où nous passions ensemble de si charmantes journées?

— Je te permets de rester deux ou trois heures avec elle.

— Te quitter tout ce temps-là! oh! non, par exemple.

— Et Madeleine, pour qui la comptes-tu? Ne t'ai-je pas dit d'ailleurs que je me trouvais beaucoup mieux?

— Mais cette lecture que tu paraissais tant désirer?

— Tu me la feras quand tu seras revenue.

— Alors je pars tout de suite.

— Non, je ne veux pas, tu le sais, que tu sortes seule; Madeleine, à son retour, te conduira jusque chez madame Solanges, et je t'enverrai chercher par elle aussitôt que ta présence me sera nécessaire.

— Je ferai comme il te plaira, mère, — dit Célestine en embrassant madame Brémard.

— Madeleine ne peut tarder; va te préparer, mon enfant. — La jeune fille passa dans sa chambre pour mettre son mantelet et son chapeau. — Quelle position je me suis faite! — se dit madame Brémard avec amertume. — Ne pouvoir parler en sa présence!... Et, pour l'éloigner, être forcée d'employer la ruse... de mentir à ma fille! Toute ma vie avec cette enfant n'a été qu'un mensonge!... Mais est-il bien de mon devoir de lui cacher le secret qui me tue et qui fait obstacle à son bonheur? N'est-ce point l'orgueil qui tient ma bouche fermée? n'est-ce point la crainte de rougir devant ma fille, de m'exposer à ses reproches, qui seraient, hélas! trop légitimes?... Non, une obligation plus sainte m'impose le silence. Je dois à Célestine ma vigilance et mes conseils, et pour qu'une mère puisse veiller avec fruit sur son enfant et lui faire écouter ses conseils, il faut d'abord qu'elle en soit respectée.

. . . .

Si madame Brémard dissimulait avec sa fille, la pauvre Célestine aussi appelait à elle tout son courage pour essayer de tromper sa mère. Elle affectait, dans son langage, dans ses manières, dans sa physionomie, une sérénité qui n'était point dans son cœur. Afin de ménager la sensibilité de la malade, elle ne se présentait devant elle que le sourire sur les lèvres et la parole enjouée.

Mais à peine était-elle seule dans sa chambre, qu'elle donnait un libre cours aux larmes retenues captives sous ses paupières, aux soupirs refoulés avec effort dans sa poitrine.

En vain, depuis deux jours, elle avait tâché de trouver une distraction à ses tristes pensées dans un redoublement de zèle au travail; ses mains, à chaque instant, retombaient inactives sur ses genoux, et le désespoir voilait son regard fixe et découragé.

L'isolement augmentait encore son supplice: pas un cœur ami où verser son chagrin, où puiser le baume de la consolation! Aussi avait-elle accueilli comme un bonheur, et avec joie, la permission que venait de lui donner madame Brémard de rester quelques heures avec mademoiselle Solanges, la seule amie qu'elle eût au monde après sa mère.

Madeleine rentra.

— Viendra-t-il? — lui demanda madame Brémard à voix basse.

La femme de ménage répondit par un signe de tête affirmatif. Célestine revint auprès de sa mère; elle était prête.

— Puisque notre lecture est remise, — dit madame Brémard, — avant de partir, chère enfant, referme les rideaux... Comme le docteur Tessière pourrait venir pendant votre absence, Madeleine, vous laisserez la clef sur la porte.

Quand Célestine et Madeleine furent sorties, madame Brémard parut se recueillir. Elle était immobile, les paupières closes, les mains jointes sous ses couvertes. Ses lèvres seules s'agitaient. Est-ce une prière qu'elle adressait au ciel? ou se préparait-elle, en évoquant des souvenirs, à l'entrevue qu'elle allait avoir? Bientôt ses yeux se rouvrirent, son visage exprima l'inquiétude, quelques mouvements brusques attestèrent son impatience: — Il tarde bien! — répéta-t-elle deux ou trois fois.

Elle avait lutté deux jours entiers avant de se décider; maintenant que sa résolution était prise, les minutes lui paraissaient des siècles.

Enfin, elle entendit la porte s'ouvrir, et son front s'éclaircit en voyant paraître Charles Daubray.

— Je me rends à votre invitation, madame, — dit le jeune homme d'une voix émue.

Madame Brémard lui indiqua du geste un fauteuil placé près de son lit; Charles s'y assit.

— Vous avez, — reprit-il, — rétracté l'arrêt qui me bannissait de votre présence et de celle de mademoiselle Célestine; puis-je en augurer que vos intentions à mon égard se sont modifiées? Me permettrez-vous de ne point renoncer à toutes mes espérances de bonheur?

— Monsieur, — répondit madame Brémard, — il n'y a rien de changé dans notre position. Votre union avec ma fille n'a point dépendu de moi, mais de monsieur votre père; de son côté est l'obstacle, non du mien.

Charles regarda la malade avec étonnement:

— Du côté de mon père, madame! Ne vous ai-je donc pas apporté son consentement?

— Avec des conditions, monsieur.

— Sans restriction, madame.

— Vous vous trompez.

La voix de madame Brémard était naturelle, son regard tranquille, sa figure sans contraction; Charles ne put découvrir en elle aucun symptôme d'aberration ni de délire.

— Je ne saurais, madame, vous dissimuler ma surprise; ce que vous venez de me dire est une énigme.

— Qui vous sera bientôt expliquée; c'est pour cela, monsieur, que je vous ai fait prier de venir. Je n'ai point voulu rester, à vos yeux, sous le coup de cette accusation d'égoïsme, qui perce dans la lettre que vous avez écrite à Célestine: le ciel m'est témoin que si, pour faciliter le bonheur de ma fille et le vôtre, il fallait seulement renoncer au peu de jours qu'il me reste à vivre, j'en aurais déjà fait le sacrifice avec joie!... Ce n'est pas, — continua madame Brémard, — sans de longs combats, sans une pénible hésitation que je me suis déterminée à vous demander cette entrevue; mais je vous connais assez pour avoir conçu de vous une opinion qui m'encourage;

en vous ouvrant mon âme, je m'adresse, j'en ai la conviction, à un homme d'honneur; je vais donc confier à votre loyauté, à votre discrétion, un secret dont je désire que Célestine n'ait point de longtemps connaissance.

Charles jugea inutile de répondre à cette ouverture par d'emphatiques protestations.

— Quelque chose que vous ayez à me révéler, madame, — dit-il avec simplicité, — je puis l'entendre, je suis incapable d'en abuser.

Madame Brémard le remercia d'un signe de tête, et, après deux ou trois minutes de recueillement, elle commença ainsi :

« — Les faits dont j'ai à vous entretenir se passaient à Grenoble, il y a dix-huit années environ. Monsieur et madame Dubreuil, estimables négociants de cette ville, avaient pour pupille une jeune personne de dix-sept ans, nommée Juliette.

» Orpheline dès l'âge de cinq ans, Juliette n'avait eu, pour guider ses premiers pas dans la vie, ni les sages conseils d'une mère, ni la protection éclairée d'un père. Monsieur et madame Dubreuil, qui n'avaient point d'enfants, avaient bien reporté sur elle toute l'affection que leur cœur était susceptible de ressentir; mais ils aimaient Juliette en vieillards de soixante ans, cherchant le repos, la tranquillité, craignant tout ce qui pouvait les déranger dans leurs habitudes, indulgents pour s'épargner les ennuis d'une remontrance ou d'un refus.

» Aussi Juliette agissait-elle en tout à sa guise, sans contrôle, en véritable enfant gâtée.

» Passionnée pour la lecture, et ne subissant dans le choix de ses livres aucune autre impulsion que celle de son goût, elle avait, à seize ans, dévoré sans discernement tout ce que la bibliothèque de son tuteur renfermait de livres de poésie. Son esprit, déjà porté naturellement à l'exagération, ne put manquer de puiser, dans des peintures tracées plutôt par la fantaisie que par l'observation, une grande exaltation d'idées et de sentiments. Son caractère en prit une sorte de cachet d'inspiration auquel se trompèrent monsieur et madame Dubreuil. On attribua aux méditations d'une intelligence prématurément sérieuse les mélancoliques rêveries de Juliette; on allait jusqu'à l'admirer et à la proposer en exemple à ses jeunes amies, qu'on traitait de frivoles parce qu'elles s'abandonnaient franchement à la folâtre gaieté de leur âge.

» Dans de telles conditions, livrée à son inexpérience, à ses fausses appréciations, à son ignorance du monde réel, Juliette pouvait-elle éviter de tomber dans le premier piége qui lui serait tendu, de succomber sans défense devant le premier danger qu'elle aurait à combattre?

» Un jour, assise en face de la cheminée du salon, elle était plongée dans la lecture d'un de ses poëtes favoris. Son attention était tellement absorbée qu'elle ne vit point un morceau de bois enflammé se rompre, rouler par-dessus le garde-feu, et venir atteindre le bas de sa robe. Ses vêtements furent bientôt en feu. La malheureuse jeune fille se leva éperdue, criant au secours, agitant l'air par ses courses à travers le salon, et augmentant ainsi la vivacité de la flamme. Monsieur et madame Dubreuil, attirés par ses cris, mais paralysés par la frayeur, ne savaient où donner de la tête.

» Au moment où commençait cette scène de confusion le bruit de la sonnette avait annoncé une visite. Tout à coup, la porte du salon s'ouvrit; un étranger s'approcha de Juliette avec un admirable sang-froid, déploya son manteau, en enveloppa la jeune fille, et étouffa ainsi la flamme instantanément.

» Les vêtements de Juliette avaient seuls été atteints; on en fut quitte pour la peur... »

— Voilà qui est bien étrange! — s'écria Charles.

— Nous sommes quelquefois poussés par des incidents bizarres dans la voie de notre destinée, — fit madame Brémard.

— Ma surprise n'a point trait précisément à cette réflexion, mais à un rapprochement... qui me paraît d'ailleurs tout à fait improbable. Veuillez m'excuser, madame, de vous avoir interrompue.

Madame Brémard poursuivit :

« Remis de leur trouble, monsieur et madame Dubreuil levèrent un regard de reconnaissance vers celui qui avait sauvé leur pupille : son visage leur était inconnu.

» — A qui ai-je l'honneur de parler? — demanda monsieur Dubreuil en s'avançant vers l'étranger.

» — Je suis, — répondit celui-ci, — intimement lié avec un de vos correspondants de Paris. Une affaire m'appelle à Grenoble, et, comme il est probable qu'elle m'y retiendra quelques mois, cet ami m'a donné, pour m'ouvrir l'entrée de votre maison, une lettre de recommandation dont je m'empressais de venir me prévaloir auprès de vous, à ma descente de voiture. Je me sais gré de n'avoir pas perdu un instant, puisque je dois à mon impatience le bonheur d'avoir pu être utile à mademoiselle.

» Monsieur Olivier (permettez-moi de ne vous désigner l'étranger que par son prénom), monsieur Olivier était un homme de trente à trente-deux ans, d'une belle physionomie, distingué de manières, doué d'une parole facile et persuasive. Il fut parfaitement accueilli dans la maison Dubreuil.

» Quant à Juliette, vous devinez sans peine, connaissant son caractère, qu'elle impression firent sur son esprit la vue de monsieur Olivier et les circonstances qui avaient signalé sa première visite.

» Ce sauveur envoyé par le hasard lui parut avoir été prédestiné au rôle qu'il venait de remplir avec tant de prestige. Son imagination reconnut en lui le héros de mille brillants épisodes dont elle avait meublé sa mémoire. Sous cette impression, elle lui prêta des mérites qu'elle n'avait rencontrés nulle part; elle admira ses discours les plus ordinaires: ses actes les plus insignifiants lui semblèrent des prodiges; il devint l'objet de toutes ses pensées; elle le vit jusque dans ses rêves; elle l'aima.

» Monsieur et madame Dubreuil étaient trop peu clairvoyants, trop peu attentifs pour apercevoir rien de tout cela; mais il n'en fut pas de même de monsieur Olivier. Il renouvela souvent, chez le tuteur de Juliette, des visites que le vieillard, charmé de son amabilité, trouvait toujours trop rares. Il ne laissa échapper aucune occasion de faire briller son esprit, d'exprimer les sentiments les plus chevaleresques, de se montrer enfin sous les dehors les plus propres à séduire le cœur d'une jeune fille.

» Puis il changea de batteries; peu à peu il parut perdre de son aisance et de son enjouement; son air devint rêveur, contraint, distrait; se trouvait-il seul avec Juliette, son embarras augmentait, il gardait le silence, ou balbutiait des phrases inintelligibles.

» Lorsqu'il jugea que ce manége avait dû produire l'effet qu'il en attendait, il profita pour se déclarer d'un moment où Juliette était seule, et Juliette eut le malheur de répondre à la déclaration d'un sentiment habilement joué par l'aveu ingénu d'un amour profond et sincère.

» Deux mois s'écoulèrent ainsi, pendant lesquels Olivier jurait chaque jour qu'il mourrait s'il n'obtenait Juliette pour femme, et chaque jour il alléguait de nouveaux prétextes pour reculer la demande qu'il devait faire à monsieur Dubreuil de la main de sa pupille. Tantôt il attendait le dénouement d'affaires graves d'où dépendait son avenir; tantôt il lui fallait le temps d'obtenir l'assentiment de parents riches dont il était l'héritier.

» Juliette reçut mystérieusement un billet d'Olivier : La veille, écrivait-il, il s'était trouvé dans une maison où un jeune homme avait tenu sur Juliette quelques propos légers. Un démenti donné par Olivier avait été suivi d'une provocation. Le duel avait eu lieu dans la matinée, et le sort des armes avait été contraire à Olivier. Blessé et contraint à garder la chambre, Olivier suppliait Juliette de ne point l'abandonner à l'isolement où il était plongé. Oh! disait-il en finissant, si elle daignait venir elle-même, ange consolateur, lui faire entendre de douces paroles de consolation, il ne croirait pouvoir payer un tel bonheur que par toute un vie de dévouement et d'amour!

» Vous ne sauriez vous imaginer, monsieur, l'effet que produisit cette lettre sur l'esprit romanesque de Juliette. La malheureuse ne prévit, ne soupçonna, ne calcula rien. Franche et loyale, elle ne croyait ni à la ruse, ni à la fourberie. Celui qui l'avait sauvée des flammes et qui venait encore d'exposer ses jours pour défendre son honneur, sollicitait sa présence un instant, un seul instant!

» Juliette alla chez Olivier.

» Il lui eût demandé sa vie qu'elle se serait fait un devoir de la lui donner, la regardant comme un bien dont il avait acquis le droit de disposer. »

Madame Brémard s'arrêta un moment; puis, ayant repris quelque force, elle continua d'une voix vibrante d'indignation :

« Le billet d'Olivier avait été le fruit d'une machination atroce. Personne n'avait attaqué l'honneur de Juliette. Il n'y avait point eu de duel, point de blessure. Le misérable, qu'elle avait trouvé étendu sur une chaise longue, le bras en écharpe, avait joué une infâme comédie. Voilà ce que Juliette apprit trois jours plus tard, le jour même fixé par Olivier pour faire officiellement sa demande à monsieur Dubreuil. Ce jour-là, elle l'attendit en vain jusqu'au soir, dans une anxiété inexprimable, et son tuteur, interrogé par elle, lui annonça que monsieur Olivier, ayant terminé ses affaires à Grenoble, venait de partir pour aller passer à Bade la saison des eaux. »

Madame Brémard s'interrompit pour considérer Charles, dont la physionomie exprimait une vive surprise. Voyant qu'il gardait le silence :

— Ne m'avez-vous point comprise? — lui dit-elle. — Est-il besoin que je complète mon récit, et que je vous explique moi-même qui est Juliette, qui est le père de Célestine? — Et, après une pause : — Rappelez-vous, — ajouta-t-elle d'un ton plein d'amertume, — les paroles de votre père, que vous-même m'avez rapportées. Plaignez-moi, plaignez ma fille dont je n'ai pu racheter la tache originelle par dix-sept années de larmes, de remords et de dévouement maternel! Mais n'ayez plus la cruauté d'accuser mon cœur d'insensibilité et d'égoïsme; mais, sans révéler à Célestine un secret qu'elle doit ignorer jusqu'à ma mort, ne faites rien, n'écrivez rien qui puisse lui donner à penser que c'est moi qui mets volontairement obstacle à son bonheur. Enfin, monsieur, si vous croyez que les préventions de votre père puissent être désarmées par un récit franchement fait... je vous autorise...

Ici la voix manqua tout à fait à madame Brémard. Si son cœur de mère la poussait au rôle de suppliante, sa fierté s'en révoltait.

Charles ne remarqua point cette hésitation, ne soupçonna point cette lutte. Son esprit suivait en ce moment un autre cours d'idées.

— Madame, — dit-il enfin, — celui que vous nommez Olivier vit-il encore?

— Je l'ignore, monsieur.

— Connaissez-vous monsieur Montevrain?

— Montevrain! Montevrain! — s'écria t-elle. — Ses yeux se fixèrent sur Charles avec angoisse : — Ai-je donc laissé échapper son nom, monsieur? ou bien vous-même le connaissez-vous, et s'est-il, en votre présence, vanté de son horrible perfidie?

— C'est bien lui! — dit Charles d'une voix sombre.

— Où est-il? — demanda vivement madame Brémard en se levant sur son séant et les yeux éclairés d'une lueur d'espérance.

— Monsieur Montevrain est à Paris, madame.

— Est-ce aujourd'hui un homme honorable?

— Oui, dans un certain sens, et selon les idées d'un certain monde.

— Est-il capable de comprendre le mal qu'il a fait et de s'en repentir?

— Hélas! madame, hier encore, devant de nombreux amis, il raconta à sa manière, entre vingt autres histoires semblables, l'aventure dont vous m'avez fait le triste récit, et il avait l'impudeur d'en tirer vanité.

— Ah! — dit madame Brémard, — j'avais eu un moment d'espoir pour ma fille! — Et, se laissant retomber sur le lit, les joues livides et l'œil terne : — Mon Dieu! mon Dieu! — murmura-t-elle, — votre justice ne se lassera-t-elle pas de me poursuivre?

Le premier soin de Charles, en quittant madame Brémard, fut de courir chez son père.

Monsieur Daubray était un ancien chirurgien principal des armées, brusque de parole, excellent homme au fond, mais d'un entêtement inflexible dans ses principes.

Charles, encore sous l'impression des sentiments qu'avait excités en lui l'histoire de Juliette, en fit à son père un récit éloquent, propre à émouvoir le cœur le moins susceptible d'attendrissement.

Aussi le vieux chirurgien, après que son fils eût retracé dans les termes les plus vifs la coupable action de Montevrain, s'écria-t-il transporté d'une franche indignation :

— Mais c'est un abominable drôle que cet homme!

— Oh! oui, mon père, — dit Charles dont les yeux s'illuminèrent d'un rayon d'espoir.

— Fouler aux pieds les saintes lois de l'hospitalité!

— Tendre un piége indigne à une pauvre enfant sans guide et sans expérience!

— Le châtiment ne saurait lui manquer tôt ou tard.

— C'est mon vœu le plus cher.

— Ces gredins-là finissent toujours mal.

— Et pourtant il vaudrait encore mieux que celui-ci se repentît.

— Jamais. Ça fait trophée de ses roueries jusqu'au dernier moment, et ça meurt dans l'impénitence finale. Nous avions dans le corps des officiers de santé un jeune lovelace de la même trempe : il s'était mis sur la conscience un méfait tout semblable à celui que tu viens de me raconter. Sommé de réparer sa faute, il préféra se battre avec le frère de sa victime, reçut un coup d'épée, mourut et n'épousa point.

— La jeune personne au moins fut vengée.

— Si bien qu'elle ne put survivre à sa douleur; cela fit d'un seul coup deux enterrements.

— Juliette a vécu, mon père.

— Elle avait un cœur moins affligé ou une constitution plus robuste.

— Elle a vécu pour sa fille, qu'elle a élevée courageusement et saintement.

— C'est autre chose; je la plains; pauvre femme!

— N'est-ce pas, mon père, que c'est touchant?

— Très-touchant.

Le bonhomme avait, en effet, des larmes dans les yeux.

— Ah! — poursuivit Charles, — si vous voyez Célestine, si vous pouviez apprécier, comme je l'ai fait pendant six mois, les grâces de son esprit, l'inépuisable bonté de son cœur, sa patience, sa douceur, sa résignation, malgré votre sévérité apparente, vous ne pourriez vous empêcher de l'aimer.

— Je ne dis pas non.

— Et je suis sûr que vous seriez fier de la nommer votre fille.

Monsieur Daubray se redressa comme un homme qui aperçoit tout à coup le piége au bord duquel on l'a entraîné, et répondit d'un ton bref et sec :

— Paroles et détours inutiles, monsieur mon fils; mes principes sont bien arrêtés; je n'en dévierai point. Jamais je n'admettrai volontairement dans ma famille une jeune personne qui n'apportera point au contrat la signature ou l'acte de décès de son père.

Charles n'insista point; il savait que c'eût été peine perdue. Mais le refus péremptoire de monsieur Daubray ne fit qu'irriter son désespoir. Le feu de la colère étincela dans son regard. Il sortit dans une agitation convulsive et se dirigea vers la demeure de Montevrain.

VI

MONTEVRAIN EN ROBE DE CHAMBRE.

Nous nous retrouvons, à deux heures environ de l'après-midi, dans ce même salon où retentissaient, la veille, les gais propos et les éclats de rire des joyeux amis de Montevrain.

Un grand feu brille dans l'âtre; devant la cheminée a été disposé un lit-canapé vers lequel notre don Juan se dirige, appuyé sur le bras de son valet de chambre.

Il est enveloppé d'une splendide robe de chambre en cachemire, coiffé d'une calotte de velours noir, brodée d'or, et chaussé d'élégantes pantoufles en tapisserie. Sous ce riche costume d'intérieur, il ne paraît plus que l'ombre de lui-même; il est pâle, abattu; il se traîne péniblement. On dirait qu'entre hier et aujourd'hui, deux années de maladie se sont écoulées, tant il est vieilli, cassé, ridé, jauni.

— Aïe! aïe! — fait-il en essayant de s'asseoir, opération difficile, à en juger par les contorsions de sa physionomie. — Eh bien! Dominique, comment va *Sotomayor?*

Sotomayor, alezan de noble race, était le cheval favori de Montevrain.

— Hélas! — répondit Dominique, — à peu près comme vous, monsieur : le pauvre animal est fourbu!

— L'a-t-on pansé?

— On lui a frotté, comme à vous, monsieur, les jambes avec un morceau de fine batiste... je veux dire avec un bouchon de foin et de la pommade aux concombres... non, je confonds, avec de la graisse de porc.

— As-tu songé à me préparer du thé?

— Je vais servir dans un moment l'eau de son à monsieur, pendant que le groom portera le thé. Non, c'est le contraire : je vais servir le thé à *Sotomayor*, pendant que le groom portera l'eau de son...

— La langue vous fourche bien aujourd'hui, mons Dominique!

— C'est que le cheval de monsieur est absolument comme monsieur, et ça fait peine à voir. Pauvre bête!

Montevrain aurait manqué des vertus du cavalier s'il eût été capable de se formaliser de l'intérêt que Dominique paraissait prendre à sa monture. Il ferma les oreilles sur les confusions de langage du Frontin.

A la suite du déjeuner qu'il avait donné la veille à ses amis, Montevrain s'était rendu au champ de Mars, faisant caracoler *Sotomayor* dans une attitude superbe et d'après les principes de Baucher. On l'admirait. De jolies bouches souriaient à la majesté de sa pose, à la hardiesse des élans de sa monture. Il parcourait l'arène au bruit des murmures et des applaudissements.

Tout à coup un rival, un envieux de sa gloire hippique, franchit la barrière, accompagné de quelques amis; c'était ce même Roberval qu'on se rappelle avoir vu figurer parmi les convives de Montevrain.

— Pardieu! — s'écria le nouveau venu, — je parie que *Lady Macbeth*, — c'était le nom de sa monture, — passera de la tête *Sotomayor*. Qui tient le pari?

— Moi, pour *Sotomayor*!

— Moi! pour *Lady Macbeth*! — répondent les amis en se partageant.

Montevrain ne pouvait reculer. Vingt fois il avait adressé à ses envieux de semblables défis.

On convint de la distance à parcourir, du montant des sommes engagées, et la galerie se forma.

Sotomayor était un andalou d'une puissance d'élan extraordinaire, et beaucoup plus solide que *Lady-Macbeth*; toutes les chances étaient de son côté; mais il avait le pas rude, et Montevrain, quoique toujours excellent cavalier, ne possédait plus cette légèreté ni cette souplesse nerveuse qui lui avaient valu jadis tant de succès sur le turf. Avec l'âge, ses membres étaient devenus roides; il se remuait tout d'une pièce, et pesait comme un bœuf.

Aussi, avec un peu d'attention, l'aurait-on vu pâlir devant la provocation de Roberval, car il avait la conscience du déclin de ses forces. Cependant il se remit, et, décidé, comme Philippe-Auguste, à vaincre ou à périr pour l'honneur de sa couronne, il pressa le signal.

La lutte fut ardente, acharnée, pleine de péripéties émouvantes. Montée par un écuyer habile, *Lady-Macbeth* fit des prodiges. Elle distança à trois reprises le fougueux *Sotomayor*, qui, le ventre ensanglanté et le poitrail couvert d'écume, ne l'emporta enfin sur elle que d'une demi-tête.

Montevrain avait gagné, mais à quel prix!

En quittant le champ de Mars, parieurs et adversaires étaient allés de compagnie exalter la victoire et noyer la défaite au café Anglais.

On avait été obligé de ramener Montevrain chez lui, non sur un pavois, à la manière des Mérovingiens victorieux, mais obscurément couché en travers d'une voiture de place.

Vers le matin seulement, le grand saint Georges, patron des gentlemen riders, lui avait envoyé quelques heures de repos.

Montevrain parvint enfin à s'asseoir, tant bien que mal, devant la cheminée. Il se mit à tisonner mélancoliquement.

Au bout de dix minutes, il abandonna les pincettes.

— Dominique!

— Monsieur?

— Va me chercher un livre de ma bibliothèque.

— Lequel, monsieur?

— Je n'en sais rien; le premier venu. — Il reprit les pincettes et tisonna encore cinq minutes. — Que diable fait donc ce faquin de Dominique? — Il se leva et se traîna par le salon, s'appuyant à chaque meuble; puis il revint s'asseoir, et, faute de mieux, il se mit à bâiller. Dominique apporta le livre. — Tu as été bien longtemps!

— Le temps de choisir; je tenais à donner à monsieur un ouvrage de circonstance. — Cet ouvrage de circonstance était l'*Art du parfait vétérinaire*. Montevrain ouvrit le livre, lut une demi-page et s'endormit. Pendant qu'il dormait, Dominique apporta sur un plateau le thé qui lui avait été demandé. — Ma foi, bonne nuit! — fit-il en regardant avec un sourire railleur le chef de son maître que le sommeil ballottait de droite et de gauche; — n'éveillons point le chat qui dort!

Il posa le plateau sur un guéridon, à côté du canapé; il se glissa sans bruit vers une console sur laquelle était la boîte à cigares de Montevrain; après avoir ouvert cette boîte avec précaution, il examina, en fin connaisseur, les cigares l'un après l'autre, il en choisit un de forme et de couleur irréprochables, et, sortant du salon sur la pointe des pieds, il s'en alla le fumer tranquillement, les mains dans les poches, à la porte de la rue.

Dans le mouvement de va-et-vient que lui imprimait le sommeil, la tête de Montevrain heurta contre la tablette inférieure de la cheminée. Ce choc le réveilla.

Son thé lui frappa la vue ; il voulut le boire : froid comme de la glace!

— Dominique! Dominique!

Le valet de chambre ne répondit point.

Montevrain fit sonner un timbre.

Dominique n'en donna pas davantage signe de vie. Il avait pour cela d'excellentes raisons.

Montevrain tourmenta les tisons pour la troisième fois, se rendormit, et se réveilla de nouveau pour recommencer à bâiller et à s'étirer.

Que faire autre chose? A qui et à quoi demander des distractions?

Autour de lui, pour toute compagnie, des meubles toujours à la même place, des sculptures muettes, des tableaux présentant du matin au soir le même aspect... et personne!

. . . .

— Ah! quelqu'un enfin! — C'était Edouard Saugé qui entrait. Montevrain essaya de se lever, mais ne put y réussir sans aide. — Pardon, cher, — dit-il au jeune artiste, — ayez de l'indulgence pour un pauvre malade.

— Malade! — fit Edouard.

— Oui, *Sotomayor* et moi, comme dit mon Figaro, nous sommes obligés de garder la chambre; nous sommes fourbus.

— Ah! je comprends. Corbleu! la belle course, d'après le récit que j'en ai entendu! Et que je suis maladroit de ne m'être point trouvé là pour y assister! Il n'est bruit que de cette course merveilleuse au cercle, au manége, au café, à la salle d'armes, dans tout Paris enfin. Je crois sur ma parole que, depuis la bataille de Tolbiac, jamais événement humain n'a tant fait causer.

— En vérité! — dit Montevrain dont l'épaisse fumée de cet encens laissa le visage impassible.

— Savez-vous que vos lauriers me tentent? — poursuivit Edouard. — J'ai bien envie de dresser mon *Mustapha* en vue des prochaines courses de Chantilly. — Occupé à dissimuler une grimace causée par d'intimes douleurs, Montevrain ne répondit point. — Etes-vous heureux! — reprit l'artiste. — Partout on vous recherche, on vous fête, on vous admire! Pas une femme ne vous est cruelle; vos chevaux remportent tous les prix, et vous les montez vous-même de manière à faire pâlir de dépit les écuyers les plus renommés! Ah! Montevrain, je veux aussi, moi, goûter de cette brillante existence; je veux sortir de la foule et trôner comme vous. Agréez-moi pour votre élève ; ne refusez point de me communiquer une étincelle du feu sacré; enseignez-moi le merveilleux secret de cette royauté que chacun reconnaît, et que nul n'ose vous disputer.

Montevrain regarda Edouard avec un triste sourire.

— Pauvre fou! — Et se redressant l'œil animé, les joues rougissantes : — Oui, — répéta-t-il, — pauvre fou, qui, n'ayant qu'un pied dans le fossé; au lieu d'essayer de l'en retirer, demande au ciel la faveur d'y être englouti tout entier! — Aucune expression ne saurait rendre la stupéfaction d'Edouard lorsqu'il eut entendu ces paroles sortir de la bouche de Montevrain. — Ah! je suis heureux, en effet! — continua celui-ci, dont la voix s'éleva par degrés jusqu'aux inflexions les plus dramatiques. Oui, oui, je suis bien heureux! Mais où donc est-il ce bonheur que vous faites sonner si haut? Quoi! vous enviez mon sort parce que vous m'avez vu en costume, coiffé, fardé comme un acteur sur la scène, le rire aux lèvres, la joie dans les yeux, les traits épanouis par le plaisir! Vous ne vous êtes donc jamais demandé si ce rire, si cette joie, si ce fard n'était pas un masque sous lequel je dissimulais d'affreuses souffrances, comme autrefois Biancolelli, le bouffon, cachait, sous son masque d'Arlequin, une incurable mélancolie? Heureux, juste ciel! Mais, rentré dans la coulisse, que croyez-vous que je devienne? Est-ce que j'ai un intérieur, un foyer? Mais que faisais-je tout à l'heure entre les quatre murs de ce salon? J'y tournais comme un ours dans sa fosse, cherchant où me distraire, me demandant à qui parler, ne trouvant autour de moi que la solitude et le silence. Heureux! Je n'ai de société, de confidents, que des valets qui me délaissent, qui me volent, qui se moquent de moi. Voyez : mon thé est froid, mon feu va s'éteindre, ce lit est mal fait, tout ici est en désordre. J'ai sonné mes domestiques, où sont-ils? Dans la rue, où ils fument mes cigares; dans l'office, où ils boivent mon meilleur vin. Quand ils daigneront venir, je surprendrai sur leurs lèvres et dans leurs yeux des airs de satisfaction hargneuse : ils sont enchantés de me voir malade, de me tenir sous leur domination ; ils jouissent de mon impuissance; mes infirmités les font rire. Quel parti prendre? Les congédier? Je les remplacerai demain par d'autres qui seront pires peut-être. Me servir moi-même? Le puis-je? Et ne faut-il pas, d'ailleurs, qu'après ce relâche par indisposition, je me dispose à remonter sur mes planches? Car telle est la nécessité de ma situation : mentir aux autres, mentir à moi-même, me harasser, me tuer pour soutenir jusqu'au bout le rôle que j'ai eu la sottise de me créer dans ma jeunesse, ou périr de consomption dans le vide de mon intérieur! Ah! jeune homme, jeune homme! vantez, admirez, jalousez mon bonheur! ambitionnez mon trône! visez à me supplanter! le ci-devant séducteur de tant de femmes n'en a pas même une seule avec qui converser le soir, au coin de son feu, en pantoufles et en robe de chambre!

A ce moment, Dominique annonça Charles Daubray.

VII

LA PROVOCATION.

Charles, le visage pâle, le regard sombre, la tenue solennelle, alla droit à Montevrain.

Celui-ci lui tendit la main; Charles n'avança point la sienne.

Montevrain, surpris et blessé, se redressa. Ses traits reprirent tout à coup l'expression hautaine, ironique, arrogante qui leur était habituelle. Il n'avait plus le sentiment de sa fatigue ni de ses douleurs, il rentrait dans son rôle, il remontait, comme il venait de le dire lui-même, sur ses planches.

Edouard, confondu de ce qu'il venait d'entendre, étonné de la roideur de Charles, regardait l'un après l'autre ses deux amis, de l'air d'un homme qui cherche à débrouiller une énigme.

— J'attends, monsieur, que vous m'exposiez l'objet de votre visite, — dit Montevrain d'un ton glacé.

— Monsieur, — répondit Charles, — vous nous avez raconté hier une histoire; je viens à mon tour vous en dire une aujourd'hui.

— Ah! très-bien! Je vous écoute.

La voix de Charles était frémissante; on s'apercevait aisément que, pour se contenir, il était obligé d'user de toute son énergie.

— Un homme, — dit-il, — un misérable, abusant d'un service rendu, d'une hospitalité confiante, se fit aimer d'une jeune fille, tendit un piége odieux à sa simplicité, à sa reconnaissance, et disparut lâchement ensuite, ne laissant, pour traces de son passage dans la maison où il avait été accueilli, que le désespoir et les larmes.

Montevrain, le coude sur son genou, le menton dans sa main, regardait Charles fixement et l'écoutait avec impassibilité.

— Poursuivez, monsieur.

— La victime de cet homme, — reprit Charles en soutenant avec fermeté le regard de Montevrain, — fut obligée de fuir son pays natal. Réfugiée à Paris, elle y vécut dix-sept années dans la retraite; elle y éleva dans la pratique de toutes les vertus une fille à qui elle cacha le triste secret de sa naissance. Aujourd'hui, monsieur, retombent sur ces deux infortunées les conséquences fatales de leur position : la mère se meurt épuisée par les chagrins et les regrets, et la fille, sans fortune et sans nom, repoussée par le père de celui qu'elle aime, va rester seule au monde, privée de soutien, dénuée de ressources, pendant qu'un être sans cœur, incapable de réparation, fait trophée de leur malheur, qu'il jette en pâture aux quolibets et aux rires de ses dignes amis. Ai-je eu tort, monsieur, — poursuivit Charles d'une voix provocante, — ai-je eu tort quand j'ai dit que l'auteur de tant de maux avait agi lâchement, et que c'était un infâme? — Puis, voyant que Montevrain se contentait d'attacher sur lui un œil interrogateur. — Vous ne m'entendez donc point? — fit-il exaspéré; — attendez-vous, pour vous réveiller, que je vous jette à la face les noms d'Olivier et de Juliette? — Montevrain se leva du mouvement brusque d'un ressort qui se détend. — Ah! — dit Charles, — vous comprenez enfin?

— Juliette! — s'écria Montevrain, — Juliette!

— Oui, Juliette, dont vous avez flétri la vie!

— Elle a une fille, avez-vous dit?

— Un ange dont vous avez tué l'avenir!

— Mais vous, comment se fait-il?... de quel droit?...

— Moi, monsieur, j'ai voulu être l'époux de cette jeune fille, j'ai voulu être le fils de cette mère désolée; votre crime ne m'a laissé de possible que le devoir d'être leur vengeur : c'est pourquoi je suis venu vous dire et je vous répète : Vous êtes un infâme et un lâche!

Edouard saisit la main de Charles.

— Malheureux! tu veux donc te faire tuer?

— Dieu me secondera, et je ferai justice. — Montevrain s'était rassis. Absorbé dans une rêverie profonde, il semblait ne rien voir, ne rien entendre. Devant cette inertie, la fureur de Charles ne connut plus de bornes. — Eh! monsieur, pour faire rentrer un peu de sang dans vos veines, dites-moi donc à quelle insulte il faut que j'aie recours!

Ces paroles furent suivies d'un geste menaçant, heureusement réprimé par Edouard.

Montevrain considéra Charles quelques instants et répondit sans s'émouvoir :

— Je vous demande quelques jours, monsieur, avant de me mettre à votre disposition.

— Quelques jours!

— Je suis souffrant. Vous ne voudriez pas vous battre contre un malade? J'ai d'ailleurs des dispositions à prendre.

— Dois-je regarder ces hésitations comme une défaite?

— Une défaite! — répliqua Montevrain avec ce calme digne que donne le sentiment de sa propre force.—Consultez nos amis, monsieur, ils vous diront si je suis un homme à jamais refuser un cartel. Quand je serai prêt, j'ai le droit de parler ainsi, étant le provoqué, quand je serai prêt, je vous enverrai mes témoins.

— J'y compte.

Charles se retira.

A peine avait-il passé le seuil de la porte, que Montevrain, se tournant vers Edouard :

— Eh bien! mon ami, — lui dit-il, — vous avez vu, vous avez entendu? N'est-ce pas que vous portez encore envie à ma gloire, et que je suis un homme bien heureux?

CONCLUSION.

Quinze jours s'étaient écoulés; Charles n'avait pas encore vu se présenter chez lui les témoins de son adversaire.

Un matin, Edouard entra dans son cabinet.

— Mon ami, — dit l'artiste, — je viens au sujet de ton affaire avec Montevrain.

— Ce monsieur, — répondit Charles, — est bien lent à se décider. Mais la montagne n'arrivant pas, je ferai comme Mahomet : j'irai vers elle. Je suppose que tu voudras bien être un de mes témoins?

— Cela m'est impossible; Montevrain t'a devancé.

— Comment! toi, le témoin de mon ennemi! Trouves-tu donc que les torts soient de mon côté?

— Non, certes; mais j'ai depuis entendu Montevrain, et, ma foi!... Bref, je ne suis pas fâché d'être en position de coopérer à un rapprochement.

Le visage de Charles devint pourpre d'indignation et de surprise.

— Oses-tu prononcer ce mot?

— Alors donne-moi le nom de tes témoins, afin que Brémont et moi nous puissions nous entendre avec eux. — Charles réfléchit. — Veux-tu, mon cousin, que je te donne un bon conseil? Choisis ton père et monsieur Tessère, ton protecteur.

— Edouard, les plaisanteries, dans une affaire comme celle-ci, sont hors de saison. Je t'enverrai mes témoins aujourd'hui.

— C'est bien. Une entrevue suffira. La rencontre pourra avoir lieu demain matin.

— Soit.

. . . .

Au jour et à l'heure convenus, Charles et ses témoins montèrent dans une voiture qui, après une course de vingt minutes, s'arrêta devant la porte d'une maison de la rue Fontaine-Saint-Georges. Cette maison était celle de Montevrain.

— Qu'est-ce à dire, messieurs?—dit Charles en jetant sur ses témoins un regard surpris et mécontent.

La portière s'ouvrit; Charles se trouva en face de monsieur Daubray.

— Corbleu! monsieur mon fils, craindriez-vous de vous compromettre dans la société de votre père?

En parlant ainsi, le vieux médecin tirait par le bras Charles qui faisait résistance, et le forçait d'entrer dans l'appartement que nous connaissons.

Montevrain l'y attendait entre deux femmes : l'une d'un certain âge et très-pâle, l'autre éblouissante de beauté, de jeunesse et de fraîcheur.

Celle-ci était Célestine; celle-là était madame Brémard.

Charles s'arrêta immobile et muet de surprise.

— Monsieur, — lui dit Olivier, — je vous prie d'excuser un retard qui a dû vous paraître étrange. Avant de songer à vous donner satisfaction, j'avais à m'occuper d'une réparation plus pressée et en même temps plus légitime. — Et désignant madame Brémard : — Permettez que je vous présente madame Montevrain.

— Ah! c'est bien! — dit Charles en tendant la main à celui qu'il ne pouvait plus traiter en adversaire; — je rétracte, monsieur, des paroles injurieuses que vous ne méritiez point; je vous avais mal jugé.

— Il y avait un peu de ma faute, — dit Montevrain en souriant. — Quant à ma fille, — poursuivit-il, — je sais qu'elle est aimée d'un jeune médecin de beaucoup d'avenir, et j'ai pensé qu'avant de me tuer, ce jeune médecin ne serait peut-être pas fâché de voir figurer ma signature au bas de son contrat de mariage.

Et il mit dans la main de Charles la main de Célestine.

— Ah! monsieur, — s'écria Charles transporté, — à vous pour la vie mon dévouement et ma reconnaissance!...

Montevrain l'interrompit :

— Vous ne me devez rien; c'est moi qui suis votre obligé. J'étais dans le faux, dans la nuit, dans le néant; je vous dois le vrai, la lumière, la vie; je vous dois une famille!

PARTIE ET REVANCHE

I

Par une belle matinée du printemps de 1773, un jeune homme d'une vingtaine d'années cheminait gaiement sur la route d'Orléans à Paris. Le drap grossier de son habit de voyage, la triple garniture de clous qui alourdissait sa chaussure, et l'exiguité de la valise qu'il portait en bandoulière, étaient des signes non équivoques d'une position médiocre sous le rapport de la fortune ; mais il y avait dans l'expression ardente de ses grands yeux noirs, dans la légère courbure de son nez, dans les contours finement arrêtés de ses lèvres merveilleuses, un air de distinction qui relevaient encore sa taille dégagée et l'aisance de sa démarche.

Arrivé à la Croix de Berny, il s'arrêta devant un cabaret et se fit servir, sur une table placée près de la porte, une bouteille de vin, du pain et du fromage; puis, s'asseyant au soleil, entre une petite volière où gazouillaient une demi-douzaine de serins et de chardonnerets, et un rosier qui appuyait au mur nouvellement blanchi ses cent rameaux chargés de roses parfumées, il se mit à faire honneur à son modeste repas avec un appétit aiguillonné par une longue marche et par l'air vif du matin.

La route de Choisy, qui coupe à cet endroit la route d'Orléans, et qu'on appelait alors le *Pavé du roi*, n'était pas silencieuse et déserte comme aujourd'hui. Construite à grands frais, sans autre but d'utilité que d'établir une communication rapide et sûre entre Choisy et Versailles, les deux rendez-vous de plaisir de Louis XV, elle était à chaque instant sillonnée par de galants équipages où de petites femmes roses et blanches souriaient avec une aimable nonchalance aux cavaliers dorés de leur escorte amoureuse. A la vue de ce luxe inconnu, de ces créatures frêles et mignonnes, de ces hommes tout couverts de rubans et de broderies, notre jeune voyageur ouvrit ses grands yeux avec ébahissement ; il crut voir se réaliser un des contes de fées qu'il avait lus dans son enfance ; sa faim se trouva calmée tout à coup ; il n'entendit plus le gazouillement des oiseaux et devint insensible au parfum du rosier comme à la douce chaleur du soleil ; des pensées nouvelles absorbèrent toutes ses facultés ; le feu de la convoitise brilla dans son regard, et il s'écria en soupirant :

— Voilà comme je devrais être ! — Un moment après, l'espérance épanouissait ses traits, et il disait : — Voilà comme je serai !

Revenant donc à de riantes pensées, il s'abandonnait au plaisir d'imaginer un avenir à son gré, lorsqu'un cri perçant le tira subitement de sa rêverie. Un cheval, qui galopait sur le côté de la route, venait de se cabrer devant un tronc d'arbre renversé, et avait envoyé d'une ruade son cavalier rouler dans le fossé. Notre voyageur courut lestement au secours du cavalier ; l'aida à sortir de la vase au fond de laquelle il essayait en vain de se débattre, et lui demanda avec intérêt s'il n'était pas blessé. Celui-ci, après s'être assuré que les mouvements de ses jambes et de ses bras s'exécutaient avec une régularité satisfaisante, promena un regard piteux sur ses vêtements couverts de boue, et répondit :

— Dieu me damne ! j'aimerais mieux avoir reçu vingt contusions que de me voir dans l'état où je suis !

— Le remède est pourtant facile,—dit le jeune homme en souriant, — il suffit d'un bon feu dans la cheminée de cette auberge et d'un coup de brosse ; avant une heure le mal peut être réparé.

Le cavalier se rendit à la sagesse de ce conseil ; il donna ordre à l'hôte, qui venait d'accourir, de soigner son cheval, et alla s'installer devant le feu, avec notre voyageur, qu'il invita à lui tenir compagnie. La conversation ne tarda pas à s'engager.

— Ou je me trompe fort, jeune homme, ou vous êtes d'une condition plus élevée qu'il ne serait permis de le supposer à voir le modeste équipage dans lequel vous voyagez.

— Cette remarque est trop obligeante pour que je ne vous en témoigne pas ma reconnaissance.

— Vous êtes gentilhomme : votre langage et vos manières ne me laissent aucun doute à cet égard.

— J'appartiens, en effet, monsieur, à une vieille famille de Bretagne, et j'avoue que, si le nom de Lesneven, dont je suis aujourd'hui l'unique soutien, brilla jamais de quelque éclat, il le dut moins à la fortune qu'à d'anciens et loyaux services. Puis-je, à mon tour sans indiscrétion, vous demander à qui j'ai l'honneur de parler ?

—Au chevalier de Lussan, attaché à la maison du duc de...., l'un des plus riches et des plus puissants seigneurs qui approchent le trône de notre gracieux monarque. — Lesneven s'inclina ; le chevalier riposta à cette marque d'une respectueuse déférence par un salut protecteur parfaitement en harmonie avec l'importance qu'il venait de se donner aux yeux de son interlocuteur. — Monsieur se rend à Paris ? — reprit-il après un instant de silence.

— Il le faut bien, — répondit Lesneven ; — puisque la fortune dédaigne de venir nous trouver au fond de nos pauvres provinces, que nous reste-t-il à faire, si ce n'est venir à Paris la chercher nous-mêmes?

— Vous avez raison ; je me souviens qu'à votre âge je faisais,moi aussi,une assez triste figure.Voilà dix ans que je me suis mis à la suite de la cour,et je ne m'en trouve pas trop mal. Mais je dois vous prévenir qu'il vous faudra, pour arriver, une volonté ferme, une persévérance infatigable ; les chemins sont hérissés d'obstacles et de difficultés.

— Oh ! sous ce rapport, je suis bien tranquille ; les difficultés et les obstacles s'aplaniront promptement devant moi.

— Vous croyez?

— J'en suis sûr.

— Recevez-en mon compliment, il faut que vous possédiez quelque talisman d'une puissance irrésistible?

— Vous comprenez bien, — dit Lesneven avec un petit air de suffisance, — que, sans cela, je n'aurais jamais eu l'idée de faire sur mon humble manoir le dernier emprunt possible, et d'entreprendre à pied une longue route de cent cinquante lieues. Tout jeune que je suis, je n'ai pas un caractère à commettre de pareilles étourderies.

— J'en suis persuadé : mais ce talisman précieux?... Pardon ; vous me trouvez sans doute bien indiscret?

— Pas du tout, je vous assure ; oh ! mon Dieu, je n'en fais pas mystère ; il s'agit tout simplement d'une lettre de recommandation.

— C'est beaucoup quelquefois, et quelquefois aussi c'est moins que rien.

— Je vous réponds que celle-ci est écrite d'une bonne encre et qu'elle ne manquera pas son effet.

— Cela dépend de la personne qui vous recommande.

— Cette personne, c'est mon père.

— Ah ! ah !... Et à qui la lettre est-elle adressée?

— Au roi.

— Diable !

Le chevalier fit ce qu'il put pour réprimer une violente envie de rire. Lesneven s'en aperçut.

— Je ne crois pas, monsieur, — reprit-il en rougissant et d'un ton un peu sec,— que dans mes paroles il y ait rien qui puisse vous prêter à rire à mes dépens.

— Eh ! non, certes. Cependant, mon jeune ami, je veux être franc avec vous, parce que vous m'intéressez et que je me ferais un cas de conscience de laisser votre naïveté bretonne voyager plus longtemps dans le pays des illusions.

Mais Lesneven était piqué ; il se redressa fièrement et continua en appuyant sur chacune de ses phrases :

— Sachez, monsieur le chevalier, que je porte un nom pur, honorable, et dont il n'est permis à personne de faire fi, pas même au roi. Mon père était dès l'âge de vingt ans, un des plus braves officiers de l'armée : Villars et Coigny l'avaient distingué dans la campagne du Milanais ; à Prague, le comte Maurice de Saxe lui fit présent de sa propre épée pour remplacer celle qu'il avait brisée dans la mêlée ; Louis XV lui-même le complimenta deux fois sur sa valeur ; la première à Fontenoi, la seconde à Lawfelt ; enfin, ce ne fut qu'à l'issue de la campagne de Westphalie, après trente années de fatigues et couvert de cicatrices glorieuses, qu'il renonça, non sans regret, à la carrière qu'il avait si noblement parcourue. Alors, monsieur, il se retira dans la Bretagne, sans avoir sollicité la plus petite récompense, pour y vivre, ignoré, des restes d'un patrimoine dépensé presque entièrement au service du pays. Et vous croyez que la lettre écrite par un tel homme, au lit de la mort, est un de ces papiers qu'on chiffonne et qu'on jette sans les lire? Et quand, pour prix de toute une existence de dévouement, cette lettre ne demande au roi d'autre faveur que celle de faire passer aux mains du fils l'épée du père, vous riez de ma confiance et vous prétendez que mon esprit se nourrit de chimères ! Je ne crains pas de le dire, monsieur, vous calomniez le roi.

— J'étais loin de penser, — dit le chevalier, — que vous prendriez la chose si sérieusement. Je suis vraiment fâché de vous avoir fait de la peine, et je vous prie d'agréer mes excuses. Soyez assuré que je ne mets en doute ni vos droits ni la bonne volonté de notre bien-aimé souverain ; j'aurais seulement souhaité, dans votre intérêt, sinon une recommandation meilleure, au moins des amis assez haut placés pour l'appuyer chaudement et en faciliter le succès.

— C'est, je pense, tout à fait inutile. Je sais que le roi demeure aux Tuileries, et tout le monde pourra m'en indiquer le chemin.

Le chevalier sentit naître une seconde envie de rire non moins forte que la première, mais il eut cette fois la prudence de l'étouffer complétement.

— Ainsi, — dit-il en se pinçant les lèvres, — vous avez le projet de vous présenter vous-même au roi?

— Sans doute, et je n'en éprouverai pas le moindre embarras, je vous jure. Ce que j'ai à lui dire est si simple : Sire, mon père a combattu trente ans pour vous avec honneur ; je veux faire comme lui. Malheureusement, je ne suis plus assez riche pour acheter une compagnie, et je viens vous prier de m'en donner une.

— Monsieur le capitaine, recevez d'avance mes félicitations ; je ne doute pas qu'après un pareil début, vous ne fassiez rapidement votre chemin.

— Comme un autre, monsieur le chevalier.

— Il ne vous restera plus, pour achever de restaurer votre fortune, qu'à vous mettre à la piste de quelque bon mariage.

— Un mariage ! je vous avoue franchement que je n'y ai pas encore songé.

— Quoi ! votre cœur n'apporte pas à Paris le souvenir de quelque belle et riche châtelaine?

— Mon cœur est parfaitement libre,je vous proteste.

— C'est une liberté dont toutes nos jeunes héritières vont s'empresser de vous demander raison.

— En ce cas, — répondit en riant Lesneven, —je crains fort de succomber promptement dans la lutte.

— Oh ! oh ! cette crainte me surprend de la part d'un homme qui a su résister au séductions bretonnes ; n'y a-t-il donc pas de jolies femmes en Bretagne?

— Il y en a sans doute ; mais, monsieur, qui oserait les comparer aux beautés de la capitale?

— Vous avez de celles-ci une opinion bien flatteuse ! Peut-être vaudrait-il mieux pour elles que votre imagination leur prêtât moins de charmes.

— Mon imagination ! ce sont pardieu bien mes yeux qui les voient ainsi ! Voilà une heure que je suis ici en contemplation ; plus de cent femmes, entraînées par leurs légers équipages, ont déjà glissé devant moi sur cette route, comme de fantastiques apparitions ; pas une n'a échappé à l'avidité de mon regard. Ah ! monsieur le chevalier, quel feu pétille dans leurs prunelles, et que leur sourire est adorable ! comme leur taille est fine, souple, gracieuse, et qu'elles ont un goût exquis dans leur parure ! Pour conquérir un de ces anges, voyez-vous, je serais capable de me battre seul contre toute une armée.

— Peste, quel enthousiasme ! Allons, je vois que, si votre cœur est resté muet jusqu'à ce jour, il lui tarde de réparer le temps perdu. Bonne chance dans vos amours, mon jeune gentilhomme. — Le chevalier se leva ; ses habits étaient secs ; quelques coups de vergettes eurent bientôt fait disparaître jusqu'aux dernières traces de son accident, et il se trouva dans un état à peu près présentable. Au moment de partir, une réflexion parut frapper son esprit ; il se rapprocha de Lesneven et lui dit :

— Vous allez vous embarquer sur une mer où le secours d'un bon pilote est quelquefois d'un grand prix, et je serais charmé de pouvoir, à l'occasion, vous rendre service. Dans quelle hôtellerie de Paris avez-vous dessein de loger?

— Dans la première que je rencontrerai sur mon passage, — répondit Lesneven.

— Il n'est pas sage de s'en rapporter sur ce point au hasard. Me permettez-vous, enfin que nous nous retrouvions plus aisément, de vous désigner une maison où vous serez traité avec toute l'économie possible et aussi bien que vous pourrez le souhaiter ?

— Je vous serai très-reconnaissant de cette obligeance.

— Eh bien ! faites-vous conduire rue des Deux-Écus, à l'enseigne du *Puits-qui-Parle*. Je ne serai pas longtemps sans vous y rendre visite.

Le chevalier donna un coup d'éperon à son cheval et disparut bientôt sur la route de Choisy. Lesneven se remit en marche. Quelques heures plus tard, il était installé à l'hôtellerie du *Puits-qui-Parle*, dans une chambre modeste, mais propre, et qui avait pour lui provincial, par conséquent avide de voir, l'inappréciable avantage de posséder une fenêtre ouvrant sur la rue.

La journée était trop avancée pour entamer des démarches sérieuses. Cependant notre Breton, aussi impatient qu'inexpérimenté, ne songea même pas à en faire la réflexion. Il ouvrit sa valise, dont il fit sortir successivement, et avec les plus minutieuses précautions, un habit chocolat à larges boutons d'acier, une culotte de satin noir quelque peu délustré et un gilet blanc, diapré de fleurs, dont les couleurs pouvaient avoir autrefois brillé d'un certain éclat. Lesneven demeura quelques instants, dans une contemplation religieuse, devant ce précieux costume que son digne père étalait jadis, et seulement dans les grandes occasions, aux regards émerveillés des habitants de son petit village ; puis, lorsqu'il se fut décidé à le revêtir, ce qu'il faisait pour la première fois, il décrocha du mur un petit miroir qu'il se mit à élever et abaisser tour à tour, afin de s'examiner de la tête aux pieds. Après s'être témoigné à lui-même, par deux ou trois sourires, sa satisfaction d'être si *brave*, comme aurait dit sa nourrice, il ceignit à son côté une longue épée qui faisait aussi partie de la succession paternelle, répartit entre les deux poches de son gilet les vingt-cinq louis qui composaient toute sa fortune, et, ayant jeté un dernier regard d'approbation sur ses bas blancs et ses escarpins à boucles de cuivre argenté, il descendit trouver son hôte, qu'il pria de lui indiquer le chemin des Tuileries.

Comme celui-ci s'embrouillait et se perdait dans une multitude de *à droite* et *à gauche*. Lesneven, impatienté lui dit :

— Pour Dieu, dépêchez, monsieur l'hôte ; il se fait déjà tard, et vous serez cause que je ne pourrai pas voir le roi aujourd'hui.

— Qu'est-ce que vous me dites donc, mon gentilhomme ; si c'est le roi que vous voulez voir, il faut que vous alliez à Versailles !

— A Versailles !

— C'est là que réside la cour, et Sa Majesté, qui commence à se faire vieille, n'en sort plus guère que pour aller à Choisy ou à la chasse. Ainsi, mon jeune seigneur, je ne saurais mieux faire, vu l'heure avancée, que de vous conseiller d'attendre à demain matin. Cependant je vous ferai observer que Paris, quoique le roi n'y soit point, ne manque pas de curiosités dignes de fixer votre attention, pour peu que vous désiriez vous promener avec fruit, je vous procurerai un guide rempli d'intelligence et de savoir, qui ne vous laissera perdre aucun de vos pas, je vous en réponds.

Mais Lesneven, piqué d'avoir débuté par une contrariété, n'accepta pas l'offre de son hôte ; il remonta s'enfermer dans sa chambre, où, pour tuer le temps, il s'accouda sur sa fenêtre et se mit à observer les passants.

Il était entièrement absorbé dans cette intéressante occupation, lorsqu'un bruit tout à fait nouveau pour lui vint frapper délicieusement son oreille. Il releva la tête ; une fenêtre ouverte dans la maison qui faisait face à l'hôtellerie lui laissa entrevoir une femme qui, après avoir préludé quelque temps sur une harpe, joignit aux accords de son instrument les accents d'une voix aussi fraîche que pure. Il serait impossible de dire dans quelle extase tomba Lesneven, qui n'avait de sa vie entendu d'autre musique que les chants plaintifs et traînards des villageoises bretonnes, ou les sons rauques du serpent mêlés aux voix rudes des chantres de sa paroisse. Il se crut transporté dans les régions célestes, au milieu des séraphins et près de cette harpe de David dont il avait lu les prodiges dans l'Ancien-Testament.

Le chant s'était éteint dans un doux murmure, et les cordes de la harpe avaient cessé de résonner, que Lesneven écoutait encore, les yeux fixés avec admiration sur la musicienne. Celle-ci alors se leva et vint un instant s'appuyer sur sa fenêtre. Elle paraissait avoir environ dix-sept ans ; son teint d'une blancheur éblouissante, faisait ressortir le vif incarnat de ses lèvres romaines, et ses prunelles, ombragées par de longs cils noirs, semblaient lancer des regards de feu.

Quelques minutes après, la fenêtre s'était refermée, et l'apparition s'était évanouie. Mais Lesneven croyait sans doute l'avoir toujours devant les yeux, car il demeura le regard fixe et dans la même attitude. Ce ne fut que bien avant dans la soirée, lorsque toutes les lumières furent éteintes et qu'il ne se fit plus entendre un seul bruit de pas dans la rue, qu'il songea à se coucher ; mais toute la nuit il vit voltiger une tête d'ange, et des sons de harpe murmurèrent doucement à ses oreilles.

II

Le lendemain, à onze heures du matin, Lesneven était à Versailles, parcourant dans tous les sens la cour d'honneur, se présentant aux portes ouvertes, demandant à être introduit auprès du roi, et partout accueilli avec un air de profond étonnement, auquel succédait bientôt le rire de la moquerie. Enfin la patience lui manqua, et comme un laquais en grande livrée venait de lui tourner le dos sans répondre, après l'avoir toisé du haut en bas, il s'écria :

— L'ami, vous êtes un insolent ; quand je verrai le roi, je lui rendrai bon compte de la manière dont les étrangers sont reçus par les gens qui sont à son service.

— Monsieur a raison, — dit un vieillard qui traversait la cour pour gagner le parc ; — il est permis à un étranger d'ignorer comment on arrive au roi : il ne l'est pas à un valet de commettre une impertinence que n'oserait se permettre le roi lui-même à l'égard du plus humble de ses sujets. — Et, s'adressant à Lesneven : —

— Vous me paraissez, monsieur, être bien peu au courant des usages de ce pays. Ce que vous demandez est impossible, à moins que vous n'ayez vos entrées, ou que, par le crédit de quelque seigneur de la cour, vous n'obteniez la faveur de vous trouver sur le passage de Sa Majesté, lorsqu'elle se rend à la chapelle.

— Mais il s'agit d'une requête que je dois présenter moi-même, et je ne connais personne à la cour.

— Alors je ne vois qu'un moyen, c'est de saisir le moment où Sa Majesté montera dans son carrosse pour se rendre à la chasse. Justement, il y a chasse demain ; je vous engage à ne pas laisser échapper l'occasion.

Lesneven retourna à Paris, fort attristé du résultat de ce premier voyage : cependant, à mesure qu'il se rapprochait de son hôtellerie, les sombres pensées que le désappointement avaient fait naître dans son esprit s'effaçaient pour faire place à des pensées d'une autre nature ; son front s'épanouissait et il doublait le pas avec autant d'ardeur que s'il marchait à l'accomplissement de toutes ses espérances. Lorsqu'il rentra dans sa chambre, toute trace de mécontentement avait disparu ; la fenêtre de la jolie musicienne était ouverte, et, comme la veille, elle vint, après avoir chanté, offrir son gracieux visage à l'avide contemplation du jeune homme.

La chaleur était accablante; aussi, le soir, la fenêtre ne fut-elle point fermée. Lesneven, protégé par l'obscurité, pouvait à loisir plonger son regard dans la chambre de sa voisine, éclairée par une bougie dont l'air tiède de la rue ne faisait même pas vaciller la lumière. La folle enfant, debout devant une glace, se mit d'abord à essayer cinq ou six coiffures différentes; quand elle eut trouvé celle qui allait le mieux à l'air de sa figure, elle fit le tour de sa chambre, saluant chaque fauteuil d'une profonde révérence, et, revenant au milieu, elle dansa une gavotte avec la grâce et la légèreté d'une sylphide.

Il est inutile de dire que, toute la nuit, Lesneven rêva coiffure et vit danser la gavotte.

Louis XV allait monter en voiture au moment où notre Breton entrait le lendemain dans la cour du château de Versailles. Lesneven se jeta bravement au milieu de la foule, écartant du coude, à droite et à gauche, ceux qui gênaient son passage; il ne s'arrêta qu'en face du monarque, le bras tendu et la lettre de son père à la main. Se disposant alors à débiter la harangue dont il avait donné un échantillon au chevalier de Lussan, il commença d'une voix assurée :

— Sire, mon père a combattu trente ans...

Mais un gentilhomme de service s'était emparé de la lettre; Louis XV avait, sans s'arrêter, franchi le marchepied de son carrosse, et Lesneven, dans une incroyable stupéfaction, regarda le cortège s'éloigner au galop.

— Soyez tranquille,— lui dit une des personnes qui se trouvaient auprès de lui, — votre placet arrivera tôt ou tard à son adresse.

— Mais la réponse? quand l'aurai-je? Où faudra-t-il que je vienne la chercher?

— Cela dépend de la nature de votre demande.

— Il s'agit d'une compagnie que je désire obtenir.

— Alors c'est le ministre de la guerre qui vous répondra. Mais vous ferez bien de suivre activement votre affaire dans les bureaux; il ne sera même pas mal que vous vous présentiez chaque jour à l'audience du ministre jusqu'à ce que vous puissiez l'approcher et lui parler vous-même; autrement, on pourra bien se contenter de faire pour votre requête un dossier dont elle ne sortira pas plus que d'un tombeau.

Lesneven commença à comprendre le rire du chevalier de Lussan, lorsqu'il lui faisait part de ses espérances au coin du feu de la petite auberge de la Croix de Berny. Cependant, comme il savait désormais où se consoler le soir de ses mésaventures du matin, il reprit avec une sorte de résignation la route de Paris. Mais ce jour-là devait être entièrement marqué de noir dans son existence. En vain il courut s'établir à son poste accoutumé : deux maudites persiennes, malencontreusement fermées, s'obstinèrent à ne point s'ouvrir; il soupira, il toussa, il se moucha; le bruit qu'il fit fut en pure perte. Son inconnue était sortie sans doute; il résolut d'attendre son retour; la nuit le surprit dans cette vaine attente. Il allait se retirer lorsque la chambre s'éclaira; à la netteté de la lumière qui vint blanchir à moitié le côté extérieur des lattes obliques, il lui fut aisé de reconnaître que, derrière les persiennes, la fenêtre était ouverte. Une ombre, tantôt grossissant, tantôt diminuant, indiquait les allées et venues d'une personne, dont il était permis de supposer que les yeux venaient quelquefois épier à travers les fentes ce qui se passe au dehors. Quelle était cette ombre, et que faisait en ce moment la personne à qui elle appartenait? Selon qu'elle s'approchait ou s'éloignait, Lesneven passait de l'inquiétude à l'espoir, et de l'espoir à la colère; il lui semblait qu'on lui ravît un droit acquis en empêchant son regard d'arriver dans l'intérieur de cette chambre. Il frappait du poing avec rage sur l'appui de sa fenêtre; ou bien, la tête entre les deux mains, il attachait sur les persiennes des regards suppliants; sa pantomime, furieuse ou persuasive, demeurait également sans succès. Enfin, il sentit son cœur se serrer au bruit que fit la fenêtre en se fermant, et la disparition de la lumière lui démontra bientôt qu'une plus longue attente deviendrait inutile.

Lesneven ne put se résoudre à se coucher; le jour le surprit à la même place, les yeux toujours fixés sur les persiennes, roulant dans son esprit les pensées les plus décourageantes. Il voyait ses espérancees déçues, son avenir manqué, son cœur à jamais brisé par un souvenir qu'il lui serait impossible d'en arracher. Son cerveau, excité par une nuit d'angoisses, s'exaltait de plus en plus et concevait les idées les plus extravagantes; puis la fatigue prenait le dessus et il tombait dans un accablement profond. Il était en cet état lorsqu'un rayon de bonheur vint illuminer soudain sa physionomie : les persiennes s'étaient ouvertes, puis la fenêtre, et la jolie voisine se montra dans un déshabillé du matin qui donnait à sa charmante figure un attrait encore plus vif et plus piquant. Elle parut d'abord surprise à la vue de Lesneven; mais, baissant aussitôt la tête, elle se mit à jouer distraitement avec un tout petit livre qu'elle tenait à la main, ce qui ne l'empêcha pas de jeter furtivement un regard de temps à autre sur le jeune homme, et probablement elle se douta à son air fatigué, au désordre de sa toilette, de l'emploi qu'il avait fait de sa nuit, car elle rougit beaucoup et sa rougeur fut accompagnée d'un certain sourire de contentement.

Lesneven s'enivrait avec extase de cette vue tant désirée, oubliant ce qu'il avait souffert la veille, quand la jeune fille se retourna, comme si elle eût été appelée de l'intérieur, et se retira avec précipitation, laissant tomber étourdiment son livre par la fenêtre. Ouvrir sa porte, franchir l'escalier, sortir de l'hôtellerie, ramasser le livre et remonter à sa chambre, ce ne fut pour Lesneven que l'affaire d'un instant. Palpitant de joie, il ferma sa fenêtre, dont il tira les rideaux avec la précaution d'un voleur qui craint d'être découvert, et il se mit à couvrir de baisers frénétiques son précieux larcin. C'était un recueil des poésies de La Fare. En le feuilletant, il découvrit le nom d'Aglaé écrit sur la première page.

— Aglaé! — s'écria-t-il, — le joli nom! ce doit être le sien.

Quand il eut bien examiné, bien feuilleté, baisé tous les vélins de ce joli petit volume que fermait une agrafe d'or, il le plaça sur son cœur comme un talisman; puis il répara le désordre de sa toilette et se mit gaiement en route pour Versailles. Tout se présentait couleur de rose à sa pensée, à l'encontre de la veille, où il voyait tout en noir. Il eût fort mal reçu quiconque eût osé élever un doute sur le succès de sa démarche.

Arrivé dans l'antichambre du ministre, il fit deux ou trois tours au milieu de la foule des solliciteurs avec l'aisance d'un marquis, se regarda dans toutes les glaces, et alla presque fredonnant se jeter, la figure épanouie, sur un fauteuil.

Le bonheur rend communicatif; Lesneven ne tarda pas à nouer un entretien suivi avec un vieux solliciteur assis près de lui, qui ne demandait pas mieux que de charmer, en causant, les ennuis de l'attente.

— Quel est ce jeune homme? — demanda Lesneven en désignant un grand garçon de vingt ans qui sortait du cabinet du ministre, la tête haute, et raide comme l'épée qu'il avait au côté.

— Je ne saurais vous dire précisément son origine ni ses mérites; mais il eut, il y a trois jours, le bonheur de ramener à madame Dubarry un petit griffon qu'elle croyait perdu. Un mot de la favorite a suffi pour lui faire obtenir une compagnie de dragons, au lieu d'une lieutenance qu'il sollicitait.

Lesneven crut que son interlocuteur se moquait de lui; il le regarda de manière à lui faire comprendre qu'il n'était pas homme à se laisser railler impunément; mais le vieillard avait un air sérieux qui excluait toute idée de plaisanterie.

— Et ce gros monsieur qu'on vient d'introduire avec tant d'empressement?

— Ce gros monsieur est un ancien laquais de madame Dubarry.

— J'ose croire que celui-là ne sollicite ni compagnie ni lieutenance?

— On lui donne beaucoup mieux que cela.

— Quoi donc?

— Une des principales fournitures de l'armée; c'est un bénéfice de quelques millions. Oh! la favorite donne de beaux gages à ses valets.

Le vieillard passa ainsi en revue tous les solliciteurs; celui-ci obtenait un gouvernement pour prix d'une habile manœuvre; assistant un jour au lever de madame Dubarry, il avait eu l'adresse de s'emparer d'une pantoufle vivement disputée et l'avait présentée galamment au pied de la royale maîtresse. Celui-là était chargé d'une importante mission, suffisamment justifiée par les entrechats sublimes et le nerveux mollet de son cousin, le premier danseur de l'Opéra. Cet autre recevait les épaulettes de colonel en reconnaissance d'un plat madrigal dans lequel il avait ingénieusement encadré l'*Aurore* donnant à *Titon* l'immortalité.

Lesneven ne pouvait revenir de sa surprise.

— Il faut,— pensa-t-il,— que les emplois à distribuer soient bien nombreux et les postulants bien rares, puisque de si minces mérites se trouvent si largement pourvus. Et je m'inquiéterais du succès de ma demande, moi, le fils d'un homme qui a versé trente ans son sang pour la patrie! Mais le ministre sera enchanté d'avoir enfin l'occasion de faire droit à des titres valables. Avant une heure, j'aurai ma compagnie.

Comme il faisait cette réflexion, se frottant les mains d'avance en signe de triomphe, un huissier vint annoncer tout haut dans l'antichambre que l'audience était terminée, monseigneur ayant à s'occuper d'un travail important et pressé.

— Fâcheux contre-temps! — fit Lesneven dont la mine s'allongea quelque peu; — après tout, ce n'est qu'un jour de retard; je viendrai demain de bonne heure me faire inscrire parmi les premiers, afin de ne pas subir un nouveau délai.

De retour chez lui, son premier regard fut pour la fenêtre d'Aglaé; elle était ouverte, et la jeune fille paraissait aspirer avec délices le parfum d'un jasmin qu'elle venait d'arroser. Lesneven, saisissant un instant où les beaux yeux d'Aglaé venaient de se relever de son côté, tira de son sein le volume de La Fare et lui montra; elle témoigna la plus grande surprise en reconnaissant son livre, et fit un geste qui pouvait se traduire naturellement par le désir de le ravoir; mais il tourna deux ou trois fois la tête en signe de refus, porta le livre à ses lèvres et le replaça sur son cœur, donnant à sa physionomie une expression qui voulait dire: « Il ne me quittera plus. »

Aglaé fit une petite moue boudeuse, à laquelle succéda un demi-sourire qui autorisa Lesneven à conclure, sans trop de fatuité, que son ressentiment n'était pas bien profond. Passant donc tout à coup à une hardiesse dont il ne se serait jamais cru capable auparavant, il joignit au langage des yeux celui du geste; une main appuyée sur son cœur, l'autre sur ses lèvres, comme pour envoyer un baiser, il attacha sur Aglaé un regard d'une éloquence toute bretonne. Le résultat de cette audacieuse tentative fut que la jeune fille se hâta de fermer sa fenêtre, qui ne se rouvrit plus de la soirée.

Six semaines s'écoulèrent ainsi, pendant lesquelles Lesneven employa ses matinées à courir à Versailles et ses soirées à exercer ses talents dans la pantomime amoureuse, sans que ses affaires avançassent d'un pas d'un côté comme de l'autre. Dévoré d'impatience et d'amour, il avait déjà perdu cet air de bonne humeur et de santé que donnent le repos de l'âme et la vie de province. Son visage prenait de jour en jour une expression plus mélancolique; ses lèvres ne savaient plus sourire; ses joues étaient pâles et amaigries, sa tête penchée, sa démarche incertaine; il se desséchait, il dépérissait.

Un jour pourtant il fut admis dans le cabinet du ministre, et sa poitrine se dilata comme s'il était enfin arrivé au terme de ses souffrances.

— Monsieur, — lui dit l'Excellence, — je me suis fait remettre un rapport sur la requête que vous avez présentée au roi. Il en résulte que votre père a longtemps et honorablement servi l'Etat, et qu'il était généralement regardé comme un des plus braves et des meilleurs officiers de l'armée. Je me fais un plaisir de reconnaître que le fils d'un tel homme a tous les droits possibles à la bienveillance du souverain, et qu'il serait infiniment regrettable de ne pas l'utiliser dans une carrière où il fera nécessairement revivre les vertus paternelles.

— Je suis nommé, — pense Lesneven.

— Mais, — reprit le ministre en jouant négligemment avec un couteau d'ivoire, — il y a tant de vieux et braves serviteurs envers qui le roi n'a pu encore acquitter sa dette, et nous avons à disposer d'un si petit nombre d'emplois, qu'il nous est malheureusement impossible de satisfaire à toutes les demandes. Cependant, croyez à ma bonne volonté; qu'une occasion favorable se présente, je me hâterai de la saisir. Deux ou trois années, à votre âge, ne sauraient être considérées comme un retard.

Et, sans laisser le temps à Lesneven de revenir de sa stupéfaction, il sonna l'huissier qui introduisit un autre solliciteur.

Je n'essayerai pas de rendre ce qui se passa alors dans l'âme de notre jeune Breton: on le devinera sans peine, en songeant qu'une telle réponse était le couronnement de quarante matinées d'antichambre. Tout le long de la route, il gesticula et parla haut, de manière à effrayer les voyageurs qui occupaient la même voiture que lui. Pendant le trajet de la barrière à son hôtellerie, ses bruyantes exclamations attirèrent l'attention des passants, qui le prirent pour un fou. Lorsque, enfermé dans sa chambre, il put se livrer sans contrainte à la fougue de son indignation, son hôte inquiet monta deux ou trois fois pour s'informer s'il ne se sentait pas indisposé. A ce paroxysme de la colère succéda un abattement profond; puis son esprit, moins agité, commença l'examen de la position dans laquelle il allait se trouver.

Un frisson glacial courut sur son corps lorsque, après avoir sondé les profondeurs de ses poches, il se fut convaincu que toute sa fortune se réduisait à quatre louis. Il ne lui restait qu'un parti à prendre: c'était de retourner en Bretagne.

Mais Aglaé! il ne la verrait donc plus! il renoncerait à cet échange de regards et de sourires qui, depuis six semaines, répandait de si douces joies sur son existence! Il mettrait une barrière infranchissable entre lui et le bonheur! L'aspect de la mort lui eût été moins terrible que cette idée.

Lesneven était dans cette triste situation d'esprit lorsqu'on ouvrit sa porte: c'était le chevalier de Lussan qui entrait.

III

— Pardieu! mon cher, vous devez me trouver bien négligent!

— Je n'espérais plus vous revoir, monsieur le chevalier.

— C'est comme moi. Je ne suis venu que pour l'acquit de ma conscience; je craignais que vous ne fussiez déjà parti pour rejoindre votre compagnie.

— Ma compagnie!

Lesneven poussa un soupir qui, dans toute autre circonstance, eût excité vivement l'hilarité du chevalier; mais il se contint cette fois, et reprit avec un air de componction qui lui gagna tout à fait la confiance du jeune homme :

— A ce que je vois, mon cher Lesneven, vos affaires ne vont pas aussi vite que vous vous y attendiez.

— Bien loin de là, monsieur le chevalier ; elles sont dans un état désespéré.

— Pas possible! A votre âge et avec les droits que vous avez, on ne doit désespérer de rien. Voyons, contez-moi où vous en êtes : avez-vous remis au roi la lettre de votre père?

— Je l'ai remise au roi... ou plutôt je ne sais à qui..., car, au moment où je la présentais, une main autre que celle de Louis XV s'est avancée subitement pour s'en emparer, et Sa Majesté n'a pas daigné s'arrêter pour écouter le petit discours que j'avais préparé ; j'ai même quelque raison de penser qu'elle n'a pas pris connaissance d'une requête qui pourtant était adressée à elle seule.

— Cela pourrait bien être. Enfin, cette première démarche a eu un résultat?

— Oui; on m'a renvoyé au ministre.

— C'est toujours ainsi que cela se fait.

— Et le ministre m'a renvoyé aux calendes grecques.

— Le chevalier parut entrer dans une sainte indignation. — Ose-t-on bien, — continua Lesneven, — traiter de la sorte la vieille et brave noblesse du royaume, tandis qu'on voit tous les jours une foule de misérables se partager, en récompense de honteux services, les emplois et les deniers de l'Etat! C'est une indignité! c'est une infamie!

Le chevalier serra la main de Lesneven de manière à lui faire comprendre qu'il avait exactement la même façon de penser.

— Et maintenant, qu'allez-vous faire? — dit de Lussan après un moment de silence.

— Je ne sais.

— Si le ministre, poussé par quelque remords de conscience, allait revenir à des idées plus justes?

— Je n'y compte pas le moins du monde.

— Peut-être faudrait-il attendre?

— Attendre! mais le puis-je? Ne vous ai-je pas dit que mon patrimoine était engagé pour toute sa valeur? Et de la somme que j'ai apportée à Paris, à peine me reste-t-il de quoi retourner en Bretagne?

— Et là, que ferez-vous?

— Je prendrai la bêche et la charrue, monsieur le chevalier. La terre est plus généreuse que le roi : elle rend toujours ce qu'on lui donne, et au-delà.

— Il n'en sera pas ainsi, par Dieu! — s'écria de Lussan, — ou j'aurai perdu tout pouvoir de rendre service à un ami. — Jetez un brin de paille à un malheureux qui se noye, il s'y raccrochera. Lesneven, lorsqu'il eut entendu l'exclamation du chevalier, se crut presque sauvé. — Mon cher Lesneven, — reprit celui-ci, — vous m'avez intéressé dès le moment de notre première entrevue; depuis ce jour, j'ai songé à vous bien des fois, car mon expérience me faisait pressentir tout ce qui allait vous arriver. Maintenant plus que jamais je me sens disposé à vous servir, et je le ferai, je vous en donne ma parole, autant que me le permettront mes moyens et mon crédit. Mes moyens sont bornés, il est vrai; mais j'ai des amis puissants qui se feront un devoir, sur ma recommandation, de venir en aide à un jeune et digne gentilhomme, et de réparer à son égard les injustices de la cour. Reprenez donc courage, et attendez-moi; je ne vous demande que deux ou trois jours.

Si Lesneven avait appris à ses dépens quel fonds on doit faire sur la reconnaissance et la justice des grands, il n'était pas encore désillusionné sur les offres de services et la sincérité des amis. Aussi n'eut-il pas un moment de doute sur le zèle que lui avait témoigné le chevalier de Lussan. Il ne lui vint même pas la pensée que ce zèle pût être intéressé, et il rouvrit de bonne foi son cœur à l'espérance. Passant d'un extrême à l'autre, il oublia tous mécomptes pour se lancer à corps perdu dans la région infinie des châteaux en Espagne; son imagination s'exalta; il se vit bientôt arrivé au plus haut degré de l'échelle, déposant aux pieds d'Aglaé sa gloire et sa fortune.

Le souvenir d'Aglaé lui rappela que toute cette journée s'était écoulée sans qu'il l'eût aperçue; il jeta un regard inquiet sur les persiennes, qui ne s'étaient pas encore ouvertes, quoique le jour fût déjà très-avancé. C'était, depuis l'aventure du livre, la première fois que pareille chose arrivait. Comment expliquer une circonstance aussi insolite? Aglaé était-elle malade?

Cette supposition ne lui fut pas plutôt venue à l'esprit qu'il se hâta de descendre, frappé d'un triste pressentiment. Il interrogea l'hôte, il interrogea les domestiques, enfin il apprit que, pendant qu'il était à Versailles, la personne dont il s'informait avait déménagé et que la maison était vide.

Cette nouvelle fut un coup de foudre pour le pauvre Lesneven; il se la fit répéter plusieurs fois avant de se décider à y croire, et, lorsqu'il ne fut plus permis de douter, il se livra aux conjectures les plus étranges, les plus invraisemblables sur la cause de cette brusque disparition. Après avoir longtemps déraisonné, il finit par trouver aussi simple que naturel ce qui lui avait paru si difficile à expliquer. S'il n'avait pas été prévenu de ce déménagement, s'il ignorait en quel lieu s'était retirée Aglaé, c'était à lui seul qu'il devait s'en prendre, à lui qui, en six semaines, n'avait pas osé dépasser, dans sa campagne amoureuse, les limites de la contemplation. Il se fit alors mille reproches de sa timidité, de sa niaiserie, et sa douleur se tourna en colère contre lui-même.

Cependant, quels moyens employer pour retrouver Aglaé? La chose n'était pas aisée dans une ville comme Paris; mais pour les amoureux, il n'y a point d'expédient impraticable, et la nature les a doués d'une intrépidité toute spéciale pour l'exécution des projets les plus extravagants. Celui auquel s'arrêta Lesneven fut de parcourir l'une après l'autre, aux heures où Aglaé avait l'habitude de jouer de la harpe et d'ouvrir sa fenêtre, toutes les rues de son quartier d'abord, sauf à explorer ensuite celles des autres quartiers, si ces premières recherches étaient infructueuses.

Il avait entrepris depuis deux jours cette œuvre de patience, et il se préparait à commencer sa troisième tournée, lorsque le chevalier de Lussan se présenta chez lui avec une physionomie triomphante :

— Bonnes nouvelles! mon cher, bonnes nouvelles! — s'écria-t-il en entrant.

— Se pourrait-il? Vous l'auriez retrouvée! — dit Lesneven en s'élançant d'un bond au-devant du chevalier.

— Retrouvée! qui donc?

— Ah! c'est juste; vous ne pouvez pas savoir... Pardon, monsieur le chevalier, ayez pitié d'un pauvre fou.

— Bon, bon, votre raison va bientôt se remettre, à moins que la joie ne vous la fasse perdre de nouveau.

— La joie! Je crains bien qu'il n'y en ait plus désormais pour moi.

— Ecoutez-moi donc jusqu'au bout, que diable! Ce visage pâle et désolé n'est plus de circonstance, je vous le répète. Or, voici le résultat de mes démarches : le duc de..., à qui j'ai raconté la manière dont vous aviez été traité par le ministre, s'en est vivement indigné et vous prend sous sa protection.

— J'aurai donc ma compagnie.

— Bagatelle! vous aurez mieux, beaucoup mieux... à moins toutefois que vous n'ayez apporté de votre province des préjugés par trop contraires à ce que je suis chargé de vous proposer.

— Je n'admets pas, — dit Lesneven, — que tous les

préjugés soient également respectables, et il en est qui ne serviront jamais de règle à ma conduite.

— Que penseriez-vous, par exemple, d'un gentilhomme épousant une simple bourgeoise?

— Ce que j'en penserais? Je trouverais le gentilhomme fort heureux que jeunesse, grâces et beauté voulussent bien se donner à lui en échange d'un nom.

— Touchez-là, mon cher Lesneven; vous êtes justement l'homme qu'il nous faut.

— Je ne vous comprends pas.

— Supposons que le gentilhomme, ce soit vous, et qu'il se trouve une jeune, gracieuse et jolie bourgeoise qui n'attende plus que votre consentement pour faire peindre sur les panneaux de sa voiture le blason des Lesneven.

— Dans cette supposition, monsieur le chevalier, j'écouterais vos offres avec reconnaissance, mais je les refuserais.

— Vous les refuseriez! — dit le chevalier avec la plus grande surprise. — Après la profession de foi que vous venez de me faire, vous conviendrez qu'il me serait difficile de deviner le motif d'un pareil refus.

— Ce motif est bien simple : mon cœur n'est plus libre.

Cette réponse parut déconcerter le chevalier.

— Diable! diable! — fit-il en se grattant l'oreille,— je n'avais pas prévu cet obstacle. C'est pourtant dommage! de telles occasions ne se présentent pas deux fois; je vous invite à y réfléchir sérieusement.

— Toutes mes réflexions sont faites.

— Non, non, il n'est pas possible que vous repoussiez tant d'avantages réunis... une position heureuse, indépendante; douze mille livres de pension.

— Le bonheur n'est pas là.

— Dix-sept ans, une taille de nymphe, et des yeux!... je défie qu'on en trouve qui soient dignes d'être comparés à ceux-là.

— J'en ai vu de plus beaux.

— Et quel caractère! vif, aimable, pétulant, d'une mutinerie qui va parfaitement à son joli nom d'Aglaé...

— Aglaé! — interrompit Lesneven; — vous avez dit Aglaé?

— Aglaé; c'est ainsi qu'on l'appelle, — reprit de Lussan; — mais, au fait, que vous importe? Votre cœur est pris ailleurs; tous mes discours ne parviendraient point à vous inspirer des désirs, pas même des regrets : c'est une affaire manquée; n'en parlons plus.

— Monsieur le chevalier, — dit Lesneven d'une voix suppliante et en joignant les mains, — au nom du ciel! faites-moi voir cette Aglaé.

— Parbleu! voilà une demande que vous me permettrez de trouver singulière. Au reste, je suppose que vous avez des yeux; il serait parfaitement inutile que je vous conduisisse, dans le seul but de vous la montrer, devant une personne que vous devez connaître aussi bien que moi.

— Je dois la connaître!

— Elle occupait encore, il y a quelques jours, cette maison qui est en face de votre hôtellerie. — De Lussan avait à peine achevé, que Lesneven s'était jeté à son cou et l'embrassait avec toutes les démonstrations d'une joie délirante. — Un moment! un moment! — cria le chevalier en essayant de se dégager des bras du jeune homme, — vous allez m'étouffer! Pour Dieu! modérez des transports pour le moins aussi inexplicables que vos refus de tout à l'heure. Il faut que vous ayez perdu la tête.

— Oui, mon cher, mon véritable, mon seul ami, oui, je suis fou, mais c'est d'amour et de bonheur! Oh! si vous saviez combien j'ai souffert, j'ai pleuré! Si vous saviez quelles journées affreuses, quelles horribles nuits j'ai passées depuis notre dernière entrevue! Cette Aglaé, cette fille céleste, j'étais résolu à la chercher, à la demander partout, et à mourir ensuite si je ne parvenais à la retrouver... Et voilà que vous venez me la rendre, vous, mon sauveur, et m'offrir la possession d'un trésor auquel j'osais à peine aspirer, même dans mes rêves!

— Eh quoi! cet amour qui vous faisait refuser de si brillants avantages, c'était Aglaé qui vous l'inspirait! D'honneur, je n'en reviens pas! Le hasard a de merveilleux caprices. — Un physionomiste plus exercé que Lesneven eût remarqué peut-être que l'étonnement du chevalier n'était pas tout à fait aussi vrai qu'il cherchait à le faire paraître.—Ainsi,—reprit de Lussan, — nous voilà d'accord; il ne vous reste à faire aucune objection?

— Des objections! moi! c'est-à-dire, mon ami, que je vous supplie de me conduire à l'instant aux pieds d'Aglaé, afin qu'elle puisse juger de la vivacité de mes transports et de ma reconnaissance.

— Vous me voyez désolé de ne pouvoir satisfaire une impatience aussi naturelle. Aglaé ne sortira du couvent, où elle a été conduite il y a trois jours, que pour suivre son époux à l'autel.

— Faites donc que ce soit tout de suite; chaque heure va me paraître un siècle.

— Propos d'amoureux, qui ne songe point aux préparatifs indispensables d'un mariage. Ne faut-il pas que vous preniez vous-même le temps de faire les vôtres?

— Les miens?

— Sans doute; l'habit que vous portez était très-convenable pour un solliciteur; mais, dans une occasion comme celle-ci, votre costume doit être en harmonie avec votre nom et la fortune de votre future.

— Hélas! — fit Lesneven avec tristesse, — ne vous ai-je pas dit que mes ressources étaient épuisées?

— Nous avons songé à tout, — reprit de Lussan, — voici une avance que monsieur le duc de... vous prie d'accepter. — Le chevalier tira de sa poche une bourse assez ronde, la mit entre les mains de Lesneven, et se retira en lui disant : — Ne perdez pas une minute; faites vos emplettes, pressez votre tailleur; soyez prêt dans cinq jours; je viendrai vous prendre à six heures du soir.

. . . .

Ce fut une heureuse nécessité pour Lesneven d'avoir à s'occuper de sa toilette de marié; son impatience, si elle n'eût été distraite par ce soin important, n'aurait jamais pu supporter le délai qui lui avait été imposé. Mais, de toutes les heures qu'il eut à dévorer, aucune ne lui parut aussi longue, aussi désespérante que la dernière.

Vêtu d'un magnifique habit de velours bleu-ciel, d'un gilet de soie blanc, brodé de fleurs d'argent, sur lequel s'épanouissait un superbe jabot de malines, chaussé d'un fin escapin à boucle de vermeil, et le tricorne à ganse d'or sous le bras, il parcourait sa chambre de long en large et diagonalement; il se penchait à la fenêtre pour apercevoir le chevalier de plus loin; il collait son oreille à la porte au moindre bruit qui se faisait dans l'escalier; ses yeux, à chaque minute, se levaient sur une horloge de bois dont il accusait les aiguilles de ne pas marcher; puis il se prenait tout à coup à douter, à se figurer qu'il pouvait bien être l'objet de quelque mystification. Enfin, l'horloge sonna six heures, et Lesneven, attiré à la fenêtre par le bruit d'une voiture d'où il vit descendre de Lussan, put croire complétement à la réalité de son bonheur.

Le chevalier était accompagné d'un notaire. Celui-ci fit lecture d'un contrat dont le principal article, portant séparation de biens entre les futurs époux, parut aussi juste que naturel à Lesneven; il fut même sur le point de verser des larmes d'attendrissement lorsqu'il entendit la clause qui stipulait en sa faveur une pension de 12,000 livres sur les propriétés d'Aglaé. Pouvait-il, en effet, ne pas reconnaître à cette marque d'une délicate et généreuse prévoyance combien était vif et sincère le sentiment qu'il avait inspiré? Seul, il eût baisé avec ivresse le nom d'Aglaé, qui déjà figurait au bas de l'acte;

retenu par la présence du notaire, il se contenta d'y joindre le sien, puis il suivit lestement le chevalier, qui le fit monter à côté de lui dans sa voiture, et parut prendre en commisération son impatience en le conduisant au galop jusqu'à l'église.

Au pied de l'autel, il trouva Aglaé, dont la vue le fit presque chanceler; jamais elle s'était montrée à lui si étincelante de beauté et de parure. Dans son éblouissement, il n'aperçut ni les assistants ni le prêtre; il ne vit rien, si ce n'est Aglaé; il n'entendit rien, si ce n'est la douce voix d'Aglaé lorsqu'elle prononça le serment de fidélité et d'obéissance.

Après avoir reçu la bénédiction nuptiale, il se laissa prendre le bras par le chevalier, qu'il suivit machinalement jusqu'à la voiture qui les avait amenés. Il ne se réveilla de son extase qu'au moment où, la voiture s'étant arrêtée, il se fut empressé de descendre et se retrouva à la porte de son hôtellerie. De Lussan, lui, ne descendit point; mais il tendit à Lesneven une bourse contenant trois mille livres en louis d'or, et lui dit avec une gaieté ironique :

— Voici, mon cher, le premier quartier de votre pension; tous les trois mois, en quelque lieu que vous soyez, pareille somme vous sera remise; menez donc joyeuse vie, comme vous l'entendrez, et ne craignez pas que votre femme vienne jamais vous troubler dans vos plaisirs.

De Lussan ferma la portière; la voiture s'éloigna de toute la vitesse des chevaux, et Lesneven resta au milieu de la rue, dans un tel désordre d'esprit, que plus d'une heure s'écoula avant qu'il lui fût possible de rasseoir et de lier ses idées.

Mais que faire? où rejoindre de Lussan? en quel lieu chercher Aglaé? quel notaire avait dressé le contrat? L'église même où le mariage avait été célébré, il ne la connaissait pas. Et personne à qui s'adresser! pas la moindre possibilité d'obtenir un seul renseignement.

Lorsque Lesneven rentra dans son hôtellerie, l'hôte lui remit un papier : c'était un ordre supérieur de quitter Paris dans les vingt-quatre heures et de faire choix d'une résidence qui fût à cinquante lieues au moins de la capitale.

IV

Dix mois s'étaient écoulés depuis le mariage de Lesneven : dans sa nouvelle position, qu'il eût été très-embarrassé d'expliquer, et afin d'échapper aux questions indiscrètes, il s'était bien gardé de retourner en Bretagne ; le lieu qu'il avait choisi pour sa résidence était la ville de Tours. Il y menait une vie assez triste, tantôt nourrissant son chagrin dans la solitude, tantôt cherchant des distractions dans les émotions du jeu, partout se tuant l'esprit à deviner le mot de l'énigme qu'on avait si perfidement jeté à travers son existence. Pourquoi cet hymen? pourquoi cette séparation? pourquoi cet exil? c'était à en perdre la tête.

Et à ce tourment de l'esprit se joignait la souffrance de l'âme. Car enfin cette femme qui portait son nom sans lui appartenir, cette femme dont il était mari et veuf tout à la fois, ce n'était pas une inconnue, une indifférente; c'était cette Aglaé qu'il avait admirée, contemplée durant tout son séjour à Paris, et qu'il aimait avec toute l'énergie d'un premier amour.

Du reste, les quartiers de sa pension lui parvenaient avec la plus grande exactitude, mais toujours par des voies indirectes, ce qui ne lui laissait aucun espoir d'arriver jamais à la découverte de la vérité. Le hasard seul pouvait donc lui dévoiler le secret qu'il avait un si vif désir d'approfondir; malheureusement pour lui ce hasard ne se fit pas longtemps attendre.

Un jour qu'il faisait une partie de lansquenet, il se trouva parmi les joueurs un jeune gentilhomme, arrivant de Paris, qui témoigna beaucoup de surprise en entendant prononcer le nom de Lesneven.

— Est-ce que monsieur serait un parent de la comtesse de Lesneven? — demanda-t-il à notre Breton.

Celui-ci, qui ne savait pas encore combien il était facile avec de l'argent, d'ajouter un titre à un nom, répondit tout naturellement :

— Je ne le suppose pas, attendu que je ne connais pas de comtesse dans notre famille.

— Recevez-en mon compliment, — répliqua le nouveau venu.

Ces paroles et le sourire qui les accompagna piquèrent la curiosité de Lesneven.

— Je comprends, — dit-il; — la comtesse dont vous parlez est quelque vieille douairière, bien disgrâciée de la nature.

— Vieille et laide! la comtesse de Lesneven! Mais, figurez-vous, au contraire, monsieur, le petit être le plus séduisant, le plus joli, le plus élégant qui se puisse voir en ce monde; une créature céleste, un ange enfin, si le diable n'eût pas pris le soin de former son âme. Parfaitement en cour, du reste, et de plus l'une des inséparables de madame Dubarry. C'est bien le cas ou jamais d'appliquer le proverbe : *Qui se ressemble s'assemble!* Toutes deux favorites, l'une d'un roi, l'autre d'un duc : toutes deux sorties de la dernière classe de la bourgeoisie...

— La comtesse de Lesneven était une bourgeoise! — s'écria Lesneven; — êtes-vous bien sûr, monsieur, de ce que vous avancez?

— Si j'en suis sûr! mais il court à ce sujet une délicieuse histoire tirée de bonne source et dont tout Paris s'est prodigieusement amusé pendant quinze jours. Pour peu que vous l'ignoriez, je me ferai, pardieu! un véritable plaisir de vous en régaler.

— Parlez, monsieur, parlez, — répondit Lesneven avec une anxiété toujours croissante.

— Il faut vous dire d'abord que la fortune de madame Dubarry a tourné la tête à nos modernes Laïs, elles veulent toutes un hôtel et des armoiries; c'est un caprice ruineux, difficile à satisfaire; mais le pouvoir de la mode est si grand! Il n'est pas un seigneur, pas même un homme de finance qui osât s'y soustraire. Ce qui est le plus difficile à trouver, ce n'est pas l'hôtel, ce sont les armes, c'est le nom à sculpter au-dessus de la porte, et voici l'expédient dont on s'est avisé. On se met en quête de quelque gentilhomme ruiné : la province n'en laisse pas manquer Paris, Dieu merci! On lui fait épouser sa maîtresse, et on le renvoie manger à distance convenable le prix de cet honnête marché. Or, ce qu'il y a de charmant dans l'histoire de la comtesse de Lesneven, c'est que l'affaire a été conduite avec tant d'habileté par un certain chevalier de Lussan, que le mari a donné dans le panneau de la meilleure foi du monde. On cite même des amours adroitement ménagés et vraiment dignes de figurer dans un roman pastoral. Enfin, tandis que madame mène à Paris un train fastueux dans un des plus beaux hôtels de la rue de Grenelle, et fait sans scrupule les honneurs de son magnifique salon au profit du duc de..., monsieur se torture probablement l'esprit dans l'exil, où il se croit l'importante victime de quelque machination ténébreuse de nos hommes d'Etat.

Pendant que les autres joueurs accueillaient avec de bruyants éclats de rire cette divertissante histoire, Lesneven, rougissant et pâlissant tour à tour, faisait des efforts inouïs pour se contenir; mais la colère l'emporta sur la honte; il se leva brusquement, et, d'une voix forte qui réprima sur-le-champ la gaieté des auditeurs :

— Je ne vois pas, — dit-il, — le côté plaisant de cette histoire. On a lâchement abusé de la bonne foi d'un honnête homme afin d'imprimer une souillure sur son nom; mais, pour des hommes de cœur, messieurs, il y là, ce me semble, matière à s'indigner plutôt qu'à rire. —Puis, se tournant vers le narrateur : — Quant à vous, monsieur, je vous ai une obligation trop réelle pour songer à vous demander raison de la légèreté de vos paroles. Toutefois, le bon provincial qui vous a tant égayé ne vous donnera plus sujet à raillerie, je vous jure ; et, si les yeux lui ont manqué dans cette affaire, le bras ne lui fera point défaut pour la vengeance.

Lesneven sortit laissant ses amis dans un indicible étonnement. Une heure après il galopait à franc étrier sur la route de Paris.

. . . .

Le premier soin de Lesneven à son arrivée, fut de courir rue de Grenelle; deux jours employés à son voyage n'avaient fait qu'accroître sa fureur; mais il avait eu le temps aussi de réfléchir sur les moyens de la satisfaire. Ce fut donc avec un plan arrêté qu'il chercha l'hôtel de la comtesse. Il eût bientôt découvert un portique dont le couronnement étalait aux regards des passants le nom de Lesneven, gravé en lettres d'or sur une plaque de marbre. Cette vue, à laquelle il était pourtant préparé, le saisit d'une indignation si violente qu'il fut longtemps avant d'en pouvoir maîtriser les transports. Cependant il comprit qu'un accès de fureur en pleine rue et sans but aurait pour résultat de compromettre sa vengeance plutôt que de la servir. Après avoir fait quelques tours dans la rue pour prendre le temps de se calmer, il revint accoster un laquais nonchalamment étendu au soleil sur un banc de pierre, à côté de la porte de l'hôtel, et dont l'emploi semblait être de faire admirer aux curieux la splendide livrée de sa maîtresse.

— Mon ami,—lui dit-il,—j'ai à vous communiquer des choses très-importantes; veuillez me suivre ; vous ne vous repentirez pas de votre complaisance. — Le laquais fit d'un coup d'œil l'examen de celui qui lui parlait ainsi : en voyant un homme jeune, bien fait et de bonne mine, il sourit d'un air d'intelligence et suivit Lesneven, qui le conduisit dans un cabaret voisin, où il se fit donner une chambre particulière. Pendant que Picard, ainsi se nommait le laquais, débouchait sans se faire prier, une bouteille de vin de Beaune et remplissait jusqu'au bord le verre que l'hôte avait placé devant lui. Lesneven entra sans préambule en matière : — Tu es au service de la comtesse de Lesneven?

— Oui, monsieur.

— Es-tu un homme à me rendre un bon office?

— C'est selon.

— Je comprends ; sois tranquille; je ne veux rien pour rien.

— A la bonne heure: mais je vous préviens qu'il ne se passe guère de journée où je n'aie deux ou trois conversations qui commencent de la même manière que la nôtre. Les occasions d'être utile ne me manquent donc pas, et comme j'ai le choix, il est bien naturel que je m'arrête aux plus faciles et aux meilleures.

— Celle-ci sera bonne pour toi, je te le garantis; quant à ce que je demande, rien de plus simple ; il ne s'agit que de m'introduire secrètement cette nuit dans l'appartement de la comtesse.

— Peste ! vous appelez cela une chose toute simple ! Passe pour glisser avec adresse un billet doux sur la toilette de madame ; cela me rapporte un louis d'un côté : de l'autre, cela ne m'expose pas, et quelquefois même cela me vaut un second louis accompagné d'un gracieux regard. Mais si je consentais à me charger de ce que vous me proposez, le plus certain de mon bénéfice serait d'être immédiatement jeté à la porte de l'hôtel.

— Eh bien! tu chercheras une autre condition.

— Il n'est pas dit que j'en retrouve une où les billets doux pleuvent aussi abondamment et soient aussi souvent reçus avec gratitude.

— Mais, pour punir le coupable, il faudra le connaître; qui saura que c'est toi?

— Nous serons tous interrogés, soyez-en sûr.

— Tu mentiras.

— Ce n'est pas là précisément ce qui m'embarrasse. Quelles sont vos offres?

— Cent louis.

— Cent louis!

— Cinquante à la porte de l'hôtel, cinquante dans l'appartement de la comtesse.

— Attendez donc... je réfléchis que rien n'est plus simple, en effet; je sais même un petit cabinet dans lequel vous pourrez attendre en sûreté le moment favorable pour faire votre apparition.

— Tu acceptes?

— Marché conclu, mon gentilhomme. Je vous préviens pourtant que monsieur le duc ramène souvent madame la comtesse, et qu'alors il se retire fort tard.

— C'est mon affaire.

Mais ce soir-là, précisément, la comtesse ne sortit pas; il fallut toute l'éloquence de Lesneven pour décider Picard à ne pas reculer l'exécution d'un projet que cette circonstance rendait beaucoup plus difficile.

C'était, depuis son mariage, la première fois que la comtesse refusait d'aller à l'Opéra. Le duc de... avait, dès le matin, épuisé auprès d'elle les sollicitations et les raisonnements; il avait attaqué d'abord son amour-propre en lui exposant qu'il pouvait suffire d'une absence pour lui enlever le sceptre du luxe et de la beauté; repoussé sur ce point par un magnifique sourire de pitié, il avait essayé de l'attendrir sur lui-même en lui représentant qu'il allait être perdu dans l'esprit des hommes à la mode, que ses envieux ne manqueraient pas de faire courir à son désavantage le bruit d'une disgrâce, tout au moins d'une brouille. A tout cela, l'inflexible Aglaé avait répondu d'un ton ferme et décidé :

— Vous savez mes conditions, monsieur; vos arguments n'y sauraient rien changer, Vous tenez, dites-vous, à paraître avec moi ce soir à l'Opéra : donnez-m'en la preuve; quand on souhaite vivement une chose, on ne parle pas, on agit.

Le pauvre duc, instruit par l'expérience que la résignation était le parti le plus sage, s'était retiré sans oser répliquer une parole; mais on pouvait lire aisément dans ses regards qu'il n'était pas médiocrement embarrassé.

Si le lecteur désire connaître le caprice qui avait motivé l'étrange résolution de la comtesse, je l'inviterai à suivre un moment le duc de... dans la visite qu'il fit à la marquise de...

Celle-ci était à sa toilette.

— Eh ! mon cher duc, — s'écria-t-elle en l'apercevant, — quelle bonne fortune de vous voir ! Vous devenez si rare pour vos amis que je ne saurais vous faire assez de remercîments de ne m'avoir pas oubliée.

— Ne vous pressez pas de me remercier, madame, — répondit le duc d'un air piteux ; — je dois vous avouer à ma honte que ma visite d'aujourd'hui est une visite intéressée.

— Je suis toute à votre service; de quoi s'agit-il donc?

— Hélas ! je n'ose vous le dire.

— Vous m'effrayez.

— Mais vous êtes si bonne, si compâtissante !

— Parlez, monsieur, parlez; quelque infortune à secourir, sans doute?

— Une personne à sauver de la mort, peut-être.

— Oh ! mon Dieu ! mes gens, ma maison, ma bourse, je mets tout à votre disposition.

— Il n'en faut pas tant, madame...

— Alors, expliquez-vous; que dois-je faire?

Le duc se moucha, toussa trois ou quatre fois ; les paroles semblaient se refuser à sortir de sa bouche.

— Pardon, madame la marquise...; j'éprouve un embarras extrême, presque de la honte...

— En vérité, vous commencez à m'intriguer beaucoup.

— C'est que j'ai à vous adresser une demande si extraordinaire !

— Dites toujours.

— Je vous prie de ne pas oublier que c'est le caprice d'une mourante qui m'amène ici.

— Et c'est chose sacrée, monsieur le duc.

— Vous m'enhardissez... Eh bien !...

— Eh bien ?

— Vous avez un charmant perroquet, madame la marquise.

— Qu'entends-je ! mon perroquet ! mon *Favori* ! Vous en exigeriez le sacrifice ! Jamais ! monsieur, jamais !

— Rassurez-vous, je ne vous en demanderai qu'une très-petite partie.

— Comment ! une partie de *Favori* ?

— Une plume, une seule plume, pourvu que ce soit une des belles.

— Vous n'y pensez pas ; martyriser ce pauvre animal qui m'aime tant, qui répète mon nom du matin au soir, qui ne mange de sucre que dans ma main !...

— Mais pour une mourante, madame ?

— Votre mourante, monsieur, est une extravagante !

Alors il s'établit entre le duc et la marquise une lutte de larmes et de prières dans laquelle la victoire se décida enfin pour le duc. La marquise prit *Favori* entre ses belles mains et détourna les yeux ; le duc tira le plus délicatement possible une plume, qu'il enferma soigneusement dans une petite cassette, puis, ayant essuyé la sueur qui coulait à grosses gouttes sur son visage, il fit ses remercîments à la marquise, regagna sa voiture et courut à une nouvelle conquête.

Cette scène se reproduisit le même jour chez toutes les duchesses, les marquises et les comtesses de la cour de France.

Or, voici l'explication de cette laborieuse campagne. Aglaé, reine de la mode, fatiguée de voir toutes les femmes copier dès le lendemain ses parures de la veille, avait juré de s'en procurer une qui ne pût être imitée par personne. Après de longues journées de méditations, de nombreuses conférences avec ses femmes de chambre, elle s'était arrêtée à l'idée d'une robe ornée de guirlandes de plumes de perroquet (1). Cette première fantaisie en ayant fait naître une autre, elle avait imaginé de faire contribuer toutes les dames de la cour à cette excentrique parure, qui devait les désespérer.

Cependant, la journée toute entière s'était écoulée sans que le duc de... eût reparu chez la comtesse. Celle-ci, voyant venir la nuit, commençait à s'impatienter. Elle errait dans son appartement comme une âme en peine, passant du boudoir au salon, du salon à la chambre à coucher ; elle écoutait aux portes, aux fenêtres, prenait un livre qu'elle rejetait aussitôt avec colère, sonnait ses domestiques et les grondait pour des négligences auxquelles elle n'eût pas fait attention dans un autre moment. A l'impatience de l'attente succéda bientôt l'inquiétude. Si le duc avait échoué ! cette seule pensée la jeta dans une violente exaspération ; plus elle se prenait à douter du succès, plus il lui semblait que ce succès était une chose nécessaire à son bonheur, indispensable à son existence.

— Ah ! — s'écria-t-elle en frappant du pied, — si le duc ne m'apporte pas ce que je désire, je ne le reverrai de ma vie !

Mais le duc se serait bien gardé de reparaître à ses yeux les mains vides. Il était dix heures lorsqu'il arriva, sa cassette sous le bras et portant sur sa physionomie tous les indices d'une journée difficile.

— Aglaé, — dit-il en se laissant aller sur un sopha, — vos folles exigences me donnent bien du mal !

— Un mot, un seul mot, monsieur le duc, et pas de sermons ; avez-vous mes plumes ?

(1) Historique.

— Mes pauvres chevaux sont sur les dents, et moi-même...

— Monsieur le duc, avez-vous mes plumes ?

— Je les ai, mais...

— Il est bien question de vos mais ! Ce sont mes plumes qu'il me faut ; montrez-les-moi ; je veux les voir tout de suite. — Et, se saisissant de la cassette que le duc tenait toujours sous son bras, elle l'ouvrit précipitamment et poussa un cri de joie : — C'est cela, c'est bien cela ! Vous êtes, monsieur le duc, un homme charmant, adorable !

— Et brisé !

— Voyez donc, — reprit-elle en disposant sur son corsage quelques plumes les unes à côté des autres, — voyez quel effet elles produiront.

— Elles m'ont certainement coûté en ruse et en éloquence diplomatiques plus qu'il n'en a fallu pour négocier le mariage du dauphin.

— J'aurai de quoi faire trois guirlandes ! ce sera merveilleux ! Il y manque une seule chose.

— Ah ! mon Dieu ! quoi donc ? — s'écria le duc effrayé.

— Le nom sur chacune de ces plumes de la marquise ou de la duchesse qui l'a fournie.

— Par exemple !

— Mais je reconnais que ce serait aller trop loin, et je renonce à cette idée.

— C'est heureux ! — pensa le duc, qui avait déjà le frisson. Et comme la comtesse, absorbée dans la contemplation de son trésor, ne paraissait plus faire attention à lui, il reprit d'une voix suppliante : — Aglaé, il n'est que dix heures ; n'irons-nous pas à l'Opéra ?

— Mon Dieu ! que vous êtes pressé. Au surplus, vous méritez bien aujourd'hui qu'on ait quelque complaisance pour vous. Vous voyez, je m'étais tenue prête... En vérité, vous faites de moi ce que vous voulez.

Mais, au moment où ils se disposaient à partir, la porte d'un cabinet s'ouvrit ; un homme en sortit et leur ferma le passage ; c'est Lesneven.

La fureur dont il était animé tomba tout à coup tant sa surprise fut grande : il s'était attendu à trouver un jeune homme, et il se trouvait vis-à-vis d'un vieillard.

La comtesse, en reconnaissant son mari, jeta un cri de terreur ; le duc se précipita sur le cordon d'une sonnette.

— N'appelez pas ! — dit Lesneven.

Le duc demeura pétrifié ; il avait aperçu deux pistolets entre les mains de son adversaire.

— Au nom du ciel, monsieur, point d'éclat ! — fit la comtesse en joignant les mains.

— Vous avez raison, madame ; des témoins me sont inutiles, et je ne veux pas ajouter à votre honte ; il vaut mieux que cette affaire se passe entre nous trois.

— Quel est cet homme ? — demanda le duc d'une voix tremblante.

— C'est monsieur de Lesneven, — répondit la comtesse en baissant les yeux.

— Et ma présence ici vous étonne, monsieur ! — reprit Lesneven ; — après les mesures que vous avait suggérées votre prudence, vous ne deviez pas, en effet, vous attendre à m'y voir de si tôt.

— Enfin, que voulez-vous ? — dit le duc, en essayant de se donner un air d'assurance.

— Ce que je veux ! mon épée devait vous l'apprendre, monsieur le duc ; quant à ces pistolets, ils n'étaient destinés qu'à me défendre contre vos gens... Maintenant, — ajouta-t-il en le toisant d'un air dédaigneux, — je suis bien forcé de donner une autre tournure à notre explication ; vous n'auriez pas seulement la force de croiser votre arme contre la mienne. — Le duc ne jugea pas à propos de fournir la preuve du contraire. — Ce que je veux ! osez-vous bien me le demander, vous qui, par une manœuvre infâme, avez avili, souillé, déshonoré mon nom ! Parce que votre âge vous met à l'abri d'une vengeance légitime, parce que vos veines ne donneraient pas assez de sang pour laver une injure, pensez-vous donc que nous soyons quittes et qu'il ne nous reste aucun compte à régler ensemble !

Le duc, interprétant à sa manière les derniers mots de Lesneven, sentit se dissiper complétement sa frayeur.

— Eh ! pardieu, monsieur, — dit-il avec un sourire où se révélait tout le cynisme de son âme, — que ne vous expliquiez-vous tout de suite? Vous tombez ici comme une bombe, vous nous mettez le pistolet sur la gorge, au risque de faire mourir madame de saisissement; vous criez de toutes vos forces au déshonneur, à la honte : mais c'était parfaitement inutile; entre gens raisonnables; on finit toujours par s'arranger. Voyons, causons avec calme ; votre pension ne vous suffit plus, n'est-ce pas? Eh bien ! nous la doublerons.

— Misérable !

— Ce n'est pas assez? nous vous pourvoirons d'un bel emploi dans l'armée, dans la finance, où vous voudrez.

— Taisez-vous, monsieur, taisez-vous ! — s'écria Lesneven, — ou je ne réponds plus de pouvoir maîtriser mon indignation ?

— Cet homme est insatiable, — pensa le duc; — il me ruinera.

— Madame, — poursuivit Lesneven, en se tournant vers la comtesse, — c'est donc à vous que je m'adresserai ; car il me faut une réparation, et je ne sortirai d'ici qu'après l'avoir obtenue.

— Je vous écoute, monsieur, — dit la comtesse qui avait eu le temps de se remettre, et dont le regard hautain annonçait un parti pris de tout braver.

Mais Lesneven, levant les yeux sur ce beau visage que dans ses rêves d'amour, il s'était plu jadis à parer d'une auréole de vertus célestes, sentit un moment faiblir sa colère et reprit avec un attendrissement mal déguisé :

— Comprenez-vous bien, madame, toute l'indignité du rôle qu'on vous a fait jouer? car je ne puis croire encore que vous ayez été volontairement coupable. Non, lorsque vos grâces se révélaient à moi si naïves et si pures, lorsque vos regards venaient chercher les miens et jeter le trouble dans mon cœur, ce ne pouvait être avec le dessein prémédité de vouer à l'opprobre un homme qui ne vous avait jamais fait de mal. Non, vous ne saviez pas que ce mariage où l'on vous conduisit si belle et si radieuse avait pour but de jeter, au lieu d'une fille du peuple, une comtesse dans les bras d'un vil débauché. Cet odieux calcul n'a pu entrer que dans une âme endurcie au vice; vous ne l'avez point fait; et maintenant que vos yeux sont dessillés, vous êtes effrayée, n'est-ce pas, de l'énormité du crime dont vous avez été l'instrument? Eh ! bien, madame, s'il n'est plus possible de fermer entièrement la blessure, elle peut être radoucie du moins, et cela dépend de vous. Je ne serai pas aussi exigeant que j'aurais droit de l'être ; accordez-moi seulement la satisfaction que je vais vous demander ; je vous promettrai, à ce prix, de vous épargner désormais le supplice de ma présence et de mes reproches.

Les traits de la comtesse ne laissèrent pas entrevoir la plus légère émotion; mais elle parut se recueillir, et dit dit après quelques instants de silence :

— Quelles sont vos conditions, monsieur?

Rappelé à lui par cette preuve évidente d'une insensibilité réelle, Lesneven reprit d'un ton plus ferme :

— Vous quitterez cet hôtel dès demain, madame; je vous conduirai dans un couvent, loin de Paris, et vous y resterez enfermée jusqu'à ce qu'un oubli total de ce qui s'est passé vous ait permis de reparaître dans le monde. — La comtesse écouta cette proposition avec un air d'étonnement mêlé d'ironie qu'il serait impossible de traduire. — J'attends votre réponse, madame, — dit Lesneven avec un mouvement d'impatience.

— Je n'en trouve pas à de telles folies, — répondit sèchement la comtesse.

— Ah ! — s'écria Lesneven, — vous valez bien votre complice ! Vous êtes deux infâmes ! Il faut, pour vous émouvoir, de l'éclat et du scandale? vous en aurez. Il y a des tribunaux, Dieu merci ! Je les invoquerai tous jusqu'à ce que justice m'ait été rendue. Je saurai bien vous arracher ce nom que vous m'avez volé pour le traîner dans la boue, ce nom que vous n'avez pas rougi d'afficher à votre porte comme une enseigne de prostitution ! — Puis, obéissant à une pensée qui lui traversa soudainement l'esprit : — Monsieur le duc, — lui dit-il, — suivez-moi.

— Monsieur...

— Point de résistance, elle serait inutile; et si vous tenez à la vie, gardez-vous d'appeler l'intervention d'aucun de vos domestiques.

Le duc jugea prudent de se résigner à l'obéissance.

Lesneven lui prit le bras, descendit l'escalier dérobé par lequel il avait été introduit, traversa la cour, franchit la porte restée entr'ouverte suivant ses conventions avec Picard, et, se retournant vers le portique sur lequel les rayons de la lune faisaient reluire les lettres dorées de son nom :

—Je ne veux pas,—dit-il,—que ce nom soit un jour de plus exposé aux railleries et aux mépris des passants; c'est vous qui l'avez fait placer là, monsieur le duc ; il est juste que ce soit vous qui l'en effaciez.

— Ce que vous exigez m'est impossible : comment voulez-vous...

La vue des pistolets de Lesneven, dirigés sur sa poitrine, coupa court à ses objections ; le même talisman lui fit trouver une échelle et un marteau; enfin, après une demi-heure d'un travail pénible, il parvint à détacher la plaque de marbre; qui se brisa en mille morceaux sur le pavé.

— Nous nous reverrons encore, monsieur le duc, — cria Lesneven en s'éloignant; — mais ce sera devant les tribunaux.

Le lendemain, au moment où Lesneven sortait pour chercher un avocat et déposer sa plainte, il fut arrêté et conduit à la Bastille par un exempt porteur d'une lettre de cachet.

V

Vingt et un ans après les événements que nous venons de raconter, deux hommes et une femme étaient réunis dans un salon d'un style simple et sévère. La femme, couverte de haillons, vieille par le maintien et par la figure, bien qu'elle n'eût pas plus de trente-huit ans, se tenait humblement à l'écart, écoutant en silence, mais avec un intérêt assez vif qui se manifestait dans l'expression bassement avide de son regard. Une explication longue et parfois très-animée avait lieu entre les deux hommes, dont l'un, âgé de quarante ans environ, portait l'habit de général, et l'autre, qui paraissait avoir une cinquantaine d'années, affichait dans son costume civil une exagération et un luxe voisins du ridicule. Mais, avant d'assister à un débat qui ne sera peut-être pas sans intérêt, il est bon que nous jetions un coup d'œil sur la nouvelle position de nos principaux personnages.

Le duc de..., peu de temps après l'arrestation de Lesneven, avait péri misérablement dans la catastrophe qui accompagna l'entrée de Marie-Antoinette dans Paris. Renversé de cheval au moment où il se pavanait auprès de la portière d'Aglaé, il avait été écrasé sous les roues mêmes du riche carrosse dont il avait fait présent à son insatiable maîtresse pour cette solennité.

Aglaé ne tira des libéralités du duc d'autre avantage

que celui d'avoir été, tout le temps qu'il avait vécu, la plus brillante des femmes à la mode. Cependant, elle ne se laissa pas renverser tout d'un coup du trône où elle s'était placée; son esprit et sa beauté la soutinrent quelques années encore. Confiante en son étoile et s'imaginant que sa jeunesse était une fleur impérissable, elle continua sa folle existence, insoucieuse de l'avenir, jusqu'au jour où la voix impérieuse de ses caprices vint heurter contre une première résistance. Ce jour-là, elle mit le pied sur une pente d'autant plus rapide que, pour limiter ou du moins ralentir sa chute, il lui manquait la prévoyance et le calcul. Au lieu de s'en tenir à regarder devant elle, en rompant brusquement avec son passé, elle s'obstina à tourner constamment les regards en arrière, voulant que chaque jour nouveau ressemblât à celui qui venait de s'écouler. Ainsi, elle vit s'engloutir successivement dans le gouffre de l'usure son hôtel, ses équipages, ses chevaux, ses bijoux, luttant avec une opiniâtre persévérance jusqu'à ce qu'ayant enfin épuisé sa dernière ressource, elle se trouva face à face avec la misère. Alors, les passions les plus abjectes se développèrent dans son cœur et eurent bientôt achevé sa dégradation morale; les lignes gracieuses de son visage s'altérèrent sous le reflet hideux du vice et de la bassesse; elle devint un objet de répugnance et de dégoût pour ces mêmes hommes qui auraient autrefois payé de leur fortune ou de leur vie un seul de ses sourires.

On sait combien fut grand l'abus des lettres de cachet, surtout dans les derniers moments du règne de Louis XV. Mais si la Bastille, devenue le plus souvent un instrument de vengeance particulière, ouvrait alors si facilement ses portes, ce n'était pas toutefois pour rendre au monde les victimes que les puissants du monde y avaient fait séquestrer. Lesneven subit sept années de réclusion dans celle des huit tours de cette prison que, par dérision sans doute, on appelait *tour de la Liberté*. Le duc était mort; avec lui cessait la nécessité d'une mesure dictée par un motif soit de vengeance, soit de sûreté personnelle; cependant Lesneven eût été gardé toute sa vie prisonnier à la Bastille, par la seule raison qu'il y était entré, si, au moyen d'efforts inouïs et d'une longue persévérance, il n'eût accompli une évasion digne de rivaliser avec celle du fameux Latude. Les Américains se battaient alors depuis trois ans pour le triomphe de leur indépendance. Lesneven passa aux Etats-Unis, sous le nom de Renaud, et rejoignit l'armée de Lafayette, dans laquelle il se fit remarquer autant par son intelligence que par sa bravoure. La paix ayant été signée en 1783, il entra dans les rangs de l'armée américaine, sur l'invitation de Washington, dont il s'était acquis l'estime et l'amitié. Mais les avantages que lui offrait sa nouvelle position et la considération dont il jouissait ne pouvaient effacer de son cœur le souvenir de la patrie; plus son séjour se prolongeait aux Etats-Unis, plus il devenait sombre, mélancolique, plus il éprouvait un désir vif, impérieux, de repasser la mer. Après six années d'ennuis et de langueur, une nouvelle inattendue vint tout à coup réjouir son âme et réveiller l'activité de son esprit, en lui apprenant qu'il pouvait mettre fin à son exil. La révolution française avait tiré son premier coup de canon; la Bastille était tombée. Lesneven se hâta donc de retourner en France. Embrassant avec ardeur les idées nouvelles, il garda le nom de Renaud qu'il avait déjà illustré en Amérique, et le fit briller d'un nouvel éclat en prenant part aux faits les plus glorieux de nos armées. Il suivit Custine dans la conquête du Palatinat. A la bataille de Fleurus, il fit, sous les yeux de Jourdan, des prodiges de valeur. Lorsque le Directoire fut installé, il était général. Ce fut alors que, ayant été appelé à Paris pour la réorganisation de sa division, le hasard lui fit rencontrer la ci-devant comtesse de Lesneven, réduite à mendier pour vivre. Cette vue rappela au général qu'il lui restait à effacer une mauvaise page de sa vie passée. La tâche ne fut ni longue ni difficile; la promesse d'une rente modique suffit pour obtenir d'Aglaé son consentement à un divorce.

Quant au chevalier de Lussan, nous le retrouverons aussi sous le nom de Guibert et dans un état de fortune très-florissant. Il s'était voué avec ferveur au parti de la république, non pour la servir, mais pour la dépouiller. Son secret consistait à mettre tout bonnement dans sa poche les millions destinés à fournir de vêtements et de chaussures nos soldats qui marchaient nu-pieds à la frontière. Nul ne savait mieux que lui substituer le carton au cuir et le chanvre au lin. Chargé d'équiper la division Lesneven, c'était la cinquième fois qu'on le nommait munitionnaire.

Or, les trois personnes dont nous avons parlé au commencement de ce chapitre étaient le général Renaud, le munitionnaire Guibert et la ci-devant comtesse de Lesneven.

— Je vous ai fait appeler, citoyen Guibert, — dit le général, — pour entrer avec vous dans quelques explications au sujet de vos fournitures.

— Je suis prêt, général, à vous répondre sur tous les points.

— Je serais charmé que vous le puissiez faire d'une manière satisfaisante. Où en êtes-vous de vos livraisons?

— Elles sont terminées général, et j'en justifierai aussitôt que cela vous fera plaisir.

— Je n'aurai donc point de reproches à vous adresser du côté de l'activité.

— Et j'espère que vous ne serez pas moins content de la qualité des fournitures.

— C'est ce que nous allons examiner. Vous devez comprendre, citoyen Guibert, quelle importance j'attache à une pareille vérification. S'il ne dépend pas d'un général que les soldats soumis à ses ordres jouissent de tout le bien-être désirable, il est de son devoir de veiller au moins à ce que la somme de bien-être qui leur est accordée soit en rapport avec les sacrifices imposés au pays.

— Sans aucun doute.

— Je ne conteste pas à un soumissionnaire le bénéfice légitime que doit donner toute opération...

—D'autant plus, général, que ce bénéfice est réduit, par la concurrence, à de si faibles proportions, qu'on pourrait presque le regarder comme une chimère.

— Je sais pourtant des gens pour qui cette chimère-là s'est trouvée, comme par enchantement, métamorphosée en millions.

— Je ne prétends pas dire que tous les munitionnaires soient des hommes probes.

— Et vous vous rangez probablement dans la classe de ceux qui sont honnêtes, citoyen Guibert?

— Vous me dites cela d'une façon singulière, général, et comme si vous en doutiez.

— Non, monsieur, — répliqua Lesneven en regardant fixement le munitionnaire, — non, je ne doute plus; je sais au contraire parfaitement à quoi m'en tenir.

— Je ne vous comprends pas, — dit de Lussan avec un imperturbable sang-froid.

— Cela viendra, citoyen Guibert : sachez d'abord que j'ai visité moi-même les magasins.

— J'ose me flatter que vous y avez trouvé toutes les fournitures conformes à mes échantillons.

— En apparence; cela est vrai.

— Général, vos paroles sont autant d'insinuations qui offensent mon honneur et ma délicatesse.

— J'en suis fâché pour vous, — répondit Lesneven d'un ton sévère; — mais je parle d'après ce que j'ai vu, et ce que j'ai vu m'a fourni toutes les preuves d'une insigne friponnerie.

— Vous abusez de votre position pour m'insulter! — s'écria de Lussan, les yeux rouges de colère.

— Comment voulez-vous, — demanda froidement Lesneven, — que je qualifie une opération dans laquelle les objets fournis ne représentent pas le quart de la valeur qu'ils doivent avoir!

— Je me bornerai à vous répondre, général, que vous n'avez pas mission de m'inspecter; qu'il y a un inspecteur nommé par le ministre, et que c'est le rapport seul de ce fonctionnaire qui fera foi. Vous me permettrez donc de m'y référer et de ne pas continuer un entretien irritant et pénible pour tous deux.

Le citoyen Guibert voulut se lever; un geste impératif du général le contraignit à se rasseoir.

— J'ai une observation à vous faire, — reprit Lesneven : — c'est que le ministre, sur ma proposition, vient de révoquer le fonctionnaire qui vous inspire tant de confiance. — De Lussan pâlit. — J'ajouterai même, afin que vous ayez une intelligence bien nette de votre position, que je suis chargé de désigner votre nouvel inspecteur.

Ces dernières paroles furent un coup de foudre pour de Lussan; l'assurance et le sang-froid hautain qu'il avait jusque alors affectés l'abandonnèrent tout à coup; il baissa la tête, balbutia quelques phrases qui n'avaient ni suite ni sens; puis, comme éclairé par une inspiration soudaine, il se pencha vers le général et lui dit à voix basse :

— Pardieu! vous m'avez fait une belle peur! Oui, je comprends à merveille; il vaut mieux que l'affaire se passe entre vous et moi; je serai, je l'avoue, infiniment plus flatté de m'entendre avec un général qu'avec un inspecteur; je ne vous demande que le temps d'établir mes calculs; ce soir, je reviendrai vous faire mes propositions.

Ce fut à son tour le général qui se leva.

— Vous êtes un homme bien méprisable, monsieur le chevalier de Lussan! — dit-il en attachant un regard indigné sur le munitionnaire.

Celui-ci resta stupéfait en s'entendant appeler de son ancien nom.

— Oh! vous voyez que je vous connais bien, — poursuivit le général; — ce que vous faites aujourd'hui ne dément pas vos antécédents, et le chevalier de Lussan est dignement continué par le citoyen Guibert. C'est toujours le même vice, la même rapacité; seulement, vous changez les moyens selon les temps; vous étiez le complaisant payé de la noblesse quand il y avait une noblesse riche; aujourd'hui, vous volez la république. Mais il faut que vous ayez une âme inaccessible au remords! ou bien la réflexion ne vous est jamais venue que, dans une époque où les hommes et les choses subissent des transformations si imprévues, le hasard pouvait un jour vous mettre en présence de quelqu'une de vos victimes et changer les rôles?

— Qui donc êtes-vous? — demanda de Lussan d'une voix tremblante.

— Sept années de Bastille et autant d'exil changent bien un visage, n'est-ce pas, monsieur le chevalier? et les traits de l'homme qui a vu s'évanouir une à une, dans la souffrance, toutes ses illusions, rappelleraient difficilement la physionomie ouverte et enjouée de l'adolescent se repaissant de chimères, sur la route de Choisy, à la vue des gentilshommes, des dames de la cour et de leurs fringants attelages?

— Monsieur de Lesneven! — s'écria de Lussan.

— Aujourd'hui général Renaud, par ce même caprice du sort qui a fait de vous le munitionnaire Guibert.

— Je suis perdu!

— Peut-être.

— Eh! monsieur, — dit de Lussan avec amertume, — pourquoi ce peut-être qui semble me laisser une espérance? Je conçois que vous ayez soif de vous venger et que vous soyez impitoyable.

— Cela dépend de vous. Ainsi que vous le disiez tout à l'heure, l'affaire peut se passer entre nous deux. Je suis assez disposé à souscrire à un arrangement.

— Il serait possible!

— Non pas tout à fait cependant de la manière dont vous l'entendiez.

— Vous consentiriez à vous taire, à ne pas appeler sur ma tête la rigueur des lois?

— J'y consentirai, à trois conditions.

— Quelles sont-elles?

— Il ne faut pas que la république soit volée; il ne faut pas que nos soldats aient faim et froid, tandis que vous bâtirez des palais avec l'argent de leurs vêtements et de leurs vivres. Vous aurez donc soin que, dans le délai d'un mois, nos magasins soient complétement approvisionnés d'objets conformes en tous points aux échantillons fournis et que je vérifierai moi-même : voilà ma première condition.

— Mais, au prix qui a fait la base de l'adjudication, c'est impossible, général.

— Il ne fallait pas soumissionner à ce prix-là.

— Mais j'ai payé d'énormes pots-de-vin, qui seront perdus pour moi.

— C'est justice : je ferai toutefois en sorte qu'ils ne profitent pas à ceux qui les ont reçus.

— J'y serai pour un million au moins de mon argent!

— Ce ne sont pas mes affaires. Quant à la seconde condition que je veux vous imposer, je vais vous l'expliquer. Après avoir obtenu la réparation du tort que vous faisiez au pays, il est naturel que je songe à la vengeance de mon injure personnelle.

Lesneven prit de Lussan par le bras et le tourna en face d'Aglaé, qui, jusqu'à ce moment, n'avait guère compris comment elle pourrait se trouver mêlée à cette explication.

— Reconnaissez-vous madame?

— Que trop! — répondit de Lussan en fermant les yeux comme s'il éprouvait à la regarder une répugnance invincible.

— Cette femme, — continua le général, — fut autrefois la comtesse de Lesneven; je n'ai pas besoin de vous rappeler de quelle manière cela se fit. Elle est libre aujourd'hui, parfaitement libre, et je désire qu'en échange du nom qu'elle vient de perdre, elle puisse porter à l'avenir celui de la citoyenne Guibert. Vous m'avez marié jadis, c'est mon tour maintenant : procédé pour procédé.

Les yeux éteints d'Aglaé devinrent tout à coup brillants. Un rire d'une expression étrange dilata ses lèvres; on eût dit une hyène à qui sa bonne fortune amène, après une longue abstinence, une proie nouvelle à dévorer.

De Lussan recula, en s'écriant :

— Je ne consentirai jamais!

— Fort bien, — dit Lesneven, — demain votre inspecteur entrera en fonctions.

Le chevalier lutta longtemps; mais il y allait de sa fortune, de sa liberté, de sa tête peut-être. La résignation était inévitable.

Enfin, il dit d'une voix profondément découragée et sans oser lever les yeux :

— Votre troisième condition, général?

— La voici : je garderai de votre malversation toutes les preuves que je jugerai nécessaires; elles seront pour moi une garantie de vos bons procédés à l'égard de madame.

Il fut fait comme l'avait exigé Lesneven; sa vengeance fut complète : après cinq années de l'union la plus orageuse, les époux Guibert étaient réduits à la misérable condition de portiers. Le mari passait ses journées au cabaret; la femme engageait ses nippes au mont-de-piété pour *nourrir des termes* à la loterie.

FIN DE LA TRENTE-SEPTIÈME SÉRIE.

TABLE

DES OUVRAGES CONTENUS DANS CE VOLUME.

Paris. — Imprimerie J. Voisvenel, rue Chauchat, 14.